译文名著精选
YIWEN CLASSICS

丛林故事

〔英〕约瑟夫·鲁德亚德·吉卜林 著 蒲隆 译

Joseph Rudyard Kipling

The Jungle Books

上海译文出版社

图书在版编目(CIP)数据

丛林故事 / (英) 约瑟夫·鲁德亚德·吉卜林著;
蒲隆译. —上海: 上海译文出版社,2019.11(2024.2 重印)
(译文名著精选)
书名原文: The Jungle Books
ISBN 978-7-5327-8216-1

Ⅰ. ①丛… Ⅱ. ①约… ②蒲… Ⅲ. ①儿童小说—长
篇小说—英国—现代 Ⅳ. ①I561.84

中国版本图书馆 CIP 数据核字(2019)第 219750 号

Joseph Rudyard Kipling
The Jungle Books

丛林故事
〔英〕约瑟夫·鲁德亚德·吉卜林 著 蒲 隆 译
责任编辑/管舒宁 装帧设计/张志全工作室

上海译文出版社有限公司出版、发行
网址: www.yiwen.com.cn
201101 上海市闵行区号景路159弄B座
杭州宏雅印刷有限公司印刷

开本 890×1240 1/32 印张 12.5 插页 2 字数 229,000
2019 年 11 月第 1 版 2024 年 2 月第 2 次印刷
印数: 6,001—8,000 册

ISBN 978-7-5327-8216-1/I·5042
定价: 46.00 元

译本序

莽莽的热带原始森林，神奇无比的动物世界，就已经令人无限神往了，而更加引人入胜的是，这个动物世界里有一个闻名世界的狼孩，他叫毛葛利。母狼腊克沙用乳汁把他喂养大；棕熊巴鲁教给他“丛林法规”和各种鸟兽的“要语”；曾经在国王的兽笼里生活过的黑豹巴格伊拉给他传授捕猎技能和生活经验。他遭受过猴子们的绑架，最后大蟒蛇喀阿把他解救了出来。他同丛林居民经受了百年未有的干旱的磨难，听了动物世界的“创世记”，亲身体验到“丛林法规”的威力。他凭借自己的智慧驱赶走了排山倒海般的水牛大军，踩死了丛林恶鬼——老虎希尔汗。他指挥大象哈蒂捣毁了一座作恶多端的人拥有的村庄，让丛林把它吞并。他目睹了人为财死的经过，后来又用他的智慧挽救了狼群，消灭了野狗，一直到他十七岁的时候，一种莫名的春天的冲动驱使他奔向人间。最后他成了一名出色的护林员，成了家，并有了孩子。这一切，通过英国第一位诺贝尔文学奖得主——吉卜林的生花妙笔描绘出来，使这些故事成了世界文学中脍炙人口的杰作。

约瑟夫·鲁德亚德·吉卜林，1865年生于印度孟买，父亲是孟买艺术学校的校长。吉卜林从小就熟悉印度的自然风光和民间传说。六岁时，他被送回英国上学，十七岁时又回到印度，担任报纸编辑，并开始发表作品。后来，他周游过亚非欧美的很多国家，1936年在英国逝世。英国政府和各界人士在威斯敏斯特教堂的诗人角为他举行了国葬。

吉卜林是诗人，又是短篇小说大师，他一生出版过八部诗集，四部长篇小说，二十一部短篇小说和故事集。此外还有大量的散文、杂感、随笔、游记、回忆录等。他曾拒绝接受“桂冠诗人”的称号和其他国内荣誉，1907年，他因“观察的能力、新颖的想象、雄浑的思想和杰出的叙事才能”荣获诺贝尔文学奖。这里的十六篇故事充分体现了他这几方面的特色。

吉卜林的众多作品中最受读者欢迎的无疑就是《丛林故事》了。《丛林故事》出版于1894年，收入《毛葛利的兄弟们》《白海豹》等七篇故事。《丛林故事续集》出版于1895年，收入《恐惧是怎么来的》《夔鲲》等八篇故事。这些故事都是他1892年娶了一个美国女子为妻在美国生活的四五年间写成的，最初是零散地发表在美国或英国杂志上的单篇故事。虽然成书时冠名为《丛林故事》，但一部分故事的背景并不是丛林。在1897年的“海外”版中，作者把这些故事重新编排，《丛林故事》收入以狼孩毛葛利为中心的八篇故事，又增加收入1893年出版的《许多发明》中的一篇——《在保护林里》，总共九篇。故事梗概在本文开头已经叙述过了。剩下的七篇与毛葛利无关的故事被编成了《丛林故事续集》。这种编排在后来的“苏塞克斯”版被沿用了下来。《丛林故事续集》中的七篇互不相干的故事情节在这里就不一一介绍了。总体而言，这十六篇故事赞颂了人与动物身上的勇敢、坚韧、忠诚、仁爱、利他主义和为自己族类的共同利益而奋斗的优秀品质，谴责了贪婪、奸诈、残暴、自私等丑恶行径。故事中的大象、蟒蛇、豹子、熊、獴、海豹、家犬等动物都是以正面形象出现的，而老虎、猴子、豺狗、红狗、鳄鱼等则是反面形象，作者的爱憎异常分明。应当指出的是，吉卜林的有些著作因为殖民主义倾向为人们所诟病，但这部作品是无可指责的。

如同许多寓言故事一样，动物世界往往是人类社会的折射。在这里，兽语禽言都被译成人类语言，每个动物也都具有各自的姓名和个性。在动物世界，如同人类世界一样，有一种大家共同遵循的法规，这里也有真假、善恶、美丑的斗争。特别值得一提的是，在这里，人类的贪婪、残忍和荒谬，通过狼孩和各种动物的天真无邪的眼睛揭露出来，更显得饶有风趣。毛葛利尽管在动物世界里生活了十几年，但他的人性并未湮没在动物世界里，他受到动物兄弟原始、纯朴性格的熏陶，但人毕竟是宇宙的精华，万物的灵长，他以自己的力量和智慧赢得了丛林居民的爱戴和尊敬，被奉为“丛林之主”，最后他终于回到人间，在保护林里当了一名出色的林警，成了人类文明社会的一员，却没有与原始纯朴的动物世界完全隔离。

吉卜林的《丛林故事》的魅力一百年来一直经久不衰，对于今天的中国读者来说，政治上要强调民主、法制，环境上要保持生态平衡，因此严格按照“丛林法规”生活的动物世界也会对我们有所启迪；目前的世界，环境污染，森林滥伐，公害无穷，在这种情况下，《丛林故事》无疑是一服绝好的清凉剂。

本书充分表现了吉卜林诗人兼小说家的长处，它诗文并茂，每篇故事前有序诗，后有歌谣，突出了故事的主题，起到画龙点睛的作用。这些诗歌语句纯朴，音调铿锵，与曲折动人的故事相得益彰。译者在翻译这些诗歌时力图保留原来的韵律和格调。

本书的翻译，绝大多数语句采用直译，因为作者尽管把兽语禽言译成人类语言，但采用的词语往往代表了动物的观念，所以我翻译时注意到了这一点。如，不采用“自古以来”“许多年以前”之类的意译，而采用“自从露水出现以来”“许多雨季以前”的直译，译者还注意到动物用词的细微差别，如许多动物管毛葛利叫“Mancub”，即人崽，独有大蟒蛇喀阿叫他Manling，故译为“人仔”，以示区别，所以“人崽”“人仔”的交替出现为的是与原文有照应，并非是二字混用。另外，人名、地名、动物名字都来自印度方言，好在译者所遵循的原本专门有一页讲本书专有名词的读音，这样译名也就有所依据了，虽然这可以说是区区小事。译者尽管事事小心，但差错往往难免，还望读者大众批评指正。

我译的九篇《丛林故事》早在1991年就以《狼孩毛葛利故事集》为

题出版了，后来陆续出版过七个版本，书名也不尽相同，基本上都是出版社编辑为了避免雷同而稍加更改确定的。《丛林故事续集》中的七篇故事则是新译，国内虽然出版过名称不尽相同的十五篇故事的全译本，但故事都是按照最初的顺序安排的，而这个译本则按后来Outward Bound版（1897）的更好的排序，前九篇构成了一组狼孩在动物世界里成长后来又返回人间的系列故事，比零散的故事更引人入胜，更能给人留下难忘的印象；而有了后面的七篇故事，也就补全了吉卜林的这部名著，再没有缺憾了。这也算是这个译本与其他几种全译本的不同之处吧。

译者

2015 年 1 月

目 录

丛林故事

丛林故事续集

丛林故事

毛葛利的兄弟们

老鹰奇儿送来了黑夜，
　　蝙蝠盲哥获得了解放——
牛群被关进了牛栏、茅舍，
　　天亮前我们要纵情放浪。
这是耀武扬威的时刻，
　　锐牙利爪大显神通。
啊，听那呼声——丛林法规的遵行者们，
　　祝大家捕猎成功！

——《丛林夜歌》

那是西翁伊山中一个暖洋洋的黄昏，狼爸爸睡了一天的觉，七点钟才醒来。他挠了挠痒痒，打了个呵欠，把爪子挨个儿伸了伸，驱散了爪子尖儿上的睡意。狼妈妈仍然躺在那儿，灰色的大鼻子呵斥着她那四只翻来滚去、呜呜乱叫的狼崽子。月光从他们一家居住的洞穴门口照了进来。“啊呜！”狼爸爸说，“又该捕猎去了。”他正要跳下山冈，一个尾巴蓬松的小黑影子挡住了洞口，低声下气地说：“祝您走红，狼大王；也祝贵公子吉星高照，长一嘴尖利的白牙，这样他们便永远不会忘记这个世界上有饿肚子的了。”

他就是豺狗子塔巴儿，外号“舔盘子的”——印度的狼都瞧不起塔巴儿，因为他成天价跑来跑去，搬弄是非，制造事端，在村里的垃圾堆上搜寻破布、碎皮子吃。可是大家也怕他，因为在丛林里，塔巴儿比谁都容易犯疯病，一发起疯来，他就天不怕地不怕，在森林里横冲直撞，碰见哪个就咬哪个。在小小的塔巴几犯疯病的时候，连老虎也得赶忙躲开呢，因为一头野兽遇到的最丢脸的事儿，莫过于犯疯病了。我们管这种病叫“狂犬病”，可是野兽们却叫它“敌望你”——也就是疯病——躲都躲不及呢。

“那就进来，瞧瞧吧，”狼爸爸口气生硬地说，“可是这里却没有什么吃的。”

“对狼来说，是没有，”塔巴几说，“可是对于我这样的一个下作货来说，一块干骨头就等于是一顿美餐了。我们算什么，一伙豺狗子，还有什么好挑剔的？”他一溜烟钻进了洞底，找到了一块还带点肉星儿的鹿骨头，就坐下来美不滋儿地嘎嘣嘎嘣把它嚼完。

“太感谢这顿美餐了，”他舔着嘴唇说，“贵公子长得多漂亮呀！好大的眼睛呀！而且又是多么年轻啊！真的，真的，我早就该记住王家子弟一生下来就气度不凡。”

其实呢，塔巴几跟大家一样心里明白：当面恭维孩子是最犯忌讳的事。看见狼爸爸和狼妈妈那副挺不自在的样子，他心里倒是乐开了花。

塔巴几一动也不动地坐着，为他的恶作剧暗自庆幸；接着他又居心不良地说：

“大块头希尔汗把他的猎场转移了。从下个月起他就要在这一带的山里打猎了，他给我就是这么说的。”

希尔汗就是住在二十英里外瓦因贡加河附近的那只老虎。

“他没有那个权利！”狼爸爸一听就炸了，“按照丛林法规，不事先通知是没有权利挪窝的。他会惊动方圆十英里以内的每一头猎物的。可我——我这一向还要替两张嘴谋食呢。”

“看来他妈管他叫‘瘸子’，不是无缘无故的，”狼妈妈心平气和地说，“他一生下来就瘸了一条腿，所以他只是捕杀耕牛。现在，瓦因贡加河畔村子里的居民都发火了。可他又跑到这里来惹我们的村民冒火。

人们到林子里搜寻他，他却偏偏不在。他们放火烧山，害得我们和孩子们东躲西藏。哼，我们还真是得感谢希尔汗呢！”

“要不要我向他转达你们的谢意呢？”塔巴几说。

“滚出去！”狼爸爸厉声喊道，“去跟你的主子一道捕猎去好了。一个晚上你已经把坏事干够了。”

“我这就走，”塔巴几不动声色地说，“你们能听见希尔汗就在山下灌木林子里呢。我倒是完全可以不来报信儿的。”

狼爸爸张耳细听，他听见山下通往一条小河的山沟里有一只老虎发出干涩、气愤、粗暴、单调的哀鸣，因为他什么也没有逮着。再说，哪怕整个森林都知道了这件事儿，他也无所谓。

“这个傻瓜！”狼爸爸说，“晚上一干起活儿来就大吵大闹！他是不是认为我们这儿的雄鹿和瓦因贡加河畔的肥牛犊儿是一回事儿呢？”

“嘘！今晚他既不逮牛犊，也不捕雄鹿，”狼妈妈说，“而是要抓人。”

那哀鸣声已经变成了一种哼歌儿似的呜呜声，仿佛是从四面八方一齐传来的。也正是这种噪声把露宿的樵夫和吉卜赛人给弄糊涂了，有时甚至搞得他们去自投虎口。

“人！”狼爸爸露出一口大白牙说，“呸！难道池子里的甲虫和青蛙都不够他吃，还非要吃人不可，而且还要在我们的地盘上吃？”

丛林法规从来不无缘无故做出什么规定。它禁止任何野兽吃人，除非在他教子女怎样捕猎时才行，即使是这样，他也必须离开自己群落的猎场去干。之所以有这样的规定，是因为吃人意味着迟早会招来骑着象、背着枪的白人和成百上千敲着锣、带着火箭投射器、擎着火把的棕色人种。那样一来，丛林里住的伙伴们都要遭殃了。野兽们自己提出的理由则是，人是动物中最软弱、最缺乏自卫能力的，因此触犯他就未免显得太蛮横无理了。他们还说——而且此话不假——吃人的野兽会生疥癣，而且还会掉牙。

那呜呜声越来越大，最后变成老虎捕食时那种洪亮的吼叫声——

“噢呜！”

接着是一声嗥叫——一声没有虎威的嗥叫——那是希尔汗发出来的。“他没有逮住，”狼妈妈说，“怎么搞的？”

狼爸爸向外跑了几步，听见希尔汗在灌木丛中跌来撞去，嘴里发出恶狠狠的咕哝声。

“这傻瓜一点儿脑子都没有，竟然跳到一个樵夫的篝火上了，烧伤了自己的脚，”狼爸爸咕哝了一声说道，“塔巴儿跟他在一起呢。”

“什么东西上山来了，”狼妈妈一只耳朵抽动了一下，说道，“当心。”

灌木丛里的矮树沙沙作响，狼爸爸猫下腰准备往上扑。接着，要是你仔细瞅着的话，你就会看见世界上奇异无比的事儿——那只狼身子刚刚往上蹿，半路里又收住了脚。原来他还没有看清自己扑的目标就腾身一跃，马上又设法遏制自己，这样一来，他垂直向空中跳了四五英尺，几乎又落到原来起跳的地方了。

“人！”他猛然喊了一声，“一个人崽儿。瞧！”

就在他的正前方，站着一个刚会走路的光身子的棕色小孩，他抓住一根低矮的树枝——从来没有见过那样娇嫩，又长着酒窝儿的小不点儿夜里来到狼窝里。他抬头注视着狼爸爸的脸，大声笑起来。

“那是不是个人崽儿呢？”狼妈妈说，“我从来没有见过呢。把他带到这儿来吧。”

狼习惯用嘴叼自己的幼崽。如果需要的话，他可以嘴里叼一个鸡蛋而不会把它咬破。所以，狼爸爸尽管紧紧地咬住了孩子的背部，可是当他把孩子放到狼崽中间时，他的牙连孩子的一点儿皮都没有划破。

“多小呀！多光溜呀——胆子多大呀！”狼妈妈轻声说道。这时孩子正往狼崽中间挤，好贴紧那温暖的狼皮。“啊嗨！他跟大家一块儿吃起饭来了。人崽原来就是这样。哪儿的狼能夸耀说她的孩子中间有一个人崽儿呢？”

“我倒是偶尔听见过这一类事情，可是在我们的狼群里，在我这一辈子却从来没有过这样的事儿，”狼爸爸说，“浑身上下连一根毛也没有，我只要用脚一碰，就会要掉他的命。可是你瞧，他抬起头望着，一点儿也不害怕。”

这时，洞口的月光被挡住了，因为希尔汗的大方脑袋和宽肩膀挤进了洞口。跟在后面的塔巴儿说道：“老爷，老爷，他是从这儿进去的！”

“希尔汗大驾光临，我们深感荣幸，”狼爸爸说，可是眼睛里却闪着愤怒的光，“希尔汗有何贵干？”

“我来要我的猎物。一个人崽儿朝这儿来了，”希尔汗说，“他的爹妈都跑掉了，把他交给我吧。”

狼爸爸说得对，希尔汗刚才扑到一个樵夫的篝火上面，烧伤了脚，疼痛得火冒三丈。可是狼爸爸知道洞口太窄，老虎是进不来的。就是这会子，由于地方小，希尔汗的肩膀和前爪都已卡住，动弹不得了，如果一个人想在木桶里打架就会遇到这样的局面。

“狼是自由民，”狼爸爸说道，“他们只听狼群头领的命令，可不吃长条纹、吃耕牛的家伙的那一套。人崽是我们的——要是我们愿意杀他，那是我们的事。”

“什么你们愿意不愿意！这算什么话？凭我杀死的公牛起誓，难道要我把鼻子伸进你们的狗窝，找应该属于我的东西不成？说话的可是我希尔汗！”

老虎吼声如雷，填满了整个山洞。狼妈妈便把狼崽子撇开，跳上前来，她的一双眼睛在黑暗中活像两个绿莹莹的月亮，直勾勾地盯着希尔汗冒火的眼睛。

“回答的却是我腊克沙（魔鬼）。这人崽是我的，瘸子——就是我的！谁也不许杀死他。他一定要活下去，跟狼群一起奔跑，跟狼群一起捕猎。瞧着吧，你这个猎取光身小崽子的家伙，你这专吃青蛙和鱼的家伙，总有一天，他会把你捕杀掉的。现在你给我走开，要不凭我捕杀掉的大雄鹿（我才不吃饿死的牛呢）起誓，等你回到你娘那儿去时，不仅成了丛林中挨过火烧的野兽，而且比你出世时还要瘸得厉害！滚！”

狼爸爸在一旁观望，大为惊诧。他几乎忘记了过去的日子，那时候他同五只狼经过一场光明正大的决斗，才赢得了狼妈妈。她在这个狼群中间奔跑的时候，大家并不是为了恭维她才管她叫“魔鬼”的。希尔汗也许还可以对付一下狼爸爸，可是他却无法对付狼妈妈，因为他知道：现在她占有一切地理优势，而且决心进行一场拼死的搏斗。于是他嗥叫着退出洞口，一离开狼洞，他就嚷起来：

“每只狗就会在自己的院子里汪汪叫！我们等着瞧，看狼群对收养人崽怎么说。这个崽儿是我的。总有一天会让我打个牙祭的。大尾巴贼！”

狼妈妈喘着气一屁股栽倒在狼崽们中间，狼爸爸严肃地对她说：

“希尔汗倒是说了句实话。这个崽子一定要让狼群瞧瞧。你还想收留他吗，娃他妈？”

“收留他！”她气呼呼地说，“他夜里来的时候光着身子，孤零零的，又饿着肚子；可是他一点儿都不害怕！瞧，他已经把我的一个孩子挤到一边儿去了。那个瘸腿屠户本来会杀死他，随后就逃到瓦因贡加河去，而这里的村民们却要把我们的窝搜遍，进行报复！收留他？我当然要收留他的。乖乖儿地躺着，小青蛙。哦，你这个毛葛利——我就管你叫青蛙毛葛利好了——总有一天，你会像希尔汗猎获你一样也把他猎杀掉。”

“可是我们的狼群会怎么说呢？”狼爸爸说。

丛林法规有明确规定：任何一只狼结婚以后可以离开他所属的狼群；然而一旦狼崽长到能够站立的时候，他必须把他们带到狼群会议上，好让别的狼认识认识他们。狼群会议一般在每月月圆的那一天召开。经过考查之后，狼崽们就可以到处乱跑；在他们杀死第一只雄鹿之前，狼群里的成年狼决不能以任何借口杀死一只幼崽。如要作案，凶手一经发现，立即处死。如果你略加思索，你就会明白这么做的必要性。

狼爸爸等到他的崽子们刚刚会跑的时候，就在举行狼群会议的那个夜晚，领着狼崽子、毛葛利和狼妈妈来到了会议岩。那是一个被各种岩石覆盖着的山头，能藏下一百多只狼。独身大灰狼阿凯拉力大无比，机智超群，因此是狼群的首领。这会儿他平展展地躺在他的岩石上，在他的下面坐着四十多只大小不同、毛色各异的狼；有能只身对付一只雄鹿的獾色老狼，也有自认为具备这种能力的三岁小黑狼。独狼已经当了一年的首领。年轻的时候，他曾两次误入陷阱，还有一次，他遭到痛打之后被当作死狼扔在一旁，因此他知道人的风俗习惯。在会议岩上大家都不大讲话。狼爸爸和狼妈妈们围成一个圆圈坐着，狼崽子们在圆圈中间互相打闹、翻滚。时而有一只老狼悄悄地走到一只狼崽跟前，仔细把他打量一番，然后又蹑手蹑脚回到原位坐下。有时候一位狼妈妈会把她的崽子远远地推到外面的月光下，以确信他没有被忽略掉。阿凯拉常常在他那块岩石上喊道："你们知道法规——你们知道法规。各位注意看！"狼妈妈们急不可待地接上喊道："各位注意——注意看！"

最后，时间到了，狼妈妈的鬃毛竖了起来——狼爸爸把"青蛙毛葛利"（他们俩就是这样叫他的）推到圈子中间，他便坐在那儿，一边笑着，一边玩着在月光下闪闪发光的小石子儿。

阿凯拉一直没有把头从爪子上抬起来，却一个劲儿地发出那单调的呼唤："注意看！"岩石后面响起一声瓮声瓮气的咆哮——那是希尔汗的喊声："这崽子是我的。把他交给我。自由民与一个人崽有什么关系？"阿凯拉连耳朵都没有抽动一下，只是说："各位注意看！除了自由民的命令，别人的命令与自由民有什么关系？注意看！"

于是响起了一片低沉的嗥叫声，一只四岁的小狼又把希尔汗的问题投向阿凯拉："自由民与一个人崽有什么关系？"丛林法规规定：如果对狼群接纳狼崽的权利发生了争议，至少要有父母除外的两个狼群成员替他申辩。

"谁来替这个崽子申辩？"阿凯拉说，"自由民中谁来发言？"没有人回答。狼妈妈做好了准备，她知道，如果要诉诸武力，这将是她最后的

一场搏斗了。

这时候，获准参加狼群会议的唯一的异类——巴鲁——用后腿直立起来，哼儿唧儿地说话了。巴鲁就是那只老打瞌睡的棕熊，专门负责给狼崽们教丛林法规。巴鲁来去自便，因为他只吃坚果、草木根和蜂蜜。

“人崽——人崽？”他说道，“我来替人崽申辩。人崽不会造成什么害处。我没有雄辩的本事，但我说的却是真理。让他跟狼群一起跑去吧，让他跟别的狼崽一起入群吧。我愿意教导他。”

“我们还需要一个辩护，”阿凯拉说，“巴鲁已经发过言了。他是我们幼崽的老师。除了巴鲁，谁还发言？”

一个黑影落进了圈内，那就是黑豹巴格伊拉。他浑身上下一片墨黑，只有在一定光线下才闪现出波纹绸图案一样的豹斑。大伙儿都认识巴格伊拉，可谁都不愿意得罪他，因为他像塔巴几一样狡猾，像野牛一样凶猛，像受伤的大象一样不顾死活。可是他的声音却像从树上滴下来的野蜂蜜一样甜润，他的皮毛比绒毛还柔软。

“阿凯拉和诸位自由民，”他兴冲冲地柔声说道，“我没有权利参加你们的大会，但是丛林法规规定：如果对一个新崽子产生了疑问，而这种疑问还不至于达到要把他杀死的地步，那么，该崽子的生命就可以出价买下。而法规没有说谁可以出价，谁不可出价。我的话对吗？”

“说得好！说得好！”总是吃不饱的小狼们喊道，“听巴格伊拉的话。可以出价把这崽子买下。这是法规。”

“我知道我无权在此地发表意见，因此我请求你们允许我发言。”

“说吧！”二十条嗓子齐声喊道。

“杀死一个光身子的崽子是件不光彩的事。何况他长大了以后可以替你们更好地捕猎。巴鲁已经替他申辩过了。现在除了巴鲁的话，我还外加一头牛，一头刚刚杀死的肥公牛，离这儿不到半英里路，只要你们愿意依照法规接受这个人崽。这事不好办吗？”

几十条嗓子乱哄哄地嚷起来：“那有什么？他会被冬天的雨淋死，会被夏天的太阳烤焦。一个光身子青蛙会给我们带来什么害处呢？让他跟着狼群跑去吧。公牛在哪儿呀，巴格伊拉？把他接受下得了。”接着响起了阿凯拉低沉的吼声：“注意看——各位注意看！”

毛葛利还在津津有味地玩着石子儿，所以他没有注意什么时候这些狼一个接一个地过来端详他。最后他们全都下山找那头死牛去了，只剩下阿凯拉、巴格伊拉、巴鲁和毛葛利自家的狼了。希尔汗依然在黑夜里咆哮，因为他非常恼怒：毛葛利没有交给他。

“啊，痛痛快快地吼吧，”巴格伊拉说，声音从他的胡子下面传出来，“将来有一天这个光身子的家伙会叫你换个调门儿吼叫的，要不就算我一点儿不通人事。”

“干得好，”阿凯拉说，“人和他们的崽子都非常聪明。到头来他可以成为一名帮手的。”

“说得对，到紧要关头他真能成个帮手，因为谁也不指望永远当狼群的首领。”巴格伊拉说。

阿凯拉没有吭声。他在想：每个狼群的头领都有那一天，到时候精力衰退，身体越来越弱，最后会被狼群杀死，换上一个新的头领——到头来新头领也难免一死。

“把他带走吧，”他对狼爸爸说，“把他训练成一个合格的自由民。”

就这样，毛葛利以一头公牛的代价和巴鲁的好话被接纳进了西翁伊狼群。

现在你只好跳过十来年的时光，自个儿去想象一下毛葛利在狼群里过的奇异的生活，因为如果把这段生活都写下来，那就得写好多本书了。他和狼崽们一块儿成长，当然，当狼崽们长成大狼时，他还是一个孩子。狼爸爸教给他狼的本领，给他讲丛林里各种事物的含义，直到后来，温暖的黑夜里的每一丝风吹草动，头上猫头鹰的每一声啼叫，在一棵树上栖息片刻的蝙蝠爪子的每一次抠抓，池子里小鱼跳跃的每一下溅泼声，他都能了如指掌，就像一个商人对自己办公室里的事务一样清楚。他不学习的时候，就坐在外面太阳地里，睡了吃，吃了又睡；他觉得身上脏了或者热了，就跳进林中的水池去游泳；他想吃蜂蜜的时候（巴鲁告诉他，蜂蜜、坚果就像生肉一样好吃），就爬上树去找，这种本领正是巴格伊拉教给他的。巴格伊拉常常躺在一根树枝上呼唤："过来，小兄弟。"起初毛葛利像懒熊一样死抱住树枝不放，但到了后来，他能在树枝间攀缘飞跃，简直就像灰猿那样大胆。在狼群开会的时候他也在会议岩上就位，也就在那儿他发现：要是他死死盯着某一只狼看，那狼便只好低下头去，所以他常常盯着他们看，觉得挺好玩。有时候，他会拔出朋友们掌心里的长刺，因为狼的身上扎了各种各样的刺就难受得要命。他常常在夜里下山到耕地里去，十分好奇地望着茅屋里的村民。但他并不信任人。因为巴格伊拉叫他看过一个装着活门的方箱子，那玩意儿非常巧妙地隐蔽在丛林里，他险些走了进去。巴格伊拉告诉他，那是陷阱。他最爱干的就是跟上巴格伊拉走进幽暗、暖和的森林深处，懒洋洋地睡上一整天，天一黑，便去看巴格伊拉怎样捕猎。巴格伊拉饿了的时候见猎物就杀。毛葛利也是这样——但有一样猎物是个例外。毛葛利长到刚刚懂事的时候，巴格伊拉给他讲过，他可千万不能碰牛，因为他就是以一头公牛的性命为代价被买进狼群的。"整个丛林都是你的，"巴格伊拉说，"只要你有力气，想捕杀什么就捕杀什么，但是看在赎过你的那头公牛的分上，你绝不能杀吃任何一头牛，不管是小牛还是老牛。这是丛林法规。"毛葛利便坚决照办了。

这样，毛葛利就长呀长，长得非常健壮。如果一个男孩在不知不觉中学习功课，除了吃，又不为世上别的任何事情操心，那么他一定会发育成这个样子。

有那么一两回，狼妈妈给他说，希尔汗是一个不堪信任的家伙，将来有一天，他一定得杀死希尔汗。可是尽管一只小狼会时时刻刻牢记这一教导，毛葛利却把它忘在了脑后，因为他只不过是一个小孩——不过，要是他会说人话，他就会管自个儿叫作狼。

希尔汗经常在丛林里出没，因为阿凯拉越来越老，身体越来越弱，瘸老虎就同狼群里年轻一些的狼交朋友；他们便跟上他去捡一点儿残汤剩饭，要是阿凯拉敢于严加管教的话，他们这样做是绝对不行的。这样一来，希尔汗便常常奉承他们，还表示诧异：为什么这么一群出色的年轻猎手却心甘情愿让一只奄奄一息的老狼和一个人崽去摆布。“我听说，”希尔汗常常说，“你们在大会上都不敢正眼看他一眼。”于是年轻的狼便竖起毛发嗥叫起来。

巴格伊拉信息非常灵通，所以这一类事逃不过他的耳目。有那么一两回，他不厌其烦地给毛葛利讲，希尔汗总有一天要杀死他的，而毛葛利听了却笑着回答：“我有狼群，有你，还有巴鲁，虽然他懒得要命，也会助我一臂之力的。我干吗要怕他呢？”

那是一个非常暖和的日子，巴格伊拉萌发了一个新的念头，这是从他听到的一件事联想起来的，也许是豪猪伊吉告诉他的。当他和毛葛利来到丛林深处，毛葛利正把头枕在他那漂亮乌黑的皮毛上时，他问毛葛利：“小兄弟，我跟你说希尔汗是你的冤家，这话说过多少回了。”

“回数多得就像那棵棕榈树上的核果，”毛葛利说道，当然他是不会数数的，“那又怎么样呢？我都瞌睡了，巴格伊拉，希尔汗不就是尾巴长，好吹牛么？就像孔雀毛儿一样。”

“现在不是睡大觉的时候。这事儿巴鲁知道，我知道，狼群知道，就连那些傻里呱叽的鹿也知道，塔巴几也给你讲过。”

“哈！哈！”毛葛利说，“不久以前塔巴几来找我，毫不客气地说我是个光身子的人崽，连刨花生都不配呢。我抓住塔巴几的尾巴，往棕榈树上甩了两下，教他懂点儿规矩。”

“你可干了件蠢事，塔巴几虽然是个捣蛋鬼，可是他要告诉你的事却跟你息息相关。睁开你的眼睛吧，小兄弟。希尔汗是不敢在丛林里杀害你的，可是你要记住，阿凯拉已经很老啦，他杀不死雄鹿的日子已经不远了，那时候他就再也当不成头领了。你第一次被带到大会上时端详过你的那些狼，许多也都老了，正像希尔汗所教唆的那样，年轻的狼都相信狼群里是没有人崽的地位的。过不了多久，你就长大成人了。”

“长大成人又怎么啦，难道就不应该跟他的兄弟们一起奔跑了吗？”毛葛利说道，“我是在丛林中出生的，我一直遵守丛林法规，我们当中哪一只狼没有叫我拔过他爪子上的刺？他们当然是我的兄弟了！”

巴格伊拉把身子伸得直直的，眯缝着眼睛。“小兄弟，”他说，“摸摸我的下巴颏儿。”

毛葛利抬起他那棕色粗壮的手，刚好碰到巴格伊拉丝一样光滑的下巴下面，就在一大块一大块起伏的肌肉被光滑的皮毛遮住的地方，他摸到了一块小秃斑。

“丛林里谁都不知道我巴格伊拉带着这个记号，这是戴过项圈的记号。可是小兄弟，我是在人中间出生的，我母亲就是死在人中间的，也就是死在奥德普尔王宫的笼子里的。正因为这样，当你还是一个光身小崽子的时候，我在大会上才肯破费赎你。不错，我也是在人中间出生的。我从来没有见过丛林。他们把我关在铁栏杆后面，用一口铁锅给我喂食，直到一天夜里，我觉得我是黑豹巴格伊拉，不是人的玩物，于是我就一爪子砸烂那把不中用的锁子，跑了。正因为我学会了人的一套做法，我在丛林中就比希尔汗更加可怕，难道不是这样吗？”

“可不，”毛葛利说，“丛林里谁都怕巴格伊拉——只有毛葛利除外。”

“啊，你是一个人崽，”黑豹非常温存地说，“就像我终归回到丛林里来一样，你最后也得回到人那儿去——人才是你的兄弟——如果你不会在大会上被杀死的话。”

“可是为什么，到底为什么他们想杀死我呢？”毛葛利说。

“看着我。”巴格伊拉说，毛葛利便死死地盯着那一双眼睛。过了半分钟，大黑豹就把头转过去了。

“原因就在这里，”他一边挪动树叶上的爪子，一边说道，“就连我也不能正眼瞧你，我出生在人中间，而且还爱你，小兄弟。很多狼都恨你，因为他们都不能正视你的目光——因为你聪明——因为你拔出了他们脚上的刺——因为你是人。”

“我可不明白这些事儿。”毛葛利悻悻地说，他紧紧锁起他的两道又黑又浓的眉毛。

“什么是丛林法规呢？先下爪，后出声。从你那大大咧咧的样子，他们就知道你是个人。可是放聪明一点儿。我心里有数：如果下一次阿凯拉没有逮住猎物——现在他要咬住一只雄鹿，一次比一次更吃力了——狼群会回过头来反对他，也反对你的。他们会在会议岩上召开一次丛林大会——到那时——到那时——我有办法了！”巴格伊拉跳起来说，“你赶快下去到山谷里人的小屋那里取一点儿他们栽的红花来，到时候你就会有一个朋友，它比我，比巴鲁，比狼群里爱你的伙伴们都要强大。把红花取来吧！”

巴格伊拉说的红花就是火，只是丛林的动物谁都叫不上它真正的名字。所有的野兽都对火怕得要命，因此就想出千奇百怪的办法来描绘它。

“红花？”毛葛利说道，“它黄昏时分就在他们房子外面长着。我去弄一些来。”

“这才像人崽说的话，”巴格伊拉骄傲地说，“记住，它长在小盆子里，赶快去拿一盆来，把它保存起来，在需要的时候用。”

“好的！”毛葛利说，“我这就去。可是你敢肯定，我的巴格伊拉，”——他一条胳膊搂住那漂亮的脖子，直勾勾地盯着他的一双大眼睛——“你敢肯定这都是希尔汗搞的鬼？”

“凭解放我的那把破锁起誓，我敢肯定，小兄弟。”

“那我就凭赎我的那头公牛起誓，我要跟希尔汗清算老账了，也许还不止这一点呢。”毛葛利说着，就连蹦带跳地走了。

“这才算个人，地地道道的人。”巴格伊拉自言自语地说着，又躺下了，“哦，希尔汗哟，再也没有比你十年前捕猎青蛙更晦气的事了。”

毛葛利远远地穿过了森林，一路心急火燎地拼命奔跑着。当夜雾升起的时候，他回到了狼洞。他喘了一口气，朝山谷里望去。狼崽子们出去了，可是狼妈妈却在山洞的最里头，一听见毛葛利的呼吸声她就知道她的青蛙在为什么事儿发愁。

“怎么回事，儿子？”她说。

“希尔汗胡说了一通，”他回头喊道，“我今晚要到耕地那里去捕猎。”于是他冲下山去，穿过灌木林，一直向谷底的小河跑去。他一到那里就停住了，因为他听到了狼群的咆哮声，听到了一只被追赶的大雄鹿的吼叫，以及他陷入绝境后的鼻息声。随后又是年轻的狼发出的恶毒刻薄的嗥叫：“阿凯拉，阿凯拉！让独狼抖抖威风吧。为狼群首领开道！跳吧，阿凯拉！”

独狼准是跳了，但是扑了个空，因为毛葛利听见他的牙齿咔嚓一声响，然后又是一声叫唤，大雄鹿用前爪把他蹬翻在地上了。

毛葛利再也不等什么了，只是一个劲儿地向前冲，当他跑到村民们居住的庄稼地里的时候，身后的叫声已经变得很微弱了。

“巴格伊拉说的是实话，”当他卧倒在小屋窗口的一堆牛饲料上时，他喘着气说，“明天无论对阿凯拉，还是对我，都是个关键的日子。”

然后他把脸紧紧贴在窗子上，瞅着炉子里的火。他看见那农民的老婆夜里起来，往炉子里面填了几块黑疙瘩；天亮以后，白雾茫茫，寒气逼人，他看见那人的孩子拿起一个里面涂了泥的柳条盆儿，往里面填了几块红通通的木炭，再把盆子捂到毯子下面，然后就出去照看牛栏里的母牛去了。

“原来是这么回事！”毛葛利说，“要是一个崽子都能对付得了，那就没有什么可怕了。”于是他迈开大步从屋子拐角上绕过去，迎上那孩子，把盆子从他手里一把夺过来，一溜烟消失在晨雾中了，而那孩子却吓得号啕大哭起来。

“他们倒是长得非常像我。”毛葛利一边说，一边向盆子里吹气，因为他看见那个妇人就是这样做的。“要是我不给它东西吃，这玩意儿就没命了。”于是他在这红通通的东西上扔了些树枝和干树皮。他上到半山，就遇见了巴格伊拉，晨露就像月长石似的在他的皮毛上闪闪发光。

“阿凯拉扑了个空，”黑豹说，“他们本来要在昨天夜里杀死他的，可是他们也想把你一块儿干掉。刚才他们还在山上找你呢。”

“我到耕地那儿去了。我已经做好了准备。瞧！”毛葛利把火盆举了起来。

“好！我看见人们向这里面塞进去一根干树枝，红花马上就在枝头上开起来。你怕不怕？”

“不怕。我干吗要怕呢？对了，我记起来了——那该不是一场梦吧——我还没有做狼的时候就是躺在红花旁边，那儿又暖和又舒服。”

毛葛利一整天就坐在山洞里伺候他的火盆，把干树枝插进去，看它们变成什么样儿。他发现有一根树枝使他非常满意。傍晚，塔巴几到山洞里来很不客气地要他到会议岩去一趟，他放声大笑起来，弄得塔巴几

只好跑开。随后，毛葛利还是大声笑着去开会。

独狼阿凯拉在他那块岩石旁躺着，这就意味着狼群头领的地位暂时空着。于是希尔汗在那些吃残汤剩饭的狼的簇拥下大摇大摆地走来走去，到处都是阿谀奉承。巴格伊拉紧挨着毛葛利躺着，而火盆就在毛葛利的两膝间夹着。大家集合齐以后，希尔汗开始讲话——这可是阿凯拉年富力强时他从来都不敢干的一件事儿。

“他没有权利，”巴格伊拉悄悄地说，“就这么说。他是个狗崽子。他会被吓坏的。”

毛葛利一跃而起。“自由民们，”他喊道，“难道希尔汗是狼群的首领吗？一只老虎与我们的领导有什么相干？”

“由于领导权尚未确定，又因为我应邀发表意见——”希尔汗开始讲话了。

“应谁的邀？”毛葛利说道，“难道我们都是豺狗子，要一味奉承这个杀牛的屠夫？狼群的领导是由狼群自己决定的。”

于是响起了杂乱的吆喝声：“住嘴，你这人崽子！”“让他讲话。他一向都遵守我们的法规。”最后，一些年长的狼发出雷鸣似的吼声：“让死狼说话吧。”每当狼群的首领未杀死猎物时，尽管他还活着，也会被叫作“死狼”，遇到这种情况，通常他是活不长的。

阿凯拉有气无力地抬起他那衰老的头——“自由民们，还有你们这些希尔汗的豺狗子，有多少个季节我领你们去捕猎，然后又把你们领回来，在我担任头领期间，没有一只狼落入陷阱，也没有一只受伤致残。现在我逮不住猎物了。你们知道这个圈套是怎么设计的。你们知道你们怎样把我带到一只情况不明的雄鹿那儿，让我当众出丑。事情干得实在漂亮。你们的权利就是此时此刻在会议岩上把我杀死。那么，请问，由谁来结束独狼的性命呢？按丛林法规规定，我有权利让你们一个一个上来跟我决斗。”

一阵长时间的肃静，因为没有一只狼愿意跟阿凯拉去进行拼死的搏斗。于是希尔汗吼叫起来："呸！我们管这个没牙佬干什么？他是死定了！倒是那个人崽活得太久了。自由民们，从一开始他就是我嘴里的肉。把他交给我。我对这种人不像人、狼不像狼的荒唐事儿腻味透啦。他已经把丛林搅扰了十个季节。把那人崽交给我，否则我就一直到这儿来捕猎，连一根骨头也不给你们留。他是人，是人的崽子，我打骨子里恨他。"

于是半数以上的狼便吆喝起来："人！人！人跟我们有什么相干？哪儿来的就到哪儿去！"

"难道要他招来村子里所有的人来对抗我们不成？"希尔汗嚷道，"不行，把他交给我。他是个人，我们当中谁也不能正眼盯着他。"

阿凯拉又把头抬起来说："他吃了我们的饭。他跟我们一起睡觉。他替我们驱赶猎物。他丝毫没有违犯丛林法规。"

"还有，当初他被接纳的时候我为他陪送了一头公牛。一头公牛事小，可是巴格伊拉的荣誉事关重大，说不定他要为此拼搏一场呢。"巴格伊拉用他最温柔的嗓音说。

"十年前陪送的一头公牛！"狼群嗥叫起来，"我们管十年前的骨头干什么？"

"那誓约也不管了吗？"巴格伊拉说道，他的白牙从嘴唇下面露出来，"亏你们还叫作自由民呢！"

"人崽决不能跟丛林居民一起奔跑，"希尔汗吼道，"把他交给我！"

"除了血统不同，无论从哪一方面讲，他都是我们的兄弟，"阿凯拉接上说，"而你们却想在这里把他杀掉！说老实话，我已经活得太久了。你们有的专门吃牛，我听说有的还在希尔汗的教唆下，摸黑到村民的门口抢夺孩子。因此，我知道你们是些胆小鬼，我现在是对一群胆小鬼讲话。毫无疑问，我必有一死，我的生命毫无价值，要不我就会代替人崽去死。然而为了狼群的荣誉——由于没有头领，诸位已经忘记了这件小事——我答应：如果你们把人崽放回原地，当我的大限来到时，我连牙都不会向你们龇一下。我不用决斗，情愿死去。这样将会至少挽救狼群中的三条性命。别的我就无能为力了；不过，如果你们愿意，我还可以使你们不致因杀害一位无辜的兄弟而蒙受耻辱——这位兄弟是依照丛林法规、经过申辩、交过赎金才被狼群接纳的。”

“他是人——人——人！”狼群吼道。大多数狼开始聚集到希尔汗周围，他们的尾巴开始抽动了。

“现在，事态就由你来掌握了，”巴格伊拉对毛葛利说，“除了搏斗，我们别无良策。”

毛葛利直挺挺地站着，一双手捧着火盆，然后他把双臂向前一伸，对着大会打了个呵欠，可是他心里又愤怒，又难过，因为，这些狼毕竟是狼，他们从来没有给他讲过他们是多么恨他。“你们听着！”他喊道，“用不着再这样像狗一样纠缠下去了。你们今晚已经反反复复地告诉我：我是个人（其实，我本来倒是愿意跟你们在一起当一辈子的狼），所以我觉得你们的话都不假。因为我再也不把你们叫作我的兄弟了，而是像人那样，把你们叫作狗。你们想干什么，你们不想干什么，你们说了不算，事情要由我来决定。我们为了把问题看得更明白些，我，也就是人，带来了一点点红花，这可是你们这些狗害怕见到的东西。”

他把火盆往地上一扔，几块通红的炭把一簇干苔藓点着了，一下子便烈火熊熊，出席会议的全体成员在跳跃的火焰面前，吓得连忙往后退。

毛葛利把他那根枯枝放进火里，一会儿小枝燃着了，毕毕剥剥地响起来，他举起树枝在头上挥舞，周围的狼一个个心惊胆战。

“你现在是胜利者了。”巴格伊拉低声说，“救救阿凯拉的命吧，他一向是你的朋友。”

阿凯拉，那只一辈子也没有求过饶的坚强的老狼，向毛葛利投去乞怜的目光。这孩子光着身子站着，一头黑黑的长发散披在肩头，周围是一片燃烧的树枝发出的火光，许多黑影随着火光跳动、颤抖。

“好！”毛葛利慢慢地环视着四周说，“我看到你们都是些狗。我要离开你们，回到我自己的人那里去了，如果他们真是我自己的人的话。丛林对我关上了大门，我只好忘记你们的谈话，忘记你们的友情；不过我可比你们有良心。因为虽然从血统上讲，我算不上你们的亲兄弟，但是其他一切关系都有。所以我答应你们：当我成为人类的一员的时候，我不会像你们出卖我那样把你们出卖给人类。”他用脚踢了踢火，火星飞迸起来。“我们人类绝不会跟狼群交战。但我走之前，这里还有一笔债需要偿还。”他一个箭步跨到希尔汗跟前，揪住他下巴上的一撮毛，而他还蹲在那儿傻头傻脑地对着火焰眨巴着眼睛。巴格伊拉跟在后面以防不测。“站起来，狗！”毛葛利喊道，“人说话的时候，你必须站起来，要不我就把你这一身皮毛烧掉！”

希尔汗的耳朵平贴在脑袋上，闭上了眼睛，因为熊熊燃烧的树枝离他太近了。

“这个专门吃牛的家伙说，他要在大会上杀死我，因为我小的时候他没有能杀我。就是这样，就是这样，我们人就是这样来打狗的。你若敢动一根毫毛，瘸子，我就把红花塞进你的嗓子眼里去！”他用那根树枝抽打希尔汗的脑袋，希尔汗害怕得要命，呜呜直叫。

“呸！毛燎皮焦的丛林野猫——现在滚开！可是要记住，下次我作为一个人来到会议岩的时候，我的头上会披着希尔汗的皮。至于其他的事嘛，阿凯拉可以自由自在地去生活，你们不能杀他，因为我不同意。我也不想让你们再坐在这儿，伸着舌头，摆出一副自命不凡的样子，其实你们都是我撵出去的一群狗——就这样撵！滚吧！”枝头的火熊熊地燃烧着，毛葛利绕着圈子左右挥舞，狼一个个嗥叫着跑开，皮毛上还有火星子在燃烧。最后只剩下阿凯拉、巴格伊拉，还有站在毛葛利一边的十来只狼。这时候什么东西开始刺痛了毛葛利的心，他以前还从来没有这样被刺痛过，他哽咽了一下，便抽泣起来，泪水滚下了他的面颊。

“这是什么？这是什么？”他说，“我不想离开丛林，我也不知道这是什么。我要死了吗，巴格伊拉？”

“不会的，小兄弟。这只不过是人常流的眼泪。”巴格伊拉说，“现在我知道你是一个大人，不再是个人崽了。从此以后，丛林的确要把你关在门外了。让它流去吧，毛葛利，它只不过是眼泪。”于是毛葛利坐在那里哭着，好像心都碎了似的；他有生以来还从来没有哭过呢。

“唉，”他说，“我要到人那儿去了。但是我先得向妈妈告别。”于是他来到了狼妈妈和狼爸爸居住的洞穴，趴在她身上痛哭了一场，四个狼崽儿也哀哀地嗥叫着。

“你们不会忘记我吧？”毛葛利说。

“只要我们还能辨别嗅迹，就永远不会忘记的。”狼崽们说道，“你做了人以后，到山脚下来，我们愿意跟你聊聊天；夜里我们还会到庄稼地里去找你玩。”

“快点来吧！”狼爸爸说，“哦，我聪明的小青蛙，快点来吧，因为我和你妈都老了。”

“快点来吧！”狼妈妈说，“我的光身子小儿子，因为，听我说，人孩，我疼你胜过疼我自己的崽子。”

“我一定来，”毛葛利说，“当我再来的时候，我要把希尔汗的皮铺到会议岩上。别忘了我！告诉丛林中的伙伴们，永远不要忘记我！”

天开始破晓了，毛葛利独自走下山坡，去会见那些叫作人的神秘的东西。

西翁伊狼群的猎歌

天就要亮啦，大雄鹿叫啦，
　　一回，两回，好多回呀！
一只雌鹿跳起来，一只雌鹿跳起来，
　　在那野鹿进食的林泉外。
我独自跟踪，这情景我见啦，
　　一回，两回，好多回呀！

天就要亮啦，大雄鹿叫啦，
　　一回，两回，好多回呀！
一只狼偷偷地跑回来，一只狼偷偷地跑回来，
　　给等候的狼群捎个信儿来。
我们在搜索，我们已发现，跟着他的足迹叫起来，
　　一回，两回，好多回呀！

天就要亮啦，狼群都叫啦，
　　一回，两回，好多回呀！
脚步在丛林中不留痕迹！
眼睛在黑暗中看得清晰！
喉咙——放开喉咙叫吧！听哪！听哪！
　　一回，两回，好多回呀！

大蟒蛇喀阿捕猎

斑点是豹子的快乐，犄角是水牛的骄傲。
要保持清洁，因为猎手力量多大，从他那皮毛的光泽就可以知道。
如果发现小公牛能把你们顶翻，浓眉大鹿能把你们抵伤，
不必停下活儿向我们诉说，因为十个季节前这事儿就习以为常。
别压迫外路人的崽子，把他们当成姊妹兄弟热烈欢迎，
因为尽管他们是些胖乎乎的小不点儿，说不定熊就是他们的母亲。
“谁也没有我的能耐！”崽子对他最初的猎杀自鸣得意；
然而丛林很大，崽子还小。让他好好想想，先别吭气。

——《巴鲁箴言集》

这里讲的事情发生的时候，毛葛利还没有被撵出西翁伊狼群，也没有向老虎希尔汗报过仇呢。那时候，巴鲁正在给毛葛利教丛林法规。那只严肃认真的大块头老棕熊十分庆幸有这么一名伶俐的学生，因为小狼只要学一点儿在自己的群落里用得上的丛林法规就行了，而且一学会背诵下面这首捕猎诗就溜之大吉：“下脚无声无息，眼睛在黑暗中看得清晰；耳朵能听见自己窝里的风声，牙齿又白又利，这些都是我们自家兄弟的标记，当然不算我们憎恨的豺狗和豺狗子塔巴儿。”然而，毛葛利是个人崽，要学的就比这多得多了。有时候黑豹巴格伊拉会从丛林里溜达过来，看看他的宝贝过得怎么样，在毛葛利向巴鲁背诵当天的功课的时候，他就头抵到一棵树上呜儿呜儿念经。这孩子攀缘的本领几乎赶得上游泳的本领，游泳的本领几乎赶得上奔跑的本领，所以法规老师巴鲁

就给他教“林水法规”：怎样辨别腐朽的树枝和健全的树枝呀；当他碰到在离地面五十英尺的高处有一窝野蜂的时候，怎样向他们彬彬有礼地说话呀；如果他在中午打扰了树枝上的蝙蝠盲哥时，应当向他说些什么呀；怎样先向池塘里的水蛇告诫一声，再扑通一下跳入水中呀。丛林居民都不喜欢被人打扰，所以随时都会向一位不速之客发起猛烈的攻击。于是，毛葛利也学会了“生客的捕猎呼叫”。每当一个丛林居民在自己的地盘以外捕猎时，必须按规定反复大声呼叫，直到有了回答为止。这种呼叫翻译过来，大意就是：“我肚子饿，请允许我在此地捕猎。”回答则是：“捕猎是为了觅食，不是为了取乐。”

凡此种种将会表明：毛葛利心里要记住多少东西呀，他要把同一件事情重复上百次，所以都腻味透顶了。不过，有一天毛葛利挨了一巴掌，气呼呼地跑走了以后，巴鲁对巴格伊拉说：“人崽毕竟是人崽，他必须学会全部丛林法规。”

“可是想一想他是多么小呀，”黑豹说，“如果由着他的性儿，那就会把毛葛利宠坏的。他那个小脑袋怎么会装得下你那么长的话呢？”

“丛林里有没有小得杀不死的东西？没有。所以我必须教会他这些东西，所以在他忘记了的时候我就要打他，只是轻轻地来一下。”

“还轻呢！你知道什么是轻，老铁掌？”巴格伊拉咕咕哝哝地说，“今天他的脸被你那轻轻的一下打得皮破血流。呸。”

“打是疼，骂是爱，把他打得遍体鳞伤总比没人管害了他强，”巴鲁非常认真地回答，“眼下我正在给他教‘丛林要语’呢，在他碰上飞鸟、蛇族和所有四条腿跑着捕猎的民族的时候，这种要语会保护他，当然只有他自己的群伙除外。只要他愿意记住这些语句，他现在就可以要求保护，免受丛林任何动物的伤害。难道学会这种本领挨一点儿打不值得吗？”

“嘿，那就当心点儿，可别要了人崽的命。他可不是你用来磨爪子的树干。不过，那些‘要语’都是些什么呀？我倒是给人帮忙的可能性大，求人帮忙的可能性小，”——巴格伊拉伸出一只爪子，欣赏着爪子尖儿上那钢青色的能撕善凿的爪钩——“不过我还是想知道知道！”

“我把毛葛利叫来让他说——如果他愿意的话。来，小兄弟！”

“我的脑袋像当了蜂房的空心树一样嗡嗡直响，”他们头顶上有一个闷闷不乐的小声音说，不过毛葛利还是从一根树干上溜下来，显出一副火冒三丈的样子，到了地上以后又接着说，“我是来看巴格伊拉的，不是来看你的，胖老头子巴鲁！”

“对我来说这是一码事，”巴鲁说，不过他还是怪伤心的，“那就把我今天教给你的丛林要语给巴格伊拉念念。”

“哪个种族的要语？”毛葛利说，他很高兴能露一手，“丛林有好多种语言。我全都知道。”

“你知道一点儿，并不多。瞧，巴格伊拉呀，他们从来都不感激自己的老师。从来没有一个小狼崽儿回来感谢过老巴鲁的教育之恩。念猎手的话吧——大学者。”

“你我都是嫡亲。”毛葛利说，话里带着所有猎手都用的熊的口音。

“好，现在念念鸟语吧。”

毛葛利重复了一遍，在句尾还打了个老鹰的呼啸。

“现在念蛇族的。”巴格伊拉说。

回答是一声绝妙得难以形容的咝声，于是毛葛利向后踢着脚，拍着手夸耀自己，随后又往横卧在那儿的巴格伊拉的背上一跃，用脚后跟踢打着那光油油的皮毛，同时向巴鲁做着极为难看的鬼脸。

“好啦——好啦！受点儿伤也值得，”棕熊温存地说，“总有一天你会记起我的。”然后他侧过身来告诉巴格伊拉，他是怎样请求野象哈蒂教给毛葛利要语的，这一类事儿哈蒂全都知道。他还讲哈蒂怎样领着毛葛利跳到水池里从一条小蛇那儿学会了蛇语，因为巴鲁可不会讲这种语言。巴鲁还说，丛林里无论出什么岔子，毛葛利绝不会有什么闪失，因为不管是蛇，是鸟，还是野兽，都不会伤害他的。

“所以，现在没有什么可怕的了。”巴鲁非常自豪，拍着他那毛烘烘的大肚皮最后说道。

“可他自己的部落除外，”巴格伊拉低声说，接着又大声对毛葛利说道，“当心我的肋骨，小兄弟！这样子跳上跳下干吗呀？”

毛葛利一直拽着巴格伊拉的肩毛，使足劲儿踢着，想办法让人听见他的话。他们俩注意听的时候，他便扯着嗓门儿喊道：“这样我就有一个自己的部落了，我要领着他们成天价在树枝中间穿来穿去。”

“这又是什么新把戏，小梦想家？”巴格伊拉说。

“对，还向老巴鲁扔树枝，扔脏东西，”毛葛利继续说道，“他们已经答应我这件事了。啊！”

“呼夫！”巴鲁的巨掌一下子就把毛葛利从巴格伊拉的背上搂回来，孩子躺在那一对巨大的前掌中间时，看见巴鲁生气了。

“毛葛利，”巴鲁说，“你可一直在跟斑达-罗格——猴民说话。”

毛葛利瞧着巴格伊拉，看看黑豹是不是也生气了，而巴格伊拉的眼神像绿玉一样生硬。

“你一直跟猴民——灰猿——没有法规的民族——什么都吃的家伙——在一起厮混。真是奇耻大辱。”

“巴鲁把我的脑袋打伤以后，”毛葛利说（他仍然躺着），“我就走了，灰猿们就从树上下来对我表示同情。别的人都不管我。”他的鼻子有点儿抽搭。

“猴民的可怜！”巴鲁把鼻子哼了哼说，“真是山泉的静止！烈日的爽凉！还有什么，人崽？”

“还有，还有，他们给我坚果和好吃的东西，还有，他们——他们用胳膊把我抱到树顶上，还说我是他们的亲兄弟，只是我没有尾巴，还说将来有一天我应当给他们当头领。”

“他们没有头领，”巴格伊拉说，“他们在撒谎。他们老是撒谎。”

“他们非常客气，还叫我再来，干吗从来不把我带到猴民中间去呢？他们像我一样直立着。他们不用硬爪子打我。他们成天价玩耍。让我起来！坏巴鲁，让我起来！我还要跟他们玩去。”

“听着，人崽，”熊说，他的声音像一个炎热夜晚的隆隆雷声，“我已经把丛林全体居民——只有住在树上的猴民除外——全部丛林法规都教给你了。猴民没有法规。他们是被驱逐出去的一伙。他们没有自己的语言，用的全是他们在高高的树丫上倾听、窥视、等待时偷听到的话。他们的做法不是我们的做法。他们没有头领。他们没有记性。他们只是吹牛，唠叨，装出一副要在丛林里干大事的伟大民族的样子，可是一只坚果掉下来，他们就哈哈大笑一通，然后一切全忘了。我们在丛林里不跟他们打交道。我们不在猴子喝水的地方喝水；我们不到猴子去的地方去；我们不在他们捕猎的地方捕猎；我们不在他们死的地方死。直到今天，你听到我说起过斑达-罗格吗？”

“没有。”毛葛利小声说，因为巴鲁一说完话，森林顿时一片静寂。

“丛林居民嘴上不提他们，心里不想他们。他们数目多，又坏，又脏，又无耻，可是他们倒是希望——如果他们还有什么固定的希望的话——引起丛林居民的注意。可是，即便他们给我们的头上扔坚果，扔脏东西，我们还是不理睬他们。”

他还没有说完，坚果、细枝就像雨点似的从树丫中间哗啦啦洒下来；他们可以听见咳嗽声、嗥叫声，以及细枝中间愤怒的高跳声。

“猴民是被禁止的，”巴鲁说，“被禁止接近丛林居民的。记住。”

“禁止，”巴格伊拉说，“不过我还是认为巴鲁本来就应告诫你提防着他们些。”

“我——我？我怎么会料到他会跟那样的臭货一块儿玩呢？猴民！呸！”

一阵强劲的雨点打到他们的头上，他们俩便带着毛葛利小跑儿离开了。巴鲁说的有关猴子的话一点儿不假。他们的地盘在树顶上，由于野兽们很少抬头张望，因此猴子和丛林居民就没有理由狭路相逢。可是每当猴子们发现一只病狼或一只受伤的老虎或熊时，他们就来折磨他，而且还会向随便哪一只野兽扔树枝和坚果寻开心，同时还希望引起注意。他们常常嗥叫或尖叫一些毫无意义的歌，引诱丛林居民爬上他们的树跟他们格斗，或者他们自己平白无故地展开一场恶战，把战死的猴子扔到丛林居民能够看见的地方。他们总是好像快要产生一个他们自己的头领，一套自己的法规和习俗，可是却从来没有真正产生过，因为他们的记忆从今天持续不到明天，所以他们就编造了这么一句格言："斑达-罗格现在想到的，丛林随后也会想到。"从而使事情半途而废，而这还使他们深感欣慰。没有一头野兽够得着他们，话又说回来，也没有一头野兽会注意他们，正因为这样，毛葛利来跟他们玩耍时，他们便喜出望外，他们也听到巴鲁是多么生气。

他们从来也不存心干什么事——斑达-罗格说话从来不算数。可是其中有一个倒是想出了一个自命不凡的点子，他告诉大家把毛葛利收留在部落里，他将会成为一个有用处的人，因为他会把树枝编织在一起挡风，所以，要是他们把他抓住了，他们就要强迫他把这个本事教给他们。当然啰，毛葛利是樵夫的孩子，他把各式各样的本能都继承下来了，而且还经常不假思索地利用倒下的树丫建造小屋。猴民在树上看着，认为他的本领再神奇不过了。这一回呀，他们说，他们真的要有一位头领了，真要变成丛林里最聪明的民族了——聪明绝顶，所以大伙儿都要注意他们，羡慕他们。因此，他们便静悄悄地在丛林里追随着巴鲁、巴格伊拉和毛葛利，一直到睡午觉的时候，毛葛利感到非常丢脸，便睡在黑豹和棕熊中间，下定决心与猴民再不打任何交道。

毛葛利所记得的另外一件事就是有手在摸他的胳膊和腿——结实、健壮的小手——他的脸上落满了树枝，然后他透过摇晃的粗枝往下看，巴鲁正用他低沉的喊声把丛林唤醒，巴格伊拉跳上树干，把满嘴的牙都露了出来。斑达-罗格狂欢乱叫，互相厮打着上了巴格伊拉不敢追随的高枝，嘴里喊着："他注意我们啦！巴格伊拉已经注意我们啦。所有的丛

林居民都欣赏我们的本领和我们的心机。”随后他们开始飞跃，猴民飞越林地是谁也无法描述的景象之一。他们有自己的正道和岔路，不管上山下山，路都铺设在离地五十至七十英尺，或者一百英尺的高处，通过这些道路，如有必要，他们甚至可以进行夜游。

两只最壮的猴子抓住毛葛利的胳膊下面，一荡就带着他一起越过树顶，一跃就是二十英尺。要是他们不带人，速度还要快一倍，可是孩子的重量妨碍了他们。毛葛利虽然感到头晕恶心，还是身不由己地喜欢起这场狂奔来，虽然他会不时瞥见大地在下面很远很远的地方，吓得他心惊肉跳，荡到最后，猛地一停，下面没有什么依托，只有空气，真是把他的心都提到嗓子眼儿上了。

他的护送者往往把他猛地推到一棵树上，直到他觉得树梢上最细的枝丫嘎嘎作响，被他们压得弯了下去，然后一声咳嗽，一声呐喊，他的护送者向外俯冲到空中，猛地一停，不是用手，就是用脚悬挂到另一棵树低一些的粗树枝上。有时候他可以看见连绵好多好多英里的寂静、碧绿的丛林，就像一个人站在桅杆顶上能望见茫茫的大海一样，然后树枝和树叶就会扑打着他的脸，他和他的两个看守几乎又回到地面上来了。

就这样，又跳，又冲，又喊，又叫，斑达–罗格的整个部落带着他们的俘虏毛葛利沿着树道席卷而过。

有一段时间，他害怕被他们扔下去；随后他又非常气愤，但是心里明白，还是不能挣扎，最后他开始动起脑筋来。首要的事情是给巴鲁和巴格伊拉捎个信儿，因为猴子们以这样的速度前进，毛葛利知道他的朋友已经被远远地甩在后面了。向下张望也是白搭，因为他只能看见一些枝丫的顶端，他便抬头仰望，看见在蓝天的远处，老鹰奇儿滑翔、盘旋在丛林上空，等待着要死的东西。奇儿看见猴子们携带着什么东西，于是便飞低了几百码[①]，以便发现他们携带的东西是不是好吃。他惊讶地打了一声呼哨，因为他看见毛葛利被拖到树顶上，听见他给老鹰发出呼叫——“你我是嫡亲”。波涛似的树枝合拢起来，把孩子遮住了，不过奇儿又到下一棵树上空滑翔，刚好看见那张褐色的小脸又露出来。“注意我的行踪，”毛葛利喊道，“告诉西翁伊狼群的巴鲁和会议岩上的巴格伊拉。”

“以谁的名义，兄弟？”奇儿从来没有看见过毛葛利，当然他听说过。

“青蛙毛葛利。他们管我叫人崽！注意我的行——踪！”

最后几个字是尖叫出来的，因为他正被荡到空中，奇儿还是点了点头，然后展翅高飞，最后他看上去就像一粒尘埃那样微小了，于是他就悬浮在那儿，用他的千里眼注视着毛葛利的护送者飞腾向前时树顶摇摆的情况。

“他们绝不会走远的，”奇儿嘻嘻地说，“他们从来都干不成他们要干的事情。斑达–罗格总爱吃点新鲜。可这一回呀，要是我看得准的话，他们可为自家吞下了麻烦，因为巴鲁绝不是小毛头，而巴格伊拉，据我

---

① 码，英美制长度单位，1 码等于 3 英尺，合 0.914 4 米。

所知，杀起他们来比杀山羊还要多。”

于是他扇动翅膀，把双足收拢在身下等着。

在此期间，巴鲁和巴格伊拉真是气得火冒三丈，愁得五内如焚，巴格伊拉爬到他从来没有爬到过的高处，细树枝都被他压断了，他只好溜下来，四只爪子里都是树皮。

“你干吗不告诫告诫人崽儿呢？”他向可怜巴巴的巴鲁吼道，巴鲁已经迈开笨重的小步跑动起来，一心指望追上猴子们。“要是你不告诫他，把他打得半死又有什么用呢？”

“赶快，赶快呀！我们——我们也许还能抓住他们！”巴鲁气喘吁吁地说。

“就那个速度！一头受伤的母牛也不会感到累的。法规老师——打人崽的家伙——那样子滚来滚去滚上一英里，把你的皮也会磨破的。安安静静地坐着动动脑筋！想出一个办法来。现在不是追赶的时候。要是我们逼得太紧，他们还会把他扔下来的。”

“阿鲁拉！呼！他们也许已经把他扔下来了，因为累得带不动他了，谁能够信任斑达-罗格呢？把死蝙蝠扔到我头上！给我黑骨头啃！把我往会叮死我的野蜂的蜂房里滚，把我跟鬣狗埋在一起，因为我是一头最倒霉的熊呀！阿鲁拉拉！哇呼啊！毛葛利呀，毛葛利！我为什么没有告诉你提防着猴民，却打了你的脑袋呢？现在兴许我把一天的功课都从他的心里敲出去了，他就成了丛林里唯一的一个没掌握要语的居民了。”

巴鲁用爪子扣住耳朵，呻吟着在地上打起滚来。

“起码刚才他给我背的要语都背对了，”巴格伊拉不耐烦地说，“巴鲁，你既没有记性，也不关心别人。要是我黑豹像豪猪伊吉一样把身子蜷起来号叫，那丛林会怎么想呢？”

“丛林怎么想关我屁事？他现在也许已经死了。”

“除非他们要看热闹取乐，把他从树枝上扔下来，或者出于无聊杀死他，要不，我倒没有为人崽担惊受怕。他聪明伶俐，又有教养，最重要的是他有一双使丛林居民感到害怕的眼睛。可是（这可是件大坏事）他由斑达-罗格掌控着，他们因为住在树上便有恃无恐，把我们的民族谁都不放在眼里。”巴格伊拉若有所思地舔着一只前爪。

“我真傻！哦，我真是个刨树根子的棕色的胖傻瓜，”巴鲁猛地一下展开身子说，“野象哈蒂说得对，‘一物怕一物’，而他们斑达-罗格怕的就是石蟒喀阿。他攀爬的本领跟他们一样出色。他常在夜里偷小猴子。一提他的名字，他们万恶的尾巴都冰凉了。咱们找喀阿去。”

“他能替我们干些什么呢？他没有脚，不是我们部落的成员——还长着最凶恶不过的眼睛。”巴格伊拉说。

“他可是老奸巨猾。最重要的是，他总是吃不饱，”巴鲁满怀希望地说，“我们许诺给他很多山羊。”

“他一次吃罢就要睡上整整一个月。现在他兴许还在睡觉呢，即便醒着，要是他宁肯自个儿杀山羊吃，那怎么办呢？”巴格伊拉对喀阿不大了解，自然就疑虑重重了。

“既然那样，老猎手，那你和我一起去让他明白明白道理。”说到这里，巴鲁把他褪了色的棕色肩膀抵住黑豹磨蹭起来，他们便动身找石蟒喀阿去了。

他们发现他正伸展开来，在一块温暖、突起的岩石上享受着午后的阳光，同时还欣赏着自己一身美丽的新装，因为过去十天他蛰居起来蜕皮，现在变得非常壮观。他把那钝鼻子大头在地上刺来刺去，把三十英尺长的躯体扭成奇形怪状的结，舌头舔着嘴唇，因为他想着美餐就要来了。

“他还没有吃呢，”巴鲁说，他一看见那褐黄色斑纹的美丽花衣，就松了一口气，哼了一声，“当心，巴格伊拉！他蜕过皮后，眼睛有点儿不好使，出击非常快。”

喀阿不是毒蛇——事实上，他十分瞧不起毒蛇，认为他们是胆小鬼——可是他的攻击性在于他的拥抱，一旦他那巨大的身躯把谁缠绕几圈，那就再没说的了。“捕猎好！”巴鲁蹲下说。像这一类的所有的蛇一样，喀阿相当聋，他起初还没有听见那声招呼。当他蜷起身来以防不测时，头才低了下来。

“大家捕猎好，”他回答道，“噢嗬，巴鲁，你到这儿来干什么？捕猎好，巴格伊拉。我们当中至少有一个需要食物。有猎物活动的消息吗？有一只雌鹿，甚至一只小雄鹿吗？我的肚子空得像一口干井。”

“我们在捕猎。”巴鲁漫不经心地说。他知道千万不可催逼喀阿，他实在太大了。

“允许我跟你们一起走走。”喀阿说，“多打一下少打一下，对你们俩，巴格伊拉或者巴鲁来说，算不了什么，可我——我必须在一条林间小道上一连等上好多天，并且爬上半夜，只是希望碰上一只小猴子。扑嗞——嗬！现在的树枝也跟我年轻的时候不一样了，全是些朽条枯枝。”

“也许你的巨大的重量与此有关。”巴鲁说。

“我是比较长——比较长，”喀阿有点儿得意地说，“可是尽管如此，还是要怪这种新长的树木，上一次捕猎时我险些儿摔了下来——好险呀——而且往下滑的时候弄得惊天动地，因为我的尾巴没有把树缠紧，把斑达-罗格吵醒了，他们把我给骂惨了。”

“没有脚的黄土虫。”巴格伊拉的话语从胡须下面传出来，仿佛他正在回忆什么似的。

“嗞——！他们就那样骂我吗？”喀阿说。

“上个月他们好像对我们就是那样喊的，可是我们从来都不理睬他们。他们什么话都说得出来——甚至说你满口牙都掉光了，你连比小羊羔大一点儿的动物都不愿意对付，因为（他们真是恬不知耻，这些个斑达-罗格）——因为你害怕公山羊的角。”巴格伊拉用甜甜的声音继续说。

一条蛇，尤其像喀阿这样一条小心谨慎的老蟒蛇很少流露出生气的样子，可是巴鲁和巴格伊拉却能够看出喀阿喉咙两侧的大吞咽肌在波动，膨胀。

“斑达-罗格挪窝了，”喀阿不动声色地说，“今天我上来晒太阳时，听见他们在树顶上胡喊乱叫。”

“那——那正是我们现在追的斑达-罗格。”巴鲁说，可是话却卡到嗓子眼儿里去了，因为在他的记忆中，一个丛林居民承认对猴子的行为感兴趣这还是第一次。

“毫无疑问这样两位猎手——我肯定他们都是自己丛林里的头领——追踪斑达-罗格，可绝不是件小事。”喀阿彬彬有礼地回答道，他都好奇得鼓起来了。

“的确，”巴鲁开始说，“我只不过是个西翁伊狼崽们的老法规老师，有时候显得非常迂腐，可巴格伊拉在这儿——”

“难道巴格伊拉……”黑豹说，可是他的上下颚啪的一声合上了，因为他不相信低声下气会有什么效果，“事情是这样的，喀阿。那些偷吃坚果、摘棕榈叶子的家伙偷走了我们的人崽，也许你已经听说过他了。”

“我是从伊吉那儿（他的刺使得他十分放肆）听到过一些消息，说一个人模人样的东西进了一个狼群，可是我不相信。伊吉装了一肚子只听了半拉子的故事，讲得又非常糟糕。”

“不过这事倒是真的。他可是个从来没有见过的那种人崽，”巴鲁说，“人崽里面最优秀、最聪明、最勇敢的——我自己的学生，他会使巴鲁名满丛林的，况且，我——我们——喜爱他，喀阿。”

“啧！啧！”喀阿摇头晃脑地说，“我也知道喜爱是怎么回事。我还有一些故事要讲呢——”

“那倒需要一个晴朗的夜晚，我们大家都吃饱喝足才能欣赏，”巴格伊拉抢着说道，“我们的人崽现在在斑达-罗格手里，我们知道在所有的丛林居民中，他们只害怕喀阿一个。”

“他们只害怕我一个。他们倒是蛮有理由，”喀阿说，“唠叨，愚蠢，虚荣——虚荣，愚蠢，唠叨，就是猴子们的特性。可是一个人模人样的东西落在他们手里可不算走运。他们坚果摘腻了，就把它们扔下来。他们把一根树枝扛上半天，打算用它干些大事，可是后来又把它撅为两段。那人模人样的东西是不会惹他们羡慕的。他们还把我叫——‘黄鱼’，是不是？”

“虫——虫——土虫，”巴格伊拉说，“还有别的一些我现在说不出口的东西。”

“我们必须提醒提醒他们：不要说他们主人的坏话。啊——呲！我们必须帮助帮助他们恍惚不定的记性。喂，他们带着人崽上哪儿去了？”

“只有丛林知道。撵落日去了，我相信，”巴鲁说，“我们还以为你会知道呢，喀阿。”

“我？怎么会呢？他们跑到我眼皮底下，我就抓他们，说实在的，我并不追捕斑达-罗格，青蛙——也不要水里树干上的绿萍。”

“往上，往上！往上，往上！希罗！伊罗！伊罗！往上看，西翁伊狼群的巴鲁！”

巴鲁抬起头来，看声音是从哪儿来的，原来是老鹰奇儿忽地飞了下来，阳光把朝上翘起的翅膀边缘照得闪亮。快到奇儿睡觉的时候了，可是他还是在飞越整个丛林寻找这只熊，但由于枝叶茂密一直没有看见。

“什么事啊？”巴鲁说。

“我看见毛葛利在斑达-罗格中间。他叫我告诉你。我一直注视着。斑达-罗格已经把他领过河，带到猴城——‘寒巢’去了。他们也许要在那儿过一夜，也许过十夜，也许只过一个小时。我已经吩咐蝙蝠从天黑到天亮的这一段时间里严密注视。这就是我送来的信息。捕猎好，下面的各位！”

“吃饱睡好，奇儿，”巴格伊拉喊道，“下一次捕杀猎物，我会记住你的，把脑袋专门给你留下，出类拔萃的老鹰哟！”

“没有什么，没有什么。那孩子掌握了要语。我也只能干这些。”奇儿说罢又向上绕了个圈子回窝去了。

“他没有忘记使用他学的语言，”巴鲁说，得意地轻声笑起来，“想一想，年纪这么小，连鸟儿的要语也记住了，而且还是在被拉上穿越树木的时候！”

“那已经深深地钉进他的脑袋里了，”巴格伊拉说，“不过我还是为他感到骄傲，现在我们必须上寒巢去了。”

他们都知道那个地方的位置，可是丛林居民很少到过那儿，因为他们所谓的寒巢是一座湮没在丛林里的古老的荒城，野兽很少利用人曾经用过的地方。野猪会利用的，但捕猎部落却不利用。何况，猴子们是住在那儿的，他们哪里都可以将就着住，而有自尊心的动物是不会进入寒巢的范围之内的，除非在干旱季节，那里还没有被完全毁掉的蓄水池和水库里有一点儿水的时候。

“那有半夜的路程——而且还要全速前进。”巴格伊拉说。巴鲁的神情非常严肃。“我尽量往快走就是了。”巴鲁忧心忡忡地说。

“我们不敢等你了。跟上来吧，巴鲁。我们必须放快脚步走——我和喀阿。”

“有脚没有脚，我反正能和你的四只脚并排前进。”喀阿简慢地说。巴鲁还加了一把劲儿要赶紧走，可是不得不又坐下来喘喘气，所以他们就让他随后再来，巴格伊拉便以快速的豹子慢跑步向前赶路。喀阿则一声不吭，尽管巴格伊拉奋力向前，巨大的石蟒仍然跟他齐头并进。他们来到一条山间小河旁，巴格伊拉比喀阿抢先一头和半脖子的距离过了河，因为他是跳过去的，喀阿则是游过去的，可是一上平地，喀阿又赶了上去。

“凭解放我的那把破锁起誓，”夜幕降临的时候巴格伊拉说，“你的确走得不慢！”

“我饿啦，”喀阿说，“再说，他们还管我叫花斑青蛙。”

“虫——土虫，还有黄虫。”

“都是一回事。咱们继续走吧。”喀阿似乎沿着路面向前倾泼，用他那一双一眨也不眨的眼睛找最近的路走。

在寒巢里，猴民们根本就没有想到毛葛利的朋友们。他们把毛葛利带进了废城，一时高兴得忘乎所以。毛葛利从来没有见过印度的城市，虽然这个城市差不多只剩下了一堆废墟，但似乎仍不失它昔日的壮观。这是很久很久以前，一个国王在一座小山上修建的。那通向坍塌的城门的石砌大道仍然依稀可辨，门上仅剩的一些木片还挂在锈坏的铰链上。树木在城墙上长进去又长出来；城垛已经塌坏，野蔓从一座座城楼的窗户里爬出来悬挂着，像一簇簇的悬壁密林。

一座没有房顶的大殿耸立在小山顶上，庭院和喷泉里铺的大理石破裂了，到处是红红绿绿的污斑，庭院里的大鹅卵石地面曾经是御象居住的地方，现在已被野草和小树顶开了。站在宫殿里你可以看见构成城市的一排排无顶的房屋，它们看上去就像黑洞洞、空荡荡的蜂窝；在四条马路相会的广场上，有一大块不成样子的石头，它本来还是一尊偶像；街头巷尾的坑坑洼洼，一度还是官井，一个个寺庙的破碎圆顶周围都钻出了野无花果。猴子们管这座宫殿叫他们的城，而且还自恃清高，瞧不起丛林居民，因为他们只能住在森林里。然而，猴子们永远也不知道为什么要修这些建筑物，也不知道怎样去利用它们。他们往往围成圈儿坐在国王的议事厅里，抠抠索索寻找跳蚤，还常常摆出一副人类的派头来；他们或者在那些无顶的房屋中跑出来跑进去，把泥皮旧砖搜集到一个墙旮旯里，随后又忘记把它们藏在什么地方了，于是他们成群结伙厮打喊叫，过会儿又一哄而散，在御花园的平台上，上上下下跑着玩，他们把那儿的玫瑰树和橘子树摇来晃去寻开心，瞅着果实和花朵纷纷往下掉。他们探寻了宫殿里的所有走廊和暗道，以及数以百计的小小暗室，可是他们从来都没有记住他们看见了什么，没有看见什么。就这样，他们或者踽踽独行，或者三三两两、成群结伙四处游荡，大家都说他们的一举一动都跟人一模一样。他们在蓄水池里喝水，把水搅得泥乎乎的，喝罢就打起水仗来，打上一会儿，又全纠结在一起高呼："丛林里就数我们斑达-罗格最聪明，最善良，最伶俐，最强大，最温柔。"然后一切又从头开始，一直到他们把这个城市玩腻了，便又回到树顶上去，希望丛林居民会注意他们。

毛葛利是按丛林法规调教出来的，所以不喜欢，也不理解这种生活。猴子们在下午把他拖进了寒巢，经过长途跋涉后，他们本来应该睡觉，可是他们不但不睡，反而携起手来乱蹦乱跳，还唱着他们傻里傻气的歌儿。一个猴子发表了一篇演说，告诉他的伙伴们说，抓获毛葛利标志着斑达-罗格历史上的新纪元，因为毛葛利将会让他们看到怎样把树枝、藤条编起来挡雨防寒。毛葛利便捡起几根藤蔓开始插进去，抽出来，进行编结，猴子们都试着模仿，可是没有过上几分钟，他们就失去了兴趣，便开始扯朋友的尾巴，或者四肢着地、咳嗽着跳上又跳下。

"我想吃东西，"毛葛利说，"在这一片丛林里，我是个生客。给我吃的，要不就允许我在这儿捕猎。"

二三十只猴子跳开了，给他去摘坚果和野巴婆果，可是他们却在路上打了起来，真是经过了千辛万苦才把仅剩下的一点儿果子带了回来。毛葛利肚子饿，身上又疼，心里又气，只好在空城里逛来逛去，不时发出外路客的捕猎呼叫，可是没有人回答他，所以毛葛利觉得他真是来到了一个糟糕透顶的地方。"巴鲁说的关于斑达-罗格的话全是真的，"他心里想，"他们没有法规，没有捕猎呼叫，没有头领——除了一些傻话和偷偷摸摸的小手以外，什么都没有。所以，要是我在这儿饿死或叫他们杀死，那全是我的错。不过我必须想办法回到自己的丛林里去。巴鲁肯定会打我的，可是那总比跟着斑达-罗格追逐无聊的玫瑰花瓣强。"

他一走近城墙，猴子们立即就把他拉回来，同时告诉他，他是身在福中不知福，而且掐着他逼他表示感激。他咬紧牙关，什么也不说，不过还是跟上大喊大叫的猴子们走到一个平台上，平台下面有一个红砂岩修的蓄水池，已经蓄了半池子的雨水。平台中央有一座倾倒的白色大

理石夏宫，那是为一百年以前死去的王后们修建的。圆形的屋顶塌了一半，堵塞了王后们从正宫进入这里的地道，可是墙壁都是大理石花墙——嵌有玛瑙、光玉髓、碧玉、天青石之类的美丽的乳白色浮雕细工。每当月儿从山后升起，月光穿过透雕细工，在地上投下的影子就像黑丝绒的刺绣。毛葛利尽管又痛又饿又瞌睡，可是当二十只猴子异口同声告诉他：他们是多么伟大多么聪明多么强壮多么温柔，他想离开他们又是多么愚蠢时，他还是忍不住放声大笑起来。“我们伟大，我们自由，我们了不起，我们是全丛林最了不起的民族！我们都是这样说的，因此它一定是真理，”他们喊道，“由于你新来乍到，并且能够把我们的话捎给丛林居民，以便从今往后他们可以注意我们，我们愿意把我们自己最优秀的品质全部讲给你听。”毛葛利没有表示反对，于是便有成百上千的猴子聚集到平台上，听他们的演说家们替斑达-罗格唱赞歌。每当一个演说家停下来喘一口气的时候，他们便全体高呼：“这是真理，我们都是这么说的。”他们向毛葛利提出问题的时候，他只是点点头，眨巴眨巴眼睛，说声“是”，他的头都被吵炸了。“豺狗子塔巴儿准是把他们都咬过了，”他心里说，“现在他们都疯了。肯定这就是那疯病‘敌望你’了。他们是不是从来都不睡觉呢？有一朵云飘过来要把月亮遮住了。假如这一块云很大的话，我就可以想办法趁黑逃跑了。不过我累得要命。”

在毁坏的城壕里待着的两位好朋友也在注视着这块云朵，因为巴格伊拉和喀阿十分明白猴民人多势众，非常厉害，因此不想去玩命。猴子不在以百当一的情况下是不进行战斗的，丛林里是不大有人算这个账的。

“我到西墙去，”喀阿悄没声儿地说，“就能从那条对我有利的坡上很快滑下来。他们不会成百上千个都扑到我的背上来的，不过——”

“这我知道，”巴格伊拉说，“要是巴鲁在这儿就好了，不过我们必须尽力而为了。等到那块云把月亮遮住，我就到平台上去。他们在那儿开什么会，在商讨那孩子的问题呢。”

“捕猎好。”喀阿面孔铁板着说，然后就向西墙爬过去了。西墙正巧又是毁坏程度最轻的，大蛇耽搁了一会儿才找到一条道儿爬上了墙石。乌云遮住了月亮，正当毛葛利心里嘀咕下一步会发生什么事的时候，他听见平台上响起了巴格伊拉轻轻的脚步声。黑豹几乎不出一点儿声音就冲上了斜坡，在猴群中间左右开弓，乱冲乱撞起来——他心里明白不能浪费时间去咬。猴子们正围着毛葛利坐着，圈子有五六十层深。巴格伊拉于是发出了一声害怕和愤怒的嗥叫，踩着乱滚乱踢的猴子身体轻快地跑着，这时一只猴子喊道：“这里只有一个！杀死他！杀死他！”乱成一团的猴子便连咬带抓，连撕带扯把巴格伊拉团团围住，有五六只猴子则抓着毛葛利，把他拖到夏宫的墙上，再从破圆屋顶的洞里推了下去。要是一个在人间教养大的孩子，就会摔得皮开肉绽，因为这是从足足有十五英尺的高处摔下来的，可是毛葛利却按照巴鲁教的办法落下来，双脚着地，稳稳地站住。

“就在那儿待着，”猴子们喊道，“我们杀死你的朋友以后，再跟你一起玩——假如毒族还让你活着的话。”

“你我都是嫡亲。”毛葛利说道，很快发出了蛇的呼叫。他可以听见他周围的垃圾里一片沙沙沙嗞嗞嗞的声音，于是再呼叫了一次，以便弄清楚些。

“原来如此！全体把盖头收起！”五六个低微的声音说（印度的每一个废墟迟早都要成为蛇的住处，这座古老的夏宫便成了眼镜蛇的天下），“别动，小兄弟，因为你的脚会伤害我们。”

毛葛利极力安安静静地站着，从透雕细工往外窥探，听着外面黑豹周围震天的杀声——猴子们喊叫着，唠叨着，扭打着，巴格伊拉声音深沉沙哑地咳嗽着，因为一堆又一堆的敌人压在他身上，他只一个劲儿地顶呀，摔呀，扭呀，冲呀。巴格伊拉有生以来，为生命而拼搏这还是第一次。

“巴鲁一定在附近；巴格伊拉不会独自来的。”毛葛利想道，然后他大声喊道，“到蓄水池去，巴格伊拉。向蓄水池滚，连滚带冲！钻到水里去！”

巴格伊拉听见了，这喊声表明毛葛利安然无恙，他顿时就勇气倍增。于是他奋不顾身，一点儿一点儿、不声不响地杀开了一条血路，直向蓄水池逼近。接着从离丛林最近的那堵破城墙上响起巴鲁隆隆的呐喊声。那头老熊已经全力以赴了，可还是走不到前面。“巴格伊拉，”他喊道，“我在这儿。我爬！我赶！啊呼呜啦！石头从我的脚下滑下去了！等我来，无耻透顶的斑达-罗格呀！”他刚喘着气爬上平台，脑袋就淹没在波涛般的猴群中了，于是他干脆屁股蹲在地上，伸出前爪，尽可能多地把猴子往怀里搂，然后就吧——吧——吧，一板一眼地打起来，绝像一个桨轮啪嗒啪嗒在挥打。砰的一声，接着又是哗啦一声，这就告诉毛葛利：巴格伊拉已经冲到猴子们跟不进去的蓄水池里去了。黑豹喘着气躺在那里，脑袋刚刚露出水面，猴子们则站在红色的台阶上排了三层，气得上蹿下跳，做好准备：一旦巴格伊拉出来援助巴鲁，他们就从四面八方扑到他身上去。就在这时候，巴格伊拉抬起他湿淋淋的下巴，绝望地发出蛇的呼叫，要求保护——“你我都是嫡亲”——因为他相信喀阿在那最关键的时刻已经掉转尾巴了。尽管巴鲁在平台边缘上被猴群压得连气也透不过来，可是听到黑豹的救命声也忍不住笑了起来。

喀阿刚刚爬上西墙，落地时身子猛地一扭，把一块盖顶石撞到城壕里去了。他无意失去地利的优势，因此把身子蜷住，伸开，反复了一两次，以便保证他那长长的身体每一部分都披坚执锐，做好了准备。这一段时间里，猴子们跟巴鲁的战斗在继续进行，他们在蓄水池里围着巴格伊拉喊叫。蝙蝠盲哥飞来飞去，把鏖战的消息送到丛林各处，最后连野象哈蒂也发出喇叭似的吼声，很远很远的地方，一股股零散的猴群被惊醒了，他们沿着树路跳过来援助寒巢里的战友，杀声震天动地，把方圆几英里路外的昼鸟都惊醒了。这时候喀阿像闪电一样径直向战场奔来，急不可待地要进行杀戮。一条蟒蛇的战斗力在于在他以全身的力量和重量为后盾的脑袋所进行的猛烈攻击。假如你能想象近半吨重的一支长矛，一个撞城槌，或者一把榔头，在柄部有一个冷静的头脑来驱动，那你就能对喀阿战斗时的情况想出个大概来。一条四五英尺长的蟒蛇如果正好打到人的胸口，就会把人打翻在地，可你也知道喀阿却有三十英尺长，喀阿第一下就打到包围巴鲁的那群猴子的正中央——闭住嘴巴不声不响打到要害处，再就用不着第二下了。猴子们喊着“喀阿！是喀阿！跑呀！跑呀！”便一哄而散。

多少代以来，猴子们只要一听长辈讲夜贼喀阿的故事，就一下子吓得规矩起来了。喀阿沿着树枝溜来溜去，就像苔藓生长那样无声无息，就连世界上最健壮的猴子他也能偷走。说起老喀阿，他还能把自己装成一段枯树枝或一截朽树桩，他装得那样像，就连最聪明的猴子也会上当，最后被这段树枝抓住。喀阿简直集丛林里猴子们恐惧之大成，因为他们谁也不知道他的威力究竟大到什么程度，谁也不敢正眼瞧他一眼，谁也没有从他的怀抱里活着出来过，所以现在他们被吓得张嘴结舌，撒腿就往房墙屋顶上跑。这样巴鲁才算长出了一口气。他的皮毛要比巴格伊拉的密得多，可是在一场恶斗中却吃了大亏。这时候，喀阿才第一次张开嘴，说了一个带着长长的咝声的字儿，那些远道赶来保卫寒巢的猴子便待在原地直打哆嗦，后来把树枝压得弯下去，嘎嘎直响。墙上和空房了里的猴子顿时停止了呼喊。在降临到全城的一片寂静中，毛葛利听见巴格伊拉从蓄水池里上来，把两肋的水抖掉。随后喧嚣声再次爆发。猴子们有的往更高的墙上跳；有的紧紧抱住那些大石像的脖子；有的尖叫着沿着城垛蹦跳。毛葛利也在夏宫里手舞足蹈，眼睛贴着花墙，门牙里发出猫头鹰那样的叫声，以表示嘲弄和蔑视。

“把人崽从那个陷阱里放出来，我再也没有办法了，”巴格伊拉喘着气说，“咱们把人崽带上走。说不定他们还会再次发动攻击。”

“他们动都不会动一下，除非我下命令。你们就这样待着！”喀阿咝声说道，于是全城再一次沉默下来。“我不能到前面来，兄弟，可是我想我听见了你在呼叫。”——这是冲着巴格伊拉说的。

“我——我也许在战斗中喊了起来，”巴格伊拉回答说，“巴鲁，你受伤了吗？”

“我还拿不准他们是不是把我撕成一百个小熊崽了呢，”巴鲁严肃地说，还把腿一条挨一条地抖一抖，“哇！好疼啊。喀阿，我想我们——巴格伊拉和我——的命是你救下来的。”

“没关系。那人仔在哪儿呢？”

“这儿，在陷阱里。我爬不出去。”毛葛利喊道，那破圆顶仍然弯曲在他的头顶上。

“把他带走。他像孔雀毛儿那样连蹦带跳，他会把我们的小家伙踩扁的。”里面的眼镜蛇们说。

“哈！”喀阿轻声笑着说，“他到处都有朋友，这个人仔呀。往后站，人仔，你们毒族也躲开，我要把墙打倒。”

喀阿仔细察看了一番，最后他发现在大理石花墙上有一个变了色的裂缝，看来这就是个弱点了，他用头轻轻地点了两三下，好把距离取好，然后他一截六英尺长的身体离开地面竖立起来，鼻子朝前，使足劲儿打了五六下。那花墙裂开倒了下去，尘土飞扬之后，变成了一堆垃圾，毛葛利从豁口跳出来扑到巴鲁和巴格伊拉之间——一只胳膊搂住一个脖子。

“你受伤了吗？”巴鲁轻轻地拥抱着他说。

“我又痛又饿，可一点儿伤都没有，不过他们可把我作践苦了，我的兄弟们呀！你们流血了。”

“他们也一样。”巴格伊拉说，一边舔着嘴唇，一边看着平台上和蓄水池周围的死猴子。

“那没有什么，那没有什么，只要你安全就好，我最值得骄傲的小青蛙呀！”巴鲁呜呜咽咽地说。

“这事我们以后还可以评说，”巴格伊拉用一种毛葛利一点儿都不喜欢的干涩的声音说，“不过，这是喀阿，我们的战斗是靠他才取胜的，你的命也是他救来的。按我们的习俗感谢他吧，毛葛利。”

毛葛利转过身来，看见大蟒蛇的脑袋摆来摆去。

“原来这就是人仔，”喀阿说，“他的皮可真绵软，他跟斑达-罗格倒有一点儿像。当心，人仔，我刚换过新衣后的某个黄昏，可不要叫我把你错当成一只猴子。”

“你我都是嫡亲，”毛葛利答道，“今晚我这命是从你那儿拿来的。要是你饿了，我杀的猎物也是你杀的猎物，喀阿。”

“太感谢了，小兄弟，”喀阿说，不过他的眼睛在闪光，“这么冒失的一个猎手可以捕杀什么呢？下一次他外出时我要求跟着他。”

“我什么也不捕杀——我太小了——可是我能把山羊赶到能利用他们的伙伴们那儿去。你肚子空了就来找我，看看我说的是不是实话。我这里（他伸出双手）有一点儿本领，要是你掉进了陷阱，我就可以还我欠你的情了，还我欠巴格伊拉和巴鲁的情了。大家捕猎好，我的师傅们。”

“说得好。”巴鲁嚎叫起来，因为毛葛利把感激之情表达得非常得体。蟒蛇把他的头在毛葛利的肩上轻轻地搭了一会儿。“胆子大，嘴巴甜，”他说，“他们会穿过丛林把你带到很远很远的地方去，人仔。不过现在赶快跟你的朋友们走，去睡觉吧。因为月亮落了，随后发生的事情你看见就不好了。”

月儿正往山后坠落，一排排哆哆嗦嗦的猴子们挤在城墙上和城垛上，绝像什么东西晃动着的破烂毛边。巴鲁下去到蓄水池里喝一点儿水，巴格伊拉开始把毛皮顺理，喀阿却滑进平台中央，啪的一声把嘴巴合拢，惊得猴子们都把眼睛转向他。

“月亮落了，”他说，“还能看见吗？”

墙上传来的呻吟声就像树顶的风声：“我们看得见，喀阿。”

“那好。现在开始跳舞——‘喀阿的饿舞’。你们静静地坐着看。”

他先把脑袋左右穿插着转了两三次大圈，然后开始用身体绕成圆圈和8字形，还有柔软的三角形，接着又变成四边形和五边形，又盘成一堆，既不休息，也不匆忙，也从不停止他那低低哼着的歌声。天色越来越暗，直到最后那拖来拖去、变换无穷的蛇圈儿看不见了，但他们仍能听见鳞片的沙沙声。

巴鲁和巴格伊拉像石头似的一动也不动地站着，喉咙里吼叫着，鬃毛竖了起来，而毛葛利注视着，感到无限惊奇。

“斑达-罗格，”喀阿终于说话了，“没有我的命令，你们能动手动脚吗？说话呀！”

“没有你的命令，我们的手脚都动不了，喀阿呀！”

“好！全体朝我向前走一步。”

猴子的队伍无可奈何地向前摆动了一下，巴鲁和巴格伊拉也随着他们艰难地向前迈了一步。

“再靠近点！”喀阿呲声说，于是全体又移动了一下。

毛葛利一手抓住巴鲁，一手抓住巴格伊拉，把他们俩拉开，这两个巨兽猛然一惊，仿佛从梦中惊醒了似的。

“用手抓住我的肩膀，”巴格伊拉悄没声儿地说，“抓在那儿，要不我又得回到喀阿那儿去了。啊！”

“那只不过是老喀阿在土地上转圈儿罢了，”毛葛利说，“咱们走吧。”于是他们三个便从城墙上的一个裂口里溜出去回丛林去了。

“呼夫！”巴鲁又站在那寂静的树木底下说，“我再也不愿和喀阿结伙了。”他全身像筛糠一样。

“他比我们知道的多，”巴格伊拉哆嗦着说，“再过一会儿，要是我还在那儿待着，那就走到他的嗓子眼里去了。”

“月亮再次升起以前，很多动物都要走那条路的，”巴鲁说，“他会好好地捕一回猎的——按他自己的方式。”

“可是这一切有什么意思呢？”毛葛利说，因为他对一条大蟒蛇的魅力一无所知，“我只不过看见一条大蛇傻转圈儿，一直转到天黑下来。他的鼻子还疼得火辣辣的。嗬！嗬！”

“毛葛利，”巴格伊拉愤怒地说，“他的鼻子疼是因为你；就像我的耳朵、腹肋、爪子疼，巴鲁的脖子和肩膀疼，是因为你一样。有很多天，巴鲁和巴格伊拉都没法高高兴兴地捕猎。”

“那倒没有什么，”巴鲁说，“我们又有人崽儿了。”

“这话不假；可是我们本来该好好捕捕猎的，可为了他付出了惨重的代价：受了伤，拔了毛——我背上的毛至少有一半给拔掉了——最糟糕的是丢了面子。因为你要记住，毛葛利，我黑豹都被迫呼叫喀阿，乞求保护呢，我和巴鲁叫他的饿舞弄得傻头傻脑，像小鸟儿似的。这一切，人崽，都是你和斑达-罗格玩耍造成的。”

“对，完全对，”毛葛利悲伤地说，“我是一个坏人崽，我的肚子都感到伤心。”

“扑！丛林法规是怎么说的，巴鲁？”

巴鲁不想再给毛葛利添麻烦，可是他又不能篡改法规，所以还是咕咕哝哝地说：“悲伤决不能阻止惩罚。不过要记住，巴格伊拉，他还很小。”

“我会记住的，不过他干了坏事，现在非挨打不可。毛葛利，你有什么说的？”

“没有什么，我错了。巴鲁和你都受了伤。我该打。”

巴格伊拉怪心疼地轻轻地打了他五六下。从一只黑豹的观点看，这几下连自己的崽子都惊不醒，可是对于一个七岁的孩子来说，这几下就够厉害的了，你是无论如何不愿挨这几下的。打完之后，毛葛利打了个喷嚏，站起身来，一句话也没有说。

“喂，”巴格伊拉说，“现在跳到我的背上，小兄弟，我们回家。”

丛林法规的妙处之一就是惩罚了百事，以后再也不找岔子。

毛葛利脑袋伏在巴格伊拉的背上，进入了梦乡，一直睡到他被送回洞里，放到狼妈妈的身边。

斑达-罗格的路歌

我们行路像抛掷垂花环，
简直要飞上那妒忌的月亮玩！
你们不羡慕这欢跃的团伙？
你们不希望把自家的手增多？
假如你们的尾巴像爱神的弓那样弯，
你们总不至于愁眉苦脸？
　　喂，你生气啦，不过——没关系，
　　兄弟，你的尾巴吊在后面也神气！

我们坐下排成树枝那样的行，
把我们知道的美丽事物细思量；
把我们要立的英雄业绩常梦想，
只需一两分钟，就可完成全部事项，
即便那事业美好，伟大，又高尚，
赢得只靠咱们的满腔热望。
　　我们忘记啦——没关系，
　　兄弟，你的尾巴吊在后面也神气！

我们听到的所有语言，
就是蝙蝠、野兽或飞鸟的交谈——
不管是皮，是鳍，还是羽毛——
大家一起把它赶快来唠叨！
绝妙！神奇！还真棒！

我们谈话就像人一样。

　　咱们就装成人的模样——没关系，

　　兄弟，你的尾巴吊在后面也神气！

　　这就是猴类的惯技。

那就加入我们跳跃的行列把松林搜遍，

直冲那野葡萄轻摇的高处，快如火箭。

凭我们发出的高尚的喧嚣，凭我们一路丢弃的垃圾，

我们要创造的业绩一定会、一定会壮丽无比！

恐惧是怎么来的

小河收缩水池干，
你我都是好伙伴；
舌敝唇焦尘满肋，
个个都在河边偎；
一提干旱全吓呆，
追杀念头永不来。
幼鹿在娘身下看：
瘦狼魂魄也吓散，
雄鹿身高心不平，
杀父尖牙看分明。
水池收缩小河干，
你我都是好游伴，
只待云起雨倾泻，
破除“水约”好捕猎。

丛林法规——它是世界上最古老的法规——几乎对于丛林居民可能遇到的每一种事件都做了规定。到了现在，它的准则成了时代和习俗所能造就的尽善尽美的准则。你会记得，毛葛利一生中相当长的一段时光是在西翁伊狼群里度过的，他在那儿跟棕熊巴鲁学法规。当这孩子对那些接连不断的命令不耐烦的时候，正是巴鲁告诉他：法规就像大爬山虎一样，因为它缠到每个人的背上，谁也逃脱不了。“当你活得像我一样久的时候，小兄弟，你就会看到整个丛林怎样至少遵循一个法规。那可不是一种赏心悦目的景象。”巴鲁说。

这话从一只耳朵进去，又从另一只耳朵出来，因为一个只在吃和睡上打发日子的孩子是什么都不担心的，除非问题实实在在到了火烧眉毛的程度。可是有一年，巴鲁的话应验了，毛葛利看到整个丛林都在按照那个法规办事。

事情在冬天的雨季里几乎滴雨未下的时候开始，豪猪伊吉在一座竹林里遇见了毛葛利，告诉他野薯快要干了。现在谁都知道，伊吉在选择食物上总爱挑毛拣刺儿，除了优质熟透的东西，一概都不吃。所以毛葛利笑着说：“那关我什么事呢？”

“现在还关系不大，”伊吉说，同时把他的一身刺弄得咯咯直响，看上去怪别扭的，“可是往后我们就会明白。还有人往蜂岩下面的深石塘里跳吗，小兄弟？”

“没有。那傻水快完了，我可不想把自己的头往破里碰。”毛葛利说，那时候，他确信自己一个人的知识抵得上五个丛林居民知识的总和。

“那你就失算了。吃一堑长一智嘛。”伊吉赶快把头一低，防止毛葛利揪他的鼻毛，随后毛葛利把伊吉的话告诉了巴鲁。巴鲁看上去非常严肃，好像对自个儿咕哝着说：“要是只有我一个，现在趁别人还没有想到，我就换猎场了。可是在外路人中间捕猎，到头来就要打架，他们会伤害人崽的。我们只好等着看毛花怎样开花吧。”

那年春天，巴鲁非常喜爱的毛花树干脆就没有开花。那嫩绿色的、奶油色的、蜡白色的花骨朵还没有绽开就热死了，巴鲁后腿直立起来把树摇晃着，只是掉下几片臭烘烘的花瓣儿。接着那无节制的燥热就一点儿一点儿地爬进了丛林的心脏，把丛林变成了黄色，褐色，最后变成了黑色。河谷两岸的绿色生长物烧成了断丝和卷膜一样的死东西；隐藏的水塘陷了下去，板结了，边缘上还保存着那最后、最小的一个脚印，好像是铁铸成的一样；茎部多汁的爬山虎从它们攀缘的树上掉下来，死在树木的脚下；竹林枯干了，热风一吹，当啷当啷直响；苔藓从丛林深处的岩石上剥落下来，到了最后，这些岩石也变得像河床上哆嗦的蓝色砾石一样光秃秃、热辣辣的。

飞鸟和猴民一开年老早就到北方去了，因为他们知道将要到来的是什么。野鹿和野猪远远地闯进村庄荒芜的田地里，有时候竟然死在连杀它们的力量也没有的人的眼前。老鹰奇儿挺住了，而且长肥了，因为到处都是死尸，在一个又一个傍晚，他把消息送到衰弱得坚持不到新猎场去的野兽那里，说太阳在屠杀丛林，地方大得飞三天都到不了边上。

毛葛利从来都不知道真正的饥饿意味着什么，现在也求助于从废弃的岩石蜂房里刮出来的三年前的陈蜂蜜了——简直黑得像黑刺李，由于糖分干了，所以变成了粉末状。他也在树皮下面搜寻钻得很深的蛴螬，还把黄蜂的新窝抢了。丛林里的猎物就剩下皮和骨头了，巴格伊拉一个晚上捕杀三次也难得吃一顿饱饭。然而最可怕的还是缺水，因为虽然丛林居民不常喝水，但喝起来就一定要放开肚皮痛饮一场。

炎热在继续，榨干了所有的水分，到了最后，瓦因贡加河的主河道也成了涓涓细流，夹在死气沉沉的河岸中间。活了一百多年的野象哈蒂看见有一长条窄窄的蓝色石梁，干干地暴露在河正中央，他知道他所看见的就是“和平岩”，他就在此时此地举起鼻子宣布履行“水约”，这是他父亲在五十年前做过的事。野鹿、野猪和野水牛，声音沙哑地把这一呼叫接下去；老鹰奇儿绕着大圈子到处飞翔，呼啸着，尖叫着，发出警告。

按照丛林法规，“水约”一经宣布，在饮水区捕杀要被处以死刑，这样做的原因是饮水优先于吃食。当猎物稀少的时候，丛林里的每一名居民都会你争我抢的，不过水毕竟是水，在只有一个水源的情况下，当丛林居民到那儿解决急需问题的时候，捕猎活动全部停止。在风调雨顺的季节里，水非常充足的时候，到瓦因贡加河——或者别的任何地方——来饮水的居民是冒着生命的危险来饮水的，而且这种危险构成了夜生活魅力的一个不小的部分。非常灵巧地下到河边，连一片树叶都没有响动一下；蹚到齐膝深的，把后面一切嘈杂声都淹没了的咆哮的浅水处喝喝水，回头张望张望，每一块肌肉都做好准备，一有惊动就拼命跳开；在沙滩上打滚，然后嘴巴湿湿的，肚子鼓鼓的，回到欣羡的群伙那儿，这一切是所有的高角小雄鹿引以为乐的一件事儿，恰恰就是因为他们知道巴格伊拉或希尔汗随时都可能扑过来，把他们叼走的缘故。可是现在，所有这些生死搏斗的乐趣全结束了，丛林居民饿得要死，累得要命，来到了干缩的河边——老虎呀，熊呀，野鹿呀，野牛呀，野猪呀，全都在一块儿——喝那臭烘烘的水，脑袋耷拉在水上，滞留在那儿，连挪动一步的劲儿都没有了。

野鹿和野猪已经跋涉了一整天在搜寻比干树皮、枯树叶好吃一点儿的东西。野水牛再也找不到泥塘去解暑了，再也找不到绿色的庄稼好偷了。蛇离开了丛林，下到河里，指望找到一只迷途的青蛙，他们盘在河水浸湿的石头上，当一只正在刨拱的野猪的鼻子把他们赶走时，他们也决不会主动出击的。河龟早都叫最精明的猎手巴格伊拉杀光了，鱼都把自己深深地埋在干泥里。只有和平岩像一条长蛇横卧在浅水里，疲软的细浪在灼热的岩石边上咝咝地响着，然后就干涸了。

毛葛利晚上歇凉找伴儿的正是这个地方。他的敌人中最饥饿的对这孩子也已经不大看重了。他那一身光板儿皮使他比别的伙伴显得更瘦，更可怜。他的头发被太阳晒成亚麻色了，他的肋骨像一只篮子上的棱纹，突了出来，因为过去他用四肢爬行，所以膝盖和胳膊肘子长了厚厚的老茧，现在他那干缩的四肢看上去像疙里疙瘩的草秆儿。可是在那缠结的额发下面的一双眼睛却非常冷静，因为在这种艰苦时期，巴格伊拉教导他，要他不慌不忙地走路，慢条斯理地捕猎，无论如何不能发脾气。

“这是一个险恶时期，”黑豹在一个火热的傍晚说，“不过总会过去

的，如果我们能活到那一天的话。你肚子填饱了吗，人崽？”

“我的肚子里倒是有东西，但是并没有什么用处。你认为雨季把我们忘了，再也不来了吗，巴格伊拉？”

“我不这样认为！我们将会看到毛花开放，小鹿在新草地上长得肥肥胖胖。到和平岩上去听听消息吧。骑到我背上，小兄弟。”

“你现在不是驮东西的时候，我自个儿还能站，不过——我们俩实在不是吃肥了的小公牛。”

巴格伊拉看了看他那瘦骨嶙峋、沾满尘土的肋腹，悄悄地说：“昨天夜里我杀了一头牛轭下的小公牛。我是那样虚弱，我想假如他是松开着的话，我都不敢突然跳出来了。呜！”

毛葛利笑了。“不错，我们现在成了了不起的猎手，”他说，“我胆子非常大——竟然吃起蛴螬来了。”于是他们两个便一起穿过嘎嘎巴巴的下层丛林，走向那河岸和沿岸地带四面八方露出来的像网眼针织品似的浅滩。

“水也活不长了，”巴鲁和他们走到一起说，“向对岸瞧瞧。那边的小道就像人修的大路一样。”

在对岸的平原上，硬撅撅的丛林草竖立着，已经死了，有的还没完全死，却已经跟木乃伊一样了。野鹿野猪常走的小道都通向那条河。一条条小道从十英尺深的草丛里穿过，都被踩成了尘土飞扬的沟渠，把那色彩暗淡的平原划得一道一道的。尽管天色还早，每一条长长的大道上都挤满了争先恐后赶去喝水的先头部队。你可以听见母鹿和幼鹿在鼻烟似的尘土中呛得直咳嗽。

上游，在和平岩周围的滞缓的河湾那儿，站着“水约”监督员——野象哈蒂和他的儿子们，他们在月光下显得瘦瘠瘠、灰溜溜的，一个个都摇来晃去——总是摇来晃去。他们下面一点儿是野鹿的前锋，再下面就是野猪野牛。对岸高大的树木一直延伸到水边，是专门为食肉动物——老虎、狼、黑豹、熊划的地方。

“我们真的都在一个法规的管辖之下。”巴格伊拉一边说，一边就往水里蹚，并且望着对面一排排咔嚓碰撞着的角和目不斜视的眼睛，野鹿和野猪在那儿推推搡搡，前俯后仰。“捕猎好，你们都是我的嫡亲，”巴格伊拉又说了一声，就展开身子躺下了，肋腹的一侧从浅水里露出来，然后他又小声说道，“要不是那条法规，才会好好捕一场猎呢。”

野鹿的耳朵尖，听见了最后那一句话，于是队伍里响起了一阵低微的惊恐声。“水约！记住水约！”

“那边儿安静，安静！”野象哈蒂咯咯地说，“遵守水约，巴格伊拉。现在不是谈捕猎的时候。”

“谁能知道得比我还清楚呢？”巴格伊拉向上游转动着他的黄眼睛

说，“我是吃乌龟的——逮青蛙的。嘎呀！要是我能靠嚼树枝长胖就好啦！”

“那我们真是求之不得呢。”一只小鹿呦呦地说道，他是那年春天才出生的，一点儿也不喜欢这个春天。尽管丛林居民倒霉透顶了，可是就连哈蒂也还是忍不住小声笑起来。毛葛利则用两肘撑着身子躺在温水里大声笑了，双脚还打起了水里的浮渣。

“说得好，嫩角小兄弟，”巴格伊拉呜呜地说，“水约结束以后，这话会被记起的，我保证不亏待你。”他在黑暗中敏锐地观察着，一定要把这只幼鹿再认出来。

渐渐地，谈话向上下扩散，一直到了饮水区。大家可以听见拖着脚步、喷着鼻息的野猪要求占更多的地方；野水牛蹒跚着走过沙堤时哼哼着；野鹿讲着他们怎样忍着脚疼长途跋涉寻觅食物的可怜巴巴的故事。他们还不时问了一些有关对面的食肉动物的问题，可是没有一个好消息。咆哮的丛林热风在岩石和嘎嘎作响的树枝间刮来刮去，把细枝和尘土撒到水面上。

“人也死在他们的耕犁旁边，”一只年轻的大鹿说，“从日落到黑夜我就见了三个。他们一动也不动地躺着，他们的牛也跟他们在一起。过一会儿我们也会躺下不动的。”

“昨夜以来河水又落了，”巴鲁说，“哈蒂呀，你见过这样子的干旱吗？”

“会过去的，会过去的。”哈蒂一面说，一面给背部、胁腹喷水。

“我们这里倒是有一个无法长期忍受下去了。”巴鲁说，他向自己喜爱的孩子望过去。

“我？”毛葛利愤怒地说，在水里坐了起来，“我没有长长的皮毛遮骨头，可是——可是如果把你的皮剥掉，巴鲁——”

哈蒂一听到这个想法，全身都打起战来，巴鲁则严厉地说：

“人崽，这可不是跟法规老师说话的样子。我的皮可从来没有被剥

掉过。”

“不，我没有恶意，巴鲁，只不过你可以说是像那壳里的椰子，我却是那个剥光了的椰子。既然你的棕颜色的壳——”毛葛利盘着腿坐着，以他通常的方式用食指比画着解释，这时候巴格伊拉伸出一只掌子把他又拉回水里躺下。

“越来越不像话了，”当孩子站起来噗的一声喷水的时候，黑豹说，“开头要剥巴鲁的皮，现在他倒成了一个椰子。当心可别让他做熟透了的椰子做的事情。”

“那是什么事情呀？”毛葛利说，一时被弄得不知所措，虽然那是丛林里最古老的暗射之一。

“砸破你的头呗。”巴格伊拉不动声色地说，又把他拉倒了。

“取笑你的老师可不好。”熊说，这时毛葛利的头被第三次猛地按了下去。

“就是不好！你们有何打算呢？那光身子的东西跑来跑去取笑起昔日的好猎手来了，拔着我们最优秀的伙伴的胡子开心。”这就是瘸老虎希尔汗，他一瘸一拐地走下水来。他等了一会儿，津津有味地看着他在对岸野鹿中间引起的轰动，然后垂下那布满皱褶的方脑袋嗥叫着舔起水来：“丛林现在变成了光身崽子们的下崽场了。看着我，人崽！”

毛葛利看着——毋宁说是盯着——用的是他所知道的最傲慢的目光，过了片刻，希尔汗怪不自在地把头转过去。“人崽这，人崽那的，”他继续喝着水，瓮声瓮气地说，“这崽子既不是人，又不是崽，要不，他就会有所畏惧的。下个季节我还得求他准许喝一口水呢。噢格尔！”

“那倒有可能，”巴格伊拉目不转睛地盯着他，“那倒有可能——呸，希尔汗！——你又给这里带来了什么新的耻辱？”

瘸老虎把嘴巴浸在水里，黑黢黢的油道子就从他的嘴巴那儿向下游漂去。

“人！”希尔汗冷冰冰地说，“我一个小时前杀死的。”他继续自个儿呜呜地嗥叫着。

那一排儿野兽前后晃动起来，先是一阵耳语，后来变成了一种喊叫：“人！人！他杀人啦！”然后都把脸转向野象哈蒂，可是哈蒂似乎没有听见。时候不到，哈蒂是不做事的，这就是他如此长寿的原因之一。

“在这样的季节还杀人！难道再没有别的猎物了吗？”巴格伊拉轻蔑地说，同时把身子从污染过的水里拔出来，把每只爪子都抖一抖，像猫所做的那样。

“我捕杀是出于自择——不是为了食物。”惊恐的耳语又响了起来，哈蒂机警的小白眼睛冲着希尔汗这边瞪起来。“出于自择，”希尔汗拖着声音说，“现在我来喝水，再把自己洗洗干净。有谁想禁止吗？”

巴格伊拉开始把背弓得像大风当中的一棵竹子那样，不过哈蒂却举起他的长鼻子不动声色地说："你捕杀是出于自择？"假如哈蒂提出了问题，还是回答一下为妙。

"是的。那是我的专夜权。您也知道，哈蒂呀。"希尔汗的口气几乎是彬彬有礼的。

"是的，我知道。"哈蒂答道。沉默了片刻之后，他又说："你喝足了吗？"

"今晚喝足了。"

"那就走吧。这条河是用来喝水的，不是用来玷污的。在这个季节——在我们大家一起受罪的时候——人和丛林居民都一样——只有瘸老虎居然吹嘘起自己的权利来了。且别管干净不干净，回自己的窝去吧，希尔汗！"

最后的几个字像银喇叭那样响亮，哈蒂的三个儿子向前蹒跚了半步，其实倒没有这个必要。希尔汗已经悄悄地溜走了，叫都不敢叫一声，因为他知道——人人都知道的事情——归根结底，哈蒂是丛林之主啊。

"希尔汗说的权利是什么呀？"毛葛利咬着巴格伊拉的耳朵说，"杀人永远是可耻的。法规上就是这么说的。可是哈蒂却说——"

"问问他。我也不知道，小兄弟。什么权利不权利，如果哈蒂不说话，我就要教训教训那瘸屠夫了。刚刚杀过人就跑到和平岩上来——而且还要吹嘘——那是豺狗子的伎俩。再说他把好水也玷污脏了。"

毛葛利等了一会儿才算鼓足了勇气，因为谁也不愿意直接冲着哈蒂讲话，然后他喊道："希尔汗的权利是什么，哈蒂呀？"两岸都回响着他的话，因为所有的丛林居民好奇心都非常强，他们只是看出这里头有点儿名堂，可是除了巴鲁，别人似乎都不懂，巴鲁则显出一副思虑重重的样子。

"那是一个古老的传说，"哈蒂说，"一个比丛林还要古老的传说。

两岸都安静，我要把这个传说讲一讲。”

野猪和野牛推搡了一两分钟的光景，然后各群的头领一个接一个地咕哝起来：“我们等着呢。”哈蒂迈步向前，一直走到和平岩旁边水塘里的水几乎淹到他的膝盖上为止。尽管他身子又瘦，皮又皱，牙又黄，可是他仍然不失丛林所知道的那副气派——他们的主人的气派。

“你们都知道，孩子们，”他开始说，“在所有的东西中，你们最害怕的就是人。”这时响起了一阵表示同意的喃喃声。

“这个传说与你有关，小兄弟。”巴格伊拉对毛葛利说。

“我？我属于狼群——自由民当中的一名猎手，”毛葛利回答说，“我跟人有什么关系？”

“可是你们不知道为什么你们害怕人，”哈蒂继续说，“原因是这样的。在丛林开始的时候，谁也不知道那是什么时候，那时候，我们丛林居民走在一起，谁也不害怕谁。那时候，没有干旱，同一棵树上长着叶子、花儿和果实，我们不吃别的，只吃树叶、花朵、草、果子和树皮。”

“幸好我没有生在那个时候，”巴格伊拉说，“树皮只对磨爪子有好处。”

“当时的丛林之主就是始祖象萨阿。他用鼻子把丛林从深水里拉出来；他用牙在地上犁成沟，就形成了河；他用脚一踹，就出现了水塘；他用鼻子一吹气——就这样——树木就倒下了。就用这种办法，萨阿创造了丛林——传说上就是这么说的。”

“在讲的过程中并没有丧失传说的油花儿。”巴格伊拉悄悄地说，毛葛利手捂着嘴笑了。

“那时候没有玉米，没有甜瓜，没有胡椒，没有甘蔗，也没有你们大家所看见的那种小屋，丛林居民对人一无所知，可是一起在丛林中生活，构成了一个民族。但是不久以后，他们开始为食物争吵，其实牧场多的是。他们都游手好闲，都希望自己躺在哪儿就吃在哪儿，就像我们现在在春雨充足的情况下有时候所做的那样。始祖象萨阿忙着创造新的丛林，忙着把河水往河床里引。他不能把所有的地方都走遍，因此他委任始祖虎为丛林的主人和法官，丛林居民如果发生争端，就应当找他解决。那时候始祖虎跟别的动物一样，吃的是果子和草。他就像我一样大，长得非常漂亮，浑身上下的颜色就像黄爬山虎的花。在丛林刚形成的美好的日子里，老虎的皮上既没有纹儿，也没有条儿，所有的丛林居民都来到他面前，一点儿都不害怕，他的话也就是全丛林的法规。你们记住，当时我们都是一个民族。

“可是有一个晚上，两只雄鹿之间发生了一场争执——就是你们现在用角和前蹄来解决的那种牧草争端——据说，当他们俩一起对躺在花丛中的始祖虎讲话时，一只鹿用角把始祖虎推了一下，始祖虎忘了他是丛林的主人和法官，便扑向那只雄鹿，咬断了他的脖子。

“在那个夜晚之前，我们当中没有死过一个，始祖虎看到自己闯了大祸，又被那血腥味儿冲傻了，便跑进了北国大泽，剩下的丛林居民没有了法官，便起了内讧。萨阿听见了闹声，就回来了。于是有的说这，有的说那，然而他看见了花丛中的死鹿，问是谁杀的，我们丛林居民谁都说不出来，因为血腥味把我们冲傻了。我们兜着圈子跑来跑去，又是跳，又是喊，摇头晃脑的。然后萨阿下令树木低下头来，下令让丛林的藤蔓标明杀死雄鹿的凶手的特征，以便再把他认出来。萨阿接着说：‘现在谁愿意当丛林居民的主人？’话犹未了，住在树枝上的灰猿便跳了起来，说道：‘我愿意当丛林的主人。’一听这话，萨阿大笑起来，说道：‘那就这样吧。’说完便气冲冲地走了。

“孩子们，你们都知道灰猿。他过去就跟现在一样，起初他还装出一副聪明相，可是没过多久他就开始抓耳挠腮，上蹿下跳。后来萨阿回来，发现灰猿头朝下在树枝上吊着，嘲弄站在下面的丛林居民；下面的丛林居民也反过来嘲弄他。这样，丛林里就没有法规了——只有愚不可及的傻话。

“后来萨阿把我们召集到一起说：‘你们的第一个主人已经把死亡带

进了丛林，第二个带来的则是耻辱。现在是该有一个法规的时候了，要有一个你们不可违犯的法规。现在你们将要知道恐惧了，一旦你们发现了他，你们就知道：他就是你们的主人，其余的必须服从。’然后，我们丛林居民便说：‘什么是恐惧呀？’萨阿说：‘寻一寻就会发现。’于是我们便在丛林里上上下下寻找恐惧，过了不久，野牛——”

“啊呵。”野牛头领弥萨从他们站的沙洲上说。

“对，弥萨，就是野牛。他们带回来的消息说：丛林的一个洞里坐着恐惧，他没有毛，用后腿走路。我们丛林居民便跟上野牛群，来到那个洞前，恐惧就在洞口站着，正像野牛所说的那样：他没有毛，用后腿走路。他一看见我们就喊叫起来，他的声音使我们的心里充满了恐惧，就像我们现在一听见那种声音所感觉到的一样，于是我们彼此连踩带撕跑开了，因为我们感到害怕。那天夜里——传说就是这样告诉我们

的——我们丛林居民没有按照过去的习惯躺到一起，而是各个部落自行走开，野猪同野猪，野鹿随野鹿；角对角，蹄跟蹄——真是物以类聚——都躺在丛林里发抖。

“只有始祖虎不跟我们在一起，因为他仍然躲在北国大泽里，后来话传到他耳朵里，说到我们在洞里看到的东西，他说：‘我要去找找那个东西，咬断他的脖子。’于是他跑了整整一夜，来到了那个洞口；可是沿途的树木和藤蔓还记着萨阿下的命令，就在他跑的过程中丢下他们的枝条，标出了记号，把他们的手指头绕到他的背上、腹部、额头和嘴巴上。他们一碰到他，他那黄皮上就出现一个记号和一道条纹。这些条纹就传给了他的子孙后代，一直保留到今天！他来到洞口的时候，那没毛的家伙‘恐惧’伸出一只手管他叫‘夜里来的条纹鬼’，始祖虎害怕没毛的家伙，便嗥叫着跑回沼泽去了。”

听到这里，毛葛利下巴浸在水里轻轻地笑起来。

“他叫得那么响，萨阿都听见了，便问道，你伤心什么呀？始祖虎把嘴抬向造好不久的天空——现在它已经非常古老了——说道：‘还我的权力，萨阿呀。我在整个丛林面前感到丢脸，我从没毛的家伙那里跑开了，他给了我一个可耻的名字。’‘那是为什么呢？’萨阿说。‘因为我身上抹满了沼泽地里的泥。’始祖虎说。‘那就游游泳，在湿草上打个滚，如果是泥，就会洗掉的。’萨阿说。始祖虎便去游泳，然后在草地上滚了又滚，一直滚到丛林在他眼前打起转来，可是他皮上连一条小道子也没有改变，萨阿瞅着他大声笑了。始祖虎说道：‘我干什么了，竟然碰上这样的事？’萨阿说：‘你杀了雄鹿，就把死亡在丛林里放开了，伴随着死亡，就来了恐惧，这样一来，丛林居民就互相害怕起来，就像你害怕没毛的家伙一样。’始祖虎说：‘他们永远都不会害怕我的，因为从一开始我就认识他们。’萨阿说：‘去看看吧。’始祖虎便跑来跑去，向野鹿、野猪、大鹿、豪猪和丛林的全体居民大声呼叫，他们却远远躲开这位他们原来的法官，因为他们感到害怕。

“后来始祖虎回来了，他的自尊心一下子垮了，他把头在地上乱撞，四只爪子刨着土，说道：‘记住，我曾经是丛林的主人，别忘了我，萨阿呀！让我的孩子们记住，我曾经是没有耻辱，没有恐惧的！’萨阿说：‘这一点我能办到，因为你我一起看见过丛林的创造过程。对于你和你的子孙后代，每年都会有一个晚上跟那只雄鹿被杀死以前的情况一样。在那一个夜晚，如果你遇见了那没毛的家伙——他的名字叫“人”——你就不必害怕他，他却要害怕你，好像你是丛林的法官和万物的主宰似的。在他害怕的那个夜晚饶恕他好了，因为你已经知道什么是恐惧了。’

“始祖虎回答说：‘我赞成。’可是下一次喝水的时候他看见自己侧腹上的黑道子，就想起了那没毛的家伙给他起的名字，便火冒三丈。他在沼泽里住了一年，等着萨阿履行他的诺言。一个夜晚，当月亮的豺狗子（金星）离开了丛林的时候，他觉得他的专夜来到了，于是就到那个洞里去会见那没毛的家伙。事情就像萨阿许诺过的那样，因为没毛的家伙倒在他面前，在地上爬着，始祖虎对他发起了攻击，咬断了他的脊背，因为他认为丛林里就只有这么一个东西，他已经把恐惧杀死了。他的鼻子还在被杀死的猎物身上嗅着，就听见萨阿从北方的森林里来了，过了一会儿，始祖象的声音，也就是我们现在听到的声音——”

雷声在干枯的、疮痍满目的山冈上来回滚动，可是并没有带来雨水——只有热电在山梁上忽闪忽闪——哈蒂接着说：“那就是他听到的声音，那声音说：‘你就是这样饶恕的吗？’始祖虎舔着嘴唇说：‘什么事？我已经把恐惧杀掉了。’萨阿说：‘多么鲁莽、多么愚蠢呀！你已经放开了死亡的脚，他将一直跟你到死。你已经教人学会了捕杀！’

“始祖虎直僵僵地对着他杀死的猎物站着，说道：‘他现在就跟那只雄鹿一样了，没有恐惧啦。现在我又要当丛林各民族的法官了。’

“萨阿却说：‘丛林居民再也不会到你这儿来了。他们永远不会走你的路，不会在你的身旁睡觉，不会跟在你后面，也不会吃你的窝边草。只有恐惧会跟着你，并且用你看不见的方式打击你，供他取乐。他会使地面在你的脚下裂开，叫爬山虎缠住你的脖子，叫树干都长得高高的，高得你跳不上去，最后他会剥你的皮，用你的皮裹住他那觉得寒冷的崽子。你没有饶恕他，他也不会饶恕你的。’

“始祖虎非常胆大，因为他仍然有权享受他的专夜，他说：‘萨阿的许诺就是萨阿的许诺，你不能取消我的专夜吧？’萨阿说：‘那一个夜晚是你的，我已经说过了，可是你是要付出代价的。你已经教人学会了捕杀，他学得可不慢啊。’

“始祖虎说：‘他就在这儿，在我们脚下，他的脊梁已经断了。让丛林都知道：我已经把恐惧杀死了。’

“萨阿笑着，说道：‘你只是杀死了一个，恐惧还有许多许多，不过你自己告诉丛林吧——因为你的专夜结束了。’

“于是白天来了，从洞口又走出来一个没毛的家伙，他看见路上被杀死的人，始祖虎就踩在上面，于是他拿起一根尖棍子——”

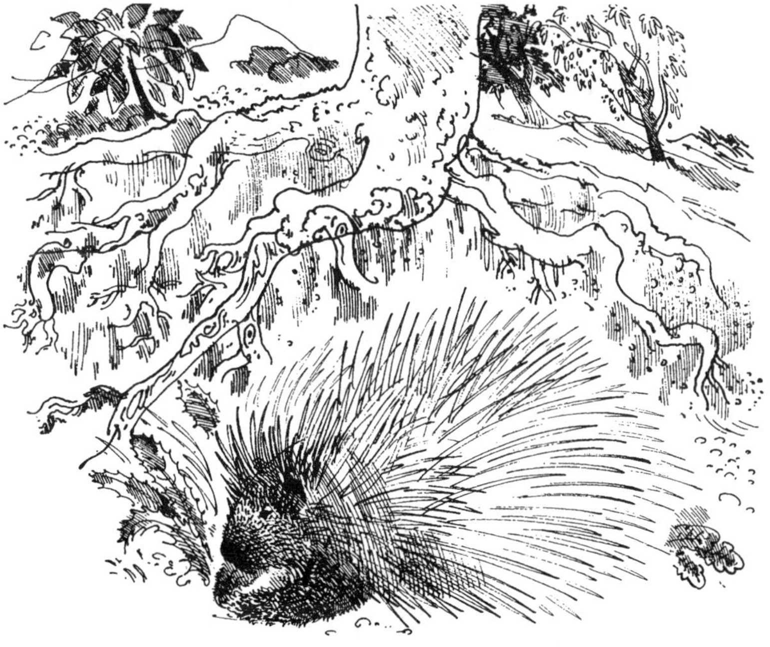

“现在他们扔一种能砍、能割的东西。”伊吉沙沙地往河岸下面走着；因为伊吉在冈德人看来，不是一般的好吃——他们管他叫“霍一伊果”——所以他知道一点儿像蜻蜓一样在林间空地上飞舞的小小的坏冈德斧的厉害。

“那是一根尖棍子，就像他们在一个陷坑脚下放的棍子一样，”哈蒂说，“他一扔出去，就深深地扎进了始祖虎的肚子。果然就像萨阿所讲的那样，始祖虎便嗥叫着在丛林里跑来跑去，直到把棍子拔出来为止。于是整个丛林都知道没毛的家伙能在远处袭击，他们便比以前更害怕了。这样，始祖虎教没毛的家伙学会了捕杀——你们也知道，这给我们全体民族带来了多大的危害——用套索，用陷坑，用秘密机关，用飞棍，还用那从白烟里飞出来的叮蝇（哈蒂说的是来复枪），还用把我们赶到空旷地带的红花。可是一年之内总有一个没毛的家伙害怕老虎的夜晚，这是萨阿许诺过的，再说老虎从来也没有给他不那么可怕的理由。老虎在哪儿发现没毛的家伙，就在哪儿杀死他，因为他记着始祖虎是怎么丢脸的。至于别的时间嘛，恐惧不论白天黑夜都在丛林里走来走去。”

“啊咦！啊噢！”野鹿说，想到了这一切对他们意味着什么。

“而且只有在一个大恐惧出现的时候，就像现在这样，丛林里的我们才能把我们的小恐惧搁在一边，就像我们现在这样聚集在一起。”

“人只有在一个晚上害怕老虎吗？”毛葛利说。

“只有一个晚上。”哈蒂说。

“可是我——可是我们——可是整个丛林都知道希尔汗一个月杀两三次人。”

“是的。那时候他是从后面跳出来的，攻击的时候还要把头侧向一边，因为他充满了恐惧。要是人看着他，他就会跑掉。可是遇上他的专夜，他就大模大样地进村去。他在房屋之间走动，把头伸进门洞，人会扑倒在地上，他就当下把他杀死。那个夜晚他只杀一个。”

“噢！”毛葛利心里说，在水里打了个滚儿，“现在我才明白为什么希尔汗叫我看着他！他占不到什么便宜，因为目不转睛他是做不到的，而——而我当然也不会扑倒在他的脚下，可是，我不是一个人，而是自由民的一员。”

“嗯！”巴格伊拉低沉地说，“老虎知道他的专夜吗？”

“在月亮的豺狗子离开夜雾之前从来不知道。有时候那一夜出现在干旱的夏季，有时候出现在潮湿的雨季——老虎的这一个专夜。可是对始祖虎来说，这本来是绝对不会有的，我们任何一个也本来不会知道恐惧的。”

野鹿伤心地咕哝着，巴格伊拉的嘴弯出一抹恶意的微笑。“人知道这个——传说吗？”他说。

“除了老虎和我们大象——萨阿的子孙外，谁都不知道。现在你们水池边的已经听到了，因为我已经讲过了。”

哈蒂把鼻子浸到水里，表示他不想说话了。

“可是——可是——可是，”毛葛利转向巴鲁说，“为什么始祖虎不继续吃草，吃树叶，吃树木呢？他只不过咬断了那只雄鹿的脖子，并没有把他吃掉呀。是什么引诱他吃热腾腾的肉的呢？”

“树和藤蔓给他做了记号，小兄弟，把他弄成了我们所看见的那种有条纹的东西。他再也不会吃它们的果子，从那一天起他就开始在野鹿和别的草食动物身上泄恨了。”巴鲁说。

“看来你知道这个传说了。嗯？为什么我从来没有听说呢？”

“因为丛林里充满了那样的传说。我开个头就再也收不住尾了。放开我的耳朵，小兄弟。”

丛林法规

为了让你对种类极为繁杂的丛林法规大致有一个概念，笔者将运用于狼群的一些法规译成韵文（巴鲁总是用朗朗上口的语调背诵它们）。当然法规还有成千上万，但是以下这些足以作为那些简单规矩的样本。

本法规为丛林法规——像苍天一样古老真实；
守法的狼兴旺昌盛，违法的狼只有一死。

如同缠绕树干的藤蔓，本法规前捆后绑——
因为狼的力量就是群体，群体的力量就是狼。

每天从鼻子尖洗到尾巴尖；应当痛饮，但不可过于贪婪；
要记住夜晚用来捕猎，别忘记白天专门睡眠。

豺狗可以追随老虎，可是当你的胡须长长时，崽子，
必须记住：狼是猎手——出去自己给自己猎食。

与丛林大王——虎、豹、熊——和平共处；
别打扰沉默的哈蒂，勿嘲弄窝里的野猪。

如果狼群与狼群在丛林里狭路相逢，谁也不肯把头掉，
那就卧倒，等头领讲话——话讲得公正才能奏效。

你若要同狼群中的一员相斗，走远单独与他拼搏，

以免其他的卷入争端，狼群被战祸削弱。

狼窝是狼的庇护，狼把它营造成自己的家，
就连头狼也不可入内，会议也不许管辖。

狼窝是狼的庇护，但如果他挖得太惹眼，
会议要发出通令，责成他加以改变。

如果你在午夜以前捕杀，保持沉默，不要喊醒了森林，
以免把野鹿从庄稼地里吓跑，弟兄们空着肚子难以搜寻。

你们可以为自己，为配偶为崽子捕杀，如果他们需要，你们也能；
然而不可为取乐捕杀，更不能大量杀人。

假如你从弱者手中抢夺了猎物，不要扬扬得意地独吞；
群体权是最卑贱者的权利，所以给他把头和皮留存。

群体的猎获物是群体的肉。它在哪儿就在哪儿把它吃掉；
谁也不许把那块肉带回窝，否则他就死路一条。

狼的猎获物是狼的肉，可以由他自行处理；
狼群不可吃掉那个猎物，除非获得他的允许。

崽权就是一岁幼崽的权利。狼群的全体都要尊重，
猎手吃过后要让他吃饱，谁也不可拒绝提供。

窝权就是母亲的权利。一年到头她都可享用，

每个猎获物都得分一块给她的一窝崽子，谁也不可拒绝提供。

洞权就是父亲的权利，——自己捕猎，也为了自己：
他不接受狼群的一切召唤；裁判他的只有会议。

因为他的铁爪和控制，因为他的年纪和智慧，
如果法规未做明确规定，头狼的话就是法规。

以上就是丛林法规，法规真是汗牛充栋；
然而法规的头和脚，法规的腰与背就是——服从！

“老虎！老虎！”

勇敢的猎手，这次猎打得怎么样？

　　兄弟呀，我们挨着冻长时间地守望。

你们去捕杀的猎物有什么情况？

　　兄弟呀，他还在丛林里吃草，安然无恙。

那使你们感到骄傲的威力何在？

　　兄弟呀，它已在我的肋腹间衰败。

你们奔波的那股匆忙劲儿现在何方？

　　兄弟呀，我要回我的窝——去见阎王。

现在我们必须回头接着第一个故事往下讲。

话说毛葛利在会议岩上跟狼群斗了一场之后，就离开了狼洞，下了山来到村民居住的耕地里。但是他没有在这里停留，因为这儿离丛林太近了。他知道在大会上他至少结下了一个不共戴天的冤家。所以他急匆匆地继续赶路，沿着顺山谷而下的那条崎岖的大道，迈着平稳的步子，赶了将近二十英里地，最后来到了一个他不认识的地方。山谷在这里忽然开阔起来，形成了一大片平原，上面岩石遍地，沟壑交错。平原的一头有一个小小的村庄，另一头密林绵延，一转眼却出现了一片牧场，丛林便陡然而止，仿佛它被一锄头挖断了似的。平原上，遍地都是黄牛和水牛在吃草。这时候，几个放牛娃看见了毛葛利，便大喊一声，撒腿就跑，那些在每个印度村庄四周盘桓的黄毛野狗也狂吠起来。毛葛利继续往前走，因为他肚子饿得慌。当他来到村门口时，他看见黄昏时分被拉过来挡大门的那朵大刺蓬已经被堆到一边了。

“唔呵！”他说道，因为他在夜间漫游搜寻东西吃时，不止一次地碰见过那样子的挡墙。“看来这里的人也害怕丛林居民了。”他说着就在大门口坐下了，等一个人出来时，他就站起来，把嘴张开，往嘴里指一指，表示他要吃东西。那人盯着他看了看，撒腿就顺着村里那条唯一的街道往回跑，嘴里喊着祭司。祭司是一个胖大个儿，穿着白衣服，额上涂着一个红黄色的记。他来到了村门口，后面跟了至少一百个人。他们见了毛葛利，有的瞅，有的说，有的大喊大叫，有的指指点点。

“这些人没有一点儿礼貌，”毛葛利心里说，“只有那灰猿才会有这种表现。”于是他把长发往后一甩，对着人群直皱眉头。

“有什么可怕的呢？”祭司说，“瞧他胳膊腿儿上的疤痕，那都是狼咬的。他只不过是个从丛林里跑出来的狼孩罢了。”

当然，在一块儿玩的时候，狼崽们往往把毛葛利用嘴夹得比他们想的要狠。所以他的胳膊腿儿上到处都是白色的伤疤。但是他根本不把这叫作咬，因为他知道真正的咬是什么滋味。

“啊哟！啊哟！”两三个女人不约而同地说，“叫狼咬的，可怜的孩子呀！他是个蛮漂亮的孩子，两只眼睛像红色的火焰。我敢发誓，美丝瓦，他跟你那被老虎叼走的孩子真有些像呢。”

“让我瞧瞧。”一个手腕和脚腕上都戴着沉甸甸的铜镯子的女人说。她手搭凉棚，仔细打量着毛葛利。“真的有些像。就是瘦了点儿，长相和我的孩子一模一样。”

祭司是个聪明人，他知道美丝瓦是本地那位最有钱的村民的太太。于是他抬起头来望了一会儿天空，然后庄严地说道：“丛林夺走的，丛林又还回来了。把这孩子带回家去吧，大嫂，别忘了向祭司表示敬意，因为他能够把人生看透。”

“凭赎买我的那头公牛起誓，”毛葛利思忖道，“所有这些谈话好像是狼群的又一次考察仪式！唉，如果我是一个人，那我就只好变成人了。”

那个女人招手叫毛葛利跟着她到她的小屋去，人群便让出一条道来。小屋里有一张红油漆床，一个陶制的大粮食箱子，上面有凸起的奇特的图案，还有五六口铜锅，一尊印度神像安放在小小的壁龛里，墙上有一面真正的镜子，也就是乡村集市上出售的那种镜子。

她叫他喝了不少牛奶，又给了他一些面包，然后就把手放在他的脑袋上盯着他的眼睛看。因为她寻思：也许他真的就是她的亲生儿子，老虎把他叼到丛林里，现在他又回来了。所以她说：“纳图，噢，纳图！”从毛葛利的反应来看，他压根儿就不知道这个名字。“你不记得那一天我给你穿新鞋的事了吗?”她碰了碰他的脚，那简直硬得像牛角。“不对。”她伤心地说，“这两只脚从来都没有穿过鞋，可是你长得非常像我的纳图，你就当我的儿子吧。”

毛葛利感到很不自在，因为他从来没有在屋顶下待过，他看了看盖屋顶的茅草，发现如果他想逃走，随时都可以把它扯开，他还发现窗户也没有扣。“假如一个人不懂人话，那做人到底有什么好处呢?”他终于在心里嘀咕起来了。“现在我是个傻瓜，是个哑巴，就像人在丛林里待在丛林居民中间一样。我非学他们的话不行了。”

他在狼群里的时候，曾经学习模仿丛林里雄鹿的吠声和小野猪的哼哼声，那都不是闹着玩的。所以只要美丝瓦说一个字，毛葛利马上就跟着学，往往学得几乎一模一样，所以不到天黑，他已经学会叫小屋里很多东西的名字了。

睡觉可就麻烦了。因为毛葛利不肯睡在那个看上去像豹子陷阱的小屋里面，他们把门一关，他就从窗子里跳了出去。“随他的便吧，”美丝瓦的丈夫说，“要记住，直到现在，他还从来没有在床上睡过觉呢。假如他真的是被打发来顶我们的儿子的，他就不会跑的。”

于是毛葛利就四仰八叉地躺在地边的一片干净的长草中，可是他还没有闭上眼睛，就有一个柔软的灰鼻子拱了拱他的下巴。

“哟！”灰哥说（他是狼妈妈生的狼崽中的老大），“跟你走了二十英里路，落得个这模样儿，真不划算。你身上一股子烟味儿和牛味儿，已经完全像个人了。醒来，小兄弟，我带来了消息。”

“丛林里大伙儿都好吗？”毛葛利把他抱住说。

“除了叫红花烧过的狼，大伙儿都好。你现在听着，希尔汗已经到远处捕猎去了，要等换了新毛才回来，他可给烧了个毛焦皮烂。他赌咒说他一回来，就要把你的骨头扔到瓦因贡加河里。”

“那可不一定。我也做了个小小的保证。不过，有消息总是件好事。今晚我困了——叫新东西弄得困极了，灰哥——不过常给我送消息来啊。”

“你不会忘记你是一只狼吧？人不会使你忘记的吧？”灰哥忧心忡忡地说。

“永远不会。我要永远记住我爱你，爱我们洞里的大伙儿；可是我也要永远记住：我已经从狼群里被赶出来了。”

“可是人兴许也会把你赶出去的。人到底是人，小兄弟，他们的话就像水池里青蛙的话一样。下次下山来，我就在牧场边上的竹林里等着你。”

打那个夜晚开始，有三个月光景，毛葛利几乎没有离开过村门一步，他忙着学人的生活习惯。首先，他得在身上缠一块布，这最使他伤脑筋了；其次，他得学有关钱的学问，他对这事儿真是一窍不通；他还要学耕地，他看不出这有什么用处。那时候，村子里的孩子们惹得他大动肝火。好在丛林法规已经教会他耐住性子，因为在丛林里维持生命、寻找食物就全凭这一招。由于他不会做游戏，不会放风筝，还因为他发错了一个字的音，孩子们就取笑他，遇到这种场合，只是由于知道杀死光身子的小崽子不是光明正大的行为，他才没有把他们抓起来，撕成两半。

他一点儿也不了解自己的力气有多大。在丛林里，他知道：跟野兽相比，他没有多大劲儿，可是在村子里，人们却说他力大如牛。

毛葛利一点儿都不明白种姓造成的人际差异。有一次，陶工的驴一跤滑到了泥坑里，毛葛利攥住尾巴把它拽了出来，并帮着把陶罐摞好，好让他们驮到卡尼瓦拉的市场上去卖。这件事使人大为震惊，因为陶工是个贱民，他那头驴就更下贱了。祭司责怪他时，毛葛利威胁说也要把他架到驴背上去，于是祭司告诉美丝瓦的丈夫，最好尽早把毛葛利打发去干活。这样，村长就告诉毛葛利第二天跟水牛群一起出去，把它们赶

在一起吃草。毛葛利真是大喜过望。当天夜里，因为可以说他已经被任命为村子里的一名用人，所以他就去参加一个聚会。这种会每天晚上在一棵大无花果树下的一个石头砌的台子上举行。这是一个乡村俱乐部，村长、守夜人、剃头师傅（村里的小道消息他都知道）和拥有一支塔牌老式步枪的村中猎人老布尔都都在这儿聚会、抽烟。猴子们蹲在树枝高处唠叨着，台子下面有一个洞，洞里面住着一条眼镜蛇，他每天夜里都要享用一小盘牛奶，因为他是一个神物。这几个老头儿围着树坐下聊天，抽着大水烟袋直到深夜。他们讲一些有关神鬼和人的神奇的故事。布尔都甚至讲有关丛林野兽生活的更加神奇的故事，讲着讲着，圈子外面坐的小孩子们的眼睛都睁大了。大多数故事都讲的是动物，因为丛林总是在他们的门口。野鹿和野猪吃他们的庄稼，有时夜幕降临时，老虎居然在村口人能看见的地方把人叼走。

毛葛利自然了解他们讲的一些事情，因此就用手捂着脸，不让人看见他在笑，而布尔都呢，把那支塔牌老枪横放在双膝上，从一个神奇的故事扯到又一个神奇的故事，毛葛利的肩膀却耸动个不停。

布尔都解释说叼走美丝瓦的儿子的那只老虎是只鬼虎。因为几年前死去的狠毒的老钱商的阴魂就附在这只老虎身上。“我知道这是真事儿，”他说，“因为在一次暴乱中普隆·达斯的账本被人烧了，他的腿也被打瘸了，而我说的那只老虎走路也一瘸一拐的，因为他的爪子印子不匀整。”

“真的，真的，一点儿也不假。”白胡子老头儿一齐点头称是。

“这些故事都是瞎编胡诌出来的吗？”毛葛利说，“那只老虎走路一瘸一拐的，因为他生下来就是瘸子，这事人人都知道。说什么钱商的阴魂附在一头比豺狗子还胆小的野兽身上，完全是傻话。”

布尔都大吃一惊，一时说不出话来，村长的眼睛瞪起来了。

“啊哈！原来是丛林里来的臭小子！”布尔都说，“要是你这么聪明，那就把它的皮送到卡尼瓦拉去好了，因为政府正用一百卢比悬赏捕杀它呢。要不，长辈说话时就别吭声。”

毛葛利站起来准备走。“我躺在这儿听了一个晚上，”他回过头来大声说，“布尔都讲的丛林故事，除了有那么一两回外，连一句真话都没有，可是丛林就近在他的门口。既然是这样，那我怎么能相信他说的神仙鬼怪的故事呢？”

“这孩子完全该去放牛了。”村长说道，而布尔都被毛葛利的大胆无礼气得呼哧呼哧直喘粗气。

印度的大多数村子都有个习惯，一大早就叫几个孩子赶着牛群去吃草，晚上再把它们赶回来。那些会把一个白人踩扁的牛群，却乖乖地让够不到他们鼻子的孩子们打骂、吆喝。只要孩子们跟牛群待在一起，就没有危险，因为就是老虎也不会袭击一大群牛的。可是，如果孩子们散开去摘花儿呀，捉蜥蜴呀，有时候就会被叼走。天蒙蒙亮的时候，毛葛利就骑在领头的大公牛“拉犸”的背上，穿过街道。那些蓝灰色的水牛长着向后弯曲的长角和凶猛的眼睛，一个个从牛棚里走出来跟上他。毛葛利非常明确地向一起的孩子们表示：都要听他的。他用一根又长又光的竹竿打着水牛，告诉一个叫卡姆雅的孩子，叫他们大伙儿去放黄牛，并且要多加小心，不要离开牛群，而他自己却领着水牛继续往前走。

印度的牧场一般都是岩石遍地，草木丛生，沟壑纵横，牛群容易跑散，失踪。水牛一般都待在水池和泥沼里，他们在那里一躺就是几个小时，不是在暖和的烂泥里打滚儿就是晒太阳。毛葛利把他们赶到平原的边缘——瓦因贡加河从丛林里流出来的地方，然后从拉犸的脖子上跳下来，小跑儿钻进了一座竹林，找到了灰哥。“啊，”灰哥说，“我在这儿等你很多天了。这放牛活儿有啥意思？”

“这是命令，”毛葛利说，“我眼下是村子里的放牛娃。希尔汗有什么消息？”

“他又回到这一带了，在这儿等你等了好久了。现在他又走了，因为猎物太少。但是他一心要杀死你。”

“那很好啊，”毛葛利说，“只要他不在，你，或者咱们哥儿四个中随便哪一个，就坐在那块岩石上，这样，我一出村就看得见。他回来以后，你就在平原正中间的那棵达克树旁的河沟里等我。我们没有必要自己送到希尔汗的嘴里去。”

随后，毛葛利挑了一个阴凉的地方躺下来睡觉，水牛就在他周围吃草。在印度放牛是天下最懒散的活儿之一。黄牛一边走一边嚼着草，然后躺一会儿，起来又走，甚至连叫都不叫一声。他们只是哼哼几下，水牛更是不出声儿，只是一个接一个地走进泥沼里，一个劲儿地往泥里钻，到了最后，只露出鼻子，瞪着那瓷蓝色的眼睛，像木头似的躺在那里。酷热的太阳晒得岩石跳腾起来，放牛娃听见一只老鹰（从来不会多）在头顶几乎望不见的高处呼啸，他们知道如果他们死了，或者一头牛死了，那只老鹰就会盘旋而下，几英里外的另一只老鹰就会跟着飞过来，于是，一只接一只，在他们几乎还未断气之前，就会有二十只饿鹰聚拢过来。他们睡着了，醒来，又睡着了；或者用干草编个小篓子，把蚱蜢放进去；或者抓几只螳螂，让他们打架；或者用红色和黑色的林中坚果穿一条项链；或者观察一只蜥蜴在岩石上晒太阳，一条蛇在水坑边捕捉青蛙。然后他们唱起老长老长的歌儿来，结尾时总带着本地特有的古怪的颤音，这样的一天似乎比大多数人的一生还长。也许他们用泥捏一座城堡，上面有泥人、泥马、泥牛，再给人的手里插根芦苇，他们自己装作国王，泥人就是他们的军队，或者装作神叫人膜拜。然后，傍晚到了，孩子们呼唤起来，水牛从黏糊糊的泥巴里笨拙地爬起来，发出一声又一声的响声，活像枪响一样，然后他们排成一串儿，走过灰蒙蒙的平原，回到村子里闪烁的灯光那儿去了。

一天又一天，毛葛利把水牛领到他们的泥塘里去；一天又一天，他会在一英里半外的平原上看见灰哥的脊背（所以他知道希尔汗还没有回来）；一天又一天，他躺在草地上谛听周围的嘈杂声，梦想着过去在丛林里度过的时光。如果希尔汗用他的瘸腿在瓦因贡加河畔的丛林里迈出冒失的一步，毛葛利也会在这漫长、寂静的早晨听见的。

那一天总算来了，他在发信号的地方没有看见灰哥，便大声笑着把水牛往达克树旁的沟里赶，那棵树上开满了金红色的花。灰哥就坐在那里，背上的每一根毛都竖了起来。

“他躲了一个月好叫你丧失警惕。昨天夜里他带着塔巴儿翻过山梁，急不可待地搜寻你呢。”狼喘着气说。

毛葛利皱起了眉头。“我倒是不害怕希尔汗，可塔巴儿却十分狡猾啊。”

“不用怕，”灰哥舔了舔他的嘴唇说，“天亮的时候我碰见了塔巴儿。现在他正在向老鹰们卖弄他的聪明呢，可是我还没有折断他的脊梁骨，他就全盘儿端给我了。希尔汗的打算是今晚在村口等你——就等你，不等别人。现在他正在瓦因贡加河的那条大干沟里躺着呢。”

“他今天吃过东西了，还是空着肚子来捕猎的？”毛葛利说，因为这个问题的答案对他来说生死攸关。

“天刚亮的时候他杀了——一口猪，也喝过水了。记住，希尔汗是从来不搞斋戒的，即便是为了报仇也罢。”

“啊！蠢货，蠢货哟！真是个崽孙子！吃了还要喝，他认为我要等他睡过觉才动手呢！喂，他在哪儿躺着呢？假如我们只有十个，我们满可以趁他躺着的时候干掉他。这些个水牛嗅不出他时，是不会冲上去的，我又不会说他们的话。我们能不能绕到他的后面，好让他们闻得着？”

“他沿着瓦因贡加河远远游下去，把嗅迹切断了。”灰哥说。

“这是塔巴儿的主意，我知道。他自个儿是绝对想不出来的。”毛葛利站在那儿，把一根手指头放在嘴里沉思着，“瓦因贡加河的大河谷，就在离这儿不到半英里地的平原上突然变开阔了。我可以带着牛群穿过丛林，绕到河谷源头上，然后横扫而下——可是他会从河谷尾巴上溜走的。我们非得挡住那一头不可。灰哥，你能替我把牛群分成两拨儿吗？”

“我也许不行——可是我带来了一个聪明的帮手。”灰哥小跑过去，钻进了一个洞。然后从那里冒出一个毛葛利非常熟悉的灰色大脑袋来，炎热的空气里充满了丛林里最凄厉的叫声——一只正午捕猎的狼的嗥叫。

“阿凯拉！阿凯拉！”毛葛利拍着手说，“我早该知道你是不会忘记我的。我们手头有一件大事，把牛群分成两拨儿，阿凯拉。把母牛和牛犊儿赶到一起，公牛和耕地的水牛单另聚在一块儿。”

两只狼以跳四对舞的方式跑起来，在牛群中出出进进，牛群便喷起鼻息，扬起脑袋，分成了两拨儿。一拨儿是母牛，她们把牛犊围在中间，瞪着眼睛，刨着地面，只要有一只狼停住，就准备冲上去，踹掉他的老命。另一拨儿是青壮年的公牛，他们喷着鼻息，跺着蹄子，虽然看上去更加威风，却不那么凶险，因为他们没有牛犊要保护。六条大汉也不会把牛群分得这么干净利落。

“还有什么命令？”阿凯拉喘着气说，“他们又要跑到一起去了。”

毛葛利一下子溜到拉狎的背上。“把公牛赶到左边去，阿凯拉。灰哥，等我们走了以后，把母牛集中到一起，把她们赶进河谷尾部。”

“赶多远？”灰哥喘着气厉声说。

“赶到河岸高得希尔汗跳不上去的地方，”毛葛利喊道，“叫她们待在那儿等我们下来。”阿凯拉一声大吼，公牛群便旋风似的跑开了，灰哥却在母牛群前面站着。她们向他扑过来，他刚好跑在她们前面一点儿，诱着她们向河沟尾部跑去，这时阿凯拉已经把公牛赶到左边很远很远的地方了。

“干得好！再冲一回，他们就会稍微惊动一下。当心——当心，阿凯拉。扑得太猛，公牛就会向前冲。呼呀！这可比赶黑鹿来劲儿得多。你没想到这些家伙会跑得这么快吧？”毛葛利喊道。

“我年轻——年轻的时候也捕猎过这些家伙，”阿凯拉在飞扬的尘土中上气不接下气地说，“我要不要把他们赶进丛林里去？”

“啊，拐弯！赶快拐弯！拉犸都要气疯了。啊，要是我能告诉他今天我要他干什么就好了！”

这一回公牛可拐到了右边，一头闯进了那永不改变的灌木丛。别的放牛娃跟黄牛在一起从半英里以外看到这一景象，便拼命地向村里跑，同时喊叫着：“水牛疯了，都跑掉了。”

其实毛葛利的计划非常简单。他只不过是要绕个大圆圈上山，到河头那儿去，然后赶着公牛沿沟而下，把希尔汗夹在公牛群和母牛群中间，因为他知道：希尔汗吃饱喝足以后，既不宜于搏斗，也不宜于爬上河岸。现在他开始用声音抚慰水牛了，阿凯拉则远远地落在后面，只是呜咽一两声，催促殿后的牛群。他们绕了一个很大很大的圈子，因为他们不想离河沟太近，给希尔汗发出警告。最后，毛葛利把晕头转向的牛群集合到河谷源头上的一块草地上，这块草地实际上是倾向山谷的一个陡坡。站在这么高的地方，你就可以越过树梢看见下面的平原，不过毛葛利看的只是河谷的两岸，他非常满意地看到：河岸几乎是直上直下，而且长满了藤蔓和爬山虎，就是老虎想出去，那里也没有他落脚的地方。

“让他们歇口气吧，阿凯拉，”毛葛利举起一只手说，“他们还没有嗅到他的气味呢。让他们歇口气吧。我得告诉希尔汗是谁来了。我们已经把他装进圈套里了。”

他把双手在嘴边合成一个喇叭，向河谷下面大喊——简直就像冲着一条地道喊一样——回声在岩石间不断回荡。

过了好久，才传回来一只肚子填得饱饱的，刚刚醒过来的老虎的慢悠悠的、睡意十足的嗥叫。

“谁在叫？”希尔汗说道，一只艳丽的孔雀尖叫着从河谷里扑腾腾飞出来。

“是我，毛葛利。偷牛贼，该上会议岩去了！下去——赶快把他们赶下去。阿凯拉！下，拉狎，下！”

牛群在坡沿儿上停顿了片刻，可是阿凯拉放开嗓子发出了捕猎的吆喝，牛群便一个个像轮船冲过激流似的冲下去，搞得飞沙走石。一旦惊跑起来，就休想停住，他们还没有完全进入谷底，拉狎就嗅出了希尔汗的气味，吼叫起来了。

“哈！哈！”毛葛利骑在牛背上说，“这下你可明白了！”只见黑压压的牛角、喷着白沫的鼻子、嘴和直勾勾的眼睛形成的洪流像山洪暴发时夹带着的巨石一样滚滚而下；不太壮实的水牛被挤到河谷两侧，在爬山虎中飞奔。他们知道眼下要干什么——水牛群可怕的冲击，任何老虎休想阻挡得了。希尔汗听见了他们雷鸣般的蹄声，便爬起身来，一面笨拙地沿着河谷往下跑，一面左顾右盼，想找一条逃路。可是两边是悬崖峭壁，他只好继续向前跑，吃饱喝足，身体笨重得要命，哪里有心思搏斗呢？牛群从他们刚刚离开的水池里哗啦哗啦地冲过去，吼得狭窄的河谷震天价响。毛葛利听见河谷尾部回应着咆哮声，他看见希尔汗转过身来（这老虎知道如果最坏的事情发生，对付公牛总比对付带牛犊的母牛好一些），接着拉狎绊了一下，打了个趔趄，旋即又踩着什么软软的东西过去了，在后面公牛群的紧逼下，便照直向另一群牛冲过去，那些体弱的水牛经不起会合时的冲撞，被掀得四足离地。这场冲击把两群牛都裹挟出去，拥进了平原，他们又是角抵，又是脚踩，鼻子直喷着气。毛葛利看准了时机，从拉犸脖子上溜下来，拿着棍子左右开弓，乱打一气。

“快，阿凯拉！把他们分开，叫他们散开，要不就互相斗起来了。把他们赶走，阿凯拉。嗨，拉犸！嗨！嗨！嗨！我的孩子们。现在轻一些，轻一些！一切都过去了。”

阿凯拉和灰哥跑前跑后，轻轻地咬着水牛的腿，虽然这群牛一度又回过头往河谷上面冲，可是毛葛利想办法把拉犸掉过头，其他的牛就跟着他跑到泥沼那儿去了。

希尔汗再也不用踩了，他已经死了。老鹰已来吃他的肉了。

“兄弟们，他死得像一只狗一样可耻，”毛葛利一边说，一边摸他总是挂在脖子上的刀鞘里的刀，因为他现在跟人一起生活，“不过他从来没有表现出战斗精神。他的皮铺在会议岩上一定很好看。我必须赶快下手。”

一个在人中间养大的孩子做梦也不会想到单独一个人能剥掉一只十英尺长的老虎的皮，可是毛葛利比谁都清楚动物的皮是怎么长的，怎么才能剥下来。不过这可是件苦差事，毛葛利又是砍，又是撕，累得嘴里直哼哼，不停地干了一个钟头，两只狼却懒洋洋地伸着舌头，或者按他的吩咐，走上前来拽一拽。

一会儿，一只手搭到了他的肩上，他抬头一看，原来是背着塔牌老枪的布尔都。孩子们已经把水牛惊跑的事报告给村里人了，布尔都便怒气冲冲地出来，急不可耐地想把毛葛利教训一番，因为他没有看好牛群。那两只狼一看见人来了，就跑得远远的。

“这是什么馊点子？”布尔都气冲冲地说，“想着你能剥下一只老虎的皮！水牛在哪儿把他杀死的？这还是那只瘸老虎呢，他头上有一百卢比的赏金呢。好啦，好啦，我们就不管你放走牛群的事啦，也许我把虎皮送到卡尼瓦拉后还要给你一个卢比赏金呢。”他从围腰布里摸出了打火石和打火镰，弯下腰去燎希尔汗的胡子。本地大多数猎人总要燎老虎的胡须，以防止老虎的鬼魂缠身。

“哼！”毛葛利一面剥老虎一只前爪上的皮，一面好像在对自己说话，“原来你要拿上虎皮到卡尼瓦拉去领赏，兴许还会给我一个卢比？不过我想，这张虎皮我自有用处！喂！老头子，把火拿开！”

“哪有对村里的猎人头领这样说话的？是你的好运气和水牛的蠢劲儿帮你杀死了这只老虎。这老虎刚刚吃过食，要不这会儿他已经跑到二十英里以外去了。你连张虎皮都剥不对头，小讨吃，好啊，还要教训我布尔都不要燎虎须呢。毛葛利，这一下我一个子儿的赏金都不给你了，倒是要狠狠揍你一顿。把这死老虎丢开！”

“凭那赎买我的公牛起誓！”毛葛利说，他正在剥老虎肩膀上的皮，“难道要我一个中午跟一个老人猿瞎唠叨不成？喂，阿凯拉，这个人在死缠我。”

布尔都的身子仍然躬在希尔汗的脑袋上，这时却发现自己四仰八叉翻倒在草地上，一只灰狼站在旁边瞅着他，而毛葛利还在继续剥老虎的皮，好像全印度只有他一个人似的。

“不——错，”他小声说，“你说得完全对，布尔都。你永远不会给我一个子儿的赏金的。这只瘸老虎和我有旧仇——多年积下的旧仇宿怨，而现在——我赢了。”

说句公道话，布尔都要是年轻十岁，如果在丛林里碰见阿凯拉，还会跟这只狼见个高低的。可是一只狼居然听这个跟吃人的老虎有私仇的小孩子的话，那这狼就不是一般的动物了。这是巫术，最厉害的魔法，布尔都心想，而且心里直纳闷儿：他脖子上戴的护身符会不会保护他。他一动也不动地躺着，随时都等着毛葛利也变成一只老虎。

“邦主！大王！”他终于嘶哑着嗓子低声说。

“什么？”毛葛利说，连头也没有回，倒是有点儿暗自好笑。

“我是个老头子。我还不知道你大有来头，不光是个放牛娃呢。我是不是可以起来离开这儿，还是你要叫你的仆人把我撕成片片呢？”

“去吧，祝你平安。不过，下一回可再不要多管闲事了。让他走吧，阿凯拉。”

布尔都一瘸一拐，拼上老命往村里跑，还不时回头望望毛葛利，看他会不会变成什么可怕的东西。他一进村，就讲开了一个关于魔法的故事，闹得祭司也神色严肃起来。

毛葛利继续干他的活，快到天黑的时候，他才和两只狼把那张色彩斑斓的大虎皮从老虎身上剥下来。

“现在我们得把皮藏起来再赶水牛回家！帮我把他们赶到一起吧，阿凯拉。”

牛群在迷蒙的暮色里聚集起来了，他们走近村庄时，毛葛利看见了灯火，听见庙里海螺在叫，钟在响。半村子的人似乎都在村口等他。“那是因为我杀死了希尔汗。”他心里说着，可是石头却像雨点似的在他的耳边呼啸而过，村民们高呼：“巫师！狼崽！丛林魔鬼！滚！快些滚开，要不祭司又会把你变成狼。开枪，布尔都，开枪呀！”

那支塔牌老枪砰地一响，一头年轻的水牛痛得吼叫起来。

“又耍妖术了！”村民们喊道，“他会叫子弹拐弯。布尔都，那是你的水牛呀。”

“这到底是怎么回事呀？”毛葛利大惑不解地说，飞来的石头越来越密了。

“你这些兄弟跟狼群没有什么不同，”阿凯拉镇定自若地坐下说，“依我看，要是子弹有什么用意的话，他们是要把你赶出去。”

“狼！狼崽！滚开！”祭司挥舞着一根神圣的图耳西树的小枝子喊道。

“又是这一套？上一次因为我是个人，这一回却因为我是只狼。咱们走，阿凯拉。”

一个女人——那是美丝瓦——向牛群这边跑过来，喊道：“啊，我的儿呀！我的儿呀！他们说你是个巫师，能随便变成一头野兽。我就是不相信，可是你走吧，不然他们会杀掉你的。布尔都说你是个巫师，可我知道你为死去的纳图报了仇。”

“回来，美丝瓦！”人们喊道，“回来，要不我们就扔石头砸你。”毛葛利短促而狰狞地笑了一声，因为一块石头正好打在他的嘴上。“跑回去吧，美丝瓦，这就是天黑以后他们在大树底下讲的一个荒唐的故事。我至少为你的儿子的生命付出了代价。再会，赶快跑，因为我要把牛群赶进村去，那比他们的砖头速度更快。我不是巫师，美丝瓦。再会！”

“好，再来一次，阿凯拉，”他喊道，“把牛群赶进去。”

水牛急不可待地要进村。他们几乎用不着阿凯拉吆喝，就一阵旋风似的冲进村门，把人群冲了个四零五散。

“点一点数目！”毛葛利用嘲弄的口气喊道，“也许我把其中的一头给偷走了。仔细数一数，因为我再也不会给你们放牛了。再会，人的孩子们，多亏了美丝瓦，我才没有领着狼在街上到处追捕你们。”

他一转身就领着狼走了，当他仰望着满天星斗时，心里觉得非常快活。“再不到替我设置的陷阱里睡觉了。阿凯拉，咱们把希尔汗的皮取上走吧。不，我们不要伤害这个村子，因为美丝瓦待我很好。”

当月儿高挂在平原上空，把大地照成一片乳白色的时候，吓坏了的村民看见毛葛利后面跟着两只狼，头上顶着一捆东西，不慌不忙地以狼的速度小跑着赶路。狼的小跑就像火一样，把漫漫的路途一点一点地吞没了。然后人们又敲起了庙里的钟，吹起了海螺，声音比以往都响。美丝瓦放声哭了，布尔都在他的丛林历险故事上又添油加醋，最后说到阿凯拉用后腿站起来，像人一样说话，故事就结束了。

月儿正要落山，毛葛利和两只狼来到了会议岩所在的那座山上，他们在狼妈妈的洞口站住了。

“他们把我从人群里赶了出来，妈妈，”毛葛利喊道，“可是我没有食言，我把希尔汗的皮带来了。”狼妈妈迈着僵硬的步子从狼洞里走出来，后面跟着狼崽们，她一见那张皮，眼睛就发亮了。

“那天他把头和肩膀挤进洞打算要你的命，小青蛙——我就告诉他：猎杀者反而会被猎杀。干得好啊！”

“小兄弟，干得好，”灌木丛里一个低沉的嗓音说，“丛林里没有你，我们感到寂寞。”巴格伊拉跑到毛葛利的光脚丫子前。他们一起爬上了会议岩，毛葛利把虎皮铺在阿凯拉经常坐的那块平坦的石头上，用四个竹片把它钉住，阿凯拉便在上面躺下，又发出了原来的呼声：“看——各位注意看！”跟毛葛利头一回被带到那儿去时一模一样。

自从阿凯拉被罢黜之后，狼群一直没有首领，大家便随心所欲地捕猎、格斗。可是他们出于习惯还是回应了那声召唤，他们中间有的掉在陷阱里摔瘸了，有的被枪弹打跛了，有的吃了变质的食物，生了疥癣，还有许多下落不明，但是剩下的都来到了会议岩，他们看见希尔汗的条纹皮铺在岩石上，两对巨爪在空荡荡的虎脚上晃悠着。就在这时，毛葛利编了一支不押韵的歌，一支自然而然涌上喉头的歌，便放声喊了出来，他一面喊，一面在那张极好的虎皮上上下跳跃，而且用脚后跟打着拍子，直到喘不过气来为止。而灰哥和阿凯拉则在每一段歌结尾时吼叫一番。

“各位注意看。我没有食言吧？”毛葛利唱完以后说道。群狼齐声叫道：“对！”一只皮毛脏乱的狼嗥叫道：

“再来领导我们吧，阿凯拉。再来领导我们吧，人崽，因为我们对这种无法无天的状况讨厌透了，我们愿意再次成为自由民。”

“不，”巴格伊拉兴冲冲地柔声说道，“那倒不一定。你们吃饱以后又会头脑发昏的。你们不是无缘无故被称为自由民的。你们曾为自由而战，现在自由才属于你们。享用吧，诸位。”

“人群和狼群都把我驱赶出来，”毛葛利说，“现在我只好一个人在丛林里狩猎了。”

“我们愿意跟你一起捕猎。”那四个狼崽说。

从那天以后，毛葛利就走了，他和四个狼崽一起在丛林里捕猎。但他并没有孤独一辈子，因为许多年以后，他长成一个大人，并且结了婚。

不过，那是一个讲给大人听的故事了。

毛葛利的歌

本歌为毛葛利在会议岩希尔汗的皮上跳舞时所唱。

毛葛利的歌——我，毛葛利，在歌唱。让丛林听听我所干的事情。

希尔汗说他要杀——要杀！黄昏时在大门口他要杀青蛙毛葛利！

他吃，他喝。痛痛快快地喝吧，希尔汗，因为什么时候你会再喝一次呢？睡着梦那猎获物去吧。

牧场上就我一个。灰哥，到我这儿来！到我这儿来，独狼，因为有大猎物在活动！

把大公水牛拦住，那怒目瞪视的蓝皮公牛。按我的命令把他们赶来赶去。

你要睡个安静觉吗，希尔汗？醒来，啊，醒来！我来啦，公牛们就在后面。

水牛之王拉狗跺了一下脚，瓦因贡加河啊，希尔汗到哪儿去啦？

他不是挖洞的伊吉，也不是该飞的孔雀毛儿。他不是吊在树枝上的蝙蝠盲哥。在一起咯吱咯吱响的小竹子呀，告诉我他跑到哪儿去啦？

噢！他在那儿。啊呼！他在那儿。拉犸脚下躺着的就是瘸子！

起来，希尔汗！起来捕杀！肉就在这儿；把公牛的脖子咬断吧！

嘘！他睡着啦。我们没法儿把他叫醒，因为他的劲很大。老鹰飞下来看见他啦。黑蚁上来结识他啦。为他开个庆贺大会。

啊啦啦！我没有布来裹身。老鹰会看见我一丝不挂。我真没脸见这些居民。

把你的外套借给我，希尔汗。把你的花条纹外套借给我，好让我上会议岩去。

凭赎买我的那头公牛起誓，我已经做出了许诺——一个小小的许诺，只有拿到你的外套，我的话才能兑现。

用刀——用人使用的刀——用猎人的刀，我这个人要弯下腰取我的礼物。

瓦因贡加河的水哟，请你做证：希尔汗出于爱我把他的外套给了我。扯吧，灰哥！扯吧，阿凯拉！希尔汗的皮真沉。

人群生气了。他们扔石头，说傻话。我的嘴在流血。咱们跑吧。

穿过黑夜，穿过热烘烘的黑夜，跟我飞快地跑吧，我的兄弟。我们要离开村子的灯光到低垂的月儿那里去。

瓦因贡加河的水哟，人群把我撵了出来。我没有伤害过他们，可是他们害怕我。为什么？

狼群哟，你们也把我撵了出来。丛林对我关上了大门，村庄的大门也关上啦。为什么？

就像盲哥飞在飞鸟和走兽中间一样，我也飞在村庄和丛林之间。为什么？

我在希尔汗的皮上跳舞，可是我的心非常沉重。我的嘴被村子里扔出来的石头砸破，可是我的心非常轻松，因为我已经回到了丛林。为什么？

这两种东西在我心里打架，就像蛇在泉水里打架一样。水流出了我的眼睛；它掉下去时我放声大笑。为什么？

我是两个毛葛利，可是希尔汗的皮踩在了我的脚下。

整个丛林都知道我已经杀了希尔汗。看——注意看，狼们！啊嘿！我的心沉甸甸的，因为装着我不明白的东西。

放丛林进去

把他们遮好，盖严，围紧——
　　花朵、藤蔓和野草——
咱们忘掉那个种族的声音，
　　模样、触摸和味道！

祭坛石旁边厚厚的黑灰，
　　这里下起了白脚雨，
母鹿在没有播种的地里巡回，
　　再也无人使他们恐惧；
一堵堵无窗的墙倒塌，湮没，摧毁，
　　再也无人在此地安居！

你们应该记得：毛葛利把希尔汗的皮钉到会议岩上以后，就告诉西翁伊狼群里所有剩下的狼，从今往后，他要在丛林里捕猎了，而狼爸爸和狼妈妈的四个孩子说他们愿意跟毛葛利一块儿捕猎。可是要猛地一下子完全改变一个人的生活可不是一件容易事儿——特别是在丛林里。当乱哄哄的狼群溜走以后，毛葛利所做的第一件事情就是回洞去，先睡上一天一夜。然后他才给狼爸爸和狼妈妈讲他在人间的经历，只要他们能听懂的，他都讲给他们听。当他让朝阳在他的剥皮刀——就是他用来剥希尔汗的皮的那把刀的刀刃上闪烁的时候，他们说他已经学会了一些本领。接着阿凯拉和灰哥不得不说明一下他们在河谷里赶水牛群的那件壮举中所尽的一份力。巴鲁不辞辛苦地爬上山来听取所有的情况汇报，巴格伊拉则浑身上下搔着痒痒，对毛葛利安排战斗的方式极为赞赏。

太阳已经升起很久了，可是谁也没有想着要睡觉。谈话的时候，狼妈妈不时地扬起头来，扬扬得意地做上一次深呼吸，因为风把会议岩上虎皮的气味送进了她的鼻子。

“要不是这里的阿凯拉和灰哥，”毛葛利最后说，“我就什么也干不成。妈妈，妈妈呀！你要是看见那黑压压的公牛群顺着河谷倾泻而下，或者看见人群向我扔石头的时候牛群争先恐后拥进大门的景象就好了。”

“幸好我没有看见后面那件事，”狼妈妈语气生硬地说，“我可没有那样的习惯，看着自己的崽子叫人家像豺狗子一样赶来赶去。我是要向人群索取代价的，可是我要饶掉那个给你牛奶喝的女人。不错，我就饶她一个人。”

“安静，安静，腊克沙！”狼爸爸懒洋洋地说，“我们的青蛙又回来了——他是那样聪明，连他爸爸也必须给他舔舔脚了，脑袋上多多少少割破一点儿，那有什么呢？就别管人了。”巴鲁和巴格伊拉也随声附和着说：“就别管人了。”

毛葛利把头枕在狼妈妈的肚子上心满意足地笑了，还说，就他而言，他再也不想看见人的模样，听见人的声音，闻见人的气味了。

“可是，”阿凯拉竖起一只耳朵说，“可是假如人还要管你，那怎么办呢，小兄弟？”

“有我们五个。”灰哥一边说，一边环视着那几个伙伴，说到后面两个字，便啪的一声把嘴闭上。

“我们也要关照关照那场捕猎，”巴格伊拉瞧着巴鲁，轻轻地摆动着尾巴说，“可是现在干吗要想到人呢，阿凯拉？”

“原因是这样的，”独狼回答说，“那张黄贼皮挂到岩石上以后，我又沿着我们的足迹回到村子里，我踩着我的脚印，时而挪开，时而躺下，把足迹搞得乱七八糟，以防有人追踪我们。可是当我把足迹搞乱以后，我自己简直都辨认不出来的时候，蝙蝠盲哥却从树中间吱吱地叫着飞来，在我的头顶上盘旋着。盲哥说：'人群的村庄，就是他们把人崽撵走的那个地方，吵得简直像一窝蜂。'”

“我扔进去的可是一块大石头，”毛葛利轻声笑了，因为他常常把成熟的巴婆果扔进大黄蜂窝看热闹，然后趁黄蜂还没有叮上，他就赶快跑到离他最近的水池里。

“我问了一下盲哥看到了什么。他说，‘红花’就在村门口开着，人们拿着枪围着它坐着。现在我知道，因为我有十足的理由，”——阿凯拉看了看他侧腹上的一块块从前的干伤疤——“人拿着枪可不是玩的。小兄弟，很快就会有一个人拿着枪跟踪而来——假如他眼下还没有跟上的话。”

“可那是为什么？人已经把我撵出来了呀，他们还要干什么呢？”毛葛利愤愤地说。

“你是个人，小兄弟，”阿凯拉回嘴说，“要讲你的同胞干什么，为什么这么干，那可不是我们自由猎手的事。”

那剥皮刀深深地扎到下面的地里，阿凯拉刚好来得及把爪子猛地一收。毛葛利出击的速度一般人的眼睛是跟不上的，可是阿凯拉却是一只狼，哪怕就是一只狗，他已经离他的祖先野狼很远很远了，要是在他沉睡的时候，一个车轮碰到他的肚子上，他也会马上惊醒，立即跳开，不会被车轮碾伤的。

“下回呀，”毛葛利不动声色地说，把刀又插回刀鞘里去，“说到人群和毛葛利的时候，要用两口气——不是一口气。”

“噗！这可是一颗利牙，”阿凯拉嗅着地上的刀口说，“跟人群生活在一起可把你的眼力糟蹋了，小兄弟。有你打下去的这会儿工夫，我会杀死一只公鹿。”

巴格伊拉跳起身来，尽量向前伸出脑袋嗅着，身子上的每道弯儿都绷直了。灰哥很快也照他的样子行动起来，靠他左面一点儿，好迎上从右边吹过来的风，而阿凯拉则迎着风腾身一跃，落到五十码以外的地方，半蹲半立着，身子也挺得硬撅撅的。毛葛利在一旁观望着，也只能望洋兴叹了。他辨别气味的能力，是很少有人赶得上的，可是他也从来没有达到一只丛林鼻子的那种灵敏程度，他在那烟熏火燎的村子里度过的三个月使他的嗅觉又一落千丈了。可是他还是把一根手指弄湿，在鼻子上摩擦着，并且直挺挺地站着，好截获上面来的气味，那种气味虽然最淡薄不过，但却是千真万确的。

“人!”阿凯拉嗥叫了一声，完全蹲了下来。

“布尔都!”毛葛利坐下说，“他跟着我们的足迹来了，那边就是他的枪上闪出的太阳光。瞧!”

那只不过是太阳光在那支塔牌老滑膛枪的铜卡箍上忽闪了一下而已，就那么一闪，丛林里是没有任何东西会眨巴一下眼睛的，除非是在乌云疾驰过天空的时候。要是在那个时候，一片云母，一个小水池，或者哪怕是一片光油油的树叶，也会像回光仪一样闪一下光的。不过那一天却是万里无云，一片静寂。

“我知道人会跟上来的，”阿凯拉扬扬自得地说，“我能领导狼群也不是毫无道理的。”

四只狼崽一声不吭，而是肚子贴着地面跑下山去，消失在荆棘和矮树丛里，就像一只鼹鼠消失在草地上一样。

“你们上哪儿去，而且没有给话?”毛葛利喊道。

“嘘！不到中午我们就把他的脑瓜子滚到这儿来！”灰哥回答说。

“回来！回来等着！人是不吃人的！”毛葛利尖声喊道。

“刚才谁还是狼来着？谁因为我认为他是个人就向我动刀子的?”阿凯拉说，那四只狼悻悻地转回来，乖乖地蹲下了。

“难道我想干的事情都要说出个理由来吗?”毛葛利暴跳如雷。

“那就是人！人在那儿说话呀！”巴格伊拉喃喃的声音从他的胡须下面传出来，“人在奥德普尔国王的笼子周围也是这么说话的。我们丛林居民知道人是万物当中最聪明的。如果我们相信自己的耳朵的话，我们就应当知道人是万物当中最愚蠢的。”他提高嗓音接上说，“人崽在这一点上是对的。人是成群成伙捕猎的，只杀一个就不是好样儿的捕猎，除非我们知道别的要干什么。来，咱们瞧瞧这个人打算对我们干些什么。”

“我们不来，”灰哥咆哮着说，“一个人捕猎去吧，小兄弟。我们知道我们自己的心思。到这会儿那脑瓜子本来已经准备好了的。”

毛葛利把他的朋友们一个挨一个地端详着，他的胸膛起伏着，眼睛里充满了泪水。他迈着大步向那只狼走过去，一条腿跪下去：“难道我不知道我自己的心思吗？看着我！”

他们挺不自在地看着他，当他们的眼睛游移不定的时候，他一次又一次地召唤他们，直到他们全身的毛都竖了起来，四肢全哆嗦着，而毛葛利的眼睛仍然盯着不放。

“喂，”他说，“我们五个当中，哪个是头？”

“你是头，小兄弟！”灰哥说，舔起了毛葛利的脚。

“那就跟我来。”毛葛利说，他们四个便夹着尾巴紧紧跟在他后面。

“这是跟人群生活的结果，”巴格伊拉跟在他们后面溜下来，说道，“现在丛林里不光有丛林法规了，巴鲁。”

老熊一声不吭，可是想的却很多。

毛葛利不声不响地横穿过丛林，跟布尔都走的路正好形成直角，直到后来，他把矮树林分开，看见老头儿肩上扛着滑膛枪，以狗的小跑速度顺着前一天夜里的足迹跑着。

你们记得毛葛利双肩扛着希尔汗的那张沉重的生虎皮离开了村庄，阿凯拉和灰哥小跑跟在后面，因此他们三个踩出的一条路就显得非常清晰。过了不久，布尔都来到阿凯拉又回去把脚印搞乱的地方。于是他坐下来又是咳嗽又是哼哼唧唧的，随后又拐弯抹角进了丛林，把脚印又找着了，这个时候，他如果扔一个石头，完全可以打到盯着他的兽群中间。要是一只狼不愿意叫别人听见，那就表现得比谁都安静；而毛葛利呢，虽然狼认为他走起路来非常笨拙，还是能像影子一样来去无声。他们把老头儿围到中间，就像一群海豚围着一条全速前进的火轮船一样，他们包围他的时候还漫不经心地谈着话，因为他们的言语开始降到音阶的下限以下，未经专门训练的人是听不出来的（音阶的上限是由蝙蝠盲哥的高声尖叫来定的，那是许多人根本听不出来的。所有的鸟、蝙蝠、昆虫的谈话都是从那个音阶开始的）。

“这比哪一次捕杀都美气。”灰哥说。这时布尔都正站住东张西望，气喘吁吁。“他看上去就像在河边丛林里迷了路的一头猪。他在说什么呀？”布尔都在恶狠狠地嘀咕着什么。

毛葛利开始翻译：“他说这群狼一定是围着我跳舞。他说他一辈子也没见过那样子的脚印。他说他累了。”

“叫他休息休息再找嘛，”巴格伊拉冷冷地说，他围着一个树干滑动，玩他们玩的捉迷藏游戏，“喂，这瘦东西在干什么？”

“吃东西，要不就是用嘴喷烟。人总是用他们的嘴来玩耍。”毛葛利说，那几个沉默的跟踪者看见老头儿把一个水烟袋塞满，点着，然后喷起来，他们好好注意了一下烟草的气味，以便必要的时候，在最黑的夜里也能准确无误地找到布尔都。

后来一小群烧炭人沿着小路走来，自然都要停下来和布尔都攀谈，因为作为一个猎人，他名气很大，至少方圆二十英里以内人人皆知。他们都坐下来抽烟，巴格伊拉和其他伙伴走上前来注意着，这时布尔都开始从头到尾地讲“魔孩”毛葛利的故事，其中少不了要添油加醋。他本人是怎么真的杀死了希尔汗呀；毛葛利怎样把自己变成了一只狼，他搏斗了整整一个下午，后来怎么又变成了一个男孩，使布尔都的枪着了魔，所以子弹拐了弯，他本来瞄准的是毛葛利，反而打死了布尔都自己的一头水牛呀；还有，因为全村子都知道他是西翁伊最勇敢的猎人，所以怎样打发他来杀这个“魔孩”的呀。与此同时，村子里的人已经把美丝瓦和她的丈夫抓住了，因为他们毫无疑问是这个“魔孩”的父母，而且已经把他们关在他们自己的小屋里了，很快就要拷打他们，好叫他们招供他们就是巫婆和巫公，然后就把他们烧死。

“什么时候?”烧炭人问，因为他们非常喜欢参加那种仪式。

布尔都说他不回去什么事都干不成，因为村子希望他先把那个狼孩干掉。然后他们就要把美丝瓦和她的丈夫解决掉，全村再分他们的土地和水牛。美丝瓦的丈夫养了一些非常出色的水牛。布尔都认为，处死巫师真是件大好事，因为款待丛林里出来的狼孩的人显然是最坏的一类巫师。

可是，烧炭人说，如果英国人听到这件事会怎么办呢?他们听说，英国人完全是一些疯子，他们是不会让老实巴交的庄稼汉顺顺当当把巫师杀掉的。

嘿，布尔都说，村长就上报说，美丝瓦和她丈夫是被蛇咬死的。这都安排好了，现在只差杀死狼孩这一件事了。难道他们碰巧就没有见过那样子的一个动物吗?

烧炭人小心翼翼地向周围看了看，并且谢天谢地，因为他们没有见过，可是他们深信不疑，如果别人能找见，像布尔都这样一个勇敢的人肯定也会找见他的。太阳已经相当低了，他们倒是有个想法，就是到布尔都的村子里去看看那个邪恶的巫婆。布尔都说，虽然他的任务是杀死狼魔，但是他不想叫一伙手无寸铁的人穿越丛林，因为没有他的陪同，丛林说不准随时都要放出狼魔来的。因此，他倒是愿意陪伴他们，而且要是那术士的孩子露面了——那好，他就要让他看看西翁伊最优秀的猎人是怎样处治那些东西的。他说，那位婆罗门给了他一个护身符来防范那个家伙，因此会万事如意的。

“他在说什么呀?他在说什么呀?他在说什么呀?”几只狼每隔几分钟就重复这一个问题，毛葛利就给他们翻译，一直翻到故事讲巫婆的那一段，因为他对这确实弄不懂，然后他说，待他很好的那个男人和女人被关到陷阱里了。

“难道人还陷害人吗?”巴格伊拉说。

“他是这么说的。我听不懂那种话。他们全都是些疯子。美丝瓦和她的男人对我干了什么事，他们竟然被关在陷阱里？关于红花的这些话又是些什么话？我必须当心这一点。不管他们怎么处治美丝瓦，必须要等到布尔都回去以后。所以——”毛葛利挖空心思地想着，手指头玩弄着那剥皮刀的刀柄，这时候布尔都和烧炭人排成单行非常勇敢地走开了。

“我要赶紧回到人群那儿去。”毛葛利最后说。

“那这些人呢？”灰哥馋涎欲滴地盯着那几个烧炭人的棕色的脊背说。

“唱唱歌儿送他们回家吧，”毛葛利嘴一咧说道，“天不黑，我不想让他们在村口出现。你们能把他们守住吗？”

灰哥轻蔑地露出了他的一嘴牙。“我们可以领着他们兜圈子，就像领拴住的山羊那样——要是我认识人的话。”

“那倒用不着。只是给他们唱唱歌儿，省得他们路上寂寞，灰哥，歌儿倒不一定要最甜美的。跟他们一起去吧，巴格伊拉，帮他们唱唱歌。夜色四合的时候，到村边见我——灰哥知道地方。”

“替人崽办事可不是轻松的捕猎。我什么时候睡觉呀？”巴格伊拉打了个呵欠说，不过他的眼睛表明他对这一场游乐活动还是很有兴致的。“要我给光身子的人唱歌！不过咱们试试看。”

他把头低下，好让声音向前传播，于是叫了一声老长老长的“捕猎好！”——下午出现的午夜呼叫，一开始就十分可怕。毛葛利听见它隆隆地响着，升起来，又降下去，最后消失在他身后的一种令人毛骨悚然的呜咽声中。他在丛林里一边跑，一边独自笑着。他可以看见那几个烧炭人缩成一团儿；老布尔都的枪筒像一片香蕉叶子似的，向各个方向乱点一气，接着灰哥发出那驱赶雄鹿的叫声“雅——拉——希！雅拉哈！”这是狼群在驱赶那蓝色的大母兽——大羚羊时才发出的叫声，它似乎是从天涯海角上出现的，然后越来越近，越来越近，最后尖叫一声，戛然而止。其他三只狼在回应，直到毛葛利可以发誓：整个狼群都声嘶力竭地嗥叫起来，然后他们突然唱起洪亮的丛林晨歌来，里面的每一个回音，每一个装饰性乐段，每一个装饰音符，声音洪亮的狼都准确无误地唱了出来。现将那支歌大致翻译出来，可是你必须想象它打破丛林午后寂静时的声势：

方才我们还疾驰而过，
　　在平原上形影不留；
现在分明是他们跨过我们的足迹，
　　而我们又往家里奔走。
黎明静悄悄，每株灌木，每块石头，
　　高高地昂首挺立：
发出呼声："丛林法规的遵行者们，
　　祝愿大家好好休息！"

我们的民众连角带毛，
　　消失在隐蔽处安身；
丛林豪杰溜向山洞，
　　身体蹲伏，意气消沉；
清清楚楚，人的耕牛，
　　新套在犁上用劲牵拉；
空空荡荡，照亮了的"塔老"树上，
　　红彤彤的黎明已经到达。

回窝去吧！在生气勃勃的草丛后面，
　　太阳大放光芒；
那警告的低语通过嫩竹嘎嘎的屏障。

我们居住的森林白天显得奇怪，
　　我们便眨巴着眼睛细看，
而野鸭从天空向下呼叫，
　　“人的白天，人的白天！”

露水干了，它曾经打湿了我们的皮毛，
　　它也曾洗刷过我们的道路；
我们饮水的地方，那搅浑的河岸，
　　正在蜷缩成一片黏土；
叛徒黑暗泄露了每只爪子
　　展开或隐蔽时的全部痕迹；
听那个呼声：“丛林法规的遵行者们，
　　祝愿大家好好休息！”

可是翻译绝对表现不出它的效果，也绝对表现不出四兄弟在每一个字里投进去的轻蔑，因为在那些人急急忙忙往树上爬，布尔都开始反反复复念咒语时，他们四个听见树木嘎嘎作响。随后他们便躺下睡觉，因为像所有靠自己卖力气过活的人一样，他们都具有一种有条不紊的气质，再说不睡觉谁也干不好事情。

与此同时，毛葛利已经把多少英里地抛在身后，因为他以每小时九英里的速度赶路，他很高兴地发现自己在人间被束缚了几个月后，仍如此健壮。他一心想着把美丝瓦和她的丈夫救出陷阱，不管那是什么样的陷阱，因为他对陷阱有一种天生的怀疑。后来，他下决心要向全村讨债。

当他看见那记忆犹新的牧场，看见在他杀死希尔汗的那个早晨灰哥在下面等他的那棵达克树时，已经是薄暮时分了。尽管他对人类和人类社会义愤填膺，可是当他望着村庄的屋顶时，不知什么东西却涌上了他的喉咙，使他喘不过气来。他注意到每个人从地里回来的时间要比通常早，而且他们不去做晚饭，却聚集在那棵村树下聊天，喊叫。

“人总是要给人设陷阱，要不，他们是不会甘心的，”毛葛利说，“昨天夜里是毛葛利——不过那好像是多少个雨季以前的一个夜晚了。今晚是美丝瓦和她男人。明天，或者再过多少个夜晚之后，又会轮到毛葛利。”

他沿着村墙外面蹑手蹑脚地走着，一直走到美丝瓦的小屋跟前，便从窗外向屋里窥探。美丝瓦就在那儿躺着，嘴被布塞着，手脚都被绑着，气很粗，还呻吟不止，她的丈夫则被绑在漆得花里胡哨的床架子上。小屋当街的门紧紧关着，三四个人背对着门坐着。

毛葛利对这里的民俗还是相当清楚的。他认定：只要他们能吃饭，能说话，能抽烟，他们就别的什么事都不肯干，一旦填饱了肚子，他们就会变得很危险。布尔都过不了多久就会回来，要是他的陪同尽了职，他就会有一个非常有趣的故事好讲了。所以毛葛利从窗户里进去，把身子弯向那一对男女，把皮带割断，把塞嘴布扯出来，便向小屋四处张望，寻找牛奶。

美丝瓦连疼带怕（整个早上她一直在挨打挨石头）都快发狂了，毛葛利连忙用手捂住她的嘴，使她没有尖叫出来。她丈夫只是感到大惑不解，非常气愤，便坐着把扯得乱蓬蓬的胡子中间的土和杂物捡出来。

“我知道——我知道他会来的，”美丝瓦终于抽泣起来了，“现在我才知道他就是我的儿子！”说着就把毛葛利搂到她的心口上。在这以前，毛葛利还非常淡定，可是现在他全身哆嗦起来了，这使他惊讶不已。

“这些皮带是干什么用的？他们干吗把你们绑住？”他停了一会儿才问。

“因为我们把你认作儿子，他们要把我们处死，还有什么呢？”男的愤愤地说，“瞧！我流血了。”

美丝瓦什么也没有说，可毛葛利能看到她也受了伤。毛葛利看到她流血后，牙齿咬得咯嘣咯嘣直响。

“这是谁干的？”他说，“总要付出代价来的。”

“全村人干的。我太有钱了，我的牛太多了，所以我们俩就成了巫师，因为我们叫你在家里住过。”

“我不明白。让美丝瓦讲讲经过。”

“我给你喝过牛奶，纳图，你记得吗？”美丝瓦胆怯地说，“因为你就是老虎叼走的我的儿子，因为我非常疼你。他们说我是你妈，魔鬼的妈妈，因此就该死。”

“魔鬼是什么呀？”毛葛利说，“死我已经看见了。”

男的闷闷不乐地抬起头来，美丝瓦却笑了。“看见了吧！”她对丈夫说，“我知道——我说过他绝对不是术士，他就是我的儿子——我的儿子嘛！”

“儿子也好，术士也好，对我们有什么好处呢？”那男人回答说，“我们快要死了。”

“那边就是到丛林去的路，”毛葛利从窗户往外指着说，“你们的手脚都被放开了，现在就走吧。”

“我们不像——不像你那样熟悉丛林，我的儿子，”美丝瓦开口说，“我看我们未必能走多远。”

“那些男男女女会从后面撵上来，把我们又拖到这儿。”丈夫说。

“哼！”毛葛利说，他用剥皮刀的刀尖把手心划得痒抓抓的，“我暂时不想伤害村里的任何人。可是我看他们也不会阻拦你们的。再过一会儿，他们又会考虑许多别的事情。啊！”他抬起头来，听着外面的喊叫声和踩踏声。“看来布尔都总算回家了！”

“他是今儿早上就打发出去杀你的，”美丝瓦哭着说，“你碰见他了吗？”

“是的——我们——我碰见了。他这下子可有说头了，他讲故事的时候，我就有时间干很多事情。不过首先我要知道他们打算干什么。你们想想要上哪儿去，等我回来以后再告诉我。”

他从窗户里跳出去，又沿着村墙的外面跑，一直跑到能听见菩提树周围那一群人的说话声才停下来。布尔都在地上躺着，又是咳嗽，又是呻吟，大家都在向他问这问那。他的头发乱披在肩上，因为爬树，手上和腿上的皮都蹭掉了，现在他简直连话也说不出来了，但他仍然强烈地感觉到他的地位的重要性。他不时地说到魔鬼和唱歌的魔鬼，还有魔法，只是让大伙儿尝一点儿引子的滋味。然后他喊着要水。

“呸！”毛葛利说，“嚷嚷——嚷嚷！唠叨，唠叨！人真是斑达-罗格的亲兄弟。这会儿他必须用水漱漱嘴，过会儿他还得吹吹烟，这些事干完以后他才要讲故事。他们是非常聪明的种族——人呀。耳朵里不塞满布尔都的故事，他们就不会派一个人去看守美丝瓦的。可——我也变得像他们一样懒了！”

他抖擞了一下精神，又溜回小屋。刚到窗口，他感到什么东西舔了一下他的脚。

“妈妈，”他说，因为他对狼妈妈那条舌头太熟悉了，“你在这儿干什么？”

“我听到我的孩子们在森林里一路唱着歌，就把我最疼的一个跟上了。小青蛙，我想看看那个给你牛奶喝的女人。”狼妈妈说，她浑身上下都被露水打湿了。

“他们把她绑起来，准备杀死她。我已经把绳索给割断了，她跟她男人要进丛林。”

“我还是想跟上去。我老了，可是牙还没有掉。”狼妈妈把身子立起来，从窗户里望进去，小屋里面黑洞洞的。

过了片刻，她无声无息地把前爪放下来，只是说：“你最早的奶是我给的，可是巴格伊拉说得对：人终归要回到人那儿去的。”

“也许吧，”毛葛利说，脸上浮现出一副很不愉快的神色，“可是今儿晚上，我还离那条路远着哩。你在这儿等着，可千万别让她看见。”

“你从来都不害怕我呀，小青蛙。”狼妈妈说着便退到深草里去，按她所知道的办法把自己隐蔽起来。

“这会儿，”毛葛利又荡进小屋乐呵呵地说，“他们都围着布尔都坐着，他正在说着根本没有发生过的事情。等他的话一讲完，他们说他们肯定要到这儿来用红——用火把你们俩烧死。咋办呢？”

“我对我男人说了，”美丝瓦说，“卡尼瓦拉离这儿有三十英里，不过在卡尼瓦拉我们可以找到英国人——”

“他们是哪一群的？”毛葛利说。

“我不知道。他们是白人，据说所有的土地都由他们统治着，他们不让人们糊里糊涂地互相乱烧乱打。要是今晚我们能到那儿，我们就有活路了，否则只有死路一条。”

“那就找活路去吧。今晚谁也不会出村门的。可是他在干什么呀？”美丝瓦的丈夫跪在地上，把墙旮旯儿里的土往上刨着。

“那是他的一点儿钱，”美丝瓦说，“别的东西我们都不能带。”

“啊，就是——就是那在手里倒来倒去，永远也变不热的玩意儿？在这个地方以外也用得着它吗？”毛葛利说。

那男子怒目瞪视了一眼。“他是个傻瓜，他不是魔鬼，”他喃喃地说，“有了这笔钱，我就能够买一匹马。我们浑身是伤，走不了多远，过一小时，村子里的人就会追上我们了。”

“我说，我不同意，他们是不会追的，可是买马的主意倒不错，因为美丝瓦累了。”毛葛利说。美丝瓦的丈夫站起来，把最后的一些卢比挽进了缠腰布。毛葛利把美丝瓦从窗户里扶出来，凉爽的夜气使她的精神抖擞起来，可是星光下的丛林看上去非常幽暗、可怕。

“你们知道去卡尼瓦拉的路吗？”毛葛利悄声说。

他们点了点头。

“好。记住，别害怕。没有必要走得太快。只不过——只不过在丛林里你们的前前后后会有一些低低的歌声。”

“我们在丛林冒一夜险怎么也比被烧死强，叫野兽杀死总比让人杀死强。”美丝瓦的丈夫说，可是美丝瓦看了看毛葛利，笑了。

“我说，”毛葛利接上说，绝像巴鲁把一条古老的丛林法规给一个笨崽子重复第一百遍似的——“我说，丛林里没有一颗牙齿会露出来伤害你；也没有一只脚会抬起来伤害你。你们在看见卡尼瓦拉之前，既没有人，也没有兽会阻拦你们。你们周围还会有一个守护者。”他很快地转过来冲着美丝瓦说，“他不相信，你总该相信吧？”

“啊，那还用说，我的儿子。不论是丛林里的人、鬼，还是狼，我都相信。”

“他听见我的同胞歌唱时，会害怕的。你是会明白、会理解的。现在走吧，慢慢走，因为没有急的必要。村门关着呢。”

美丝瓦扑倒在毛葛利的脚下泣不成声，毛葛利打了个寒噤赶快把她扶起来。她便搂住他的脖子，用能想起的所有的吉祥的名字叫他，可是她丈夫却用妒忌的目光向田野里望过去，说道：“假如我们到了卡尼瓦拉，我见到了英国人，我就要控告婆罗门和老布尔都，还有别的要刮地皮的人。他们要为我未种的庄稼和没喂的水牛赔我两倍的钱。我会变得理直气壮的。”

毛葛利大声笑了，他说：“我不知道理是个什么，不过——下个雨季来看看是怎么个情况。”

他们便朝丛林走去，狼妈妈从她的隐藏处跳了出来。

“跟上！”毛葛利说，“一定要叫全丛林居民保证这两个人的安全。喊一喊，我要喊巴格伊拉。”

那长长的、低低的叫声响起来又落下去，毛葛利看见美丝瓦的丈夫畏缩了，并且转过身来，有点儿要跑回小屋去的意思。

“走，”毛葛利乐呵呵地喊道，“我说过也许会有歌声呢。那种呼唤声会一直陪你们到卡尼瓦拉。那是丛林的恩惠。”

美丝瓦催促她丈夫往前走，黑暗便把他们和狼妈妈关了进去。巴格伊拉简直是在毛葛利脚下站起来的，在那使丛林居民放纵的夜晚高兴得打起颤儿来了。

“我真为你的同胞害臊。”他呜呜地说。

“什么？难道他们给布尔都唱得不好听吗？”毛葛利说。

“太好听啦！太好听啦！他们甚至使我都忘掉了自尊心，凭解放我的那把破锁起誓，我在丛林里唱着走，好像我在春天出去求爱一样！你没有听见我们的声音吗？”

“当时我还听见别的猎物在活动呢。问问布尔都他是不是喜欢那歌声。可是那四兄弟上哪儿去了？今晚我可不希望人群里有一个人离开村门。”

“要那四兄弟干什么？”巴格伊拉移动着脚步说，他的眼睛在闪闪发光，呜呜的声音比以往更大了。“我能把他们堵住，小兄弟。最后总算要捕杀了吧？那歌声和人爬树的景象已经使我心急火燎的了。我们应当替他照顾的人是谁——那光身子的棕色的刨土的？那没毛、没牙的吃土的？我跟了他一天了——在正午——光天化日之下。我赶他就像狼群赶雄鹿一样。我是巴格伊拉！巴格伊拉！巴格伊拉！就像我跟自己的影子跳舞一样，我同样也跟那些人跳舞。瞧！”那大黑豹跳起来，就像一只小猫向一片在头顶飞旋的枯叶跳去一样，忽左忽右地向空中猛冲，最后又无声无息地落下，空气随着每一次冲击发出呼呼的叫声，他这样反复地跳着，那半呜呜、半咆哮的声音就像一个锅炉里蒸汽的呜呜声一样，越来越响。“我是巴格伊拉——在丛林里——在黑夜里，我的力量就在我的体内。谁能阻挡我的攻击呢？人崽，我的爪子一下子就会把你的头打得像夏天的死青蛙一样扁扁的。”

“那就打吧！”毛葛利说，操的是本村的方言，而不是丛林的隐语，这种人类使用的语言使巴格伊拉突然打住，一屁股蹲在地上，而且屁股还直打哆嗦，他的头正好与毛葛利的头一样齐。毛葛利又瞪视着，就像他先前瞪视那四个不听管束的狼崽一样，直勾勾地盯着那碧玉一样的眼睛，直到那绿色后面耀眼的红光消失，仿佛一座灯塔的光辉在方圆二十英里的海面上被熄灭一样。那双眼睛接着低垂下去，那大头垂得越来越低，最后，红锉一样的舌头开始摩擦毛葛利的脚面。

“兄弟——兄弟——兄弟！”孩子悄没声儿地说，同时从容不迫地轻轻地抚摩着黑豹，从脖子开始，沿着那起伏的背一直抚摩下去，“安静些，安静些！这要怪黑夜，不能怪你。”

“是黑夜的气味，”巴格伊拉以悔过的语气说，“这空气大声向我呼唤，可是你是怎么知道的呢？”

当然，一座印度村庄周围的空气充满着各种各样的气味，对于几乎通过鼻子来进行思索的任何一个动物来说，这气味就像音乐和麻醉药物对于人类一样，具有使人发狂的能力。毛葛利又抚弄了黑豹几分钟，黑豹像一只猫在炉火旁躺下一样，把爪子缩拢在胸脯下，眯缝着眼睛。

“你属于丛林，又不属于丛林，”他终于说话了，“而我只不过是一只黑豹。可是我爱你，小兄弟。”

“他们在树底下有说不完的话，”毛葛利说，并没有注意到最后那一句话，“布尔都一定讲了很多很多的故事。他们应当赶快把那女人和她的男人从陷阱里拖出来放到‘红花’里去。他们会发现那陷阱已经被打开了。嗬！嗬！”

“不，听着，”巴格伊拉说，“狂热现在已经离开了我的血液。让他们在那儿找我吧！见了我以后，就很少有人会离开他们的房子了。这也不是我第一次在笼子里待，我看他们未必会用绳索绑住我。”

“放聪明点。”毛葛利笑着说；因为他现在开始觉得像黑豹一样莽撞，而黑豹已经溜进了小屋。

“呸！”巴格伊拉咕哝着说，“这地方充满了人的臭气，不过这里正好有一张床，跟他们叫我在奥德普尔国王笼子里躺的那一张一模一样。现在我躺下了。”毛葛利听见那小床的绳子被那只巨兽压得嘎嘣嘎嘣地响。“凭解放我的那把破锁起誓，他们会认为他们已经把大猎物逮住了！来坐在我旁边，小兄弟，我们一起给他们来个‘捕猎好’！”

“不，我另有打算。人群不会知道我在这场游戏中起了什么作用。你捕你的猎吧，我不想看见他们。”

“那好吧，”巴格伊拉说，“啊，他们来啦！”

村子那头菩提树下面的会变得越来越嘈杂了。最后会散了，男男女女狂呼乱叫，跑上街头，手里挥舞着棍棒、竹竿、镰刀、匕首。布尔都和那个婆罗门领头，那一群暴徒紧随其后，他们喊道：“巫婆、巫公！咱们瞧瞧烧红的硬币能不能叫他们招供！把他们头顶的屋子点着！我们教他们怎样收留狼魔！不，先揍一顿再说！火把！再来一些火把！布尔都，把枪筒烤热！”

开门扣子时遇到了一点儿麻烦，门被死死地卡住了。可是人群硬是用身体把它挤开，火把的光便照进了房子。巴格伊拉平展展地躺在床上，爪子交叉着，从床头上轻轻地吊下来，黑得像地狱，可怕得像恶魔。有半分钟光景一片死寂，人群前面的人连抓带扯从门槛上退了回去，就在这会儿，巴格伊拉抬起头来打了个呵欠——煞费苦心地，小心翼翼地，自我炫耀地——他想要侮辱一个势均力敌的对手时，常常就是这么打呵欠的。那两片有毛边的嘴唇往回一拉，绷得紧紧的；红色的舌头卷缩着；下颌一垂再垂，你简直都要看见那热乎乎的咽喉了；巨大的犬齿显豁地在上下齿龈分开后形成的深坑中间对峙着，直到它们咔嗒一声，上下又啮合在一起，就像一个保险箱的锁孔猛地一下同锁棱咬合住一样。霎时间，街道上空无一人。巴格伊拉又从窗户里跳出来，站在毛葛利的身边，与此同时，人们惊慌失措地拼命往自己的小屋里跑，于是一阵呼喊尖叫的洪流蔓延、翻腾开来，并且互相冲击着。

“天不亮他们是不会动的，”巴格伊拉不动声色地说，“现在咋办呢？”

下午沉睡时的那种寂静似乎已经把这个村庄笼罩住了，不过当他们张耳倾听时，还是能够听见沉重的粮箱子从土地上拖过去安顿在门后面，把门顶住的声音。巴格伊拉说得不错，天不亮村子里的人是不会动的。毛葛利一动也不动地坐着、想着，脸色越来越阴沉了。

“我干了什么？”巴格伊拉终于站起来讨好地说。

“干了件大好事。现在盯着他们，一直盯到天亮。我要睡觉了。”毛葛利跑进了丛林，像死人一样横倒在一块岩石上，睡着了，一直睡到白天过去，黑夜又降临，才醒过来。

他醒来时，巴格伊拉就在他的身旁，脚下有一只刚杀的雄鹿。毛葛利便用剥皮刀干起来，连吃带喝，还用下巴在手里捣腾着，巴格伊拉一直好奇地瞅着。

“那个男人和那个女人现在已经平安到达卡尼瓦拉的视界之内了，”巴格伊拉说，“你的狼妈已经通过老鹰奇儿捎来了信儿。就在他们获释的那个夜晚，还没有到半夜，他们就找到了一匹马，所以走得很快。那不是挺好的吗？”

“是挺好。”毛葛利说。

“再说，村子里的人直到今儿早上太阳升得老高，还没有动一下。后来他们开始吃饭，然后又赶快跑回家去。”

“他们偶然看见你了吗？”

“也许看见了。刚好在天亮的时候，我在村门前土里打滚儿，我也许又编了一支小小的歌儿自个儿唱着。喂，小兄弟，现在再没有什么事干了，跟我和巴鲁捕猎去吧。他又有了想炫耀一下的新蜂房，我们都希望你像往常一样回来。收起那副连我都感到害怕的面孔！那个男人和女人不会被放进‘红花’里去了，丛林里万事如意。难道不对吗？咱们把人群忘掉吧。”

“过会儿他们就会被忘掉的。哈蒂今晚在哪儿进食呢？”

“在他喜欢的地方。谁能替那沉默的家伙负责呢？不过有什么事，哈蒂能做的，我有哪一件不能做呢？”

“叫他和他的三个儿子到我这儿来。”

“可是，说老实话，小兄弟，对哈蒂说‘来’和‘去’恐怕不行。记住，他是丛林之主，人群还没有改变你那副模样以前，他就教会了你丛林要语。”

“都是一回事。现在我也会说一句他的要语。叫他到青蛙毛葛利这儿来，要是开头他不听，告诉他为了布尔特普尔田地大洗劫而来。”

“布尔特普尔田地大洗劫，”巴格伊拉重复了两三次好弄准确，“我去。哈蒂大不了就是发火，为了听会一句迫使沉默的家伙服从的要语，我宁肯放弃一个月的捕猎。”

他走了，剩下毛葛利一个人气愤地把剥皮刀往地里扎。毛葛利一辈子还没见过人血呢，他看见，而且——这对他更加意味深长——闻见美丝瓦流在绑她的皮带上的血，还是第一次见到人血。美丝瓦对他很好，就他所了解的爱而言，他毫无保留地爱美丝瓦，就像他毫无保留地恨其余的人一样。可是尽管他厌恶他们，厌恶他们的言谈、他们的残忍、他们的胆怯，但是哪怕丛林给他什么好处，他也不至于下手要一个人的性命，让那可怕的血腥味再一次冲进他的鼻孔。他的计划比较简单，可是却要彻底得多，当他想到正是布尔都晚上在菩提树下讲的一个故事使他心里产生了这个主意时，便自个儿笑了起来。

“那的确是一句要语，”巴格伊拉咬着他的耳朵说，“当时他们正在河畔吃食，可是他们就像牛一样听话。瞧，他们已经来了！”

哈蒂和他的三个儿子已经按他们的老规矩来了，一点儿声音也没有。河泥沾在他们的肚子上，还没有干，哈蒂若有所思地嚼着一根他用长牙挖起来的嫩大蕉的绿秆子。巴格伊拉一眼就能看出究竟，在他看来，哈蒂那庞大的身躯的每一根线条都表现出：不是丛林之主在跟一个人崽说话，而是一个心里害怕的大象来见一个无所畏惧的人崽。他的三个儿子跟在父亲后面并肩蹒跚而来。

毛葛利刚一抬头，哈蒂就给他说了句“捕猎好”。毛葛利让大象摇来晃去，重量从一只脚移到另一只脚，等了好长时间，他才说话。可是

他开口说话时，是跟巴格伊拉说，而不是跟大象说。

“我要讲一个故事，它是你们今天追赶过的那个猎人讲的，”毛葛利说，“故事说的是一头又老又聪明的大象，掉进了一个陷阱，坑里的利桩把他戳伤了，从一只脚的上面一点儿一直到肩膀头儿上，留下了一道白印。”毛葛利把手一伸，哈蒂在月光下一转身，在他石板色的体侧露出一条长长的白疤，好像是用烧红的鞭子抽的一样。“人们把他从陷阱里拖出来，”毛葛利继续说道，“可是他挣断了绳子，跑了，因为他力气很大，最后伤也好了。然后他在一个夜晚气愤地回到那些猎人的地里。我记得他有三个儿子。这些事情发生在很多很多雨季以前，很远很远的地方——在布尔特普尔田地里。收获的时候那些地怎么样了，哈蒂？”

“地叫我和我的三个儿子收了。”哈蒂说。

“收过以后犁地的情况又是怎么样？”毛葛利说。

“就没有犁地。”哈蒂说。

“那绿色的庄稼地旁边住的人怎么办了？”毛葛利说。

“他们都走了。”

“好些人睡觉的小屋怎么样了呢？”毛葛利说。

“我们把屋顶撕成了碎片，丛林也把墙壁都吞下去了。”哈蒂说。

“还有什么？”毛葛利说。

“我从东到西能走两个晚上，从南到北能走三个晚上的一片好地，都叫丛林占领了。我们把丛林放了进去，占了五个村庄；在这五个村庄里，在他们的土地上、牧场上、松软的庄稼地里，今天没有一个从地里取食的人了。那就是布尔特普尔田地大洗劫，那是我和我的三个儿子干的。现在我倒要问问，人崽，你是怎么听到这个消息的？”哈蒂说。

“一个人给我讲的，现在看来，布尔都也会说实话的。干得好呀，长白疤的哈蒂，不过第二回要干得更好，因为有一个人在当指挥。你知道不知道把我撵出来的那个人群的村庄？他们游手好闲，糊涂透顶，又残忍得要命；他们用嘴玩耍，残杀弱者不是为了谋食，而是为了取乐；他们吃饱喝足以后就把自己的同类往‘红花’里扔。这事我看见了。他们再住到这儿没有什么好处。我恨他们！”

“那就杀掉。”哈蒂最小的一个儿子说，说着就拔起了一撮草，在前腿上研成碎末扔掉了，而那一对小小的红眼睛同时向两边偷偷地望着。

“白骨头对我来说有什么用呢？”毛葛利愤愤地回答，“难道我是一个在太阳下玩生脑袋的狼崽吗？我已经杀死了希尔汗，他的皮都在会议岩上烂了；可是——可是我不知道希尔汗到哪儿去了，我的肚子仍然空空的。现在我要我看得见、摸得着的东西。把丛林放进那个村庄去，哈蒂！”

巴格伊拉打了个寒噤，吓得缩成了一团。如果最坏的事情发生，立即朝村庄的街道冲去，在人群中乱冲乱咬，左冲右撞，或者黄昏时分趁人们在犁地时要个手腕把他们杀掉，这他都能明白，可是这个要把整整一个村庄在人和兽的眼前铲除的计划可把他吓坏了。现在他明白毛葛利为什么要把哈蒂招来，除了那长寿的大象，谁也无法计划、执行那样一场战斗。

“叫他们就像那些从布尔特普尔的地里跑掉的人那样跑吧，直到我们把雨水当成唯一的犁，把雨打密叶的声音当成他们纺锤的嗒嗒声——直到我和巴格伊拉在婆罗门的家里做窝，雄鹿在庙后面的水塘里喝水！放丛林进去，哈蒂！”

“可是我——可是我们跟他们往日无仇，近日无冤，要把人睡觉的地方拉倒，只有在我们疼红了眼的时候才行。”哈蒂满腹狐疑地说。

“你们是丛林里唯一吃草的吗？把丛林的各个民族都赶进去。让野鹿、野猪、大羚羊照顾它去吧。田地不光，你连一掌宽的皮也不要露一下。放丛林进去，哈蒂！”

“那就不会残杀了？在布尔特普尔田地大洗劫中我的牙都变红了，我再也不想激起那样的气味了。”

“我也是，我甚至不想叫他们的骨头横七竖八地扔在那干净的土地上。让他们走，再找一个新窝，他们不能待在这儿。我已经看见、闻到给我饭吃的那个女人的血——就是那个为了我他们要杀死的女人。只有他们门口台阶上新草的气味才能把那种气味冲走。那种味道在我嘴里火辣辣的。放丛林进去，哈蒂！”

“啊！”哈蒂说，“那尖桩戳的疤在我的皮上也火辣辣的，直到后来，我们瞧着那些村庄在春天的草木里死去才停止了。现在我明白了。你的战斗也是我们的战斗，我们会放丛林进去！”

毛葛利一口气还来不及喘——因为他义愤填膺、全身打战——大象站着的地方就空下了，巴格伊拉恐惧地望着他。

“凭解放我的那把破锁起誓！”黑豹终于说话了，“你就是大家都年轻时我在狼群里辩护过的那个光身子的东西吗？丛林之主呀，当我的力量不济时，替我说句话吧——替巴鲁说句话吧——替我们大伙儿说句话吧！在你的面前，我们都是小崽子！是在脚下嘎巴一声折断了的细枝！是那些失去了母鹿的小鹿！”

巴格伊拉成了一只迷途的小鹿！这种想法使毛葛利大为不安，他大声笑了，喘了一口气，接着又抽泣起来，旋即又大声笑了，直到最后他不得不跳进一个水池，才算安静下来。他游了一圈又一圈，就像和他同名的青蛙一样在一道道的月光中潜进潜出。

到这个时候，哈蒂和他的三个儿子已经各自朝着不同的方向，默默地沿着河谷往下走了一英里多路了。穿过丛林他们挺进了两天——也就是说赶了六十英里的长路，他们每一举步，每一摇鼻，都被盲哥、奇儿、猴民和所有的飞鸟看在眼里，记在心里，挂在嘴上。然后他们开始进食，吃完以后可以安安静静地饱上一个多星期。哈蒂和他的儿子很像石蟒喀阿，他们总是一副从容不迫的样子，除非是遇到了紧急情况。

那一段时间结束的时候——谁也不知道是谁开的头——传说在丛林某一个河谷里可以找到更好的食物和水。野猪——他们为了饱餐一顿，宁愿走遍天涯——首先拖着脚步走过岩石，成群结队地迁移，野鹿便紧随其后，一起去的还有靠死鹿和快死的鹿为生的小野狐，宽肩的大羚羊跟野鹿平行移动，沼地上的野水牛尾随着大羚羊而来。一点儿风吹草动也许会使那些吃吃草，走走路，喝喝水，又吃吃草的漫山遍野、四零五散的兽群转身回去的，可是，一有惊动，有人就会起来安抚他们。一会儿，豪猪伊吉带来一肚子的好消息，说前面一点儿就有上好的牧草；过一会儿，盲哥又会乐呵呵地呼叫，并拍打着翅膀飞下来落到一块林间空地上，表示那里无人占领；要不就是巴鲁，他塞了满满一嘴草根，靠着摇来摆去的队伍蹒跚前进，半恐吓、半嬉耍地把这支队伍挺费劲儿地引回正道。很多很多的动物不是突然折回去，就是跑开了，要么就是失去了兴趣，可是还有许多许多的动物仍在继续前进。十天以后的情况是这样的：野鹿、野猪和大羚羊在兜着半径有八至十英里的圈子，而肉食动物只在边缘地区搜索。圈子中央就是村庄，村庄周围是正在成熟的庄稼，庄稼地里有人坐在他们所谓的“麻墙”——就是像鸽子窝那样的台子，是用树枝搭成的，底下有四根柱子撑着——上，吓唬鸟儿和其他偷庄稼的人和动物。后来野鹿不再是被哄着走了，肉食动物却尾随其后，强迫他们向纵深地带前进。

那是一个黑暗的夜晚，哈蒂和他的三个儿子从丛林里溜出来，用鼻子折断了“麻墙”的柱子。“麻墙”轰隆一声倒下来，就像铁杉的秆子叭的一声折断了一样，从上面摔下来的人听到耳边有大象深沉的咯咯声。然后，被弄得晕头转向的野鹿大军的先头部队以排山倒海之势冲进了村子的牧场和耕地，蹄子尖尖、用鼻子乱拱的野猪也一起到达，野鹿留下的全被野猪糟蹋了，狼也不时地发出一声警报，震惊了鹿群和猪群，他们便没命地乱奔乱跑，踩倒了大麦的青苗，踏平了灌溉渠的堤坝。天亮以前，圈子外围的压力在某一个地方撤走了。肉食动物退了回来，留下一条到南边去的通道，于是一群又一群的雄鹿就沿着这条道路逃窜。另一些胆子大一些的，便藏在矮树林里等下个晚上饱餐过了再走。

不过，事情基本上已经办完了。一大早，村民们起来一看，发现他们的庄稼不见了。要是他们不走，这就无异于等死，因为他们一年到头在饥饿的边缘上挣扎，就像丛林在他们的边缘上活动一样。当水牛被赶去吃草的时候，这些饥肠辘辘的畜生发现野鹿已经把牧场清理干净了，他们便信步走到丛林里去，跟他们的野伴儿过起了漂泊生活。当夜幕降临的时候，三四匹属于该村的小马，躺在马厩里，脑袋被砸得稀烂。只有巴格伊拉能干出这种事，而且也只有巴格伊拉能想到目空一切地把残骸拖到空旷的街道上。

那天夜里村民们没有心思在地里举火，所以哈蒂和他的三个儿子便到地里拾落穗。凡是哈蒂拾过的地方，再就没有跟上拾的必要了。人们只好决定依靠他们储备下的种子凑合到雨季再来，再干一些杂活以贴补这个灾年，可是那位粮商考虑的却是他那些装满的粮箱和出售时高抬的粮价。哈蒂的一对利牙偏偏把他那泥屋的角落挑选出来，把那只涂着牛粪、里面装着宝物的大藤条箱戳得稀烂。

发现了后面这一损失以后，就该那婆罗门说话了。他向自己的神灵祈祷，可是没有反应。他说，也许在无意之中村子冒犯了某个丛林之神，因为毫无疑问，丛林在跟他们作对。于是他们派人去找那些流浪的冈德人，请来了离村子最近的一个部落的头人。冈德人是一些聪明、矮小、皮肤很黑的猎人，住在丛林深处，他们的祖先可以追溯到印度最古老的种族——这块土地的原主。他们倾其所有来欢迎那位冈德人，他摆出一副金鸡独立的架势，手里拿着弓，两三支毒箭插在他的头髻上，半恐惧、半轻蔑地盯着那些忧心如焚的村民和被毁的田地。他们想要知道他的神——古老的神——是否在生他们的气，应当献些什么供品。那冈德人一言不发，却捡起一串“喀莱拉”——那是一种结苦味的野葫芦的藤蔓——把它横过庙门编织在那瞪着眼睛的红色印度神像面前，然后他一只手向去卡尼瓦拉的大路上空一推，又回他的丛林去了，眼睁睁地瞅着丛林居民从里面源源而来。他知道，丛林移动的时候，只有白人可望使它闪开。

没有必要问他这样做的用意，野葫芦会在他们敬神的地方生长下去，把他们解救得越快越好。

可是很难把一个村庄连根拔掉。只要剩一点儿度过夏天的食物，人们还是不走，于是他们想办法去采集丛林里的坚果，可是长着红眼睛的黑影子死死盯着他们，甚至中午也在他们面前晃动。他们心里害怕，便跑回他们的村墙，在树干上还没待上五分钟，某个巨大的利爪就一下子把树皮剥去。他们越是在自己的村子里待下去，那些在瓦因贡加河畔牧场上蹦跳吼叫的野物就越胆大。他们没有时间去修补背对着丛林的空牛栏的后墙，野猪把墙踩塌，盘根错节的藤蔓紧随其后，便把新占据的地盘抱在怀里，那粗秆硬草在藤蔓后面竖立着，就像殿后的妖军的长矛。没有结婚的男子先跑了，把村子遭劫难的消息传向四方。他们说，当那村子专供的眼镜蛇从菩提树下的台子上的洞里离开以后，谁能跟丛林作对，或者跟丛林诸神作对呢？于是当旷野上的大路变得越来越稀少，越来越模糊时，他们跟外界的一点儿交流就更少了。最后，哈蒂和三个儿子夜里喇叭似的吼声不再惊扰他们了，因为他们再没有什么好抢的了。地上的庄稼，地里的种子都荡然无存了。周围的田地已经面目全非，该去投奔卡尼瓦拉的英国人，靠他们的救济过日子了。

可是故土难离，他们一天又一天地拖着，不肯离去，一直拖到第一场大雨劈头盖脸地下起来，没有修补的屋顶把洪水放进来，牧场上的水深及脚踝，夏天的酷热一过，一切生命忽地一下全都来了。他们便蹚出去——男男女女、老老少少——冒着早晨眯目的热雨，自然还要转过身来恋恋不舍地再把他们的家园望上最后一眼。

当最后一家人拖儿带女从村门里鱼贯而出时，只听见哗啦一声，房梁和茅屋顶塌到了村墙后面。他们看见一个明晃晃的、蛇一样的黑色的长鼻子一举起来，被雨水浸透了的茅屋顶便哗啦啦坠了一地。鼻子不见了，又是哗啦一声，接着是一声尖叫。哈蒂扒小屋的屋顶就像你摘睡莲一样，一根弹回来的房梁戳了他一下。这正好满足了他的需要，好让他把劲儿全使出来，因为在丛林的万物中，发怒的野象破坏性是最大的。他向后踢了一下泥墙，泥墙就立即轰隆一声倒下，顿时在倾盆的大雨下面化为黄泥汤了。最后他转了一下身，大叫了一声，从狭窄的街道上闯过去，向左右靠街上的小屋，摇摇歪歪斜斜的门，往上推推屋檐；而那三个儿子在后面大发雷霆，就像他们在布尔特普尔田地大洗劫的时候一样。

“丛林会把这些壳儿吞下去的。”废墟中有一个平静的声音说道。“外墙非推倒不可。”毛葛利说，雨水冲洗着他的光臂膀，他从一堵像一头累了的水牛似的正往下陷的墙上跳回来。

“一切都挺顺当，”哈蒂喘着气说，“不过我在布尔特普尔牙都发红了！到外墙那儿去，孩子们！用头顶！一起来！好！”

四头象便肩并着肩推起来，外墙先鼓起来，接着裂开了缝，最后便倒了下去，村民们吓得目瞪口呆，从墙缝里看见了那破坏分子的沾着一道一道泥巴的凶狠的脑袋。最后，他们既无遮身之地，又无果腹之物，只好沿着河谷逃跑，他们的村子经过撕扯、翻扔、践踏，在他们后面土崩瓦解，化为乌有了。

一个月以后，这地方成了一个坑坑洼洼的土堆，长满了柔嫩的青草，雨季结束的时候，不到半年前还是犁头耕耘的土地，现在一下子成了一座咆哮的丛林。

毛葛利与人作对的歌

我反对你们，所以要放开快腿的藤蔓——
我要把丛林招来，踏破你们的阵线！
　　房顶要在丛林前消失，
　　　屋梁一定会垮台，
　　喀莱拉，苦味的喀莱拉，
　　　将要把一切的一切覆盖！

我的同胞要在你们议会的门里歌唱，
蝙蝠们要在你们谷仓的门上依傍；
　　蛇要成为你们的看守，
　　　待在一个未经清扫的炉旁；
　　喀莱拉，苦味的喀莱拉，
　　　将要结果在你们睡觉的地方！

你们看不到我的攻击者；你们却能把他们猜着，听见；
夜里月出以前，我要派人收我的税捐，
　　狼要成为你们的牧人，
　　　站在一个未曾移动的界标旁，
　　喀莱拉，苦味的喀莱拉，
　　　将要播种在你们喜爱的地方！

我要在你们面前把你们的田地收获在一位主人手里；
你们则要跟在我的收割者后面，把那失去的面包搜集；

野鹿将要成为你们的耕牛，
　走在畦头未耕过的地旁，
喀莱拉，苦味的喀莱拉，
　将要生叶在你们建设的地方！

我反对你们，所以放开了畸足的藤蔓——
我已经打发丛林淹没你们的阵线！
　树木——树木长在你们身上，
　　房梁一定会垮台，
　喀莱拉，苦味的喀莱拉，
　　将要把你们全体覆盖！

国王的象叉

自从露水声现以来，这四样东西从不知足，永填不满——
鳄鱼贾喀拉的嘴巴、老鹰的胃口、猿的手和人的眼。
——《丛林谚语》

自大石蟒喀阿出生以来，这大概是他第二百次蜕皮了。毛葛利特地去向他祝贺，因为他从来都没有忘记他这条命是喀阿在寒巢奋斗了一夜才保全下来的，这件事你们也许还记得。蜕皮总是把一条蛇弄得情绪低落，萎靡不振，一直等到换上美观闪亮的新皮，他的情绪才会正常。喀阿再也没有取笑过毛葛利，而是跟其他丛林居民一样，承认他为丛林之主，而且给他提供他这种个头的蟒蛇能够掌握的全部信息。喀阿对大家所谓的“中部丛林”——即紧贴在地面上或地底下跑的，在岩石、地洞里钻的，以及在树干上爬的生命——的情况简直是无所不知，他不知道的事少到在他那最小的一片鳞片上都能写得下来的地步。

那天下午，毛葛利坐在喀阿的身体一圈一圈围成的大圆圈中间，用手指拨弄着那蜕下来的破碎的旧皮。这些皮从喀阿身上蜕下以后，原封不动地遗留在岩石中间，有的像圆环，有的则七扭八歪。喀阿非常殷勤地把自己的身体垫在毛葛利光溜溜的宽肩膀下面，这样一来，这孩子就等于偎在一把活安乐椅里了。

“即使是眼睛上的鳞片，也是完美无缺的，”毛葛利玩弄着蛇皮，细声细气地说，“看见自己头上的皮蜕到自己的脚下，可真奇怪！”

“那倒是，不过我可没有脚，”喀阿说，“既然这是我们民族的习俗，我也就不感到奇怪了。你从来不觉得你的皮又老又粗吗?”

“要是那样，我就会去洗洗，扁头。不过真的，在大热天我倒是希望我也能够不痛不痒地把皮蜕下，连皮也没有地跑来跑去。”

“我洗澡，也蜕皮。这身新衣看上去怎么样?”

毛葛利一只手顺着那大脊背上的菱形斑纹摸下去。“乌龟的背更硬，可是没有这么鲜艳，”他蛮有眼力地说，“跟我同名的青蛙更加鲜艳，可是没这么硬。你的皮看上去真美——就像百合花边儿上的色晕。”

“它需要水。一张新皮只有洗过一次澡后，才会把颜色充分显露出来。”

“我抱你去吧。”毛葛利说。他笑着弯下腰去，往起抱喀阿巨大的身躯的中间部分，也就是最粗的那一截。这就好比一个人试图抱起一截直径两英尺长的总水管。喀阿一动也不动地躺着，鼓着腮帮子，暗自觉得有趣。随后就开始进行正规的晚间比赛——一方是劲头旺盛得没处使的孩子，一方是刚换上一身艳丽新皮的蟒蛇，他们准备进行一场摔跤比赛——一场眼力和膂力的较量。当然，要是喀阿由着性子干，哪怕有十来个毛葛利也会被压扁的，但是他玩得很小心，连十分之一的劲儿都不往外使。自从毛葛利长得身强力壮，经得起些许虐待以后，喀阿就给他教会了这种比赛，说到要训练四肢的韧劲儿，再没有比这种比赛更有效的了。有的时候，毛葛利站着，喀阿则一圈又一圈快要缠到他的喉咙上了，毛葛利便想办法挣脱一只胳膊，抓住蟒蛇的喉咙。这样，喀阿便软绵绵地松开，毛葛利则趁蟒蛇的大尾巴甩到后面摸索一块石头或一截树桩的当儿，迅速移动双脚设法把大尾巴这个支点夹住。于是他们俩便头对头地摇来晃去，各自等待着时机，直到最后，那美丽的雕塑般的群像[①]消融在一团不断翻动腾升的黑黄花的蛇圈和竭力挣扎的胳膊和腿里。“嗨！嗨！嗨！”喀阿一边喊着一边用头进行佯攻，就连毛葛利那样敏捷

① 古希腊有著名的“拉奥孔”雕像，表现拉奥孔父子和巨蟒搏斗的情状，因此作者才有这样的描写。

的手也无法把它挡开。“瞧！我碰到你这儿啦！小兄弟！这儿！还有这儿！你的手僵了吗？这儿又是一下！”

这场比赛的结局总是一种——蛇头用劲照直一击，把孩子打翻在地。毛葛利从来都没有学会防范那闪电般冲击的本领，正如喀阿所说，努力也丝毫不起作用。

“捕猎好！”喀阿最后咕哝一声，而毛葛利却像通常一样，被抛射到五六码以外的地方，一面喘气一面笑。他站起来时，手里抓了满满两把草，然后就跟着喀阿来到这条聪明的蛇最喜欢的浴池——一汪岩石环抱着的黑油油的深水潭，没有露出水面的树桩使这地方别有一番情趣。那孩子按丛林风尚无声无息地滑入水中，然后潜游过去，又无声无息地露出水面来，双臂撑在脑勺后面仰浮着，眼睛注视着月儿从岩石上空升起，脚趾却把水中的月影搅碎。喀阿那钻石形的脑袋像一把剃刀似的划开了水池，浮出来倚在毛葛利的肩头。他们一动也不动地躺着，痛痛快快地浸泡在凉爽的水中。

“太好啦，”毛葛利终于睡意蒙眬地说，“在人群当中，我还记得就在这个时候，他们先小心翼翼地把干干净净的风关在外面，然后就在一个泥巴陷阱里的硬木头片子上躺下，随后便把臭烘烘的布往他们笨重的脑袋上一拉，再把恶狠狠的歌声从鼻子里放出来。丛林里就好多啦。”

一条匆匆忙忙的眼镜蛇从一块岩石上溜下来，喝过水，对他们说了声“捕猎好”又走开了。

“咝！”喀阿说，好像突然想起了什么似的，“这么说丛林把你希望的一切都给你了，小兄弟？”

“不是一切，”毛葛利笑着说，“要不每个月都会有一只新的壮希尔汗好杀了。现在我可以用自己的手杀死他了，不用请水牛帮忙了。我也希望阴雨连绵的日子里有太阳照耀，大伏天会有雨来遮住太阳；我两手空空地出去时总希望猎杀一只山羊；猎杀了一只山羊后总希望它是一只雄鹿；雄鹿到手时又希望它是一只大羚羊。我们都有这样的感觉。”

“你没有别的愿望了吗？”大蛇问道。

“我还能有什么愿望呢？我有丛林和丛林给的恩惠！从日出到日落哪个地方还有更多的好处呢？”

“喂，那条眼镜蛇说——”喀阿开始讲了。

“哪条眼镜蛇呢？刚刚走开的那条什么也没有说呀，他只是在捕猎嘛。”

“是另外一条。”

“你跟毒族有很多交往吗？我让他们自己走自己的路。他们的门牙里就带着死亡，那就很不好——因为他们都那样小。不过你刚才说到的那条长着什么样的盖头？”

喀阿在水里慢慢地晃悠着，活像在横浪里行进的一艘火轮船。“三四个月以前，”他说，“我曾在寒巢捕过猎，那地方你不至于忘掉吧。我追猎的那家伙尖叫着从蓄水池里逃过去，进了那座房子，钻到地里去了，就是我为了救你，把一堵墙给撞开了的那座房子。”

“可是寒巢居民不在地洞里生活。”毛葛利知道喀阿说的是猴子。

“这东西并不是在生活，而是在想办法生活，”喀阿舌头打了一下战回答说，“他钻进了一条很长很长的地洞，我追上去，把它捕杀了以后，就睡着了。醒来以后，我就再往前走。”

“在地底下？”

“正是，最后却碰上了一个‘白盖头’（一条白眼镜蛇），他谈到一些我不知道的事情，还叫我看了许多我从来没有见过的东西。”

“新猎物吗？那次捕猎好不好呢？”毛葛利很快改成了侧泳。

“不是猎物，但是那东西有把我的牙弄断的本事。可是白盖头说，一个人——他说话的口气就像他了解人类似的——为了把这些东西看上一眼，哪怕把肋条下面的气送掉也行。”

“那我们去瞧瞧，”毛葛利说，“现在我记起来了，我也曾经是个人呀。”

“慢——慢。正是仓促行事才送掉了那条吃太阳的黄蛇的命。我们俩就在地下聊起来，我还提到了你，说你是一个人。白盖头（他真的跟丛林一样老）说：‘我好久没有见过人了。让他来吧，叫他看看这里所有的东西，许多人为了这中间的一丁点儿东西都宁肯把命送掉呢。’”

“那准是新猎物了。毒族在一般猎物活动时是不会告诉我们的。他们是一个不友好的种族。”

“那不是猎物，那是——那是——我说不上那是什么。”

“我们到那里去吧。我还没见过一个白盖头呢，我还想见见别的那些东西。他捕杀它们吗？”

“它们都是些死东西。他说他是它们的看守。”

“啊！就像一只狼站在他带到窝里来的肉上面一样。咱们走吧。”

毛葛利游到岸边，在草里打个滚，把身上擦干以后，他们两个便动身往寒巢去了，这是一个你也许听说过的荒城。那时候，毛葛利一点儿也不怕猴民，猴民却对毛葛利怕得要命。然而他们的部落当时正在丛林里进行搜捕，因此寒巢在月光下显得空荡荡、静悄悄的。喀阿把路领到竖立在平台上的女王亭的废墟那儿，从垃圾堆上溜过去，再沿着从亭子中央通到地下的半堵半通的楼梯跳下去。毛葛利发出了蛇族呼叫——“你我都是嫡亲”——然后就跪下爬行。他们沿着一条七拐八弯的倾斜地道爬了很长一段距离，最后来到了一个地方，那里有一截高出地面三十英尺的大树的树根，把墙上的一块坚固的石头顶了出去。他们便从墙窟窿里钻过去，来到一个大地窖里。地窖的圆顶也被树根顶破了，所以有几股亮光刺破了这里的黑暗。

“倒是一个安全窝，”毛葛利稳稳地站起来说，“可就是太远，不能天天来。现在我们要看什么？”

“难道我不值得一看吗？”地窖中央有一个声音说，毛葛利看见一个白东西在动，慢慢地，慢慢地，在那儿直立起来一条他从来没有见过的最大的眼镜蛇——一个近八英尺长的家伙。由于在黑暗中生活，他的肤色已褪成一种陈旧的象牙白，就连他那展开的颈背上的眼镜状的斑纹也褪成了浅黄色，他的眼睛红得像红宝石，总而言之这条蛇神奇极了。

“捕猎好！”毛葛利说，他从不忘记要有礼貌，就像他从不忘记随身带着匕首一样。

“城里的情况怎么样？”白眼镜蛇说，没有回答他的问候，“那座有城墙的大城情况怎么样——也就是拥有一百头象、两万匹马和不计其数的牛的那座城——国王之王的城？我在这儿都变成了聋子，好久好久都没有听到他们的战锣声了。”

“丛林就在我们上头，”毛葛利说，“在象群中我只认识哈蒂和他的儿子们。巴格伊拉把一个村子里的马全杀光了，再说——什么是国王呀？”

“我告诉过你，”喀阿温和地对眼镜蛇说——“我四个月前就告诉过你，你的城不存在。”

“那座城——城门上设有国王的城楼的那座森林大城——永远不会消失的。还在我父亲的父亲从蛋里出来以前，他们就建立起了那座城，就是到我儿子的儿子变得像我一样白的时候，它也会继续存在下去！它是耶迦苏里的儿子维耶贾的儿子钱德拉比迦的儿子萨隆地在巴帕·拉瓦尔时代修建的。你们是谁的牛？”

“这下子可糊涂了，”毛葛利转过来对喀阿说，“我不懂他的话。”

“我也是。他很老了。眼镜蛇老祖宗呀，这里只有丛林，它从一开始就在这里。”

“他是谁，”白眼镜蛇说，“这个坐在我面前，什么都不怕，不知国王是什么，用人嘴说我们的话的人是谁？这个使用匕首和蛇语的是谁？”

“他们叫我毛葛利，”毛葛利回答说，“我是丛林中的一员，狼是我的同族，这里的喀阿是我的兄弟。眼镜蛇老祖宗，你是谁呢？”

“我是国王宝藏的看守。我的皮肤还黑着的时候，库伦王公就在我上面安放了这块石头，好让我给那些胆敢来偷盗的人教会死亡。然后，他们把宝藏通过这块石头放下来，而且我听到了我的主人婆罗门的歌声。”

“嗯！”毛葛利心想，“在人群里我已经跟一个婆罗门打过交道了，所以——我知道我所知道的事情。邪恶马上就到这儿来了。”

“打我来这儿起，那块石头曾经被掀起过五次，每次总是放下来更多的东西，可从来没有取走过。再没有像这些财宝一样的财宝了，一百个国王的宝藏呀，自从石头上一次被挪动过后，已经过了很久很久了，我还以为我的城已经忘了呢。”

“就没有城。抬头看看吧。那里只有顶开石头的那些大树的根。树和人可不是在一起长的呀。”喀阿坚持说。

“有那么两三回，人倒是找到这里来了，”白眼镜蛇恶狠狠地回答，“可是他们从不吭声，直到我在黑暗中摸索到了他们，他们才叫了一会儿。可是你们，人和蛇两个，却带着谎话来了，想叫我相信没有城，而且我的看守职权就此结束。多少年来，人的变化不大，而我就从来不变化！直到石头被掀起，婆罗门们唱着我所熟悉的歌下来，用热牛奶喂我，又把我带到亮处，我——我——我，而不是别人，就是国王宝藏的看守！你们说城已经死了，这里都是树根？那就弯下腰随便拿吧，地上可没有这样子的宝贝。使用蛇语的人，啊，要是你能从你进来的地方活着出去，那些小王就会成为你的奴仆！”

“又糊涂了，”毛葛利冷冷地说，“豺狗子会不会钻这么深，咬过这个大白盖头呢？他肯定是疯了。眼镜蛇老祖宗呀，我看这儿没有可以拿走的东西。”

“凭着太阳、月亮神起誓，这孩子才是疯得不要命了！”眼镜蛇咝咝地说道，“在你闭上眼睛之前，我给你一点儿好处。你瞧瞧，就会看见人从来没有见过的东西！”

“在丛林里向毛葛利谈好处的却吃不开，”孩子小声说道，“不过据我所知，黑暗会改变一切的。我愿意瞧瞧，如果这样做会使你高兴的话。”

他眯起眼睛向地窖四处看了一遍，然后从地上抓起一把闪闪发光的东西。

“啊呵！”他说，“这倒是像他们在人群里玩的东西：不过这是黄色的，他们玩的却是褐色的。”

他丢下那些金子片片，向前走去。地窖的地面上堆积了五六英尺深的金银铸币。它们原来是装在麻袋里的，后来撑破麻袋撒了一地。由于年深月久，这些金属堆积得密密实实，就像退潮时留下的一个个沙堆一样。上面、里面、缝隙里，像沙里露出的沉船残骸一样，显露出镶嵌着宝石、装饰着金箔、点缀着红玉和绿松石的凹凸银的象轿。这里有女王们乘坐的抬轿和舁床，框架和拉条是白银和珐琅制品，抬杠把手是翡翠做的，帷窗的吊环是琥珀做的；还有枝形的黄金烛台，穿孔的绿宝石悬在台枝上晃动；还有密密麻麻的被人遗忘的众神的银像，五英尺来高，眼睛是宝石做的；还有一件件镶金的钢铁铠甲，镶边的细粒珍珠已经腐朽发黑了；还有用一粒粒鸽子血一样鲜红的宝珠做顶饰的头盔；还有龟甲和犀牛皮制造的涂漆盾牌，是以赤金做箍带和中心浮雕，以绿宝石镶的边；还有一捆捆钻石柄的宝剑、匕首和猎刀；还有祭祀用的金碗、金勺和从来没有见过天日的形象模糊的轻便祭坛；还有玉杯、玉镯；还有香炉、梳子，用来盛香水、染指甲水和涂眼粉的瓶瓶罐罐，都是压上浮雕花纹的黄金制品；还有数不清的鼻环、臂环、发带、指环和腰带；还有嵌有四方钻石和红宝石的七指宽的皮带，以及箍了三面铁圈的木箱，木箱上的木头已经化为粉末，露出里面那堆未经琢磨的星状蓝宝石、蛋白石、猫眼石、蓝宝石、红宝石、钻石、绿宝石和石榴石。

白眼镜蛇说对了，光用钱是买不来这些珍宝的，这是通过几百年的战争、抢劫、贸易和捐税采集、筛选的结果。不要算那些宝石，光钱币都是无法估价的，光这些金银的总重量也许有两三百吨。现今印度的每一个当地统治者，不管多么穷，都有一个不断增大的秘藏宝库，虽然在十分偶然的情况下，某个开明的王子也许会舍弃四五十牛车的银子来换取政府的证券，可是绝大多数却把他们的财宝和有关财宝的情况牢牢掌握在自己手里。

毛葛利自然不明白这些东西的意义，那些猎刀倒使他有点儿动心，可是拿起来都不像他自己的刀那样得心应手，因此他又把它们扔掉了。最后他发现在一个半截埋在钱币里的象轿前面放着一个着实迷人的东西。那是一个三英尺长的象叉，或者象棒——也就是一个跟带钩的小船篙样子差不多的东西。顶头是一颗光彩夺目的圆形红宝石，往下就是八英寸长的柄，密密麻麻地嵌满了粗糙的绿松石，捏起来非常可手。接下来就是一个玉石花环——只有花叶是绿宝石的，花瓣则是嵌在那凉莹莹的绿宝石中的红宝石。叉柄以下的部分，就是一根纯象牙，而叉尖——刺尖和刺钩——则是钢的，外面镏金，镌有捕象的图画。这些图画倒是把毛葛利吸引住了，因为他看到这些画跟他的朋友“沉默的哈蒂”有一些关系。

白眼镜蛇一直都紧紧地尾随着他。“这样大饱眼福，死了不是也值得吗？”他说，“我不是给了你一个很大的好处吗？”

“我不明白，”毛葛利说，“这些玩意儿硬邦邦的，冷冰冰的，而且一点儿都不好吃。不过这个”——他把象叉举起来——“我倒是想拿走，放在太阳底下瞧瞧。你说这些都是你的吗？你愿不愿意把它给我，我好给你送些青蛙吃？”

白眼镜蛇起了幸灾乐祸的念头，身子轻轻颤抖起来了。“当然我愿意给了，”他说，“这里的东西我都愿意给你——只是在你离开这里以前。”

“可是我现在就要走了。这地方又黑又冷，我想把这个带刺的尖东西带到丛林里去。”

“瞧瞧你的脚下！那是什么？”

毛葛利捡起一种又白又光的东西。“这是一个人的头骨，”他不动声色地说，“这里还有两个呢。”

“好多年以前，他们来想把这些东西带走，我在暗处向他们说了句话，他们就躺下不动了。”

“可是我要这些叫作宝藏的东西干什么呢？如果你把那个象叉叫我带走，那就算打了一次好猎。如果不给，还是打了一次好猎。我不跟毒族格斗，我也学过你那个部落的要语。”

“这里只有一句要语。它就是我的要语！”

喀阿睁着火眼扑向前去。“谁叫我把人带到这儿来的？”他咝声说道。

“当然是我了，”老眼镜蛇口齿不清地说，“我好久没有见过人了，可是这个人却会说我们的话。”

“可你没有说过杀人的话呀。我怎么好回到丛林去给大伙儿说，我把他领去送了死？”喀阿说道。

“不到时候，我不说杀人的话。至于你回去还是不回去，墙上倒是有个洞呢。安静些吧，你这杀猴子的胖子！我只要碰一下你的脖子，丛林就再也不会知道你了。到这里来的人从来没有肋条下带着气儿出去的。我是王城宝藏看守！”

“可是你这黑暗中的白虫，我告诉你既没有国王，也没有城市！我们周围是一片丛林！”喀阿喊道。

“可有的是宝藏呀，不过这样办吧。等一会儿，石中喀阿，让这孩子跑吧。这里有的是地方，可以好好玩一玩。生命是宝贵的，孩子，来回跑一会儿，玩一玩吧！”

毛葛利不声不响地把手放到喀阿的头上。

“直到现在，这白家伙对付的是人群里的人，他不了解我，”他悄悄地说，“他要求进行这场捕猎，让他如愿吧。”毛葛利一直站着，手里拿的象叉尖儿朝下。这时他把象叉飞快地投出去，正好横插在蛇的大盖头后面，把他死死地钉在地上。刹那间，喀阿全身的重量已经压到那扭动的身子上，使它从盖头到尾巴都瘫痪了。那双红眼睛直冒火，幸免于难的六英寸长的脑袋气急败坏地左右扑打着。

“杀死他！”在毛葛利伸手拔刀的当儿，喀阿说道。

“不，”他一边拔刀一边说道，“除了谋食，我永远不会再杀生了。可是你瞧，喀阿！”他一把捏在那蛇的白盖头后面，又用刀刃把他的嘴撬开，露出了上颚上长的一对可怕的毒牙来，可是那对牙都黑黢黢的，已经在牙床上萎缩了。白眼镜蛇已经老得没有毒了，蛇老了都是这样。

“酥干，”毛葛利说，他一边示意喀阿放开他，一边把象叉拔了起来，使白眼镜蛇获得了自由。

“国王的宝藏需要一个新看守了，”他严肃地说，“酥干，你可没有干好呀！来回跑一跑，玩一玩，酥干！”

“我真丢脸。杀死我吧！”白眼镜蛇咝声说。

“杀死的话说得太多了。现在我要走了。我把这带刺儿的尖东西拿上，酥干，因为我已经跟你较量过，把你打败了。”

“那好，可得注意不要叫这东西到头来把你杀死。它就是死神！记住，它就是死神！这东西神通广大，能杀死我全城所有的人。你不会把它拿多久的，丛林人，从你那儿拿走它的也拿不了多久。他们就是为了它而杀，杀，杀个没有完！我的力量耗干了，可是象叉会继续我的工作。它就是死神！它就是死神！它就是死神！”

毛葛利又从那个洞里爬出来，到了地道里，他最后看见白眼镜蛇一面用他那对无毒的长牙恼羞成怒地咬着地上群神呆头呆脑的金脸，一面咝声说：“它就是死神！”

他们很高兴又见到了天日。回到自己的丛林以后，毛葛利把象叉在晨光下玩得闪闪发光，他那股高兴劲儿就像发现了一束新的鲜花插在头发里似的。

“这比巴格伊拉的眼睛还亮，”他一面旋转着红宝石，一面欣喜地说，“我要让他看看。酥干谈到了死神，他这是什么意思？”

“我也说不上。他没有挨你的刀，我可打尾巴尖儿上都感到难过。寒巢总出坏事——不管是地上，还是地下。可是，这会儿我饿啦。今儿你跟我一道去捕猎，好吗？”喀阿说。

“不行，一定要叫巴格伊拉看看这东西。捕猎好！”毛葛利挥舞着大象叉，连蹦带跳地跑开了，跑一会儿就停下来欣赏欣赏它，最后，他来到主要由巴格伊拉使用的那一片丛林里，发现他饱餐一顿之后正在喝水。毛葛利把自己的冒险经历从头到尾给他讲了一遍，巴格伊拉听一会儿，就嗅嗅象叉。毛葛利说到白眼镜蛇最后的话时，黑豹兴冲冲地柔声说了一句表示赞同的话。

“看来白盖头说的是实际情况了？”毛葛利赶快问道。

“我是在奥德普尔国王的笼子里出生的，我肚子里明白，我对人还是有点儿了解的。好多好多人就为了那一大块红石头，一个晚上居然会杀三次人。”

“可就是有了这块石头，这东西才拿在手里怪沉的。我的发亮的小刀要好得多，再说——瞧！这红石头又不好吃。那他们干吗要杀人呢？”

“毛葛利，睡觉去吧。你在人中间生活过，而且——”

“我记得，人杀生，就是因为他们不捕猎——只是由于无聊，为了消遣。再醒一醒，巴格伊拉。做这个有刺的尖玩意儿干什么用呢？”巴格伊拉只把眼睛睁开了一半——他非常瞌睡——眼睛里闪出了一种恶意的光。

“那是人制造出来往哈蒂的儿子们脑袋里戳的，一戳血就流出来了，我在奥德普尔大街上，我们的笼子前面看见过这一类事儿。这玩意儿尝过哈蒂许多同胞的血。”

“可是他们干吗要戳进大象的脑袋呢？”

“为了给他们教人的法规。人既没有爪子，又没有牙齿，就只好制造这些东西——还有比这更糟糕的呢。”

“我一走近人群制造的东西总发现有流血的事情。”毛葛利深恶痛绝地说。象叉这么沉重，他已经有点儿厌倦了。“要是我早知道这一点，我就不会拿了。先有美丝瓦流在皮带上的血，现在又有哈蒂的血，我再也不用它了。瞧！”

象叉闪着光飞出去了，叉尖朝下，插在三十码以外的树丛中间。“这样我的双手就与死神不沾边了，”毛葛利在新鲜湿润的泥土上擦着手掌说，“酥干说死神会追随着我。他又老又白又疯。”

“白也好，黑也好；死也好，活也好，我可要睡觉了，小兄弟。我可不能像有的人那样通夜捕猎，整天号叫。”

巴格伊拉到大约两英里外他所知道的一个猎巢里去了。毛葛利索性就爬上了一棵树，把三四条藤蔓纠结在一起，一眨眼工夫就已经在一个离地五十英尺高的吊床上晃悠起来。虽然毛葛利对强烈的日光并不太反感，但还是按照朋友们的习惯，尽量不利用它。一觉醒来，周围是高声喧闹的树上居民，又是暮色四垂的时候了，梦中出现的一直是他扔掉的那些美丽的小石子儿。

“至少我得再次看看那玩意儿。”他说着就顺着一条藤蔓滑到地上；可是巴格伊拉已站在他的前面了。毛葛利听见他在半明半暗的暮色中嗅来嗅去。

“带刺儿的尖东西到哪儿去了呢？”毛葛利喊道。

“一个人把它拿走了。这儿有足迹。”

“现在我们就会看到酥干说的是不是事实了。如果那尖东西就是死神，那人就会死去。咱们跟上去看看吧。”

“先捕猎吧，”巴格伊拉说，“肚子空了眼睛就马虎。人走得很慢，丛林又很湿，哪怕最轻微的痕迹也会留下来的。”

于是他们便尽快地捕杀起猎物来，可是几乎过了三个钟头他们才吃完肉，喝过水，开始正儿八经地辨认起足迹来。丛林居民知道：吃饭狼吞虎咽，损失无法弥补。

“你认为那尖东西会在那人的手里掉过头来把他杀死吗？”毛葛利问

道，“酥干说它就是死神。”

“我们找到以后就会明白。”巴格伊拉低下头小步跑着说，“这是独脚（他的意思是只有一个人），可那东西的重量把他的脚跟深深地压到地里去了。”

“嗨！这就跟夏天的闪电一样清楚。”毛葛利回答说。于是他们跟着那两只赤脚的脚印，开始小跑起来，他们脚步敏捷，方向多变，身影儿在斑驳的月光下时隐时现。

“现在他快速跑起来了，”毛葛利说，“脚趾展得很开。”他们继续前进，走过了一处湿地。“他为什么在这儿拐弯呢？”

“等等！”巴格伊拉说着，就拼命往远处腾身一跃，当足迹中断了的时候，为了要解释为什么会有这种情况发生，你首先要做的就是向前飞跃，不要把自己乱七八糟的足迹留在地面上。巴格伊拉落地以后，转过身来，对着毛葛利喊道：“这里又有一条足迹，是冲着他来的。这个脚，也就是第二条足迹，小一些，而且脚趾是朝里的。”

毛葛利便上去察看。“这是一个冈德猎人的脚，”他说，“瞧！在这儿，他是把弓拖在草地上走的。正因为有人，第一个足迹马上就拐开了。大脚板在躲小脚板呢。”

“不错，”巴格伊拉说，“为了防止彼此的脚印混杂，把我们追寻的足迹搞乱了，咱们俩分开跟踪，我跟大脚板，小兄弟，你跟小脚板，那冈德人。”

巴格伊拉又跳回到原来的足迹那儿，留下毛葛利弯着腰察看那林中小野人的奇特、狭小的足迹。

“喂，”巴格伊拉一面说一面沿着那一串脚印一步一步挪动着，“我，大脚板，在这儿拐开啦。现在我藏在一块岩石后面，一动也不动地站着，连换一下脚也不敢。报一报你的足迹，小兄弟。”

“喂，我，小脚板，来到了岩石旁边，”毛葛利沿着他的足迹跑着说，“喂，我在这块岩石下面坐下啦，用右手支着身子，把弓搁在两只脚中间。我等了很久，因为我这里的脚印很深。”

“我也是，”巴格伊拉藏在石头后面说，“我等着，把那带刺儿的尖东西一头靠在一块石头上。它滑倒了，因为石头上刮了一道印。报报你的足迹，小兄弟。”

“这儿有一根，两根小树枝和一根大树枝折断了，”毛葛利压低了嗓子说，“喂，我怎么报那条足迹呢？啊！现在清楚了。我，小脚板，闹哄哄地走开了，脚踩得嘎嘣嘎嘣直响，故意叫大脚板听见。”他离开岩石，一步一步在树林中行进，当他走近一个小瀑布的时候，他的声音在远处响起来：“我——走得——远远的——到了——一个——地方——这儿的——流——水——声——压倒了——我的——喊声；我——在——这——儿——等——着。报报你的足迹，巴格伊拉，大脚板！”

黑豹跳来跳去四下里察看，看看大脚板的脚印是怎样从石头后面被引开的。然后他开口喊道：

“我跪着从岩石背后爬出来，拖着那带刺儿的尖东西。看见没有人，我就跑起来。我，大脚板，飞快地跑着。足迹非常清楚。咱们各自跟各自的走吧。我跑啦！”

巴格伊拉沿着那清晰的足迹旋风似的向前奔去，毛葛利跟着冈德人的脚印。有一阵子，奔林里一片寂静。

“你在哪儿，小脚板？”巴格伊拉喊道。毛葛利的声音在右边不到五十码的地方回答他。

“嗯！”黑豹深深地咳了一声说，“他们两个并排跑呢，离得更近了！”

他们又向前跑了半英里地，中间的距离始终没有怎么改变，直到后来毛葛利喊了起来，因为他的头不像巴格伊拉的那样离地面近。“他们碰头啦。捕猎好！——瞧！小脚板就站在这儿，一只膝盖抵在一块石头上——大脚板就在那边呢！”

前面不到十英尺远的地方，一堆破碎的岩石上面横躺着一个当地的村民，一支冈德人的短羽长箭从后背直穿到前胸。

“酥干是不是又老又疯，小兄弟?”巴格伊拉轻声说，“这儿至少死了一个。”

“继续走吧。可是那大象的吸血鬼——那红眼刺——在哪儿呢?”

“说不定小脚板拿走了。现在又是独脚了。”

一个左肩上扛着东西、飞快奔跑着的轻巧的人的足迹兜着圈子在一个长着干草的长坡上延伸下去，那里的每一个脚印，在追踪者的锐利的眼睛看来，好像是用烧红的烙铁烙出来的。

他们俩都不吭声，跟着足迹一直跑到一堆藏在一个河谷里的营火灰旁边。

“又是一个!”巴格伊拉说，他仿佛变成了石头，猛地不动了。一个干瘪瘦小的冈德人的尸体躺在那里，两只脚埋在灰堆里，巴格伊拉用探询的目光望着毛葛利。

“这是用一根竹竿干的，”孩子扫了一眼后说，“我在人群里干活儿的时候就用那玩意儿赶过水牛。眼镜蛇老祖宗——由于取笑过他，我心里感到难过——就像我一样对这个种族非常了解。我不是说过，人进行残杀只不过是出于无聊吗?”

“其实他们是为了那些红蓝石头杀人的，”巴格伊拉回答说，“记住，我在奥德普尔国王的笼子里待过。”

“一，二，三，四，四条足迹，”毛葛利弯下腰去望着那堆灰说，“四个穿鞋子的人的足迹。他们走起路来不像冈德人那么快。呵，这个小个子樵夫对他们干什么坏事了？瞧，他们在一块儿说过话，五个人，都站着，后来才把他杀死的。巴格伊拉，咱们回吧。我肚子里沉甸甸的，可还是七上八下地直翻腾，就像树梢儿上的一个黄鹂巢一样。”

“撇开猎物可算不上好样儿的捕猎，跟上!”黑豹说，“这八只穿鞋的脚还没走远呢。”

他们足足有一个钟头没有吭声，只是紧紧地跟着那四个穿鞋的人的宽宽的足迹。

现在已经是晴朗、炎热的大白天了，巴格伊拉说：“我闻到了烟味儿。”

“人总是好吃懒跑路，”毛葛利说着就小跑出没在他们正在搜索的这片新丛林的低矮的灌木丛中。巴格伊拉在略靠他左边的地方跑着，喉咙里发出一种难以形容的声音。

“这里有一个人已经与吃喝无缘了。”他说。一捆乱糟糟的花里胡哨的衣服扔在一株灌木下，周围撒了一地的面粉。

“这又是竹竿干的，”毛葛利说，“瞧！这白颜色的粉末就是人吃的东西。他们从这个人手里把猎物夺过去——这人本来背着他们的食物——又把他作为猎物交给老鹰奇儿了。”

“这是第三个了。”巴格伊拉说。

“我要带着新鲜的大青蛙到眼镜蛇老祖宗那儿去，把他喂得肥肥的。”毛葛利心里说，“这个大象的吸血鬼就是死神本人——可是我仍然不明白。”

“跟上！”巴格伊拉说。

他们还没有走上半英里地，就听见乌鸦阔阔在一棵柽柳顶上唱着死亡之歌，树荫下躺着三个人。一堆半死不活的火在三人围成的圈子中冒烟，火上有一个铁盘子，盘子里有一块焦黑的死面饼。火跟前，阳光下，闪闪发光的正是那把镶着红宝石和绿松石的象叉。

“这东西干得真利索呀，全都在这儿完蛋了，”巴格伊拉说，“这几个人是怎么死的，毛葛利？谁的身上都没有伤痕呀。”

丛林居民全凭经验学得了关于有毒的植物和浆果的知识，他们知道的简直跟许多医生一样多。毛葛利闻了闻火里冒出来的烟，掐了一点黑饼子，尝了一口，又把它吐了出来。

“死果，”他咳着说，“第一个人准是把它放在这几个人的食物里，这几个人先杀了那个冈德人，后来又被他杀了。”

“真是一场好猎杀！杀了一个又一个。”巴格伊拉说。

死果就是丛林里叫作刺果或“达图拉”的东西，这是全印度最灵的毒药。

“现在怎么办呢？”黑豹说，“难道你我也一定要为那儿的红眼杀手互相残杀吗？”

“它会说话吗？”毛葛利悄悄地说，“我把它扔掉是不是把它给得罪了？它在我们俩中间是使不了坏的，因为我们不想要人所要的东西。要是把它留在这儿，它肯定会一个接一个地继续杀人，快得就像大风刮掉坚果一样。我并不爱人类，可是也不能让他们一个晚上就死掉六个呀。”

“那有什么呢？他们只不过是人嘛。他们彼此残杀，还觉得非常高兴，”巴格伊拉说，“那第一个小樵夫猎打得真好。”

“他们仍然是些崽子，崽子们为了咬水中的月亮，结果把自己淹死了。这是我的过错。”毛葛利说，听他说话的口气，仿佛他什么都知道似的。“我再也不给丛林里带来稀奇古怪的东西了——就是它美得像朵花，我也不带了。这个”——他战战兢兢地拿着象叉——“还给眼镜蛇老祖宗吧。不过我们先得睡睡觉，可又不能睡在这几个长眠不醒的人旁边。我们得把它埋起来，省得它跑掉再杀六个人。给我在那棵树下挖一个洞。”

“可是，小兄弟，”巴格伊拉边说边向指定的地点走去，“我告诉你，那不是这个吸血鬼的过错，问题出在人身上。”

“都是一回事，”毛葛利说，“把洞挖深一些。我们醒来以后，再把它挖出来，送回原处。”

两夜以后，白眼镜蛇坐在黑洞洞的地窖里，感到丢了脸，也丢了东西，孤苦伶仃，伤心欲绝。这时候，绿松石象叉从那个洞里呼的一声飞了进来，当啷一声砸在满地的金币上面。

“眼镜蛇老祖宗，”毛葛利说（他小心翼翼地待在墙外面），“搞一个年轻老练的同胞帮你看守国王的宝藏吧，免得再有人活着出去了。”

“啊——哈！它回来了，我说过这东西就是死神，怎么你还活着呀？”老眼镜蛇咕咕哝哝地说，怪热情地把叉柄缠住。

“凭赎买我的那头公牛起誓，我不知道！那东西一个晚上杀了六次人，再不要把它放出去了。”

小猎人之歌

猴民们尚未呼叫，孔雀毛儿还不曾振翼，
　　老鹰奇儿还没有从高空猛扑下去；
丛林里轻轻掠过一个黑影和一声叹息——
　　他就是恐惧，小猎人呀，他就是恐惧！

一个等候、注视着的幽灵轻轻地跑过林间空地，
　　悄声细语在远远近近不断延续；
你的额头上汗水淋漓，因为他目前还在游弋——
　　他就是恐惧，小猎人呀，他就是恐惧！

月亮还没有爬上山冈，岩石上的光道尚未形成，
　　往下倾斜的小径阴湿而又沉郁；
你的身后传来粗重的呼吸——呼哧呼哧响彻夜空——
　　那就是恐惧，小猎人呀，那就是恐惧！

在紧要关头拉开弓，让尖叫的箭往前直冲，
　　在虚虚玄玄的灌木林里把长矛投出去；
可是你的手既无力又放松，鲜血流下了你的面孔——
　　那就是恐惧，小猎人呀，那就是恐惧！

热云吮足了暴风雨，裂口的松树倒下身亡，
　　胡抽乱打的是那眯眼咆哮的暴风骤雨；
穿过战鼓似的雷声，有一个声音最为响亮——

那就是恐惧，小猎人呀，那就是恐惧！

这时洪水泱泱，无脚的圆石也乱跳乱闯，

闪电把最细小的叶脉也暴露无遗，

可是你的喉咙已关闭枯僵，你的心捶打着胸腔——

这就是恐惧，小猎人呀，这就是恐惧！

红　狗

为了我们吉星高照的白夜——为了好捕猎、能望远、顺利巡查、老谋深算的夜晚！

为了露水消失前未玷污的黎明的气息！

为了盲目受惊的猎物，穿过迷雾的奔驰！

为了大鹿转弯后陷入绝境时我们同伴的号叫！

为了夜晚的冒险和骚动！

为了白天在窝口睡一个好觉！

时机到了，我们前去进攻。

呼叫吧！呼叫！

放丛林进去以后，毛葛利才开始过他一生中最快乐的时光。他问心无愧，因为他总是知恩图报，整个丛林都是他的朋友，也有点儿怕他。他从一个民族漫游到另一个民族，有时带着他的四个伙伴，有时光杆儿一条。在此期间，他亲身经历过的、耳闻目睹的事情，可以编成许许多多的故事，每篇故事都会像本篇这样长。所以你永远也不会听到他是怎么样对付曼德拉的疯象的，那头疯象把拉着十一车银圆向国库里送的二十二头牛杀掉，把银光闪闪的卢比撒得满地都是；他是怎么样跟鳄鱼贾喀拉在北国大泽里整整搏斗一夜的，那畜生背上的鳞片折断了他的剥皮刀；他是怎么样从一个被野猪杀死了的人的脖子上解下一把更长的新刀的；他又是怎么样追踪那头野猪，并把他杀死，权当为那把刀付出了相对等的钱的；有一回他是怎么样被迁移的野鹿卷进鹿群里，在摇摆、猛烈的鹿群中差点儿被顶死的；他是怎么样救了沉默的哈蒂，使他没有再一次掉进底下有尖桩的陷坑的，而且第二天他自己是怎么样掉进了一个非常巧妙的豹子陷阱里的，哈蒂又是怎么样把他头上的粗木杠折得粉碎的；他是怎么样在大泽里挤野水牛的奶的；还有……

不过我们必须一次讲一个故事。狼爸爸和狼妈妈死了，毛葛利把一大块圆石头滚过去挡住洞口，伏在他们身上嚎起了哀歌。巴鲁老得不行了，四肢也硬了，即便是钢筋铁肉的巴格伊拉，捕杀起来也不像过去那么凶猛了。由于年事已高，阿凯拉的毛色由灰色变成了乳白色，他的肋骨暴露出来，走起路来好像是木头动物一样，而且由毛葛利替他捕猎。可是那些年轻的狼，也就是解散了的西翁伊狼群的子孙，却兴旺繁盛起来。当时他们大约有四十只，都是一些没有主人、声音洪亮、脚掌干净的五岁狼，阿凯拉告诉他们，他们应当集合在一起，遵行法规，在一个头狼的领导下奔跑，当名副其实的自由民。

这倒不是毛葛利所关心的问题，因为，如他所说，他已经吃了酸果子，所以他知道结酸果子的树。可是当斐奥纳（他的父亲是阿凯拉任头领时期的“灰猎手”）的儿子斐奥按照丛林法规夺得狼群的领导权以后，昔日的呼唤声和歌声又在星光下响起时，毛葛利便来到会议岩以示纪念。他要讲话时，狼群就一直等他把话讲完，斐奥坐在会议岩下面，阿凯拉坐在上面，毛葛利则坐在阿凯拉旁边。那是好捕猎、好睡觉的日子。陌生的家伙不愿闯进那些属于毛葛利的民族（他们就是这么称呼狼群的）的丛林。小狼一个个膘肥力壮，有很多崽子被领来参加“审查仪式”。毛葛利总是要参加审查仪式的，因为他记得一只黑豹把一个光身子棕色小孩带进狼群的那个夜晚，那悠长的呼唤——“看——大家注意看”使他心旌摇曳。除了在这种时候，他常常和他的四兄弟跑到丛林远处，尝一尝，碰一碰，看一看，摸一摸新生事物。

一个黄昏，他逍遥自在地小跑穿过猎区，把他捕杀的一只雄鹿剩下的一半送给阿凯拉，那四兄弟跟在他后面缓步前进，不时地打斗打斗，跌来撞去，以显示生活的欢乐，这时候他听见一声呼叫，那是糟糕的希尔汗时代过去后再也没有听到过的。在丛林里他们把这种呼叫称为“吠哟”，那是一种可怕的尖叫，当豺狗子跟在老虎屁股后面捕猎的时候，或者有大屠杀进行的时候，才会有这种尖叫。如果你可以想象一种仇恨、狂欢、恐惧、绝望的混合物，再加上一种白眼看人的表情，你就会对瓦因贡加河对面远处忽起忽落、晃悠、颤抖着的“吠哟”大致有个概念。四兄弟顿时站住了，毛发竖立，嗥叫起来。毛葛利的手抓住刀把停止前进，血涌上面颊，眉毛拧成了一个疙瘩。

“条纹鬼是不敢在这里捕杀的。”他说。

“那不是‘先驱’的呼声，”灰哥说，“那是一场大屠杀。听！”

那声音又爆发出来，半似抽泣，半似轻笑，绝像豺狗子长了两片人的柔软的嘴唇发出来的。于是毛葛利深深地吸了一口气，立即向会议岩跑去，一路上超过了急急忙忙赶路的狼群。斐奥和阿凯拉一起坐在会议岩上，其余的狼坐在下面，每根神经都绷得紧紧的。母亲和崽子们慢慢地跑回窝里去，因为“吠哟”叫起来时，弱者是不宜待在外面的。

他们什么也听不见，只有瓦因贡加河在黑暗中汩汩奔流，还有轻轻的晚风在树顶上飒飒作响，一直到后来，河对岸突然发出一声狼叫。那绝对不是这个狼群里的狼，因为这一群狼都在会议岩上。那声调变成了一声悠长、绝望的吠叫：“野狗！”那声音说，“野狗！野狗！野狗！”他们听见岩石上有疲惫的脚步声，一只骨瘦如柴的狼侧腹上尽是红道道，右前爪不顶用了，嘴巴里泛着白沫，一头撞进圈子里，气喘吁吁地卧在毛葛利脚下。

“捕猎好！哪位头领下面的？”斐奥严肃地说。

“捕猎好！我叫温-托勒。”便是回答。他的意思是他是只独狼，住在某个偏僻的窝里，自己养活自己，养活老婆孩子，南方的许多狼都是这么过活的。“温-托勒”的意思是“个体户”——不属于任何狼群的一只狼。然后他又喘起气来，他们能看出来他的心跳使他的身体前俯后仰。

“有什么动静？”斐奥说，因为整个丛林听到“吠哟”后都是这么问的。

“野狗，德干高原上的野狗——杀手‘红狗’！他们从南方跑到北方来，说是德干高原空了，顺便出来捕杀捕杀猎物。这个月月亮新生的时候，我有四个家眷——我的老伴儿和三个崽子。她常常教他们捕杀，在草原上捕杀，隐蔽起来追赶雄鹿，我们露天住的都是这么做的。半夜里，我听见他们一块儿追踪，放声嗥叫。在晓风里，我发现他们在草丛里挺了尸——四个，自由民呀，这个月月亮新生的时候四个。然后我设法讨还我的血债，找到了野狗。”

“有多少？”毛葛利立即说，狼群嗓子里发出深沉的吼声。

“我说不上。反正其中三个再也不会捕杀了，可是到了最后，他们像追赶雄鹿一样追赶起我来；他们追我，我却只用三条腿跑。瞧，自由民！”

他伸出那条血肉模糊的前爪，血已经干了，黑乎乎的一片。他的侧腹下方给咬得不成样子了，喉咙也被抓破了，咬坏了。

“吃吧。”阿凯拉从毛葛利带给他的那块肉上站起来说，“个体户”便来了个饿“狼”扑食。

“这决不会打水漂儿的，”饥锋刚一压倒，他就低三下四地说，“助我一臂之力，自由民呀，我也会捕杀的。这个月月亮新生的时候我的窝里满满的，现在完全空了，血债还没有还清呢。”

斐奥听见他的牙把一块腰腿骨咬得嘎嘎作响，赞赏地哼了一声。

“这张嘴巴我们会用得着的，”他说，“野狗带崽子了吗？”

“没有，没有，全是些红猎手——他们群里的大狗，尽管他们在德干高原吃蜥蜴，但是一个个都长得剽悍有力。”

温-托勒的意思是说，野狗，也就是德干高原上的红色猎狗在转移捕杀，狼群都一清二楚：就连老虎也会把一只新捕杀的猎物让给野狗的。他们在丛林里横冲直撞，碰到什么就扯倒撕碎。虽然他们没有狼的个头大，甚至没有狼一半狡猾，可是他们非常壮实，数目又多得惊人。譬如说，野狗不上百，他们是不称为群的，而四十只狼则是相当可观的一群了。毛葛利漫游四方，曾经到过德干高原丘陵草原的边缘，看见过无所畏惧的野狗，在他们做窝的小坑、草丛里睡觉、戏耍、搔痒。他瞧不起他们，憎恨他们，因为他们的气味跟自由民不一样，因为他们不在洞里居住，更重要的是，因为他们趾间有毛而他和他的朋友们的脚掌则是干干净净的。可是他知道，因为哈蒂告诉过他，一群正在捕猎的野狗是多么可怕，就连哈蒂也要躲开他们。除非被杀死，或者猎物稀少，否则他们总是一直前进。

阿凯拉也知道野狗的一些情况，因此他平心静气地对毛葛利说："宁肯死在正规的狼群里也不愿没有领导，孑然一身。这是一次很好的捕猎，也是——我最后一次捕猎。可是，就像人活着一样，你还有许许多多的日日夜夜，小兄弟。到北方躺着去，野狗过去以后如果还有活下来的，他会把战斗的信息捎给你的。"

"啊，"毛葛利十分勇敢地说，"一定要我到泽国去抓小鱼，在树上睡觉呢，还是求斑达-罗格帮忙砸核桃吃，让狼群在下面战斗呢？"

"那就等于找死，"阿凯拉说，"你从来没有见过野狗——红杀手。就连条纹鬼——"

"啊奥瓦！啊奥瓦！"毛葛利悻悻地说，"我杀死过一只有条纹的猿猴，我肚子里确信，希尔汗也会把他的老伴儿留下来给野狗当肉吃，如果他在三个猎区都嗅出了狗群的话。现在听着，有一只狼是我的父亲，有一只狼是我的母亲，还有一只老灰狼（他不太聪明，现在毛色都白了）既是我的父亲又是我的母亲。因此我——"他把嗓音提高了，"我说，野狗来了的时候，如果野狗要来的话，毛葛利和自由民会齐心协力参加那场捕猎；我还要说，凭赎买我的那头公牛起誓——凭从前巴格伊拉为我牺牲的那头公牛起誓，那个时候现在你们都不记得了——我说，要是我忘记了，树木、河流却可以听见并牢牢记住；我说我这把刀将会成为狼群的一颗牙——我不认为它有那么钝。这就是我说出来的话。”

“你不了解野狗，说狼话的人，”温-托勒说，“在他们把我碎尸万段以前，我只希望清算血债。他们行动迟缓，一边走一边捕杀，可是两天以后，我就会恢复一点儿元气，我就又要全力以赴讨还血债了。不过对你们自由民来说，我还是劝你们到北方去，暂时少吃一点儿，等野狗走了再说。这场捕猎中没有肉吃。”

“听听个体户讲的什么话！”毛葛利大声笑着说，“自由民们，我们必须到北方去，从河岸上挖蜥蜴和老鼠，以防万一碰见野狗！他一定会毁掉我们的猎场，而我们必须躲到北方，直到他乐意归还为止。他是一只狗——一只狗崽子——红毛黄肚子，没有窝，趾间还长着毛！他一窝下六到八个崽子，好像他就是小跳鼠奇凯似的。我们一定要跑开，自由民，乞求北方的民族给我们一点儿死牛下水！你们知道那句俗话：‘北方是害虫，南方是虱子，我们是丛林。’你们选择，你们选择吧。这可是一场好捕猎！对狼群来说——对正规的狼群来说——对狼窝和一窝一窝的幼崽来说，对里里外外的捕杀来说，对驱赶雌鹿的配偶和洞里的幼崽来说，时机到了！——时机到了！——时机到了！”

狼群报以深沉的轰鸣，在夜里听上去好像是一棵大树倒下了。“时机到了！”他们喊道。

“跟他们待在一起，”毛葛利对四兄弟说，“每一颗牙我们都需要。斐奥和阿凯拉必须做好战斗的准备，我去把那些狗数一数。”

“那是去找死！”温-托勒欠了欠身子说，“这样的一个没毛的伙计能把红狗怎么样呢？就连那条纹鬼，记住——”

“你真是一个名副其实的‘个体户’，”毛葛利反驳说，“不过等野狗们死了以后我们再说。大家捕猎好！”

他兴奋得忘乎所以，便匆匆离去，走进了茫茫的黑暗，连往哪儿下脚也不看看，结果在喀阿的大圆圈儿上摔了个大马趴，原来大蟒蛇正躺在河边监视一条野鹿走的小径呢。

“啥！”喀阿气呼呼地说，“正当猎物活动频繁的时候又是蹦，又是跳的，把一夜的捕猎全断送了，难道这是丛林工作的规矩吗？”

“这怪我，”毛葛利连忙爬起身来说，“说实在的，我还正在找你呢，扁头，可是我每次看见你时，用我的膀子衡量一下，你总是更长更宽了。丛林里谁都无法跟你比，聪明、长寿、健壮、美丽绝伦的喀阿呀。”

“你这是上哪儿去？”喀阿的语气软下来了，“不到一个月前，有一个拿刀的人仔扔石头砸我的头，还用一些树猫之类的坏小名叫骂我，因为我在露天睡觉。”

“啊，而且把每一只被追赶的野鹿冲得四零五散，毛葛利在捕猎，这个扁头耳朵聋，听不见他的呼啸，就把鹿路让开了。”毛葛利在色彩斑斓的蛇圈里坐下去，不以为然地说。

“现在这个人仔带着甜言蜜语到扁头这儿来，说他聪明、健壮、美丽，那老扁头相信了，并给那扔石头的人仔腾出地方，而且——你现在挺自在的吧？巴格伊拉能给你这样好的一个休息场所吗？”

喀阿像通常一样，把自己在毛葛利的身子下面堆成一个柔软的半截圆丘。孩子把手向黑暗中伸出去，把那富有弹性的电缆似的脖子收拢来，等到喀阿的头靠在他的肩膀上，他才把那天夜里丛林里发生的事一五一十地告诉喀阿。

“我尽管聪明，”喀阿听完后说，“可是耳朵很背，要不，我就会听见‘吠哟’的。难怪草食动物挺不自在。有多少野狗呢？”

“我还没有看见呢。我急急忙忙跑到你这儿来。你比哈蒂年纪还大。可是，喀阿呀，”——说到这里，毛葛利高兴得直扭身子——“那将是一场很好的捕猎。我们当中没有几个会看见另一个月亮了。”

“你能这样子出击吗？记住，你是一个人；记住什么群伙把你赶了出来。让狼去照顾狗吧，你是一个人。”

“去年的坚果成了今年的黑土，”毛葛利说。“我是一个人，这话不假，可是我肚子里记着，今晚我已经说过我是一只狼。我叫河和树都记住这一点。野狗不走，我就是自由民的一员，喀阿。”

“自由民，”喀阿咕哝了一声，“自由贼！为了纪念那些死狼，你把自己绑进那个死疙瘩里了吗？这绝不是好的捕猎。”

“我说话算数。树知道了，河也知道了。野狗不走，话决不收回。”

“唑！这就把所有的计划都改变了。我本来想把你带到北国大泽去，可是那话——即便是一个小小的、光身子、没毛的人仔说的话——也算话呀。现在我喀阿说——”

“好好想想，扁头，省得你把自己也绑到那死疙瘩里去。我不需要你的什么话，因为我清楚——”

“那就好，”喀阿说，“我就不给话了。可是，野狗来的时候，你肚子里装的是什么主意呀？”

“他们必须从瓦因贡加河游过来。我想带着我的刀在浅滩上迎接他们，狼群在后面做后盾。我就来个乱刺乱捅，过一会儿我们也许可以使他们扭过头游到下游去，或者弄得他们的喉咙冰凉。”

“野狗是不会扭头走掉的，他们的喉咙是热的，”喀阿说，“那场捕猎结束时，既不会有人仔，也不会有狼崽，有的只是干骨头了。”

“啊啦啦！假如我们非死不可，那就死吧。那将是一场最好不过的捕猎。可是我还年轻，我见过的雨季还不多。我既不聪明，也不健壮。你有没有一个更好的计划呢，喀阿？”

“我已经见过一百次加一百次雨季了。哈蒂还没有换掉乳牙的时候，我在土里的踪迹就很大很大了。凭那颗原始蛋起誓，我的年纪比许多树木都大，我见过丛林干过的所有的事情。”

“可这是新的捕猎呀，”毛葛利说，“野狗从来没有跑到我们的路上过。”

“现在有的早已有了，将来有的也只不过是被遗忘的岁月的回响。安静，我数数我的这些岁月。”

毛葛利在蛇圈中间躺了好久好久，喀阿的脑袋在地上一动也不动，想着他从蛋壳里出来以后看到和知道的一切。光似乎从他的眼睛里消失了，留下的就像一对陈旧的蛋白石，他的脑袋时而向左右戳刺，好像在睡梦里捕猎似的。毛葛利静悄悄地打着瞌睡，因为他知道捕猎以前最好的事情就是睡觉。他已经训练成功了，不论白天黑夜，什么时候想睡就能睡得着。

后来，他感到那大蟒蛇鼓了起来，脊背在他的身子下面变得更大更宽了，同时发出一把剑从钢鞘里抽出来时所发出的那种咝声。

“我已经见过所有死去的季节，”喀阿终于说话了，“还见过大树和老象，以及苔藓还没有长出来的光秃秃的、尖溜溜的岩石。你还有力气吗，人仔？”

“只有在月儿落下一会儿以后，”毛葛利说，“我不懂——”

“咝！我又是喀阿了。我知道那只不过是一会儿工夫。现在我们到河那儿去，我叫你看看怎样对付野狗。”

他转过身，挺得像箭一样笔直，直奔瓦因贡加河的主流，一会儿工夫就冲到那淹没和平岩的水塘上面了，毛葛利跟在他的身边。

“不，别游泳。我赶快走。上我的背，小兄弟。”

毛葛利左臂抱住喀阿的脖子，右臂伸下去紧紧贴住自己的身体，脚尖绷得直直的。然后喀阿就逆流而上，只有他才能这样做，受到阻截的水冲起的细浪像褶边一样绕着毛葛利的脖子，他的两只脚在蟒蛇甩打着的体侧下面的涡流中随波前后摆动。在和平岩上面一两英里左右的地方，瓦因贡加河窄窄地夹在一个大理石峡谷中，两边是八十至一百英尺高的峭壁，激流像一股推动水车的水流夹在嶙峋的怪石中间奔腾。可是毛葛利对水并不犯愁，世界上很少有什么水能使他产生瞬间的恐惧。他注视着峡谷两侧，不安地呼哧呼哧地吸着气，因为空气中有一股甜丝丝、酸溜溜的味道，绝像大热天里大蚁冢的味道。他出于本能，把身子浸到水里，只是不时地抬起头来吸口气，喀阿把尾巴绕了两弯缠在一块

下陷的岩石上，把毛葛利放在蛇圈的空心里，而水还在向前奔腾。

“这是‘死地’呀，”孩子说，“我们到这儿来干什么？”

“他们睡着了，”喀阿说，“哈蒂不会给条纹鬼让路。可是哈蒂和条纹鬼都会给野狗让路的，可是他们说，野狗给谁都不让路。可是岩石上的小民会给谁让路呢？告诉我，丛林之主，谁是丛林之主呢？”

“这些，”毛葛利说，“这是‘死地’。咱们走吧。”

“不，好好看看，因为他们都睡着了。在我还没有你的胳膊长的时候，这里就是这个样子。”

瓦因贡加河的峡谷裂缝很多，那些饱经风雨的岩石，自有丛林以来，一直被岩石小民——忙忙碌碌、怒气冲冲的印度黑色野蜂——利用着。毛葛利十分清楚，所有的足迹在离峡谷还有半英里路的地方都拐开了。千百年来，小民在这里筑巢，从一个石缝飞到另一个石缝，又聚集到一起，陈蜜把白色大理石染得斑斑点点，他们把蜂房筑在黑洞洞的岩洞内又高又深的地方。在那儿，无论是人和兽，还是水与火，都碰不到他们。峡谷两侧好像悬挂着许多黑色闪光的天鹅绒幕，毛葛利望着望着就沉入水中，因为那些都是聚集在一起的数百万沉睡的野蜂。还有别的块状和花彩状的东西，也有密布在岩石表面像腐朽的树干那样的东西，那是过去多少年的旧蜂房，或是在避风的峡谷阴影里建成的新城市，一大块一大块松软、腐朽的废物滚下来，夹在依附在岩石表面的树和藤蔓中间。在侧耳细听的时候，他不止一次听见，装满蜜的蜂房沙沙地翻过来，或哗哗地掉到那黑暗的长廊的什么地方，接着是一声愤怒的翅膀的轰鸣，废蜜沉闷地滴答、滴答地淌着，后来溅到露天的岩嘴上，又慢慢地流到树枝上。河的一边有一个小小的沙滩，还不到五英尺宽，上面高高地堆集着经年累月的垃圾。还有死去的蜜蜂、雄蜂、扫拢的垃圾、陈旧的蜂房，以及搜寻蜂蜜时误入险境的掠夺成性的飞蛾的翅膀，全都滚到一堆堆黑色的细土中。光是那股呛鼻子的气味就足以吓坏没有翅膀的任何生物，他们就可以知道小民是些什么货色了。

喀阿又逆流而上，最后到了峡谷顶头的一条沙棱上。

“这就是这个季节猎杀的东西，”他说，“瞧！”

河岸上撂着两只小鹿和一头水牛的骨骸。毛葛利可以看出狼和豺狗子都不曾碰过那些骨头，因此还按原样子摆在那儿。

“他们越过了界限；他们不知道法规，”毛葛利喃喃地说，“所以小民就把他们杀了。趁他们还没有醒来，咱们走吧。”

“天不亮他们是不会醒来的，”喀阿说。“现在我告诉你，许多许多雨季以前，有一只南方的雄鹿被追赶到这儿，他不了解这个丛林的情况，后面有一群狼紧追不舍。雄鹿的眼都吓麻了，便从上面跳下来了，狼群眼巴巴儿地奔跑着，因为他们追眼红了，也追眼麻了。太阳高照着，小民很多，都怒气冲冲。狼群里有不少狼跳进了瓦因贡加河，可是他们还没碰到水面就死了。那些没有跳的也死在上面岩石上了。可是那只雄鹿却活下来了。”

“那是怎么回事?”

“因为他先来，拼上命奔跑着，跳的时候小民尚未发现，等他们集合起来猎杀的时候，他已经跳到河里了。而跟在后面的狼全都在小民身下丧了命。”

“那只雄鹿活下来了?”毛葛利慢悠悠地重复道。

“至少他当时没有死，虽然没人用一个强壮的身体等着他跳下来，把他接住，以免被水淹死，像某个又老、又胖、又聋的黄扁头等一个人仔那样——是啊，虽然后面都是从德干高原来的野狗。你肚子里有什么主意?”喀阿的头贴近毛葛利的耳朵，过了一会儿孩子才回答：

“这就等于拔死神的胡子，可是——喀阿，你的的确确是丛林里最聪明的。”

“许多人都这么说过。现在看看，是不是野狗还跟着你——”

“他们肯定会跟我来的。嗬，嗬！我舌头底下有许多小刺，可以戳进他们的皮。”

“要是他们追你追眼红了，也追眼麻了，只是盯着你的肩膀，那些没有死在上面的不是在这里下水，就是在下面下水，因为小民会群起而攻之，把他们裹住的。现在的瓦因贡加河是一股饿水，野狗没有喀阿驮他们，只会向下走，肯定会到西翁伊狼窝旁边的浅滩上，在那儿你的同胞就会抓住他们的喉咙迎接他们了。”

“啊嗨！哟哇哇！那真是再好不过了，就像久旱逢甘霖一样。现在只剩下跑和跳这桩小事儿了。我倒是想让野狗认识认识我，好让他们紧紧地追上来。”

“你看见你上面的那些岩石了吗？从陆地的那一边？”

“那倒没有。这事我已经忘了。”

“去瞧瞧吧。那地方全酥了，到处都是坑坑洼洼，你看不见，一双笨脚踩下去，那场追猎就算结束了。喂，我把你留到这儿，看在你的情分上，我给狼群捎话去，告诉他们到那儿去找野狗。至于我嘛，我跟任何狼都没有共同的皮。”

当喀阿见不得一个相识的时候，他比任何一个丛林居民都难对付，也许巴格伊拉除外。他向下游去，在和平岩对面碰见了倾听黑夜嘈杂声的斐奥和阿凯拉。

“嗞！狗们，”他乐呵呵地说，“野狗会到下游来的。假如你们不害怕，就把他们杀死在浅滩上吧！”

“他们什么时候来？”斐奥说。“再说我的人崽在哪儿呀？”阿凯拉说。

“他们来的时候来，”喀阿说，“等着瞧吧。至于你的人崽嘛，他给你捎来了话，你也等于叫他去送死了，现在你的人崽跟我在一起呢，假如他还没有死，那就不是你的过错了，褪了色的狗！在这儿等着野狗吧，你应当高兴人崽和我站在你一边战斗呢。”

喀阿又忽闪一下，向上游游去了，后来就停在峡谷正中间，向上望着悬崖的天际线。过了一会儿他看见毛葛利的头在满天星斗的背景上活动，然后空中嗖的一声，那是一个脚向下落下来的身体的清脆的声音，一眨眼的工夫，这孩子又在喀阿的蛇圈里休息了。

“这可不是晚上跳的，”毛葛利不动声色地说，“我为了好玩已经跳过两回了。可是上面却是一个糟糕透顶的平地方——低矮的灌木和深深的壕沟，都住满了小民。我在三个沟边上垒了一些大石头。我一跑就会把他们带下去，小民就会在我后面起来，发起火儿来的。”

“这就是人话与人的狡猾，”喀阿说，“你真聪明，不过小民一直都在发火。”

“不，黄昏的时候，远远近近所有的翅膀都要歇一会儿。我要跟野狗在黄昏时玩玩，因为野狗最善于白天捕猎。他现在正追随着温-托勒的血迹呢。”

“奇儿不会放过一头死牛，野狗也不会放过一点儿血迹。”喀阿说。

“那我就给他造一条新血迹，一条他自己的血滴成的血迹，如果可能的话，叫他吃吃脏东西。你愿不愿意待在这儿，喀阿，等我带着我的野狗再来？”

“啊，万一他们把你杀死在丛林里，那可怎么办？或者你还没有跳进河里，小民先把你杀死了，那可怎么办？”

“当明天到来时，我们就为明天捕杀，”毛葛利引用了一句丛林谚语说，而且又说，“如果我死了，那就该唱哀歌了。捕猎好，喀阿！”

他把胳膊从喀阿的脖子上松开，便像洪水中的一根圆木似的顺峡谷而下，朝着远处的河岸划去，他在那儿发现河水简直静止不动，便高兴得大笑起来。按毛葛利的说法，再也没有比“拔死神的胡子”，让丛林知道他是他们的主宰更使他喜欢的了。他过去常常在巴鲁的帮助下偷独树上的蜂窝，他还知道小民讨厌野蒜的气味。所以他采集了一小捆野蒜，用一根树皮纤维绑起来，然后就跟上温-托勒的血迹，那血迹从窝里出来向南延伸了五英里路的光景，他一边走，一边把头偏到一边望着那些树，望着望着就不由得小声笑起来。

“我一直是青蛙毛葛利，”他自言自语地说，“我已经说了我是狼毛葛利。现在我得先当猿猴毛葛利，再当雄鹿毛葛利，最后我就是人毛葛利了。嗬！”他用拇指拭了拭那近十八英寸长的刀口。

温-托勒走过的路上，满是黑乎乎的血点子，这条路穿过一座森林，这座森林开始时树木非常茂密，它向东北方向伸延开去，树木便逐渐稀疏，最后一直伸展到离蜂岩两英里的地方。从最后一棵树到蜂岩的矮树丛中间是一片开阔地带，那里简直就没有可以藏得下一只狼的地方。毛葛利在树下一边小跑前进，一边判断树枝之间的距离，偶尔还爬上一根树干，试着从一棵树跳向另一棵树，一直跳到开阔地。他把那块地方仔仔细细研究了一个钟头，然后他转过身去，在刚才他撇开的地方再次找到了温-托勒的足迹。他爬到一棵树上，这树有一根离地八英尺的旁枝，他一动也不动地坐着，一边在脚底上磨他的刀，一边唱着歌儿。

快到中午的时候，太阳非常暖和，他听见了野狗群啪啪的脚步声，也闻见了他们冲天的臭气，他们正沿着温-托勒的踪迹恶狠狠地小跑而来。从树上看，那只红色野狗还没有狼一半大，可是毛葛利知道他的爪子和嘴巴是多么有劲。他注视着那一路嗅着气味的头狗的栗色尖头，给他说了声："捕猎好！"

那畜生抬头一望，他的同伴们便在他后面猛地停住了，这一大群红狗一个个尾巴低垂，肩膀肥厚，后腰疲软，嘴巴血红。按理说，野狗是一个沉默寡言的民族，就是在他们自己的丛林里，他们也没有什么规矩。在他下面聚集的野狗足足有两百条，可是他能看出来那些领头的饥不可耐地闻着温-托勒的足迹，极力想把狗群拖向前去。那是绝对不行的，否则他们就会在大白天到达狼窝，毛葛利一心打算把他们拖在树下，直到天黑。

"谁允许你们到这儿来的？"毛葛利说。

"所有的丛林都是我们的丛林。"回答问题的那只野狗露出了他的一嘴白牙。毛葛利笑眯眯地往下看着，而且惟妙惟肖地模仿着德干高原跳鼠奇凯尖厉的叫声，有意让野狗们明白：他认为他们跟奇凯是一丘之貉。那一群野狗把树干围了个水泄不通，头狗狂吠着管毛葛利叫树猿。毛葛利的回应就是把一条光腿伸下去，刚好在头狗的脑袋上扭动他的光脚指头。这就足以惹得狗群生傻气了，而且还不止呢。趾间有毛的动物不愿意叫人揭这个短。头狗往上一跳，毛葛利立即把脚闪开，嘴还甜甜地说："狗儿，红狗！回德干高原吃蜥蜴去吧，回到你兄弟奇凯那儿去——狗儿，狗儿——红红的红狗！每个脚趾中间都长着毛呢。”他又一次捻弄起脚趾来。

“下来，省得我们把你困死在树上，没毛的猿猴！”狗群嚷道，这对毛葛利来说正中下怀。他在一根树枝上躺下来，脸的一侧贴着树皮，右胳膊放开，就这样，他给狗群讲他对他们、对他们的风俗、对他们的配偶、对他们的崽子的看法。世界上的语言没有比丛林居民表达轻蔑时所用的更加刻毒的了。当你想到这种语言时，你就明白为何一定要这样。正像毛葛利告诉喀阿的那样，他舌头底下有许多小刺，于是他慢悠悠地、处心积虑地把沉默的野狗惹得低声嗥叫起来，随后又从低声嗥叫变成高声尖叫，又从高声尖叫变成声嘶力竭、无可奈何的狂吠。他们极力要回击他的嘲弄，那只不过等于一个崽子极力要回击发怒的喀阿。在此期间，毛葛利把右手叉在腰上做好行动的准备，两只脚把那根树枝钩得紧紧的。那只栗色的大头狗向空中扑了好多次，不过毛葛利连虚晃一枪的假动作也不敢做。最后，真到了狗急跳墙的地步，他腾身一跃，离地面有七八英尺高。这时候毛葛利的手像树蛇的脑袋一样猛射出去抓住了狗的脖颈子，树枝被狗这么往下一压，便猛地一抖，险些儿把毛葛利给扭到地上去了。可是他硬是不松手，一点儿一点儿地把那野兽往上拉。最后把他像一只淹死的豺狗一样挂在树枝上。毛葛利左手拔出刀来，把那红色的大尾巴割掉，然后把野狗又扔回地上。这就是他需要干的事。现在狗群再也不想追踪温-托勒了，一心要等他们杀死毛葛利，或者毛葛利把他们杀死。他看见他们围成一圈一圈蹲了下来，屁股还打着战，这就意味着他们要待下去了，于是他爬上一根更高的树杈把背往上舒舒服服地一靠，睡着了。

过了三四个小时，一觉睡醒，他数了数狗群。他们全都在那里，一个个默不作声，蔫不拉唧的，眼睛铁灰铁灰的。太阳开始下沉了，半小时以后岩石小民就要结束他们的劳作了，你也知道，野狗在暮色中作战却不怎么擅长。

“我可不需要这样忠实的警卫，”他在一根树枝上站起来，彬彬有礼地说，“不过我要记住这个好处。你们是真正的野狗，不过我认为做得未免有点儿过分。正因为如此，我就不给那吃蜥蜴的大家伙还尾巴了。你不高兴吗，红狗？”

“我要亲自撕破你的肠肚！”头狗抓着树脚喊道。

“不，还是考虑考虑，德干高原上聪明的耗子。现在将会有一窝又一窝的没尾巴的小红狗，对，尾巴根上露出血红血红的肉，沙子一热就火辣辣的痛。回家去吧，红狗，就喊着说这是一只猿猴干的。你们不愿意走吗？那就跟我来，我会叫你们变得非常聪明的！”

他使出斑达-罗格的本领，从一棵树跳向另一棵树，一棵接一棵一直往前跳。时而故意装出要掉下来的样子，狗群你推我搡，争先恐后，要亲眼看看他的下场。这是一种非常奇异的景象——那孩子手里拿着刀，低射的阳光从上面的树枝中间穿过来把刀照得闪闪发光，那群沉默的野狗皮色红得像燃烧的火，在下面挤在一起，紧追不舍。当他跳到最后一棵树上时，他把野蒜拿出来，浑身上下仔仔细细擦了一遍，野狗们大声嘲弄起来。“说狼话的猿猴，你想把自己的气味遮住吗？”他们说，“我们一直要跟到底。”

“把你的尾巴拿回去。”毛葛利把尾巴往他经过的路上一甩，说道。那一群野狗出于本能，便扑了过去。“现在就跟到底吧。”

他已经从树干上溜下来了，光着脚丫子像一股风似的照直向蜂岩跑去，野狗们还没来得及看明白他要干什么呢。

他们发出一声低沉的嗥叫，开始迈着大步慢跑起来，这种跑法最终可以追上奔跑的任何东西。毛葛利知道他们的群体奔跑的速度要比狼群慢得多，要不，他是不敢冒险在这一览无余的情况下跑两英里路的。他们确信那孩子最终逃不出他们的掌心，而那孩子则确信他可以随心所欲地捉弄他们。他唯一的麻烦就是要让他们紧追不舍，不要过早地掉头。他干净利落、四平八稳、轻松自如地跑着。那条没尾巴的头狗离他还不到五码远，而狗群的队伍乱哄哄的，前后拖的距离足有四分之一英里长，他们一个个杀气腾腾，气得脑袋发昏，眼睛发麻。这样他只凭耳力与他们保持着距离，把最后的一点儿力气存下，好冲过蜂岩。

小民在暮色初露的时候就去睡觉了，因为现在不是晚花开放的季节。可是当毛葛利的脚步声刚刚在空洞的地面上訇响起来时，他就听到一种声音，仿佛整个大地都在轰鸣。于是他以前所未有的速度奔跑起来，把两三堆石头踢进那黑沉沉、甜丝丝的沟里去。他听见一个洞里发出大海咆哮似的吼声，他眼角一扫，看见身后的空气变得黑压压的，还看见瓦因贡加河远远地在下面奔流，水里有一个扁平的钻石形脑袋。他使尽全力往外一跃，那没尾巴的野狗向毛葛利半空中的肩膀猛扑过去，而他已经脚朝下落进河水的保险箱里，气喘吁吁，得意扬扬。他没有挨一下叮，因为在他置身于小民中间的秒把钟里，野蒜的气味把他们遏制住了。当他浮起来的时候，喀阿的蛇圈便把他围得紧紧的，而有些东西却从悬崖边上跳过来——一大块一大块密集在一起的蜂群如同一个个铅锤坠落了下来，可是哪一块都没有碰到水面，野蜂就飞上去了，一只只野狗的身体打着旋儿顺流而下。在头顶上，他们能够听见狂怒、短促的吠叫声淹没在小水桶齐鸣似的轰鸣声中了——那是岩石小民翅膀的轰鸣。有一些野狗已经坠入跟地下岩洞相通的沟里，被卡在乱哄哄的蜂房中间乱扑乱咬一气，最后哪怕死了，也被下面起伏的波浪似的蜂群抬起来，从河面的某个窟窿里抛射出来，滚到那黑色的垃圾堆上去。有一些野狗猛地跳在悬崖的树上，蜂群便把他们全部盖住了，更多的野狗则被叮疯了，便一头栽进河里去。正如喀阿所说，瓦因贡加河是一股饿水。

喀阿紧紧地把毛葛利围住，直等到这孩子呼吸恢复了正常。

“我们不必待在这儿了，”毛葛利说，“小民们都被惹起来了。走！”他像往常那样，在水里连浮带潜，手里拿着刀顺流而下。

“慢，慢，”喀阿说，“一颗牙杀不死一百个对手，除非那是眼镜蛇的牙，再说许多野狗一看见小民起来就赶快跳进了水里。”

“我的刀可有活干了。呸！小民怎么跟上来了！”毛葛利又沉下去。水面上像毯子一样盖了一层野蜂，他们发出沉闷的嗡嗡声，见什么就叮什么。

“沉默不会带来任何损失，”喀阿说——任何蜂刺都穿不透他的鳞甲——“你可以捕整整一夜的猎了。听那嗥叫声！”

近半数的野狗已经看见了他们的同伴冲进去的那个陷阱，来了个急转弯，在峡谷的陡岸断裂的地方冲进水中。他们对于使他们蒙受耻辱的“树猿”发出的愤怒的呐喊和声讨跟那些受到小民惩罚的野狗的嗥叫混杂在一起。待在岸上就意味着等死，每一只野狗都明白。他们这群野狗被激流冲击而下，一直冲到和平池的深深的漩涡里。可是即便在那儿，愤怒的小民仍然紧追不舍，所以还是把他们逼进水里。毛葛利可以听见那没尾巴的头狗叫他的部下坚持到底，把西翁伊的狼群杀绝的喊声。不过他并没有浪费时间去听。

“一个家伙在我们后面摸着黑杀呢！”一只野狗猛地喊道，“这水不干净！”

毛葛利像一只水獭一样向前潜游，一只挣扎的野狗还没来得及张嘴，就被他猛地一下拉到水底下，当尸体侧过来，扑通一声浮起来时，水面上升起黑沉沉、油乎乎的圆圈。野狗们想掉头，可是却被激流冲得掉不过头，小民便猛叮他们的脑袋和耳朵，他们能够听见西翁伊狼群的挑战声在逐渐浓厚的夜色中越来越高昂、越来越深沉。毛葛利又潜下水去，一只野狗又钻进了水下，浮起来的则是尸体，喧声又在狗群后面响起，有的嗥叫着说还是上岸为妙，有的则敦促头狗领他们回德干高原去，还有的叫毛葛利出来送死。

“他们带着两个肚子和几个声音来参加战斗，”喀阿说，“剩下的事就靠下游你的同胞了。小民要回去睡觉。他们已经把我们追得很远了。现在我也要回去，因为我跟狼没有共同的皮肤。捕猎好，小兄弟，记住野狗是往低处咬的。”

一只狼沿着河岸用三条腿跑过来，上蹿下跳，脑袋歪着贴近地面，背躬着，突然又向空中一扑，仿佛跟自己的崽子玩耍似的。他就是个体户温-托勒，他一声也不吭，却一个劲儿在野狗们旁边搞恶作剧。野狗们在水里待的时间很长了，眼下还在疲惫不堪地游着，皮被泡透了，沉甸甸的，大尾巴像海绵似的拖着。他们一个个疲于奔命，萎靡不振，默不作声，只是注视着那一双并行的火眼。

“这可绝不是一场好捕猎。”其中一只野狗喘着气说。

“捕猎好！”毛葛利说，这时他大胆地浮到那畜生的旁边，把长长的刀子从野狗肩后直捅进去，他死命推着以防被那野狗临死时猛咬一口。

“你在这儿，人崽？”温-托勒隔水说道。

“问问这死家伙，个体户，”毛葛利回答道，“有没有顺水游下来的？我已经给这些狗的嘴里填满了烂泥，我在大白天就把他们要弄了一场，他们的头领没有尾巴了，不过这里还给你留下几只，我把他们赶到哪儿去？”

“我等着，”温-托勒说，“黑夜就在我前面。”

西翁伊狼群的吠声越来越近了。为了狼群，为了正规的狼群，时机到了！河里有一道弯，正好把野狗送到狼窝对面的沙滩上。

这时候他们才发现情况不对头了。他们本应当在往上游走半英里的地方上岸，好在干地上扑狼。现在为时已晚。河岸上是一排排火眼，除了那可怕的“吠哟”声从日落以后从未停止外，丛林里再也没有别的声音。好像是温-托勒正在哄着他们上岸似的。“转身上岸！”野狗的头领说。整个狗群便盘桓在岸边，摇摇摆摆地蹚过浅水，弄得瓦因贡加河河面上白浪飞溅，水波从河的一边推向另一边，仿佛是船头劈开的冲击波一样。野狗们挤成一团，一下子拥上了河滩。毛葛利连捅带砍紧随其后。

然后便开始了一场持久战，在红色的湿沙滩上，纠结的树根上面和树根中间，灌木丛中，草丛内外，阵势时而起伏，时而紧张；时而分裂，时而散乱；时而缩小，时而扩大。就是到这会儿野狗还是占有二对一的优势。可是他们对抗的是倾巢而出为狼群的全体成员而战的狼，不仅仅是那些身材短短的、个头高高的、胸脯下陷、满嘴白牙的狼群猎手，而且还有眼睛急巴巴的“辣犀妮”——俗话所说的守窝的母狼——在为她们的一窝一窝的幼崽而战，随处也可以看到一岁的小狼，皮上的新毛还没有长齐，也在野狗身边连扯带抓。你要知道，狼扑上去不是咬喉咙，就是咬侧腹，而野狗更爱咬肚子，因此当野狗从水里挣扎出来时，不得不仰起头来，形势便对狼有利了。在干岸上，狼在苦斗，可是在水里或岸边，毛葛利的刀捅进去，拔出来，没有停止过。四兄弟连撕带咬，杀开一条路冲到他的身边来。灰哥蹲在孩子的两膝间，保护他的肚子，而别的三个防卫着他的背和两侧，如果一只又跳又叫的野狗扑到坚硬的刀刃上把他撞倒时，他们便站在他周围。至于其他的，纯粹是一场混战——一群打得难分难解、摇摇摆摆的乌合之众，沿着河岸移动，一忽儿从左到右，一忽儿从右到左，他们也会以自己为核心死缠烂打。有的地方会出现一个起伏的圆丘，活像旋涡里的水泡，也会像水泡一样破裂，把四五只血肉模糊的狗抛出来，一个个竭尽全力想回到核心地带去；有的地方会有一只被两三只狗扑倒的狼，很费劲地把他们向前拖着，很快就倒了下去；有的地方一只一岁的狼崽虽然早被杀死了，可是仍然会被挤起来，而他的妈妈却气疯了，便滚过来滚过去，一边咬一边转移；在最密集的核心地带，也许一只狼和一只狗，把一切都抛在脑后，正千方百计想抓住对方，可是突然拥来一群杀红了眼的战士，把他们俩裹挟走了。有一回，毛葛利从阿凯拉旁边经过，尽管两面各有一只野狗在夹攻，可是他那没有牙的上下颚还是把第三只狗的腰部死死地咬住；还有一回，他看见斐奥的牙咬进了一只狗的喉咙，并把那死不甘心的野兽拖向前去，直到小狼把他结果为止。可是整个战场却显得茫然仓皇，淹没在沉沉的黑暗之中。在他的周围，在他的后面，在他的上方，是一片攻击、绊倒、翻腾、嗥叫、呻吟，以及撕咬——撕咬——撕咬的景象。夜越来越深，那迅速的旋转木马似的动作更加剧烈了。野狗们胆怯了，害怕攻击比他们强壮的狼，但又不敢轻易跑掉。毛葛利感到离结束战斗不远了，便满足于致残，而不想要其命。小狼们却越来越胆大了。现在往往还有喘口气的工夫，还可以给一位朋友递一句话，刀只是忽闪一下，有时候也会把一只狗撵到一边。

“肉离骨头不远了。”灰哥叫道。他受了十来处伤，鲜血直流。

“可是骨头还没有咔嚓一声断掉呢，”毛葛利说，“哟哇哇！我们在丛林里就是这么干的！”那血红的刀刃像火焰一样沿着一只狗的腹侧划下去，那狗的后腿被一只死缠住不放的狼压在身子底下。

“我杀死的猎物！”那狼哼着他发皱的鼻孔说，“把他交给我吧。”

“你的肚子还空着吗，个体户？”毛葛利说。温-托勒被惩罚惨了，可是他已经把那只野狗抓瘫了，所以那狗再也不能转过身来够温-托勒了。

“凭赎买我的那头公牛起誓，”毛葛利苦笑着说，“这是那只没尾巴的家伙！”的确是那只栗色大头狗。

“杀害崽子和守窝母狼不是明智的做法，”毛葛利擦着眼睛上的血，哲理味十足地说，“除非一只狗也杀死了个体户。我的肚子里记着，这个温-托勒杀死了你。”

一只野狗跳过来援助他的头领，可是牙还没有碰到温-托勒的侧腹，毛葛利的刀已经进了他的喉咙，灰哥便来处理剩下的事务。

“我们在丛林里就是这么干的。”毛葛利说。

温-托勒一声不吭，在那只野狗快断气的时候，他的牙还紧紧地咬住那脊梁骨不放。那只野狗哆嗦了一下，脑袋耷拉了下来，躺下不动了，温-托勒倒在他的身上。

“哈！血债偿还了，”毛葛利说，“唱歌吧，温-托勒。”

“他再也不会捕猎了，”灰哥说，“而且阿凯拉也沉默了好长时间。”

“骨头咔嚓一声断了！”斐奥纳的儿子斐奥声音如雷，“他们走啦！追杀吧，斩尽杀绝，自由民的猎手啊！”

野狗纷纷离开那黑暗、血染的沙场向河里逃窜，想逃进密林，他们有的向上游，有的向下游，只要看见有路可走就行。

“债！债！”毛葛利喊道，“还债！他们杀死了独狼！别放走一只野狗！”

他手里拿着刀向河边飞奔过去，把胆敢下水的野狗截住。这时候，从九个死尸下，阿凯拉抬起了头和前腿，毛葛利跪到了独狼前面。

“我不是说这是我最后的一场战斗吗？”阿凯拉上气不接下气地说，“这是一场好样的捕猎。你怎么样，小兄弟？”

“我活着，已经杀死了不少。”

“不错。我死了，我要——我要死在你的身旁，小兄弟。”

毛葛利把那伤痕累累、惨不忍睹的脑袋放在他的两膝上，两条胳膊搂住了那被撕破了的脖子。

“现在已经不是希尔汗那时候了，你也不是在土里光着身子打滚儿

的人崽了。”

“不，不，我是一只狼，我跟自由民是同一种皮肤，”毛葛利大声说，“我并不想当一个人。”

“你是一个人，小兄弟，守候我的狼仔。你是一个人，否则狼群就会被野狗追得望风而逃。我的命是你救的，今天你又救了狼群，就像我当初救过你的命一样。你忘记了吗？所有的债都还清了，回到你自己的同胞那儿去吧。我再给你说一遍，我的心肝宝贝，这场捕猎结束了，回到你自己同胞那儿去吧。”

“我永远也不走。我要一个人在丛林里捕猎。我已经说过了。”

“夏季过后就是雨季，雨季过后就是春季。回去吧，省得你被撵出去。”

“谁会撵我呢？”

“毛葛利会撵毛葛利的。回到你的同胞那儿去，回到人间去。”

“当毛葛利撵毛葛利的时候，我就走。”毛葛利回答道。

“再没有什么可说的了，”阿凯拉说，“小兄弟，你能扶我站起来吗？我也是自由民的一个头领。”

毛葛利轻轻地、小心翼翼地把那些尸体挪开，用两条胳膊把阿凯拉抱住，扶着他站起来，独狼长长地吸了一口气，开始唱狼群首领临终时该唱的哀歌。他越唱越有劲，声音逐渐高亢，远远地在河的对岸回响，一直唱到最后一句：“捕猎好！”突然间，阿凯拉摆脱了毛葛利的拥抱，向空中一跳，落下来就死在他最后杀死的最凶猛的猎物上了。

毛葛利头伏在膝上坐着，别的什么都不在乎了。这会儿仓皇逃窜的野狗残余被那些死不饶人的母狼追上，扑倒了。渐渐地，叫声沉寂下去了，狼群伤口结了痂，一个个一瘸一拐地回来估量损失。除了五六只母狼，狼群中还有十五只死在河边，其余的也没有一只身上没留下印记的。毛葛利一直坐到寒冷的黎明，斐奥湿漉漉、红惨惨的嘴巴垂到他的手里，毛葛利抽回了手，让他看阿凯拉骨瘦如柴的遗体。

“捕猎好！”斐奥说，仿佛阿凯拉仍然活着似的，然后他把头扭过那被咬伤的肩膀，对别的狼说：“嚎吧，狗们！今晚有一只狼死了！”

不过那群两百条斗志高昂的野狗曾夸下海口说，所有的丛林都是他们的丛林，不会有任何活的东西站在他们面前，现在他们却没有一条回到德干高原把这话带回去了。

奇儿的歌

下面是大战结束后，老鹰们一只接一只飞到河床上时，奇儿唱的歌。奇儿跟大伙儿都很要好，可是在心底里他却是一种冷血动物，因为他知道：归根结底丛林居民几乎都要到他这儿来报到。

这些都是夜里出来的我的伙伴——
　　（奇儿！注意，为了奇儿！）
现在我打个呼哨通知他们仗已打完。
　　（奇儿！奇儿的先头部队！）
他们曾给刚杀死的猎物头上的我捎话，
我曾给平原上雄鹿脚下的他们捎话。
条条道路在此结束——他们再也不会说话！

他们发出捕猎的呼叫——他们追得真快——
　　（奇儿！注意，为了奇儿！）
他们叫大鹿忽地打转，或者在他路过时把他围起来——
　　（奇儿！奇儿的先头部队！）
他们落在嗅迹后面——他们在前面奔跑。
他们避开直撞的角——他们把它压倒。
条条道路在此结束——他们再也不会追剿。

这些都是我的伙伴。可惜他们已经完蛋！
　　（奇儿！注意，为了奇儿！）
我，我们睥睨一切时的相识，现在特地赶来问安。

（奇儿！奇儿的先头部队！）

破烂的肚皮，深陷的眼睛，张开的嘴巴红惨惨，
他们一个个躺着，身子扭曲，又瘦又孤单，后来死尸堆成山。
条条道路在此结束——我的大军在这儿饱餐。

春　奔

人必须回人间去！向整个丛林发出呼喊！
　　他曾经是我们的兄弟，现在就要离去。
听着，丛林居民，并做出决断——
　　回答：谁能把他扭转——谁能把他阻拦？

人必须回人间去！他在丛林里哭泣：
　　他曾经是我们的兄弟，现在伤心透顶！
人必须回人间去！（我们跟他有过深情厚谊！）
　　我们也许再也不会追随那人的足迹。

那次跟红狗大战，阿凯拉也死了，第二年，毛葛利快十七岁了。他看上去比实际年龄大，因为艰苦的磨炼，吃得又顶好，而且一感到热，一感到身上有灰尘，就去洗个澡，这样一来，他就有的是力气，发育也快，二者都远远超出了他的年龄许可的范围。在他有必要沿着树道观望的时候，他可以一只手抓住一根树顶的树枝，一荡就是半个钟头，他可以拦住一头正在奔跑的年轻的雄鹿，抓住他的头把他撂倒在路旁。他甚至可以猛地一下子推倒住在北国大泽里的蓝色大野猪。丛林居民原来害怕他的机智，现在也害怕他的力气了，当他悄悄地走着去办自己的事情时，只要谁轻轻地说一声他来了，林中小路就让开了。然而他的眼神总是温柔、和蔼的，即便在他格斗的时候，他的眼睛从来也不像巴格伊拉的那样火冒三丈，它只是变得越来越神往，越来越兴奋，而这正是巴格伊拉弄不懂的事情之一。

这事情他曾问过毛葛利，那孩子笑着说：“如果我捕猎扑了个空，那我就生气了，如果我的肚子空上两天，那就非常生气了，那时候我的眼睛不是就说话了吗？”

“嘴巴是饿了，”巴格伊拉说，“可是眼睛什么都不说呀。捕猎呀，吃呀，游泳呀，眼神儿都一模一样——就像雨天或者旱季里的石头。”毛葛利懒洋洋地从那长长的睫毛下面瞧着他，像往常一样，黑豹的头垂了下去。巴格伊拉了解他的主人。

他们正远远地躺在一座俯瞰瓦因贡加河的小山的山腰上，晨雾缭绕在他们下面，像一条条白色、绿色的带子。太阳升起时，小山又变成了一片片冒着泡儿的赤金的海洋，翻腾着，那斜射的阳光把毛葛利和巴格伊拉躺着的干草照得一道一道的。寒冷的天气结束了，草木看上去枯萎了，风一吹，到处都响起干巴巴的沙沙声。一片小树叶啪嗒啪嗒发狂似的拍打着一根小枝，就像一片被卷在激流中的树叶所做的那样。这片树叶的响声惊醒了巴格伊拉，因为他闷声闷气地咳嗽着，嗅着清晨的空气，然后仰身躺下，用两只前爪扑打上面那片频频点头的树叶。

“翻年了，”他说，“丛林又前进了。‘新话时节’快到了，那片树叶知道。很好。”

“草干了，”毛葛利拔起一撮草说，“就连‘春眼’（那是草丛中忽隐忽现的喇叭形的蜡红色的小花）——就连春眼也闭上了……巴格伊拉，黑豹这样子脸朝天躺着，爪子朝空中乱抓，好像树猫似的，合适吗？”

“噢？”巴格伊拉说。他似乎在想着别的事情。

“我说，黑豹这样子张开嘴咳嗽，又是嗥叫，又是打滚，这合适吗？记住，你我都是丛林之主呀。”

“那倒是，我听见了，人崽。”巴格伊拉赶忙一滚身，蹲起来，破烂不堪的黑色侧腹上全是尘土（他正在蜕冬毛呢），“我们当然是丛林之主了！谁能像毛葛利那样有劲儿呢？谁有他那样聪明呢？”他的声音里有一种奇怪的慢悠悠儿的语调，所以毛葛利转过身来看看，是不是黑豹在取笑他，因为丛林里充满了各式各样的反话。“我说我们毫无疑问是丛林之主，”巴格伊拉重复了一遍，“我说错了吗？我还不知道人崽不再在地上躺了，看来他要飞了？”

毛葛利双肘支在膝盖上坐着，眼望着河谷对面的曙光。下面树林里什么地方，一只鸟儿用一种沙哑的尖嗓子试唱着他的春歌的最初几个音符，那只不过是而后他要倾泻出来的清脆婉转的鸣叫的前奏，可是巴格伊拉却听见了。

“我说过‘新话时节’就要来了嘛。”黑豹抽动了一下尾巴，嗥叫着说。

“我听见了，”毛葛利回答说，“巴格伊拉，你为什么浑身打战呢？太阳挺暖和呀。”

“那是红啄木鸟费尔奥，”巴格伊拉说，“他可没有忘记。现在我也得记记我的歌了。”于是他开始呜呜地自个儿哼起来，由于不甚满意，便三番五次地从头开始。

“没有猎物的动静呀。”毛葛利说。

“小兄弟，你的两只耳朵都给塞住了吗？这不是进行捕杀的话，而是我准备好应付不时之需的歌。”

“我倒是忘了。我要知道一下什么时候‘新话时节’来到，因为那时候你和大伙儿都跑开了，会把我一个人丢下。”毛葛利没好气地说。

“不过说真的，”巴格伊拉开口说，“我们并不总是——”

“我说你们总是，”毛葛利突然愤愤地伸出他的食指说，“你们总是跑开，而身为丛林之主的我却成了光杆儿司令。上个季节，我要从一个人群的田地里弄一些甘蔗，那是怎么搞的？我打发一个跑腿的——我打发的就是你！——到哈蒂那儿去，叫他就在那个晚上来，用他的长鼻子给我撅些甜草。”

“他过了两夜才来，”巴格伊拉说，有点儿畏缩了，“至于你喜欢的那种甜长草嘛，他采集下的任何一个人崽整个雨季都吃不完。那可不是我的错呀。”

“他没有在我一捎话去的那个晚上来。对，他倒是踏着月光在山谷里叫呀，跑呀，吼呀。他留下的脚印就像三头大象的脚印，因为他不肯藏在树林里。他就在人群房子前面的月光下跳舞。我看见了他，而他不肯到我这儿来，而我是丛林之主呀！”

“那是‘新话时节’，”黑豹说，总显出一副非常谦恭的样子，“小兄弟，也许那一次你没有用要语叫他吧！听费尔奥唱歌吧，放高兴一点儿！”

毛葛利的气似乎已经消了，他又把头枕在胳膊上躺下，眼睛也闭上了。“我不知道——我也不在乎，”他昏昏欲睡地说，“咱们睡觉吧，巴格伊拉。我的肚子沉甸甸的，让我的脑袋也歇一会儿吧。”

黑豹叹了一口气又躺下了，因为他可以听见费尔奥正在他们所谓的“新话春天”反复练习着自己的歌。

在印度的丛林里，一个季节悄悄溜进另一个季节，几乎没有什么界限。似乎只有两个季节——湿季和干季，可是如果你透过倾盆的大雨和如云的黑炭似的森林和滚滚的尘土留心观察，你就会发现四季在很有规律地循环往复。春天是最神奇的季节，因为她用不着以新生的叶子和鲜花把干净光秃的田野覆盖，而是把温和的冬天所容忍的那些流连盘桓的半绿半黄的杂物清扫掉，使衣装未整的陈旧的大地又一次焕发出新鲜、年轻的气息。这一点她干得非常出色，所以世界上没有一个春天能和丛林的春天相媲美。

有一天，当万物都困倦了的时候，在沉闷的空气中飘动的气味显得陈旧而衰飒。这种情况谁都无法解释，可是都能感觉到。然后又有一天——凭眼睛来观察，什么也没有改变——所有的气味又新鲜，又宜人，丛林居民的胡子根儿都颤动起来，冬毛一长绺一长绺拖拖拉拉地从他们腹侧脱去了。随后，或许下一点儿雨，所有的乔木、灌木、竹林、苔藓和叶子多汁的植物都带着一种生长的闹声苏醒了，那声音你简直都能听见，就在这种闹声下面，无论白天黑夜，都贯穿着一种低沉的嗡嗡声。那就是春天的喧闹声——一种颤动着的隆隆声，它不是蜜蜂的嗡嗡声，不是流水的哗哗声，也不是树顶上风的沙沙声，而是那温暖、快乐的世界的呜呜声。

直到今年，毛葛利总是在季节变换的时候感到快乐。在一般情况下，总是他看见深深的草丛中春眼初放，总是他看见了第一片春云，因为这些跟丛林里别的一切都不一样。他的声音在所有的星光灿烂、鲜花开放的湿润地方都能听见，他在给合唱的大青蛙帮腔，或者在模仿不眠之夜里通夜鸣叫的倒挂着的小猫头鹰。像他的所有伙伴一样，春天是他选择的用来东奔西跑的季节——四处运动，纯粹是为了取乐：从夜幕初降到启明星升起，穿过温暖的空气跑上三十、四十甚至五十英里地，再戴着奇花异卉编织成的花环喘吁吁、乐呵呵地跑回来，四兄弟不跟他参加这种狂放的丛林喧嚷，而是跟其他的狼一起去唱歌。春天一来，丛林居民非常忙碌，毛葛利可以听见他们按各自的种族哼唧着，尖叫着，呼啸着。这个时候他们的声音不同于一年其他时候的声音，正因为如此，春天在丛林里被叫作“新话时节”。

可是那个春天，正如他给巴格伊拉所说的那样，他的肚子里发生了变化。自从竹笋变成斑褐色以后，他一直期待着气味应当变化的那个早晨。可是当那个早晨到来，孔雀毛儿展现出青铜色、蓝色和金色的光彩，在雾气迷蒙的树林里大声呼叫时，毛葛利张开嘴巴准备把那呼叫传递下去，可是话却在牙缝里卡住了，浑身出现了一种感觉，它从趾尖开始，在头发上结束——那是一种纯粹闷闷不乐的感觉，所以他全身上下仔细查看了一番，看看是不是扎上刺了。毛儿为那新鲜气味的到来呼叫着，别的鸟儿把呼叫接了过去，从瓦因贡加河畔的岩石上他能听见巴格伊拉沙哑的尖叫——既有点儿像鹰的尖叫，又有点儿像马的嘶鸣。上面新抽芽的树枝上有斑达-罗格的一声呼叫和散开的声音，毛葛利站在那里，胸口里憋满了话要回答毛儿，可是这种闷闷不乐的感觉把气从胸口里送出来时，却变成了小小的喘息声。

他举目四望，可是只能看见那善于模仿的斑达-罗格飞也似的穿过树林，毛儿开屏了，艳丽无比，正在下面的山坡上翩翩起舞。

“气味已经变了，”毛儿尖叫着说，“捕猎好，小兄弟！你的回答到哪儿去了呀？”

“小兄弟，捕猎好！”老鹰奇儿打着呼哨说，他的配偶跟着他一起猛扑下来。他们俩在毛葛利的鼻子底下扑打得太近了，所以一撮绒毛被刮掉了。

一阵轻轻的春雨——他们所谓的“象雨”——像一条半英里宽的带子似的从丛林里飘洒过去，把新生的树叶打湿，让它们在后面频频点头，然后雨就停了，展出两条彩虹，滚过一阵轻雷。春天的嗡嗡声爆发了片刻又沉寂下来，可是所有的丛林居民似乎立即开始放声歌唱了。只有毛葛利除外。

“我吃过了好吃的食物，”他自言自语地说，“我喝过了好喝的水。我的嗓子既不是火辣辣的难受，也没有变小，没有像我咬了乌龟奥奥说的干净的食物蓝斑草根以后出现的那种感觉。可是我的肚子沉甸甸的，我无缘无故地对巴格伊拉和别的居民都没有好话，不管是我自己的伙伴还是别的丛林居民。我时而发冷，时而发热，时而不发冷，也不发热，而是对那些我看不见的东西生闲气。呼呼！该跑一跑了！今晚我要穿过猎区，对了，我要向北国大泽来一次春奔，再返回来。我轻而易举地捕猎，捕的时间也太长了。四兄弟也会跟我一起来，因为他们一个个胖得像白蛴螬了。”

他呼叫着，可是四兄弟谁也没有回答他。他们跑得太远，听不见，由于正在跟狼群一起唱春歌——“月亮和大鹿歌”；因为到了春天，丛林居民的行动在白天黑夜都区别不大。他发出尖厉的叫声，可是唯一的回应只是那小小的花斑树猫嘲弄似的“咪噢”声，他正在树枝间绕出绕进搜寻早鸟的巢呢。一听见这声音，毛葛利气得全身直打哆嗦，把刀都拔出了半截。随后他又摆出一副目中无人的派头，尽管没有人会看见他，他却一本正经、大模大样地走下山腰，下巴向上扬着，眉毛朝下弯着。可是他的伙伴们没有一个向他问话的，因为他们都为自己的事情忙得不可开交。

“对了，”毛葛利心里说，虽然他心里明白他没有什么道理，“如果让红狗从德干高原来，或者让‘红花’在竹林里跳舞，那么整个丛林就要呜呜哀鸣着向毛葛利跑来，巴结他，奉承他。可是现在，因为春眼发红，毛儿就得光着腿跳春舞，丛林就像塔巴儿一样疯狂……凭赎买我的那头公牛起誓！我到底是不是丛林之主呢？别出声儿！你们在这儿干什么呢？”

群狼里一对年轻的狼沿着一条小路慢慢跑来，寻找一块开阔地好进行决斗（你要记住丛林法规禁止在狼群看得见的地方决斗）。他们的鬃毛像铁丝一样硬撅撅的，他们怒吼着蹲下身来准备下爪。毛葛利跳上前去，一只手抓住一个伸得老长的喉咙，打算把这两个家伙甩到后面去，就像他在做游戏或者狼群捕猎时常常做的那样。可是他以前从来没有干涉过春斗。那两只狼却往前一跳，把他撞到一边，再犯不着费唇舌就扭在一起厮打起来。

毛葛利好不容易才算站住没有倒下，他的刀和白牙都露了出来，就在这会儿，仅仅因为他希望他们安静下来的时候他们却在决斗，他就会不管三七二十一把那两只狼统统宰掉的，尽管按照法规，每一只狼都有充分的权利进行决斗。他肩膀低下来，手哆嗦着，围绕着两只狼跳着，等他们头一回合的混战一结束就给他们俩各来一下。可是就在他等待时机时，他身上的力气好像没有了，于是刀刃低了下去，他只好把刀插入鞘里，观望起来。

“我准是吃了毒物了，”他最后叹了一口气说，“自从我用‘红花’搅散了会议——自从我杀了希尔汗——狼群里还没有谁能把我撞到一边去。而且这两个只不过是狼群里的尾巴狼，小小的猎手而已！我身上的劲儿都跑掉了，看来我快要死了。毛葛利呀，你干吗不把他们俩杀死呢？”

格斗一直进行到一只狼跑掉为止。后来就剩下毛葛利一个待在那被撕扯得乱糟糟的，并且玷污得血迹斑斑的地面上。他时而瞅瞅他的刀子，时而瞧瞧他的胳膊和腿，而那种他从来都没体会到的闷闷不乐的感觉淹没了他，就像水淹没了一根圆木一样。

那个黄昏他很早就去捕杀，却吃得不多，这样才有利于他的春奔，而且只有他一个人吃，因为所有的丛林居民都去唱歌，或者决斗去了。那是一个他们所谓的完美的“白夜”，打那个早晨起，所有的绿色植物好像一下子长了一个月一样。前一天还是黄叶覆盖的树枝，在毛葛利撅它的时候已经滴起树液来了。苔藓深深地卷到他的脚上面，暖烘烘的。小草再没有尖利的锋芒了，丛林的所有的声音轰地一下，就像一根声音深沉的琴弦被月亮——新话月——触动了一样，她把自己的光辉全泻到岩石和水池上，把它从树干和藤蔓中间悄悄溜下来，又通过千千万万树叶的筛滤。毛葛利忘记了他那种闷闷不乐的感觉，迈开大步开始前进时，纯粹由于快乐的缘故便放声歌唱起来。他健步如飞，因为他选了那条穿过主林中心通向北国大泽的漫长的下坡，那里松软的地面缓和了他落脚的重量。要是一个在人间教养大的人，在那骗人的月光下就会跌跌绊绊地找路走，可是毛葛利的肌肉经受过多年的训练，所以把他像一片羽毛似的带起来。当一根朽木或一块隐藏的石头碰到他的脚时，他会毫不费力、不假思索地避开，根本不会放慢速度。他在地面上跑腻了的时候，便会双手一伸，像猴子一样抓住最近的一根藤蔓，好像是飘到了细树枝上，而不是爬上去似的，在那儿他就沿着一条树道前进，一直到他的情绪有所改变，才俯冲出一条长长的叶状曲线，又回到平地上。有的地方是寂静、炎热的谷地，周围是潮湿的岩石，那儿由于夜花开放，藤蔓吐蕾，香气扑鼻，他简直都喘不过气来；有的地方是幽暗的大道，那儿月影斑驳，带状的图案规则得就像教堂走道上的方格子大理石地面；有的地方是矮树林，那儿湿润年轻的植物深及他的胸口，一个个伸出了它们的臂膀搂住了他的腰；有的地方是碎石覆盖的山顶，那儿他从一块岩石跳到另一块岩石，下面就是一窝又一窝吓坏了的小狐狸。他往往隐隐约约地听见在很远很远的地方，一头野猪在树干上磨他的长牙；他常常碰见那灰色的大兽独自又划又撕一棵大树上的树皮，嘴里泛着白沫，眼睛冒出火光。他还常常拐过去倾听犄角的咔嚓声和咝咝的哼唧声，他还常常跑过一对狂怒的大鹿，他们低着头角对角地蹒跚，头上的一道道血印在月光下显得黑乎乎的。或者在某个河水奔流的河津，他常常听见鳄鱼贾喀拉像一头公牛一样哞哞叫着；或者他常常惊动盘成一团的毒族，可是他们还没来得及攻击，他已经跑开，越过闪光的圆卵石，又进入了丛林深处。

他就这样跑着，有时独自呼喊，有时独自歌唱，这是那天夜里丛林里最快乐的事情，直到后来，繁花的气味告诫他：他离大泽不远了。

在这儿，情况又是这样：如果是一个人间教养大的人，他没有迈出三步，就会全身陷下去，有灭顶之灾，可是毛葛利的脚却长了眼睛，它们把他从一个草丛送到又一个草丛，从一簇矮树带到另一簇颤动的矮树边，而用不着头上长的眼睛帮忙。他一直跑到泽地中央，把野鸭子也惊起来，最后他在一个黑水包围的长满苔藓的树干上坐下。他周围的沼泽全都醒了，因为到了春天，鸟民们睡觉都很轻，通夜都一帮一帮地来来往往，可是谁也没有注意到毛葛利。他坐在高高的芦苇中间，哼着没有歌词的小调，瞅着他那坚硬的褐色脚底板，看有没有没拔掉的刺。他所有的闷闷不乐好像都被抛在他自己的丛林里了，他正要放开喉咙歌唱，那种感觉又回来了——比原先要强烈十倍。

这一回毛葛利可害怕了。“它也在这儿！”他用半大不小的声音说，“它跟着我呢。”于是他回过头看是不是那个“它”就站在他背后。“这儿没有呀。”沼泽之夜的喧声持续不断，可是从来没有一只鸟、一头兽跟他说过话，那种新的痛苦的感觉反而增强了。

“我肯定是吃了毒物了，”他用一种畏惧的声音说，“一定是我不小心吃了毒物了，我身上的劲儿快完了。我害怕——可是害怕的并不是我——那两只狼决斗时害怕的是毛葛利。阿凯拉，甚至斐奥都会把他们制止住的，可是毛葛利害怕了。这是我吃了毒物的真正迹象……可是他们在丛林里在乎什么呢？他们成群结伙在月光下唱呀，叫呀，打呀，而我呢——嘿霾！——我要死在这大泽里了，要叫我吃过的毒物毒死了。”他替自己感到难过，都快要哭了。“后来，”他接着说，“他们就会发现我躺在黑水里。不，我要回到自己的丛林里去。我要死在会议岩上，巴格伊拉，我爱他，如果他不在河谷里尖叫的话，——巴格伊拉兴许会在那剩下的东西旁边守候一会儿，免得奇儿像利用阿凯拉一样利用我。”

一滴很大的热泪滴在他的膝盖上，毛葛利尽管难受，却又对如此难受感到高兴，要是你能理解那种颠倒了的高兴的话。“就像老鹰奇儿利用了阿凯拉一样，”他重复说，“那天夜里我把狼群从红狗那里救了出来。”他平静了一会儿，想起了独狼最后讲的话，你当然还记得那些话的。“阿凯拉临死前给我说过不少蠢话，因为我们要死的时候，我们的肚子就变了。他说……反正我是仍然属于丛林的！”

在兴奋之余，他想起了瓦因贡加河岸上的战斗，就把那遗言大声喊出来，一头母水牛从芦苇丛中一跳，跪了下来，哼着鼻子说：“人！”

“呸！”野水牛弥萨说（毛葛利可以听见他在泥沼里转身），“那不是人。他不过是西翁伊狼群中的那只没毛的狼。在这样的夜里他跑来跑去。”

“呸！”母牛说，又低下头去吃草了，“我还以为那是人呢。”

“我说不是嘛。毛葛利呀，危险吗？”弥萨哞哞叫着说。

“毛葛利呀，危险吗？”那孩子搬嘴学舌地说，“弥萨想的就是这些：危险吗？可是对毛葛利来说，他晚上在丛林里跑来跑去，留心着，你们关心的是什么呀？”

“他叫的声音多大呀！”母牛说。

“他们就是这么叫的，”弥萨轻蔑地说，“他们把草拔起来，却不知道怎么吃它。”

“比这还差劲儿呢，”毛葛利自个儿呻吟着说——“比这还差劲儿呢，上个雨季我还把弥萨从他的泥沼里戳出来，给他戴了一个灯芯草笼头，骑着他穿过了沼地呢。”他伸出手去要折断一根轻软的芦苇，可是又叹了一口气把手缩回来。弥萨还是一个劲儿地在反刍，在那头母牛吃草的地方，那些长长的草丛就裂开了。“我不愿意死在这儿，”毛葛利气愤地说，“弥萨跟贾喀拉和野猪都是一个家族的，所以会嘲弄我的。咱们到沼泽那边去看个究竟。我还从来没有进行过这样一种春奔——冷热混杂在一起。起来，毛葛利！”

他真是心里痒抓抓的，忍不住要偷偷地穿过芦苇丛走到弥萨那儿，用他的刀尖戳他一下。那浑身水淋淋的大公牛像炮弹爆炸一样冲出泥沼，而毛葛利却笑得前仰后合，一直到他坐下来为止。

“现在说说西翁伊狼群里没毛的狼曾经放牧过你，弥萨。”他喊道。

“狼！你吗？”公牛在泥沼里跺着脚哼着鼻子说，“全丛林都知道你放牧的是家牛——你是一个人崽，就跟那边庄稼地里喊叫的人崽一样。亏你还是个丛林居民呢！什么猎手会像蛇一样在水蛭中间爬行，而且开下流的玩笑——一种豺狗子的玩笑——使我在我的母牛面前丢丑？到牢靠的地面上来吧，我愿意——我愿意……”弥萨嘴上泛着泡沫，因为弥萨的脾气简直就是丛林里最坏的。

毛葛利瞅着他那双没有任何变化的眼睛在冒烟喷火，当他尽量设法在吧唧吧唧的泥浆声中听见别的声音时，便说：“泽地附近有什么人群的窝，弥萨？这对我来说还是个新丛林呢。”

“那就朝北走，”怒不可遏的公牛吼道，因为毛葛利在狠劲儿戳他呢，“这真个是光身子放牛娃的玩笑。去跟泽地脚下的村子里的人说去。”

“人群不爱听丛林故事，再说我认为稍微搔搔你的皮也不是一件大不了的事儿，弥萨。不过我倒是愿意去看看这个村庄。对，我要去的。现在轻一点儿。丛林之主也不是每个晚上都来放牧你的。”

他踩到沼泽边缘颤悠悠的地面上，因为他心里十分明白，弥萨决不会冲过去的。他跑着，一想起这公牛的愤怒的样子，他就忍不住放声大笑起来。

“我的力气还没有跑干净，”他说，“也许毒还没有伤到骨头。有一颗星星低垂在那边。”他双手半开半合，眼睛从手缝里望去。“凭赎买我的那头公牛起誓，那是‘红花’——我以前在它旁边躺过的那种‘红花’——我还没有来到西翁伊狼群时就在它旁边躺过的那种‘红花’！既然我已经看见了，我就要结束这次奔跑。”

沼泽的尽头是一片宽阔的平原，那里有一盏灯在闪烁。很久很久以来，毛葛利已经不跟人有往来了，可是今天夜里，闪烁的“红花”却吸引着他向前走去。

“我要去看看，”他说，“就像我从前所做过的那样，我要看看人群的改变有多大。”

他忘记了这里不是他可以为所欲为的自己的丛林，所以就漫不经心地穿过了露水很重的草地，一直走到有亮光的那个小屋跟前。三四只狗狺狺狂吠起来，因为他已经到村边了。

“嗬！”毛葛利先发出一声深沉的狼嚎把狗镇住，然后无声无息地坐下说，“该怎么样就怎么样吧。毛葛利，你还跟人群的窝有什么关系呢？”他擦了擦嘴，想起了好多年以前人群把他撵出来时一块石头曾砸到那儿。

小屋的门开了，一个女人站着，向外面的黑暗中凝视着。一个孩子哭起来，那个女人回过头说：“睡吧，只不过是一只豺狗子把狗惊醒罢了。过一会儿天就亮了。”

毛葛利站在草里打起哆嗦来，仿佛害了热病似的。那声音听上去非常熟悉，可是为了弄准确，他便轻轻地喊起来，同时惊奇地发现自己的人话怎么又回来了：“美丝瓦！美丝瓦呀！”

“谁在叫？”那女人说，声音有点儿发颤。

“你忘记了吗？”毛葛利说。他说话的时候嗓子发干。

“假如是你，我给你起过什么名儿呢？说！”她把门半掩上，一只手抓住自己的胸脯。

“纳图！奥海·纳图！”毛葛利说，那是他头一次来到人群里时美丝瓦给他起的名儿。

“来，我的儿子。”她叫道，毛葛利便走到灯光下，眼睛直勾勾地盯着美丝瓦。她就是曾经对他很好的那个女人，也是很早以前他从人群里救出来的那个女人。她老了，头发也花白了，可是她的眼睛和声音并没有变。她像一般女人一样，指望认出她记忆中的毛葛利，她的眼睛十分迷惑地从他的胸口一直打量到头顶，那头顶快要碰到门顶了。

“我的儿，”她结结巴巴地说，随后就腿一软瘫倒在他的脚下，“可他已经不再是我的儿子，他成了林神了！啊嘿！”

他站在油灯的红光下，显得强壮、高大、英俊，一头黑黑的长发散披在肩头，刀在脖子下面摇晃，头上戴着一顶白色茉莉花花冠，所以他很容易被当成传说中的某个丛林野神。在小床上睡得迷迷糊糊的孩子猛地跳起来，吓得尖声哭叫起来。美丝瓦转过身去哄他，毛葛利还是一动不动地站着，向房里望着那些他发现自己记得非常清楚的水缸、饭锅、粮箱，以及人用的别的一切东西。

“你吃点儿什么还是喝点儿什么？”美丝瓦喃喃地说，“这一切都是你的。我们的命也是你救的。可是你到底是我叫他纳图的那个人，还是一个林神呢？”

“我是纳图，”毛葛利说，“我离开自己的地方很远很远了。我看见了这里的灯光，就到这儿来了。我还不知道你在这儿呢。”

“我到了卡尼瓦拉以后，”美丝瓦怯生生地说，“英国人本来要帮助我们治一治那些要烧死我们的村民。你还记得吗？”

“我倒是没有忘。”

“可是当英国人的法律制定好以后，我们到那些恶人住的村子里去，却再也找不到村子的踪影了。”

“那我也记得。”毛葛利说，鼻孔抽搐了一下。

“所以我的男人就在地里干活，最后——说实话，他是个很壮实的男人——我们在这儿弄了一点儿地。虽然不像原来村子那么有钱，不过我们花销不大——我们只有两个人。”

“他上哪儿去啦——就是那天夜里害怕的时候在土里刨的那个人？”

“他死了——一年啦。”

“那他呢？”毛葛利指着那孩子。

“这是我的儿子，两个雨季前出生的。假如你是个神仙，就把丛林里的恩惠赐给他吧，愿他在你的——你的伙伴中平平安安，就像那天夜里我们平平安安一样。”

他把孩子提了起来，孩子这时也忘记了害怕，竟然伸出手来玩弄挂在毛葛利胸口上的刀，毛葛利小心翼翼地把那小小的手指拨开。

“假如你就是老虎叼走的纳图，”美丝瓦哽咽着往下说，“那他就是你的小弟弟。把大哥的祝福给他吧。”

“嘿霾！我怎么知道叫作祝福的那种东西呢？我既不是神仙，也不是他的哥哥，妈妈呀，妈妈，我的心沉甸甸的。”他把孩子往下放时打了个寒噤。

“有可能，”美丝瓦说，同时在饭锅之间忙得团团转，“这就是夜里在大泽周围乱跑的结果。毫无疑问，热病已经浸透你的骨髓了。”丛林里还有什么东西能伤害他，毛葛利对这种想法一笑置之。“我把火生起来，你喝一些热牛奶。把那茉莉花环扔掉，这么小的一个地方味道太重了。”

毛葛利嘴里咕哝着坐下来，双手捂着脸。他从来没有感觉到的各式各样的奇怪感觉爬上他的全身，绝像中了毒一样，他感到头晕恶心。他大口大口地喝着热牛奶，美丝瓦不时地拍拍他的肩膀，还是不太肯定他是她那老早以前的儿子纳图呢，还是某个神奇的丛林神仙，但令她感到欣慰的是：他至少是有血有肉的。

“儿子，”她终于说话了——她的眼睛充满了骄傲——“有没有人告诉过你，说你比谁都长得英俊？”

“哈?”毛葛利说，因为他当然从未听到过这一类的话。美丝瓦轻轻地笑着，十分高兴。他脸上的表情对她来说已经够了。

“那我就是说这话的第一个人了？尽管一个做妈妈的给儿子讲这么些好事，还不多见，但是没有错，你非常帅。我从来没有见过这么样的一个男子汉。”

毛葛利扭过头去，设法从他自己坚实的肩膀头儿上回头望过去，美丝瓦又笑了，笑了很长很长时间，毛葛利也不知道什么原因，也不由自主地跟着她笑起来，那孩子也笑着，从这一个跑到那一个面前，又从那一个跑到这一个面前。

“不行，你可不能笑你哥，”美丝瓦一把把他抓到怀里说，“要是你有他一半的帅气，我们就让你和国王的小女儿结婚，你就可以骑很大的大象了。”

这里讲的三句话毛葛利连一个字也听不懂。经过长途奔跑之后，热牛奶在他身上起作用了，所以他蜷起身子，不一会儿就沉沉入睡了。美丝瓦把他的头发从眼睛上掠过来，给他身上盖了一块布单，心里非常高兴。他按照丛林的规矩，一直睡到天亮，又从天亮睡到天黑，因为他那从来都不沉睡的本能告诫他：这儿没有什么可怕的。最后他猛地一跳醒过来，那一跳把小屋都震动了，因为盖在他脸上的布单使他梦见了陷阱。他站在那里，手按着刀，滴溜溜转的眼睛仍然睡意蒙眬，但已做好了战斗的准备。

美丝瓦笑了，然后把晚饭摆到他的面前，只不过是几块在冒烟的火上烤的粗面饼子，一点儿大米饭，一点儿罗望子酸果酱。——刚好可以压压饥，好让他进行晚猎。沼泽地露水的气味使他饥肠辘辘，坐立不安。他想完成他的春奔，可是那孩子硬是坐在他的怀里不走，美丝瓦坚持说必须把他的蓝黑色长发梳理整齐。于是她一边梳，一边唱着傻乎乎的儿歌，时而管毛葛利叫她的儿，时而求他给她的孩子赐一些他的丛林神威。小屋的门关闭着，可是毛葛利听到了一种他非常熟悉的声音，他看见一只大灰爪子从门底下伸进来，美丝瓦吓得下巴不由得往下垂，灰哥在外面发出一种尽量憋着的表示忏悔的哀鸣，里面充满了焦虑和恐惧。

“在外面等着！我叫的时候你们不肯来。”毛葛利头也没有转就用丛林言语说，那大灰爪子就立即消失了。

“别——别带你的——你的仆人，”美丝瓦说，“我——我们总是跟丛林和睦相处的。”

“是和睦相处的，”毛葛利说着就站了起来，“想想一路去卡尼瓦拉的那个晚上的情况吧，你前前后后有几十个那样的居民。可是我看出来了，就是春天，丛林居民也不会总是忘记的。妈妈，我走啦。”

美丝瓦毕恭毕敬地闪到一边——他的确是一个林神，她想。可是当他的手碰到门的时候，她那做母亲的本性驱使她伸出胳膊，一次又一次地搂抱毛葛利的脖子。

“回来，”她悄声说，“不管是不是我的儿子，回来吧，因为我爱你——瞧，他也伤心起来了。”

孩子哭起来了，因为带着亮光闪闪的刀的那个人要走了。

“再回来吧，”美丝瓦重复道，“不管是黑夜还是白天，这门永远不会向你关上的。”

毛葛利的喉咙里好像有一根根绳子在拉着一样，在他回答的时候，声音仿佛是从嗓子里扯出来似的：“我肯定会回来的。”

“现在，”他说，同时把那在门槛上撒欢儿的狼头拨到一边，“我对你提出一个小小的抗议，灰哥。我好久以前叫你们时，你们四个干吗都不来呢？”

“好久以前？那只不过是昨天夜里的事呀。我——我们——在丛林里唱新歌呢，因为这是‘新话时节’。你记得吗？”

“当然，当然。”

“歌一唱完，”灰哥接着认真地说，“我就跟着你的足迹来了。我从别的居民那儿跑开，紧紧跟了上来。可是，小兄弟呀，你干了些什么呀，跟人群一起吃饭睡觉了吗？”

“如果我叫的时候你们来了，压根儿就不会有这种事情的。”毛葛利说，跑得快多了。

“现在怎么办呢？”灰哥说。

毛葛利正要回答，这时候一个穿着一块白布的姑娘沿着从村边经过的小路走过来。灰哥立即躲开了，毛葛利却悄悄儿地退到一块庄稼长得很高的地里。他简直要用手碰着她了，这时那暖烘烘、绿茵茵的庄稼秆

子却遮住了他的脸，他就像一个鬼魂似的消逝了。那姑娘尖叫起来，因为她想她是见到鬼了，然后她又长叹了一声。毛葛利把庄稼秆子分开，一直瞅着，到她看不见为止。

“现在我还是不知道，”他也叹了一口气说，“我叫的时候干吗你们不来呢？”

“我们跟着你——我们跟着你呢，”灰哥舔着毛葛利的脚后跟，咕咕哝哝地说，“我们总是跟着你，只有在‘新话时节’除外。”

“你愿不愿意跟我到人群那儿去？”毛葛利悄声说。

“我们原来的狼群撵你出去的那个晚上我不是跟着你吗？你躺在庄稼地里时谁叫醒你的？”

“啊，可是你还愿意跟吗？”

“我不是今晚在跟着你吗？”

“不错，还愿意跟吗？也许还要跟，灰哥？”

灰哥不出声儿。他开口说话的时候只是在对自个儿嗥叫：“黑鬼说得对。”

“他说什么了？”

“人终归要回到人间去。我们的妈妈腊克沙，说——”

“阿凯拉在大战红狗的那个夜里也说过。”毛葛利喃喃地说。

“喀阿也是这么说的，他比我们大家都要聪明。”

“你怎么说呢，灰哥？”

“他们曾经把你骂着轰了出来；他们用石头砸破了你的嘴；他们打发布尔都来杀你；他们要把你扔进‘红花’里去。是你，而不是我，说他们坏、他们蠢；是你，而不是我——我跟的是我自己的同胞——把丛林放进他们那儿去；是你，而不是我，编反抗他们的歌儿，那歌儿比我们反抗红狗的歌儿还狠毒。”

“我要你说什么来着？”

他们一边跑，一边交谈。灰哥慢步跑着没有立即回答，过了一会儿才说——可以说是在跳跃的过程中说——“人崽——丛林之主——腊克沙的儿子——我的同窝兄弟——虽然在春天有一阵子我忘了，但你的足迹就是我的足迹，你的窝就是我的窝，你的猎物就是我的猎物，你拼死的搏斗就是我拼死的搏斗。我是代表那三兄弟说话的。可是你要对丛林说什么呢?”

“想得倒是挺好。看见猎物之后等着不去是没有好处的。你先走一步把他们都叫到会议岩上去，我要给他们讲讲我肚子里有些什么东西。不过他们也许不来——在‘新话时节’他们也许把我忘了。”

“那你什么也没有忘吗?”灰哥猛地回过头来说，这时他已经开始奔跑起来，毛葛利跟在后面想着心事。

要是在别的季节，这消息倒是会把丛林的全体居民都召集起来，他们一个个都会竖起鬃毛的，可是现在他们在忙着捕猎、格斗、杀戮和歌唱。灰哥从一个居民跑到另一个居民跟前，喊道:“丛林之主回人间去了！到会议岩上去。”而那些欢乐、急切的居民只是回答:“夏天天一热他就回来啦。雨季会把他赶回窝来的。跟我们在一起跑跑唱唱吧，灰哥。”

“可是丛林之主回到人间去啦。”灰哥常常重复着说。

“依——哟哇?难道‘新话时节’因为这事就不那么甜蜜了?”他们常常回答。所以当毛葛利心情沉重地穿过那些熟悉的岩石，来到那个他曾经被带进会议上的地方时，他发现只有那四个兄弟和巴鲁，巴鲁老得眼睛都快瞎了，还有那沉重、冷血的喀阿盘绕在阿凯拉空着的座位周围。

“你的路就在这儿结束了吗，人仔?”毛葛利扑倒在地上，双手捂着脸时，喀阿说。“痛痛快快地哭吧。你我都是嫡亲——人和蛇都是。”

“我干吗没有死在红狗身下呢?”孩子呻吟着，“我身上的力气没有了，而且也不是中了什么毒。不管是黑夜还是白天，我总是听见我的脚印上有两个脚步声。可是我一转身，好像有一个马上就藏起来了。我走到树后面看，他不在那儿。我喊，可是谁也不会再叫一声，可是总好像有谁在听，就是憋住不回答。我躺下，可是得不到休息。我进行了春奔，可还是安静不下来。我洗了澡，仍然不凉快。猎杀使我恶心，可是除了猎杀我没有心思格斗，'红花'就在我的身上，我的骨头就是水——而且——我连自己知道的东西都不明白。"

"那还用说吗？"巴鲁把头转向毛葛利躺的地方，慢悠悠地说，"阿凯拉在河边就说过这事，他说要把毛葛利赶回人群里去。我说过。可是现在谁还听巴鲁的话呢？巴格伊拉——今晚巴格伊拉到哪儿去啦？——他也知道。那就是法规。"

"我们在寒巢见面时，人仔，我就知道，"喀阿在他的大蛇圈里转了转说，"人终归要回到人间去，虽然丛林并不把他往外撵。"

四兄弟彼此看了看，然后又望望毛葛利，他们感到大惑不解，不过还是十分顺从。

"这么说丛林不把我往外撵了？"毛葛利结结巴巴地说。

灰哥和他的三兄弟怒吼起来："只要我们活着，谁也不敢——"可是巴鲁把他们制止住了。

"我给你们教过法规。该我说话了，"巴鲁说，"尽管我现在看不见前面的石头，我却看得见很远很远。小青蛙，走你自己的路吧，跟你自己同血统的群伙们造你自己的窝吧。可是一旦需要脚呀、牙呀、眼睛呀，或者需要在夜里快速传递个消息什么的，记住，丛林之主，丛林听你的召唤。"

"中部丛林也听你召唤，"喀阿说，"我可不代表小民说话。"

"嘿霾！我的兄弟们，"毛葛利把双臂一扬，抽泣着喊道，"我不明白我所知道的事情！我不愿意走，可是两只脚却拖着我走。我怎么离开这些夜晚呢？"

"不，抬头看，小兄弟，"巴鲁重复说，"这样捕猎并没有什么丢脸的。蜂蜜吃完了，我们就把空巢丢下了。"

“皮一旦蜕去，”喀阿说，“我们就再也不能重新爬进去了。这是法规。”

“听着，我最亲爱的，”巴鲁说，“这里没有留你的话，也没有留你的打算。抬头看！谁能质问丛林之主呢？当你还是一个小青蛙的时候，我看见过你在那边的白色石子儿中间玩耍。巴格伊拉用一头刚杀的年轻公牛的代价赎了你，他也看见了。参加那次审查仪式的只剩下我们俩了，因为你的窝妈腊克沙跟你的窝爸都死了，老狼群早都死了。你知道希尔汗的下场，阿凯拉死在野狗群中了，在那儿，要不是你的智慧和力量，第二代西翁伊狼群也会死的。留下的就只有老骨头了。现在不再是人崽请求狼群允许的问题了，而是丛林之主改变自己道路的问题了。谁会质问走自己的路的人呢？”

“凭巴格伊拉和赎买我的那头公牛起誓，”毛葛利说，“我不愿意——”

他的话被一声吼叫和下面灌木林中的轰隆一声巨响打断了，巴格伊拉跟往常一样轻捷、健壮、凶狠地站到了他前面。

“所以，”巴格伊拉伸出湿淋淋的右爪说，“我没有来。那是一次很费时间的捕猎，可是他临了还是死在灌木林里——一头还不到两岁的公牛——那头解放你的公牛，小兄弟。所有的债现在都还清了。至于别的嘛，我的话就是巴鲁的话。”他舔着毛葛利的脚。“记住，巴格伊拉爱过你。”他喊完就纵身一跃跑了。到了山脚下他又拖长声音大声喊道：“新路上捕猎好，丛林之主！记住，巴格伊拉爱过你。”

“你已经听见了，”巴鲁说，“再没别的话了。现在走吧，不过先到我跟前来一下。聪明的小青蛙呀，到我跟前来！”

“蜕皮难哪。”喀阿说。这时候毛葛利头偎在瞎熊的肚子上，胳膊搂着他的脖子不住地抽泣着，而巴鲁却虚弱无力地想办法舔毛葛利的脚。

“星星稀了，”灰哥嗅着晓风说，“今天我们在哪儿安窝？因为从现在起，我们就要走新路了。”

远处传来的歌

下面是毛葛利再次来到美丝瓦的门口之前听到的身后丛林里传出来的歌。

巴　鲁

遵守人群制定的法规，
会使又老又瞎的巴鲁感到宽慰，
因为他给一个聪明的“青蛙”
曾经把丛林道路指下！
热烈还是陈腐，干净还是污秽，
把法规当作嗅迹紧紧追随，
不论是黑夜还是白天，
绝对不可左顾右盼。
他爱你胜过别的一切动物，
你可不能置他的恩情不顾，
如果你的群伙使你痛苦，
说一声“塔巴几又在歌舞”。
如果你的群伙使你不利，

你就说“希尔汗尚未杀死”。
当刀子拔出来要进行杀戮，
遵守法规，走你自己的路。
(根和蜜，棕榈和佛焰苞，
保护一个崽子勿受伤害和惊扰！)
风和树，木与水，
丛林恩泽把你随！

喀 阿

愤怒就是恐惧的蛋——
留神的眼睛真灿烂。
谁也不吸眼镜蛇的毒，
也不把他的言语来趋附。
坦诚的言谈给你力量，
力量跟礼貌又配对成双。
冲刺不要超过界限；
别把力量花在枯枝上面。
用雄鹿和山羊量你张口的程度，
省得你的眼力把喉咙卡住。
吃饱喝足后你要睡觉？

把窝深藏至关重要。
省得你的忘心铸成错误，
把杀手领进了你的门户。
不管南和北，无论东和西，
闭上你的嘴，洗净你的皮。
(蓝色的池边，缝隙和深坑，
中部丛林全都把他跟！)
风和树，木与水，
丛林恩泽把你随！

巴格伊拉

我的生命在笼子里开始；
我很了解人的价值。
凭解放我的破锁起誓，
人崽呀，可得当心人类自己！
苍白的星光还是清香的露，
别选树猫走过的紊乱的路。
群伙还是会议，追猎还是守关，
千万别跟“豺—人”喊停战。
说什么“跟我们随便相处”，
沉默就是你对他们的答复。
他们若要你帮硬欺软，
你就给他们哑口无言。
不要像猴子那样炫耀本领；
对捕得的猎物要守口如瓶。
别管那些示意、歌唱或呼喊，

不要离开你的捕猎线。
(晴朗的黄昏还是早晨的雾,
野鹿的看守们,为他服务!)
风和树,木与水,
丛林恩泽把你随!

合 唱

在你必须踩踏的道路上面,
在我们感到恐惧的门槛旁边,
那里花儿开得红艳艳;
在你睡觉的一个个夜晚,
你隔绝了我们的母亲苍天,
去吧,我们的声音仍在你的耳边回旋,
每到黎明你将被唤醒,
去干你无法摆脱的苦工,
因思念丛林而心神不宁:
风和树,木与水,
礼貌、力量和智慧,
丛林恩泽把你随!

在保护林里

在印度政府统治下运转的公用事业机构中，没有比森林部更为重要的了。全印度的重新绿化就拿握在它的手里，或者说一俟政府有钱可花，这一事业将会掌握在它的手里。该部的雇员在千方百计地跟那些游荡不定的流沙和不断转移的沙丘做斗争：按南锡[①]法则四面修造篱笆围堵，正面建设堤坝阻拦，上面种植粗壮的硬草和细长的松树固定。他们不仅负责那些在雨季被冲刷成干沟和幽谷的光冈秀坡，还要经管喜马拉雅山国营林区的所有木材。每个雇员都大声疾呼漠不关心会造成的危害，直喊得舌敝唇焦。他们大量实验外国树种，耐着性子糊弄着叫桉树扎根，也许还想杜绝运河热。在平原地区，他们的主要任务就是使森林保护区的带状防火线保持整洁，以便旱季到来，牲畜挨饿之时，他们可以向村民的牛群开放保护区，还允许村民本人捡些柴火。他们修剪树梢，砍掉树枝，向不烧煤的铁路线提供堆积如山的铁路燃料；他们计算植树造林的利润，数字精确到小数点后第五位；他们是上缅甸巨大的柚木林、东部丛林的橡胶树和南部五倍子林的医生及产婆，可是他们总受到资金短缺的钳制。不过，既然一个林务官为了履行公务，必须远远离开熟途老路和正规林站，他就要学得聪明老练，不光了解一点儿皮毛的林地经验知识了。他要学会认识人和丛林的政治形态，他要遇上老虎、熊、豹子、野狗和所有的野鹿，不光是在搜索几天以后碰上一两次，而是在履行职责的过程中一再见到。他把大量的时间花费在马鞍上、帐篷下——他是新栽的树木的朋友，是粗野的森林看守和毛烘烘的猎人的同事——一直到森林显示出他操劳的结果，反过来又在他身上打下了它们的印记。从此以后，他不再唱他在南锡学来的轻佻的法国歌曲，而是跟矮树丛中那些沉默的东西一道变得沉默起来。

森林部的吉斯本已经供职四年了。起初，他对这一职务并不理解，却十分热爱，因为这种工作要求他经常骑马外出，并且给了他权威。后来，他对这一工作简直恨得七窍生烟，宁肯掏一年的工资去享受一个月印度所能提供的社交生活。危机一过，森林又把他领回来，他也心甘情愿地为它们效力，加深加宽他的防火线，欣赏在老叶映衬下他新植的树木所连成的一片绿烟，疏通那条堵塞的溪流，增援在高大茂密的蒺藜中行将倒毙的森林所进行的最后的斗争。在某个宁静的日子，那些蒺藜就会被烧掉，以那里为家的成百头野兽就会在正午苍白的火焰前冲出来。而后，森林就会向前蔓延，烧黑的土地上长出了一行又一行整齐的树苗，吉斯本瞧着瞧着，心里不由得乐滋滋的。他那带游廊的平房是一座白墙茅草顶的村舍，有两间房子，坐落在大保护林的一端，而且居高临下，俯瞰着那座森林。他不附庸风雅去搞一座花园，因为保护林就延伸到他的门口，门就蜷缩在一片竹林里，他从游廊上一上马，就径直骑进了丛林深处，用不着修什么车道。

他在家里的时候，信奉伊斯兰教的胖管家阿卜杜勒·加福尔伺候他吃饭。这位管家其余的时间就用来跟那一小帮本地仆人闲聊。仆人们住在平房后面的几间小屋里，其中两个是喂马的，一个是做饭的，一个是挑水的，一个是扫地的，总共就这么几个人。吉斯本自己擦枪，却不养狗。狗会把猎物吓跑的。此人引以为荣的就是他能说出他的王国的臣民月出时在何处饮水，黎明前在何处用餐，炎热的白天又在何处躺下休息。守林人和林警住在保护林深处离这儿很远的几座小屋里，只是在有人被倒下的树砸伤或野兽咬伤时才露露面儿。因此这里就只有吉斯本一个人。

春天，保护林不大绽出绿叶，所以只是干巴巴的，等候着雨水，新

---

① 南锡，法国东部一城市，那里有法国的国家林学院。

年的手指尚未触动它。只是在寂静的夜里，黑暗中传来更多的呼叫和咆哮声：老虎们激烈的混战声，高傲的雄鹿的鸣叫声，一头老野猪在树干上磨牙时发出的稳定的伐木声。这时候吉斯本把他那很少使用的枪完全搁在一边了，因为在他眼里，杀生是一桩罪孽。夏天，在五月的酷热里，保护林在朦胧的暑气中热晕了，吉斯本注视着，看有没有暴露森林火灾的信号——那袅袅升起的烟。然后，雨季咆哮而来，保护林被笼罩在一片又一片游魂似的热雾里，巨大的雨点敲打着宽阔的树叶，叮叮咚咚彻夜不停。于是流水哗哗，多汁的绿色植物被风吹得噼里啪啦，闪电在浓密的叶丛后面织出各式各样的图案，直到太阳又挣脱出来，保护林耸立着，躯体上冒出的腾腾热气升向刚刚被洗刷得一尘不染的蓝天。然后，炎热和干冷又把一切点染成柔和的虎皮色。就这样，吉斯本学会了认识他的保护林，觉得十分快乐。他的工资按月送来，但他很少需要钱。钞票就堆放在那个存放家信和换盖器的抽屉里。如果他取出一点儿来，那就是要从加尔各答植物园买点什么，或者给一个守林人的遗孀一笔钱，因为印度政府决不会为她男人的死批给她这笔经费的。

报答是好的，而报复也是必要的，在他能够报复的时候他也进行报复。有一天夜里，一个送信的上气不接下气地向他跑来报信，说一个林警死在康耶河边，他的脑袋就像一个鸡蛋壳一样一侧被弄得稀烂。吉斯本黎明时分出去缉拿凶手。人们都知道，只有旅行者，偶尔还有年轻的士兵，才算得上名副其实的猎手。林务官把他们的打猎当作日常工作的一部分，所以没有人把它当回事。吉斯本徒步走到杀人现场，尸首放在一张床架上，寡妇伏在尸体上号啕大哭，两三个男子正在察看湿地上的脚印。“这是‘红鬼’干的，”一个人说，“我知道他最终会吃人的，当然他的猎物还有的是。这一定是搞恶作剧。”

“‘红鬼’在娑罗双树背后的岩石中间藏着。”吉斯本说。他知道那只老虎是怀疑对象。

“不是现在，先生，不是现在。他现在气急败坏，到处乱跑。记住，一旦开了杀戒，就会接二连三干起来。一见人血，他就红了眼。这会儿我们说话时，说不定他就在我们背后呢。”

“也许他到附近的小屋那儿去了，”另一个人说，“小屋离这儿只有四寇斯[①] 远。有人，这是谁？”

① 寇斯，印度长度单位，相当于1—3英里不等。

吉斯本跟大家一起转过身来。一个人正沿着那干涸的河床走过来，除了一块缠腰布，浑身上下赤条条的，可是头上却戴着用白色旋花蔓草的穗状花编织成的花环。他在小卵石上行走，没有一点儿声响，因此连听惯了猎人轻柔脚步的吉斯本也吃了一惊。

“那只咬死人的老虎，”他不打招呼就开了腔，“已经去喝过水了，这会儿正在小山那边的一块岩石下边睡觉呢。”他的声音清脆得像银铃一般，跟本地人常有的哀声哀气的腔调截然不同，他仰起脸来，被阳光一照，那简直是在林间迷了路的一位天使的脸。伏在尸体上的寡妇停止了哭号，两眼睁圆看了看这个陌生人，又更加起劲儿地尽起她的职责来。

“我可以给先生指路吗？”他开门见山地问道。

“假如你敢肯定——”吉斯本开口说道。

“当然肯定啰。我只不过是在一小时前看见他的——那只狗。他还不到吃人肉的时候呢。他那凶恶的嘴里倒已经长了十二颗完好的牙齿。”

那几个跪着察看脚印的人鬼鬼祟祟地溜走了，因为害怕吉斯本要他们一块儿去，年轻人却暗自笑了。

“来吧，先生。”他喊罢就转过身去，在他的同伴前面走了。

“别走那么快。我跟不上，”那白人吉斯本说道，“站住。我觉得你很面生。”

“大概是吧。我是新近才到这片森林里来的。”

“从哪个村子来的？”

“我没有村子，我是从那边来的。”他把手臂向北方一伸。

“那就是吉卜赛人了？”

“不是，先生。我是个没有种姓的人，甚至连父亲也没有。”

“人们怎么叫你的？”

“毛葛利，先生。先生叫什么名字呢？”

“我是这片保护林的总管——名字叫吉斯本。”

“怎么？他们给这儿的树和草都编了号？”

“不错，省得你这样的吉卜赛人给放火烧掉。”

“我？就是给多少好处，我也不会伤害丛林的一草一木。这就是我的家。”

他脸上带着一种极其诱人的微笑转向吉斯本，举起一只手表示警告。

“喂，先生，我们必须安静点儿走。没有必要把那条狗惊醒，虽说他睡得很死。也许还是我一个人向前走，把他顺风赶到先生这边来的好！”

“真主呀！从什么时候起老虎像牛一样被光身子的人赶来赶去？”吉斯本说，被这人的胆大妄为吓呆了。

他又轻轻地笑了。“不行吗，那就跟我一起走，按你的办法用那支英国大来复枪打好了。”

吉斯本踩着他的向导的脚印，时而拐弯抹角，时而匍匐前进，时而攀登，时而弯腰，经受了在丛林里潜随的种种磨难。最后，毛葛利叫他抬起头来，从一眼小山泉附近被晒得发蓝的岩石上窥视，这时他的脸已经变成猪肝色，浑身上下大汗淋漓了。老虎就在水边躺着，全身舒展开来，一副悠闲自得的样子，而且还在懒洋洋地把那只巨大的虎肘和前爪又往干净里舔呢。他已经老了，一嘴牙都变黄了，身上还生了不少疥癣，然而在那幅背景和阳光的映衬下，他还是够威风的。

对于这吃人的家伙，吉斯本再也不讲什么虚伪的体育道德观念了。这家伙是害人虫，必须尽快杀死。他等着缓过气儿来，然后把来复枪架在岩石上，吹了一声口哨。那畜生的头慢腾腾地转过来，离枪口还不到二十英尺，吉斯本正经八百地射出了他的子弹，一颗打到老虎的肩后，另一颗打到老虎眼睛下面一点儿的地方。距离这么近，那粗大的骨骼是抵挡不住爆破力很强的子弹的。

“好啦，反正那张皮也不值得保存。”他说。枪烟消散开来，那野兽在临咽气时还疼痛难熬，又是踢腿，又是喘气。

“狗就有狗的下场，”毛葛利平静地说，“说实在的，那块臭肉上没有值得拿走的东西。”

“虎须，你不要虎须吗？”吉斯本说，他知道守林人是多么看重这类东西的。

“我？难道我是个摆弄老虎嘴巴的下贱的本地猎人？让他躺着去吧，他的朋友们已经来了。”

就在吉斯本退出空子弹壳、擦把脸的工夫，一只老鹰已经在他头顶上尖声呼啸着飞了下来。

“如果你不是个本地猎人，那你是从哪儿学到有关老虎的知识的？”他说，“没有一个猎人干得这么棒。”

“我恨所有的老虎，”毛葛利干脆地说，“这位先生把你的枪让我背背吧。啊来，挺好的一支枪。现在先生上哪儿去？”

“回家。”

“我可以去吗？我还从来没有到过白人的家里看看呢。”

吉斯本回他的平房，毛葛利大步流星，无声无息地走在前面，棕色的皮肤在阳光下闪亮。

他十分好奇地注视着游廊和放在那里的两把椅子，满腹狐疑地用指头碰碰那有缝的竹帘，然后不断地往后看着进了屋。吉斯本随手松开一幅竹帘，挡住阳光。竹帘哗啦一声落下来，它还没有碰到游廊的石板地，毛葛利已经跳出去站在露天下了，胸脯在不停地起伏着。“是陷阱。”他急匆匆地说。

吉斯本大声笑了。“白人是不对人设陷阱的，你实在是个地地道道的丛林人。”

“我明白了，”毛葛利说，“它没有机关，也没有陷坑。我——我从来没有见过这东西，今天才是头一次。”

他踮起脚尖又走进来，睁大眼睛注视着两间屋子里的家具。正在摆桌子准备午饭的阿卜杜勒·加福尔深恶痛绝地望着他。

“吃饭就这么费事，吃完睡觉也这么费事！”毛葛利咧开嘴笑着说，“我们在丛林里就省事得多啦，真不简单。这里有很多很多讲究的东西，难道先生就不怕被人抢吗？我从来没有见过这么了不起的东西。”他正在注视一个放在摇摇晃晃的托架上的蒙满灰尘的贝纳列斯铜盘。

“只有丛林里来的贼才会抢这儿的东西。”阿卜杜勒·加福尔砰的一声把一个盘子放下，说道。毛葛利睁大眼睛，盯着这个白胡子穆斯林。

“在我那个地方，要是山羊叫的声音很大，我们就割断他们的喉咙，”他乐呵呵地回嘴说，“不过，你先别怕。我这就走。”

他一转身就消失在保护林里去了。吉斯本望着他的背影，先是一阵大笑，最后却变成一声轻微的叹息。在这位林务官的正常工作之外，没有多少使他感兴趣的事情，而这个森林之子了解老虎就像别人了解狗一样清楚，他倒是可以提供一种消遣。

“他是个神奇无比的家伙，”吉斯本想道，“他就像古代字典里的插图。我倒是真希望让他当个扛枪的呢。一个人打猎没有什么意思，这家伙可以成为一个十全十美的猎手。我真不明白他到底是什么人。”

那天夜里，满天星斗，他坐在游廊上抽着烟纳闷儿。一缕轻烟从烟斗里袅袅升起。当烟圈儿消散以后，他才发现毛葛利双臂交叉，坐在游廊的边沿上。鬼魂出没也不会比这更轻的了。吉斯本吃了一惊，烟斗掉到地上。

“外面保护林里没人跟我说话，”毛葛利说，“所以我到这儿来了。”他捡起烟斗，把它还给吉斯本。

“噢，”吉斯本停了好久才说道，“保护林里有什么消息？你又发现老虎了？”

“大羚羊按照风俗，新月一到，他们就换牧场。野猪现在都在康耶河附近觅食，因为他们不肯跟大羚羊一起吃东西，所以一头母猪在河源上的深草里被一只豹子杀了。我知道的就这些。”

“可这些事情你是怎么知道的呢？”吉斯本说着，便向前躬了躬身子，凝视着那双在星光下闪亮的眼睛。

“我怎么会不知道？大羚羊有他的习惯，连小娃娃都知道野猪是不会跟他一起吃食的。”

“我就不知道这事情。”吉斯本说。

“得！得！你掌管着——这是那些小屋里的人告诉我的——掌管着这一整片保护林啊。”他自个儿笑起来了。

“随便说说，编一些哄孩子的故事倒是可以，”吉斯本反驳道，显然被那笑声惹恼了，“说保护林里发生了这样那样的事。没有人能反驳你。”

“至于那头母猪的尸体，明天我领你去看她的骨头，”毛葛利丝毫不动声色地回答，“说到大羚羊的事嘛，如果先生愿意静静地坐在这儿，我就赶一头到这儿来，仔细听听声音，先生就会知道羚羊是从哪儿赶来的。”

“毛葛利，丛林把你变成疯子了，”吉斯本说，“谁能够赶大羚羊来这儿？”

“安静——安安静静地坐着。我走啦。”

“天哪，这人是个鬼！”吉斯本说，因为毛葛利已经消失在黑暗里了，一点儿脚步声也没有。保护林像层层叠叠的丝绒伸展开来，星团发出闪烁不定的幽光——真是万籁俱寂，哪怕树梢上掠过的一丝儿轻风听起来也会像睡得很安稳的孩子的叹息。阿卜杜勒·加福尔正在厨房里叮叮当当往一起收盘子。

“那边安静点儿！”吉斯本喊道，然后像一个习惯于森林寂静的人能做到的那样，开始静下心来倾听。在过独居生活，仍然保持自尊自爱，每晚进餐总要穿上夜礼服，这已成了他的习惯，所以那挺括的白衬衣的前胸随着他匀称的呼吸嘎吱嘎吱作响，后来他侧了一下身子，声音才算停止了。接着那有点儿壅塞的烟斗里的烟丝开始扑儿扑儿地响起来，他索性把烟斗扔了。现在，除了森林里夜气的流动，一切都哑然无声。

从难以想象的远方，透过深不可测的黑暗，慢吞吞地传来一声狼嚎的极轻微、极轻微的回声。接着又是一片寂静，仿佛它延续了好几个小时似的。最后，当吉斯本的小腿干脆麻木了的时候，他听见了某种声音，那也许是远处矮树林里传出的一声碰撞声。他怀疑自己听错了，但随后那声音重复了又重复。

“这是西边来的，”他喃喃地说，“那里有什么东西在走动。”声音增大了——又是碰撞，又是冲刺——伴随着一只被紧紧追逼的大羚羊粗重的哼唧声，因为他在惊恐万状地飞跑，再也顾不上跑的路线了。

一个黑影从树干中间慌慌张张地冲出来，兜了一个圈子，又回去了，随后又哼唧着转回来，在光秃秃的地面上嗒的一声腾空而起。原来是一头雄性大羚羊，浑身沾满了露水——鬃上挂着一串撕扯下来的藤蔓，眼睛在屋里射出的灯光下闪亮。这家伙一看见人，就立即停住，沿着保护林边缘逃遁，最后消失在黑暗中了。吉斯本给弄糊涂了的脑子里闪现出的第一个念头是，把保护林的蓝色大公羚羊这样子拖出来审查——在本该属于自己的夜里让人检验他的本领——实在太不像话了。

正当他站着凝神注视时，一个娓娓动听的声音在他耳边说道：

“他是从水源那儿来的，他正在那儿率领一群羚羊呢。他是从西边来的。先生现在相信了吧，要不要我把那一群都带来数数呢？先生是掌管这片保护林的嘛。”

毛葛利已经在游廊上坐下了，只是有点儿气粗。吉斯本张着大嘴望着他。“这是怎么完成的？”他说。

“先生看见了。这头公羚羊是被赶来的——就像赶一头水牛那样被赶来的。嘀，嘀！他回去以后，可有说头了。”

“对我来说这可是个新花招。这么说，你能跑得像大羚羊一样快？”

“先生已经看见了。不论什么时候，如果先生想要更多地了解一些猎物的动向，我毛葛利就在这儿。这是一片好保护林，我要待下去。”

“那就待下去吧，不论什么时候要是你需要一顿饭，我的用人会给你的。”

“那好，说真的，我倒是喜欢熟食，”毛葛利很快地回答说，“谁也不会说，我跟别人不一样，不吃煮熟和烤熟的食物。我会来吃那种饭的。至于我嘛，我保证让先生晚上安安全全地在自己的房子里睡觉，没有一个贼敢破门而入，偷走先生贵重的财物。”

毛葛利突然离去，会话自然就此结束了。吉斯本坐着抽了很长时间烟，他左思右想，最后认定他终于找到了他和森林部一直在寻找的理想的守林人和林警，那就是毛葛利。

“我得想办法把他弄到政府部门供职。一个能够赶大羚羊的人对保护林的了解比别的五十个人都强。他是个奇迹——造化的恶作剧——只要他能在一个地方定居下来，他一定可以当一名林警。”吉斯本说。

阿卜杜勒·加福尔的看法就不是那么好了。睡觉的时候他向吉斯本吐露：来路不明的陌生人很有可能是些惯盗，他本人就不赞成连对白人说话的规矩都不懂的赤身裸体的流浪汉。吉斯本笑了，叫他回自己屋里去，阿卜杜勒·加福尔便咆哮着退了下去。当天夜里晚些时候，他找了个理由，起来把自己十三岁的女儿揍了一顿。谁也不知道争吵的起因，可是吉斯本却听见了哭声。

从此以后的好多天里，毛葛利像影子一样忽来忽去。他在平房附近的保护林边缘上以他粗放的方式安家落户了。吉斯本出去到游廊上吸一口凉气时，看见他有时候把脑袋伏在两膝上，坐在月光下，或者躺在一根伸出的枝杈上，就像某种过夜的野兽那样紧紧地贴在上面。毛葛利往往在树上远远向他致意，请他安心睡觉，或者下来编造一些关于保护林野兽习俗的神奇故事。有一次，他信步走进了马厩，被人发现他以浓厚的兴趣注视着那些马匹。

“这肯定表明，”阿卜杜勒·加福尔直截了当地说，“有一天他要来偷一匹了。既然他住在这所屋子附近，他干吗不找个正经事儿干呢？可他就是不干，偏偏像一头松开了的骆驼那样，弄得傻瓜们晕头转向，笨蛋们张大嘴巴，迷上了那一套。”因此阿卜杜勒·加福尔一见毛葛利，就毫不客气地命令他干这干那，又是叫他去提水，又是叫他拔鸡毛，而毛葛利却满不在乎，笑呵呵地听他摆布。

“他是没有种姓的，”阿卜杜勒·加福尔说，“他什么事都干得出来。先生，当心不要让他干得太过分。蛇毕竟是蛇。丛林吉卜赛人到死也是贼。”

“安静一点儿吧，”吉斯本说，“我倒是允许你把自己家里的事管教管教，如果不大吵大闹的话，因为我知道你的习气。我的习气你却不知道。那人肯定是有点儿疯。”

“疯倒不见得疯，”阿卜杜勒·加福尔说，“不过我们等着瞧后果吧。”

几天以后，吉斯本要进保护林去出三天的差。阿卜杜勒·加福尔是个胖老头子，所以就留在家里。他是不赞成在守林人的小屋里睡觉的，倒是喜欢以他主人的名义，要那些拿不出捐款的人捐助粮油和牛奶。一大早，吉斯本就骑马动身了，他有点儿扫兴，因为他的林中人没有在游廊上陪他出门。他喜欢这个人——喜欢他的力气、敏捷和下脚无声，还有那常挂在脸上的坦诚的微笑，喜欢他不识礼仪，喜欢他常常讲的关于保护林猎物习性的孩子气十足的故事（而吉斯本现在深信不疑了）。在绿色的丛林里骑马走了一个钟头以后，他听见身后沙沙作响，毛葛利已在他的马镫旁小跑前进了。

“我们眼前有三天的活，”吉斯本说，“要在新栽的树中间干。”

“好，”毛葛利说，“爱护小树总是有好处的。要是野兽们不糟蹋，它们就连成一片了。我们又得叫野猪挪个窝了。”

“又挪窝？怎么个挪法？”吉斯本微微一笑说。

“哦，他们昨天夜里在娑罗双树中间用鼻子拱呀，用长牙掘呀，我把他们赶跑啦。所以今儿一早我没有到游廊上来。野猪压根儿就不该待在保护林这边。我们决不能让他们待在康耶河的源头上。”

“要是一个人能够把天上的云朵赶到一起，他兴许可以干那样的事。不过，毛葛利，如果真像你说的那样，你在保护林里当牧人不要报酬，不要工资——”

“这是先生的保护林嘛。”毛葛利很快抬起头来说。吉斯本点点头表示感谢，接着往下说：“如果干了活政府给发工资，岂不是更好吗？供职时间长了，最后还有一笔养老金呢。”

“这事我已经想到了，”毛葛利说，“可是守林人关上门住在小屋里，这样做对我来说简直等于掉进了陷阱。不过我想——”

“那就好好想一想吧，随后再告诉我。我们就在这儿停下来吃早饭吧。”

吉斯本下了马，从自制的马褡裢里取出早餐。天已经大亮，保护林上空热辣辣的。毛葛利躺在他身边的草地上，仰望着天空。

过了一会儿，他懒洋洋地低声说：“先生，平房那儿今天有没有把那匹白母马牵出去的命令？”

“没有，她又肥又老，还有点儿瘸。怎么啦？”

“现在她正叫人骑着在通往铁路线的那条路上跑着，跑得还不算慢呢。”

“呸，那在两寇斯以外呢。那是只啄木鸟吧。”

毛葛利抬起前臂，挡住冲着眼睛射来的阳光。

“那条路从平房那儿出去就成了一条大弯道，照老鹰的飞法，顶远只有一寇斯，声音是随着鸟儿飞的。我们看一下好吗？”

“真是胡闹！在这么毒的太阳下跑一寇斯路去看森林里的一种声音？”

“不，那马是先生的马，我只不过想把她带到这儿来。要是她不是先生的马，那就没事了。如果就是，先生想怎么办就怎么办。她可是真的叫人骑着拼命跑呢。”

“那你怎么把她带到这儿来呢，疯子？”

“先生忘了吗？就沿着大羚羊跑的那条路，没有别的。”

“如果你这么热心，就跑上去吧。”

“噢，我才不跑呢！”他伸出手示意别出声，仍然脸朝天躺着，大声呼叫了三次——带着一种深沉的咯儿咯儿的声音，那是吉斯本从来没有听到过的。

“她就会来的，”他呼叫完了以后说道，“咱们在树荫下等着吧。”毛葛利在早晨的宁静中打起盹儿来，长长的睫毛遮住那双野性的眼睛。吉斯本耐心地等待着：毛葛利肯定是疯了，可是寂寞的林务官对这样逗人的旅伴还真是求之不得呢。

“嗬！嗬！”毛葛利闭着眼睛懒洋洋地说，“他跌下来了，嘿，马先来，人后到。”然后，吉斯本的矮种雄马嘶鸣起来，毛葛利打了个呵欠。三分钟后，吉斯本的白母马奔向他们坐的那片林间空地，迫不及待地来找她的伴侣，她鞍辔齐全，可是并没有人骑。

“她还不太热，”毛葛利说，“可是天气这么热，所以容易出汗。过一会儿我们就要看见骑她的那个人了，因为人总比马走得慢——尤其是他碰巧又是个胖老头儿的时候。”

“真主啊！这真是魔鬼玩的把戏。”吉斯本跳起身来喊道，因为他听见丛林里传来一声号叫。

“别担心，先生，他不会受伤害的。他也会——说这是魔鬼耍的把戏。啊！听！那是谁？”

那是吓得心惊肉跳的阿卜杜勒·加福尔的声音，他在呼唤不可知的东西饶了他那白发苍苍的老命。

“不行了，我一步也走不动了，”他嗥叫着说，“我老了，头巾也丢了。啊哟！啊哟！可是我要走。真的，我要赶快走。我跑！啊，地狱里的魔鬼呀，我是个穆斯林呀！”

灌木丛分开，把阿卜杜勒·加福尔暴露了出来。他头上没包头巾，脚上没穿鞋子，缠腰布散开着，两只手捏着两把泥草，脸涨成猪肝色。他一看见吉斯本，又重新号叫起来，然后筋疲力尽、哆哆嗦嗦地扑倒在吉斯本的脚下。毛葛利脸上浮现出一抹甜甜的微笑，瞅着他。

“这可不是闹着玩的，”吉斯本板起面孔说，“这个人好像就要死了，毛葛利。”

“他不会死的，他只是心里害怕。他走着来就行了，完全没有必要跑嘛。”

阿卜杜勒·加福尔全身像筛糠一样，呻吟着站了起来。

“这是巫术——巫术和魔法！”他呜咽着，手在胸口摸索着。“因为我犯了罪，魔鬼在森林里把我鞭打了一路，现在一切都完了。我悔罪。拿去吧，先生！”他递过一卷脏兮兮的纸来。

“这是什么意思，阿卜杜勒·加福尔？”吉斯本说，已经明白发生什么事了。

“把我关进牢房里去吧——钞票全在这儿——不过把我关严实些，别让魔鬼跟进来。我吃了先生的饭，却干了对不住先生的事。要不是那些该死的森林恶魔，我满可以跑到远远的地方，买些土地过一辈子清闲日子。”在绝望和羞愧的煎熬下他把头往地上撞着。吉斯本把那卷钞票一张一张地翻着。这是给他发的过去九个月的拖欠薪金，他都积存在一起了，也就是跟家信和换盖器一起放在抽屉里的那一卷钞票。毛葛利瞅着阿卜杜勒·加福尔，暗自笑着。“不必再让我骑马了。我愿意慢慢地跟着先生走回家去，然后他可以派人把我押送到监牢里去。政府对犯这种罪的人要关好多年的。”管家愁眉苦脸地说。

保护林里的寂寞影响了有关很多事物的很多观念。吉斯本瞅着阿卜杜勒·加福尔，记得他还是个挺好的用人，再用一个新管家，又得从头给他教家里的规矩，从最好处着想，也要看一张陌生的面孔，听一种陌生的语言。

“听着，阿卜杜勒·加福尔，”他说，“你犯了严重的过失，把你的面子和名声都丢光了。不过我认为这可能是一念之差。”

“真主啊！我以前从来没有想要这些钞票。我看着看着，恶魔就掐住了我的喉咙。”

“这我能相信。那就回到我的家里去吧，我回来以后，就打发人把这钱存到银行里去，再就不提这件事了。你蹲监狱未免太老了点。再说你家里人是无辜的。”

阿卜杜勒·加福尔没有回答，却把头抵到吉斯本的两只牛皮马靴之间呜咽起来。

“那就不解雇我了？”他哽咽着说。

“那我们还要看看情况，看我们回来以后你的表现。骑上那匹母马，慢慢回去吧。”

“可是有魔鬼呀！保护林里到处都是魔鬼。”

“没有关系，老爷子。他们再不会伤害你的，除非先生的命令你没有服从，”毛葛利说，“说不定他们还会把你撵回家去——就沿着大羚羊走的路。”

阿卜杜勒·加福尔眼睛瞪着毛葛利，往上缠着他的缠腰布，下巴颏儿却不由自主地往下垂。

“他们是他的魔鬼！他的魔鬼啊！我早就想着回去以后要把罪过都推到这个术士身上！”

“想得倒是挺好，老爷子，不过我们总是先看要捕的猎物有多大，再来设陷阱的。原来我只不过想，有人牵走了先生的一匹马。我还不知道你谋划着要把我在先生前面弄成个贼，要不，我的魔鬼就会拖住你的腿把你死拉硬拽到这儿来。现在还来得及。”

毛葛利以探询的目光望着吉斯本，可是阿卜杜勒·加福尔跌跌撞撞，急忙凑到白母马身边，爬上马背逃跑了，林间小路在他身后噼啪直响，回声不绝。

“干得漂亮，”毛葛利说，“不过他如果不抓住马鬃，还会摔下来。”

“现在该告诉我这么干用意何在，”吉斯本有点儿严厉地说，“‘你的魔鬼’这话是什么意思？人怎么能在保护林里像牛一样被赶来赶去呢？给我回答。”

“先生是不是因为我给你找回了钱才生的气？”

“不，可是这里面耍了个花招，我是不喜欢这一套的。”

“很好。只要我站起来往保护林里走上两三步，那就不管是谁，哪怕是先生本人，也休想找到我，除非我自己愿意。我不愿意这样做，同样也不愿意讲。要有一点儿耐心，先生，总有一天我会叫你把一切都看个明白，要是你愿意，有一天我们一起赶一赶雄鹿。这件事当中可没有一点儿魔鬼的把戏。只不过……我了解保护林就像一个人了解他家里的伙房一样清楚。”

毛葛利就像对着一个没有耐心的孩子在说话。吉斯本摸不着头脑，所以十分生气，索性就一声不吭，只是望着地面沉思。等他抬起头来时，那林中人已经不见了。

“给朋友使性子可不是件好事，”一种平板的声音从灌木丛中传出来，“等到晚上，先生，空气凉了以后再说吧。”

这样就剩下吉斯本一个人，可以说被扔在保护林深处了，他先是咒骂，继而大笑着跨上了马，继续前进。他探访了一个守林人的小屋，巡视了几片新的人造林，留下一些诸如烧掉一片干草地之类的指示，然后动身到一个他自己选中的宿营地去，也就是一堆碎石上面用树枝树叶随便搭了个篷子，离康耶河岸不远。歇息地在望时，已经暮色苍茫了，保护林里活跃起了默不作声、狼吞虎咽的夜生活。

一堆营火在石丘上闪烁，风里有一股盛宴的香味。

“嗯，”吉斯本说，“这总比冷肉强。现在有可能在这儿的唯一的一个人就是穆勒，按规定，他这会儿正在巡视钱加曼加保护林。我估计这就是他在我的地盘上的原因。”

这个高大的德国人是全印度的森林部长，从缅甸至孟买的森林总监，他有一个习惯，就是事先不打招呼，像蝙蝠一样从一个地方飞到另一个地方，而且往往在人们最料想不到的地方突然出现。他的理论是，突然察访，发现缺点，以及对下属进行口头批评，要胜过迟缓的通信联系千百倍，而通信联系的结果则可能是一份正式的书面批评——人们认为，这东西存到后来，对于一个林务官的履历是没有好处的。他是这样解释的：“如果我只是把我的小伙子们狠狠地训斥一顿，他们就说，‘那只不过是该死的老穆勒而已’，下一次就会干好一些。可是如果叫我的笨蛋干事写出总监穆勒无法理解并大为不满之类的话，那就不好了，首先，因为我不在场，其次，将来接替我的那个傻瓜也许会对我最优秀的小伙子说：‘瞧，你挨过我的前任的骂。’我告诉你，做官当老爷是没法儿叫树木长起来的。”

穆勒低沉的声音从火光后面的黑暗中传来，他正把身子躬到他心爱的厨子的肩膀上。“别放这么多酱油，你这小无赖！辣酱油是调料，不是汤。啊，吉斯本，你可赶上了一顿很糟的饭。你的帐篷在哪儿？”说罢就走上前来握手。

“我就是帐篷，先生，”吉斯本说，“我不知道你就在这一带呢。”

穆勒看了看年轻人整洁的仪表。“好！那很好！一匹马，一点儿干粮。我年轻的时候也是这样宿营的。你可以跟我一起吃饭。上个月我到总部去写报告。我只是写了一半——嗬！嗬！——其余的留给我的干事去写，我便出来走走。政府真成了报告迷了。我在西姆拉给总督就是这么讲的。”

吉斯本抿着嘴轻轻地笑了，他想起了关于穆勒与最高政府发生冲突的种种传说。在所有的机关里，他是唯一的一名特许自由论者，因为作为一名林务官员，他是无与伦比的。

“吉斯本，如果我发现你不是骑马巡察人造林，而是坐在你的平房里给我炮制关于人造林的报告，我就把你调到比卡内尔沙漠中央去搞绿化。在我们应当干活的时候，我恨透了报告和嚼舌头的公文。”

“我是不大可能浪费时间去写年度报告的。我跟你一样讨厌那些玩意儿，先生。”

谈到这里，话题转向业务。穆勒提了一些问题，吉斯本接受了一些命令和指示，他们一直谈到晚饭就绪。这是吉斯本几个月来吃过的一顿最文明的饭。供应基地的距离是妨碍不了穆勒的厨子的工作的，那顿摆在荒野上的酒菜先以辣子烤小淡水鱼开始，最后以咖啡和法国白兰地结束。

“啊！”穆勒吃完饭，点燃了一支方头雪茄，便一屁股倒进他那张破旧的轻便折椅里，满意地叹了一口气说，“我写报告的时候，是个自由思想家和无神论者，可是一到这保护林里，我就成了一个百分之二百的基督徒。我也是个异教徒。”他随心所欲地让雪茄烟头在舌头底下滚动着，把两手搭在膝盖上，眼睛凝视着前方，望进了那充满了隐秘的声音的保护林深处。树枝噼啪作响，就像他身后火里的噼啪声一样，一根热弯了的枝丫在凉爽的夜晚又挺直了，发出叹息似的窸窣声，康耶河潺湲不息，山头那边看不见的人口密集的草原上传来细切的声音。他喷出一口浓烟，低吟起海涅的诗句来。

“是啊，写得非常好，非常好。‘是啊，我创造奇迹，确实，奇迹也自强不息。’我记得那时候从这儿到耕地那边，这片保护林还没有你的膝盖大，到了旱季，这一带的牛群就啃死牛的骨头。现在树木已经回来了。那是一个自由思想家种的，因为他知道正是前因造成了后果。可是树木还是崇拜它们古老的神——‘基督教的众神咆哮如雷’。他们是没法在保护林里生活的，吉斯本。”

一个黑影在一条马行小道上移动着——移动着，后来来到星光下。

“我说对了。嘘！半人半羊的牧神亲自来看望总监来了。天哪，他就是那个神，瞧！”

那是毛葛利，头上戴着白花编成的花环，手拄一根剥去了一半皮的树枝走着——毛葛利由于对火光极不信任，所以准备一有惊动就飞回矮树林里去。

“那是我的一个朋友，”吉斯本说，“他是来找我的。噢嘿，毛葛利！”

穆勒还没有来得及喘一口气，那人已经来到吉斯本的身边，喊道：“我走掉是失算了，我失算了。可是当时我可不知道在这条河边杀死的那个家伙的配偶已经醒来，在找你呢。不然的话，我是不会走开的。她从后林就把你盯上了，先生。”

“他有点儿疯，”吉斯本说，“他说起这一带的野兽，好像都是他的朋友似的。”

“当然——当然。要是牧神不知道，谁还知道呢？”穆勒严肃地说，“他说老虎什么来着——这位你非常熟悉的神？”

吉斯本重新点燃了他的方头雪茄，他还没讲完毛葛利和他的种种功绩，雪茄已经燃到上髭边上了。穆勒没有插嘴，一直听到他说完。“那不是发疯，”在吉斯本描述过赶阿卜杜勒·加福尔的经过以后，穆勒终于说话了，“那根本不是发疯。”

“那到底是什么呢？他今儿一早就气呼呼地走了，因为我叫他讲讲他是怎么搞的。我寻思这家伙总在什么地方着了魔。”

“不，那不是着魔，那是最神奇的本领。这种人一般都活不长。你说的那个贼仆人没有说什么在驱赶他的马，当然了，大羚羊是不会说话的。”

“那倒是，不过真该死，什么动静也没有。我倾听着，我是能听出大多数声音来的。那头公羚羊和那人就是愣头愣脑地来了——都吓疯了。”

穆勒没有回答，只是从头到脚上上下下打量着毛葛利，然后示意他走近点。他就像一只公鹿踩在有气味的脚印上那样走过来。

“不要紧的，”穆勒操着本地话说，“伸出一只胳膊来。”

他顺着胳膊一直摸到肘子上，点了点头。“和我想的一样。再看看膝盖。”吉斯本看见他摸着膝盖笑了。脚腕刚刚上面一点儿，有两三个白疤引起了他的注意。

“这都是你很小的时候留下的吧？”他说。

“啊，”毛葛利微笑着回答，“这都是小家伙们留下的爱的纪念。”然后又回头给吉斯本说，“这位先生啥都知道。他是谁？”

“待会儿再说吧，我的朋友。现在他们在哪儿？”穆勒说。

毛葛利用手绕着头画了个圆圈。

“是这样！你还会赶大羚羊？瞧！我的母马就在那儿的木桩上。你能不能把她带到我这儿来，而不要把她吓坏？”

“我能不能把她带到先生这儿来而不要把她吓坏？”毛葛利重复了一遍，声音提得比平时稍高一点儿。“要是系脚绳松开着，难道还有比这更容易的事吗？”

“把拴马头和马腿的马桩松开。”穆勒对马夫喊道。桩子刚刚从地上拔起，那匹高大的澳大利亚种黑色母马就扬起了头，竖起了耳朵。“小心！我不想叫人把她赶进保护林去。”穆勒说道。

毛葛利面对着熊熊的火焰，一动也不动地站着——体型和外貌简直跟许多小说中淋漓尽致地描绘的那位希腊神一模一样。母马嘶鸣了一声，提起一条后腿，发现拴脚绳松着，便向她的主人飞奔过来，把头抵到主人怀里，头上汗津津的。

“她是自己跑来的。我的马也会这么做的。”吉斯本喊道。

“摸摸她是不是出汗了。”毛葛利说。

吉斯本把一只手放在那潮乎乎的肋腹上。

“够啦。”穆勒说道。

“够啦。”毛葛利重复说，他身后的一块岩石把这句话又弹了回来。

“真是不可思议，对不对?”吉斯本说。

“不，只是神奇而已——神奇透顶了。你还不明白吗，吉斯本?”

“我承认我不明白。”

“那好，我先不要说破。他说有一天他要叫你看看是怎么回事。要是我一说破，那就没意思了。不过为什么他没有死，我却不明白。现在你听着。”穆勒把脸转向毛葛利，操起了本地话，“我是印度全国所有的保护林和黑水对面的其他森林的头儿。我不知道我手下有多少人员——也许五千，也许十个。你的任务是这样的——再不要在保护林里东跑西颠，不要为了好玩和卖弄自己驱赶野兽了，而是在我手下服务，因为我就是主管森林事务的政府，你就住在这个保护林里当一名林警。如果没有在保护林里放羊的命令，你就把村民的山羊赶走，有了命令，就放它们进来。如果野猪和大羚羊太多，就尽你所能把他们减少一些，把老虎的动向和森林里猎物的情况报告给吉斯本先生。保护林一失火就发出确实的警报，因为你比别的任何人能更快地发出警报。干了这些工作，每月都有一笔银饷，最后当你有了老婆、牲畜，或许还有孩子的时候，就会有一笔养老金。你怎么回答?”

“这正是我——”吉斯本开口说。

“我的先生今儿早上谈过这样的事。我这一整天一个人边走边盘算这事儿，现在我已经有答案了。我工作，如果我只是在这片保护林里，而不是在别的地方的话，只跟吉斯本先生在一起，而不是跟别人在一起的话。”

“那行。一星期以后，保证政府提供养老金的书面命令就会下达。到时候你就在吉斯本先生指定的地方搭起你的小屋。”

“我本来要跟你谈这件事呢。”吉斯本说。

“见到了这个人就不用听别人讲了。永远不会有他这样的森林看守的，他是个奇迹。吉斯本，有一天你会发现这一点的。听着，他是这座保护林里每一只野兽的亲兄弟!”

“要是我能理解他，那我就放心一点儿了。”

“那是可以做到的。现在告诉你，在我供职的三十年里，我只见过一次这样的男孩，他开头跟这个人一样，后来他死了。有时候你在人口普查报告里会听到有这样的人，可是他们都死了。这个人活下来了，他是个时代的落伍着，因为他比铁器时代，比石器时代还要早。注意，他还在人类历史的开端——是伊甸园里的亚当，现在我们只是缺一个夏娃！不，他比那个童话还古老，就像这座保护林比众神还古老一样。吉斯本，我现在是个异教徒了，永不改变了。”

在那个漫长的傍晚剩下的时间里，穆勒坐着不停地抽烟，目不转睛地凝视着黑暗深处，嘴唇动着，在吟诵经过发挥增补的诗句，脸上浮现出极其惊异的神色。他走到帐篷里，可是过了一会儿又穿着他那华丽的粉红睡衣走出来，在深沉静寂的午夜里，吉斯本听见他极力加重语气对保护林最后讲了这样一些话：

“虽然我们穿戴、打扮又束装，
你却赤裸、古老而高尚；
利比蒂娜[①]是你母亲，你父亲
普里阿波斯[②]是神，又是希腊人。

现在我明白了，不管我是个异教徒，还是个基督徒，我是永远也弄不清保护林的奥秘的！”

一星期以后的一个午夜，在平房里，气得脸色灰白的阿卜杜勒·加福尔站在吉斯本的床脚边，压低声音来唤醒他。

---

① 利比蒂娜(Libitina)，古意大利主持葬礼的女神，后来则成了“死亡”的同义语。
② 普里阿波斯（Priapus），希腊神话中的男性生殖之神，酒神狄俄尼索斯与爱神阿佛洛狄忒之子。

“起来，先生，”他结结巴巴地说，“起来把枪带上。我的名声完蛋了。起来，趁没人看见，杀了了事。”

老头子的脸都变了样，弄得吉斯本呆呆地望着他。

“那丛林贱种帮我擦先生的桌子，打水，拔鸡毛，原来是为了这个。我揍了她多少次也不顶用，他们还是一起跑了，现在他坐在他的魔鬼中间，把她的灵魂拖进了地狱。起来，先生，跟我来！”

他把一支来复枪往睡得稀里糊涂的吉斯本手里一塞，几乎把他从屋子里拖到了游廊上。

“他们就在保护林里面，从这屋子里放枪，子弹都打得上。悄悄地跟我来。”

“是怎么回事呀？出了什么乱子，阿卜杜勒？”

“毛葛利和他的魔鬼，还有我的亲生女儿。”阿卜杜勒·加福尔说。

吉斯本吹了一声口哨，便跟上他的领路人走了。他知道，阿卜杜勒·加福尔夜里经常打他的女儿，不是没有原因的，而且毛葛利帮助一个他曾经用自己的力量——不管是什么力量——证明是犯了偷窃罪的人干家务活，也不是没有原因的。再说，森林里的求爱总是进展神速。

保护林里传来轻柔的笛声，仿佛是某个漫游的林神在歌唱。当他们走近一点儿的时候，那笛声变成了喃喃的低语声。小路最后通到一块半圆形的林中空地，周围的长草和树木形成了一堵围墙。空地中间一根倒下的树干上坐着毛葛利，他正好背对着那两个看他的人，一只胳膊搂着阿卜杜勒女儿的脖子，头上戴着新编的花冠，吹奏着一支粗糙的竹笛，四只个头很大的狼后腿直立，伴随着音乐庄严地起舞。

“这就是他的魔鬼。”阿卜杜勒·加福尔悄没声儿地说。他手里捏着一把子弹。那几只野兽随着一阵悠长的颤音卧下，然后静静躺着，用一点儿也不眨动的绿眼睛注视着那位姑娘。

“看，”毛葛利把笛子往旁边一放说道，“这有什么可怕的？我跟你讲过，勇敢的小宝贝，没有什么可怕的，你还是相信了的嘛。你父

亲说——啊，要是你能看见你父亲被赶在大羚羊奔跑的路上奔跑就好了——你父亲说他们是魔鬼。凭你的上帝——真主起誓，他当时这么相信，我现在也不感到奇怪。”

那姑娘轻轻地笑了笑，吉斯本听见阿卜杜勒·加福尔在磨他那几颗仅剩下的老牙。这根本不是吉斯本一望而知的那个戴着面纱、默默无语、在院子里溜过来溜过去的姑娘，而完全是另外一个人——一夜之间成了一个风华正茂的妇女，就像一朵兰花在湿润炎热的气候中经过一小时就吐蕾绽放一般。

“可他们是我的游伴，我的兄弟，是奶过我的那个母亲的孩子，我在厨房后面已经给你讲过了，”毛葛利继续说，“他们也是当我是个光身子小孩的时候，在洞口给我挡寒的那位父亲的孩子。”瞧——一只狼抬起他灰色的下巴颏儿，蹭着毛葛利的膝盖——“我的兄弟知道我在说他。不错，我是个小不点儿的时候，他是一只跟我在泥地里打滚儿的小狼崽。”

“可是你说你是人生养的呀，”那姑娘偎在他的肩头，百般爱怜地说，“你是不是人生养的呢？”

“说过！不，我知道我是人生养的，因为我的心就攥在你手里，小宝贝。”她把头垂到毛葛利的下巴底下。吉斯本举了一下手，示意阿卜杜勒·加福尔不要轻举妄动，因为他对眼前的神奇景象完全无动于衷。

“不过我过去仍然是狼群中的一只狼，直到有一天丛林居民叫我离开为止，因为我是一个人。”

“谁叫你离开的？那可不像一个真正男子汉说的话。”

“野兽们自己。小宝贝，你永远也不会相信这种说法，可事实的确是这样。丛林中的野兽叫我走，可是这四个却跟着我，因为我是他们的兄弟。后来我到了人间，学会了他们的语言，当了放牛娃。嗬！嗬！牛群可大大孝敬了我的兄弟们。直到后来，有个女人，是个老太婆，亲爱的，看见夜里我在庄稼地里跟我的兄弟玩。他们说我被魔鬼附了身，便用棍棒、石头把我从那个村庄赶了出来，他们四个仍偷偷地陪伴着我。就在那个时候，我学会了吃熟肉，学会了大胆说话。我从一个村庄走到另一个村庄，我的心肝宝贝儿，我放过黄牛，放过水牛，追赶过猎物，但是从来没有一个人敢用指头把我碰过两下。”他弯下腰用手拍了拍一只狼的脑袋，“你也这么来一下。他们既不伤人，也不耍魔术。瞧，他们认识你呢。”

“树林里充满了各种各样的魔鬼。”姑娘打了个寒噤说。

“谎话，哄孩子的谎话。”毛葛利大胆地反驳说。“我在星光下，在黑夜里，躺在野外的露水中，所以我知道。丛林就是我的家。难道一个男人害怕自己家的房梁，一个女人害怕他男人的火炉吗？弯下腰拍拍他们吧。”

“他们是狗，不干净。”她向前躬下身子，却侧过头喃喃地说。

“吃了果子，我们就想起了法律！”阿卜杜勒·加福尔刻毒地说，“还等什么，先生？开枪！”

“嘘，别吵。咱们先了解一下情况。”吉斯本说。

“这就对了，”毛葛利又伸出一只胳膊把姑娘搂住说，“是狗也好，不是狗也好，他们跟上我串过上千个村庄。”

“啊，那你的心在哪儿呀？串过上千个村庄，你也见过上千个姑娘了。我——你的心还是我的吗？”

“我凭什么起誓呢？凭你所说的真主吗？”

“不，凭你的生命起誓，我就满足了。那些日子，你的心在哪儿？”

毛葛利笑了一笑，“在我的肚子里，因为我那时还年轻，总是吃不饱。所以我学会了跟踪、捕猎，把我的兄弟们呼来喊去，就像一个国王差遣他的军队一样。所以我为那傻乎乎的年轻先生赶过羚羊，为那大胖子先生赶过大肥马，因为当时他们怀疑我的力量，其实要驱赶这些人也一样容易。就是眼下，”他的嗓音提高了一点儿——“就在眼下，我知道我的身后就站着你的父亲和吉斯本先生。不，别跑呀，就是来十个人，他们也不敢朝前迈一步。我记得你的父亲打你不止一次，要不要我发话，再赶着他到保护林里兜圈子？”一只狼站起来，露出了牙齿。

吉斯本感觉出阿卜杜勒在他的身边哆嗦起来。接着，他的位子空了，因为那胖子一溜烟从林中空地逃走了。

“只剩下吉斯本先生了，”毛葛利说，仍然没有转身，“可是我吃过吉斯本先生的面包，不久就要给他当差，我的兄弟们要听他派遣，驱赶猎物，传递消息。你藏到草里去吧。”

姑娘逃开了，高高的草在她和那只跟着当侍卫的狼的身后合拢了，毛葛利和他的三名侍从转过身来，面对着走上前来的林务官吉斯本。

“这就是全部的魔法，”他指着三只狼说，“那位胖先生知道，我们在狼群中养大的孩子有一个时节是用胳膊肘儿和膝盖爬行的。一摸我的胳膊和腿，他就摸出了你不知道的真相。这是不是太神奇了呢？先生？”

“的确比魔法还要神奇。这么看来是他们赶的大羚羊了？”

“啊，要是我下命令，他们也会把伊卜里斯[①]赶来。他们就是我的眼睛和脚。”

“那就当心，不要叫伊卜里斯带一支双管步枪。那你的魔鬼们还要学一点儿本领，因为他们一个站在一个身后，这样两枪就会打死三个。”

“啊，可是他们知道，我一当林警，他们就听你的使唤了。”

“且别管什么林警，毛葛利，你可叫阿卜杜勒·加福尔丢尽了脸。你弄得他家的门楣上无光，把他本人的脸也抹黑了。”

“说到这事，他拿你的钱的时候脸就黑了，刚才他咬着你的耳朵要杀死一个赤条条的人的时候，他的脸就更黑了。我本人倒是愿意和阿卜杜勒·加福尔谈谈，因为我是一名政府雇员，还有养老金呢。他可以按他赞成的任何习俗安排这桩婚事，要不他就要再跑一次了。天亮以后我会找他谈的。至于别的事嘛，先生有先生的住所，而这就是我的住所。又到睡觉的时候了，先生。”

毛葛利一转身便消失在草丛里了，把吉斯本一个人留在那里。这尊林神的暗示是不会叫人弄错的，吉斯本便回到平房去了，阿卜杜勒·加福尔连气带怕正在游廊上胡喊乱叫。

“安静，安静，”吉斯本摇晃着他，因为他看上去仿佛要抽风似的，“穆勒先生已经任命此人为林警，你也知道，他干完以后会有一笔养老金，因为这是政府的职务呀。”

“他是一个贱民——狗群里的一只狗，一个吃腐尸的家伙！给这样

---

① 伊卜里斯（Eblis），阿拉伯神话中的恶魔。

的家伙还发什么养老金？”

“真主知道，你也听到了他们干的好事。难道你要把它张扬出去，让所有的仆人都知道吗？快成婚吧，这姑娘会把他调教成一个穆斯林的。他长得挺帅。你打了她以后，她就去找他，这有什么奇怪呢？”

“他是不是说他要叫他的野兽追我？”

“好像他是这么说的。如果他是个巫师，至少是一个神通广大的巫师。”

阿卜杜勒·加福尔考虑了一会儿，然后又忘记了自己是个穆斯林，忍不住又号啕大哭起来：

“你是一位婆罗门，我是你的牛。你去把事情挑明，尽量挽回一点儿我的面子吧！”

吉斯本便第二次闯进保护林，呼唤毛葛利。回答却从头顶很高的地方传来，而且口气并不驯服。

“把话说好听点儿，”吉斯本抬起头来说，“现在还来得及撤你的职，追捕你和你的狼。今晚这姑娘必须回到他父亲家里去，明天你们按穆斯林教规举行婚礼，然后你可以把她领走。现在把她送到阿卜杜勒·加福尔那儿去。”

“我听见了。”有两个声音咕咕哝哝地在树叶间商议，“好，我们服从——这是最后一次。”

一年以后，穆勒和吉斯本一起骑马穿过保护林，讨论着他们的工作。他们从康耶河附近的岩石中出来，穆勒的马靠前一点。在一片荆棘丛的阴凉下，爬着一个光身子的棕色婴儿，紧靠在婴儿身后的矮树丛中探出一只灰狼的脑袋。吉斯本刚好来得及把穆勒的枪往上一打，子弹嗖的一声穿过上面的树枝。

“你疯了吗？”穆勒大发雷霆，“看！”

“我看见了，”吉斯本心平气和地说，“母亲就在附近。天哪，你会把那一群全惊醒的！”

灌木丛又一次分开了，一个没戴面纱的女人猛地把婴儿抓起来。

“谁在打枪，先生？”她冲着吉斯本喊道。

“这位先生，他忘了你男人的同族。”

“忘了？倒是有可能，因为我们跟他们生活在一起，倒是完全忘记了他们是外人。毛葛利到河下游抓鱼去了。这位先生想见他吗？出来，你们这些不懂礼貌的家伙，从树林子里出来，听先生们使唤。”

穆勒的眼睛越瞪越圆，他从向前猛冲的母马背上翻身下来，这时保护林里放出四条狼围着吉斯本撒欢儿。那位母亲站着给孩子喂奶，当那些狼蹭着她的光脚丫子时，她就一脚踢开。

“你讲的那些关于毛葛利的话完全正确，”吉斯本说，“我本来要告诉你的，可是我在过去一年里完全习惯了这些家伙，所以一时又给忘了。”

“噢，别道歉了，”穆勒说，“那没有什么。上天哪！‘我创造奇迹——奇迹也自强不息！’”

独生子

她闩上门闩，她插上插销，她把炉火重新添旺，
因为她听见窗台下一声呜咽，一只大灰爪子晃了一晃。
新生的火苗把小屋照得暖洋洋，把房梁照得亮堂堂，
独生子又躺下了，梦见自己进入了梦乡。
火星子啪的一声落下，最后的灰烬也从干木上飘落，
独生子又醒了，喊声打破了黑暗中的沉默——
“我是女人生的吗，我可曾在母亲的胸口偎过？
因为我梦见我在一张毛烘烘的皮上伏卧。
我是女人生的吗，我可曾枕过父亲的臂膀？
因为我梦见保护我的牙齿嘎嘣作响。
我生下来就是独生子吗，我可曾独自游玩？
因为我梦见一对游伴把我的骨头咬穿。
我可曾把大麦饼掰碎放在凝乳里泡散？
因为我梦见一只从牛栏里抓来的小山羊被撕成两半，
因为我梦见半夜的天空，半夜血斗的呼吼，
红嘴巴的影子跑过来，把我从食物边撵走。
还有一小时，还有一小时，月儿才会升起，
但是我能把黑洞洞的屋梁看得像正午一样清晰。
还有一里格[①]，还有一里格，才能到黑羚羊聚集的连纳瀑布，
可是我能听见在雌鹿身后鸣叫的小鹿。
还有一里格，还有一里格，才能到连纳瀑布，庄稼和山地就在那儿接连，
可是我能闻见湿润的晓风唤醒了发芽的麦田。

把门闩拉开，我等不及啦，我得出去看个明白，
是狼在外面等待，还是自己的亲戚找上门来！”

她松开门闩，她拉开插销，她又打开了门，
一只灰色的母狼从黑暗中出来把独生子疼！

① 里格，长度名，一里格相当于三英里。

丛林故事续集

“瑞吉-偶吉-塔威”

“红眼”一进洞，
便冲着“皱皮”喊一通。
听听小红眼咋叮嘱：
“纳格，来跟死亡跳个舞！”
眼对眼，头对头
　　（踏好舞步，纳格）。
跳到一个死掉才罢休
　　（随你的意愿，纳格）。
转对转，扭对扭
　　（该溜就溜，该闪就闪，纳格）。
哈！戴兜帽[①]的死亡失了手
　　（遭殃吧你，纳格）！

这个故事说的是瑞吉-偶吉-塔威单枪匹马打了一场大仗，战场就是塞高里兵站大平房的几间浴室。长尾巴缝叶莺达兹给他通风报信，麝香鼠楚纯德拉虽然老是贴着墙根蹑手蹑脚踅摸来踅摸去，从未到过地中央，却也为他出谋划策，不过真正浴血奋战的却是瑞吉-偶吉自己。

他是一只獴，皮毛和尾巴长得却像一只小猫，脑袋和生活习惯又很像一只黄鼠狼。他的眼睛和不安分的鼻尖儿粉红粉红的，他能随心所欲地用腿搔身体的任何一个部位，前腿后腿都行，他能抖开自己的尾巴，让它瞧上去活像一把瓶刷子。他在高高的草丛中匆匆忙忙东奔西跑，同时发出“瑞吉-倜吉-倜吉-倜吉-嚓克”这样的呐喊。

一天，仲夏的一场洪水冲进了他和爸爸妈妈一起居住的地洞，把他冲了出来。他又踢又蹬，啧啧咯咯，被洪水裹挟到路旁的一条沟里。他看见那儿漂浮着一绺儿青草，便死命地抓住它，然后就失去了知觉。他醒来时，已经躺在一条花园小路的中央，火辣辣的太阳照在他身上，他浑身脏兮兮、湿漉漉的。一个小男孩正在说话：“这里有一只死獴。我们给他弄个葬礼吧。”

“等等，”他妈妈说，“我们把他抓到屋子里去，给他把身子弄干。他不一定就真死了呢。”

他们把他带进屋里，一个大个子男人用拇指和食指把他拎起来，说他没有死，只是被水呛昏了。他们用棉絮把他裹起来，再把他在小火上烤一烤暖和暖和，他睁开了眼睛，打了个喷嚏。

“成啦，”那个大个子说（他是个英国人，刚刚搬进平房），“别吓着他，我们看他怎么办。”

世界上最难的事就数要吓着一只獴了，因为他从鼻头到尾巴都充满了好奇。獴族的家训是“走走瞧瞧，探个究竟”，况且瑞吉-倜吉是一只真正的獴。他瞅了瞅棉絮，认定那可不是什么好吃的东西，就绕着桌子转了转，然后坐了下来，理顺自己的皮毛，挠了挠痒痒，接着就跳到了小男孩的肩头上。

“特迪，别怕，”他爸爸说，“这表明他要和你交朋友了。”

“哎呀！他搔得我下巴痒酥酥的。”特迪说。

瑞吉-倜吉在男孩的领子和脖子那儿瞧了瞧，又嗅了嗅他的耳朵，然后爬下来坐在地板上，揉了揉鼻子。

“天哪，”特迪的妈妈说，“这可是个野生动物呀！我想我们待他好，他才这么乖。”

---

① 眼镜蛇兴奋或发怒时，头会昂起且颈部的骨头扩张成扁平状，看起来就像戴着兜帽。

“所有的獴都这样。”她丈夫说。“只要特迪不揪着他的尾巴把他拎起来，不把他关进笼子里，他会一天到晚在屋子里跑进跑出的。我们给他点儿吃的吧。”

他们给了他一小块生肉，瑞吉-倜吉可喜欢了，美美地吃完以后，便跑到外面的走廊上，坐着晒太阳。他抖开身上的毛，把它们完全晾干，于是他感觉好多了。

“这幢房子还有更多的东西有待发现，”他自言自语道，“这可比我们一家子一辈子能见识到的东西还多呢。我当然要住下来，好好观察一番。”

那一整天他都在屋子里晃悠。他差点儿淹死在浴缸里。他把鼻子伸进写字台上的墨水瓶里还嫌不够，为了弄清写字是怎么回事，他居然还爬到大个子的大腿上，被大个子的雪茄烟头烧着了鼻子。天黑以后，他跑到特迪的小房间里观察煤油灯是怎么点亮的。就连特迪上床，瑞吉-倜吉也跟着爬上床，不过他可是一个特别不安分的伙伴，整个晚上一有响动，他都要起来弄明白这些声音是什么东西发出来的。特迪妈妈、爸爸进来了，睡觉前的最后一件事就是要看看他们的孩子。瑞吉-倜吉正躺在枕头上，醒着。“我可不喜欢这样，”特迪的妈妈说：“他说不定会咬咱们的孩子的。”“他才不会做这种事呢，”爸爸说，“特迪跟这个小家伙在一起比被一只猎犬看着还安全呢。要是现在有条蛇爬进这个小房间——”

不过特迪的妈妈可不愿意想这种可怕的事情。

一大清早，瑞吉-倜吉就骑到特迪的肩膀上，来到走廊吃早餐，他们给他吃香蕉和煮鸡蛋，他在三个人的大腿上轮流坐了一遍。其实每一只受过良好教养的獴都渴望有一天成为家獴，有许多房间可以进进出出，逛逛转转。瑞吉-倜吉的妈妈（她过去就住在塞高里的将军的家里）仔仔细细地教过他遇到白人时该怎么办。

接下来，瑞吉-倜吉来到花园里瞧瞧有什么可看的。这是个大花园，只栽植了一半，大簇大簇的黄玫瑰看上去有凉亭那么大，还有柠檬树、橙子树，成片的竹林和稠密高大的草丛。瑞吉-倜吉舔了舔嘴唇，“这真是个呱呱叫的捕猎场。”他说，想到这里，他的尾巴“唰”地一下竖得像瓶刷一样，他开始急匆匆地在花园里跑上跑下，这儿嗅嗅，那儿嗅嗅。这时，他听到荆棘丛中传来伤心的哭声，那是长尾巴缝叶莺达兹和他的妻子在哭。他们把两大片树叶扯到一起，还用纤维把叶子边缝起来，里面填满了棉花和绒毛，建成了一个漂亮的窝。现在，这个窝却在摇摇晃晃，他们坐在窝边上哭呢。

“怎么啦？”瑞吉-倜吉问道。

“我们真是太惨了，”达兹说，“我们的一个小宝宝昨天掉到窝外面，让纳格吃掉了。”

“嗯！”瑞吉-偶吉说，“这确实叫人伤心——不过我初来乍到，谁是纳格呀？”

达兹和妻子没有做声，只是把脑袋缩回到窝里，因为这时从矮树丛下密密的草丛里传来了轻轻的咝咝声。这声音冷森森的，瘆人，瑞吉-偶吉往后一蹦子跳了足足有两英尺。随后，草丛里慢慢地抬起一个脑袋，纳格抻出了脖子上胀鼓鼓的兜帽，那是一条黑色的大眼镜蛇，从舌头到尾巴居然有五英尺长。他把身子的三分之一从地面抬起来后，就前摇后晃让自己保持平衡，做法绝像风中的蒲公英。他用邪恶的蛇眼盯着瑞吉-偶吉。无论蛇心里在盘算什么，他们的眼神是从来不会改变的。

“谁是纳格？”他说，“我就是纳格。当第一条眼镜蛇张开兜帽为睡着的大神梵天[①]遮挡日晒时，梵天就把他的印记印在了我们所有的家族成员身上。看吧，吓坏了吧！”

他把兜帽鼓起来，鼓得比任何时候都大，瑞吉-偶吉看到了他颈后眼镜状的印记，它看上去就像紧紧系上的钩眼扣的眼孔。一时间他害怕了，不过一只獴可不会老这样害怕下去，虽然瑞吉-偶吉以前从没有见过活眼镜蛇，他妈妈却喂他吃过死眼镜蛇，他懂得獴长大后毕生的事业就是斗蛇吃蛇。纳格也知道这一点，在他冷酷的心底里，其实是很害怕的。

“好，”瑞吉-偶吉的尾巴又重新“唰”地一下竖了起来，“不管你有印记还是没有印记，你觉得吃掉从鸟窝里掉出来的雏鸟合适吗？”

纳格心里暗暗算计着，眼睛则盯着瑞吉-偶吉身后草丛里的最轻微的动静。他知道花园里有了獴，就意味着他和他的家人早晚都得丢掉性命，不过他要瑞吉-偶吉放松警觉，因此他稍稍低下脑袋，把它转向了

---

① 梵天，印度教的创造之神，与毗湿奴、湿婆并称三大神。

一边。

“咱们有话好好说，”他说，“你可以吃蛋，我干吗就不能吃鸟呢?”

“你后面，小心你后面!”达兹大声啼叫道。

瑞吉-偶吉没有浪费时间看后面，他很清楚应该做什么。他使出全身气力腾空跃起，就在他身子下面，纳格恶毒的妻子纳格娜的脑袋正嗖地一下蹿过去。他说话的时候，她就偷偷摸摸地爬在他身后，企图了结他的性命，他能听到她偷袭失败后发出的恶狠狠的咝咝声。他落下时差点儿碰着她的背。要是他是一只有经验的老獴，他就懂得这是一口咬断蛇背的最佳时机，不过他却害怕眼镜蛇回击时的那一下可怕的抽打。他倒是真咬了一口，可就是那么轻轻一下，他就跳走避开飞扫过来的蛇尾巴，扔下纳格娜在那里气急败坏。

“可恶，可恶的达兹!”纳格嚷道，他拼命地往高处抽打，妄图碰到荆棘中的鸟窝。可是达兹把窝建在蛇够不着的地方，它只是前后晃荡了几下。

瑞吉-偶吉感觉到自己的眼睛变得又热又红（獴的眼睛变红时，表示他是真的气坏了），他像一只小袋鼠那样，坐到自己的尾巴和后腿上，向四周扫了一眼，气得吱吱大叫。可是，纳格和纳格娜已经消失在草丛里了。一条蛇袭击失败后，会一声不吭，对下步要采取的行动绝不会透露任何蛛丝马迹。不过瑞吉-偶吉才不想跟踪他们呢，一次对付两条蛇，他可没有把握。所以他急匆匆地跑到靠近房子的碎石小路上，他需要坐在那里好好想一想。对他来说，这可是件非同小可的事情。要是你读过一些写自然史的老书，你会发现书里面说，獴在和蛇大战时，碰巧被蛇咬了，他会跑开去吃一些能解毒的草药。这种说法根本不对。胜利的关键取决于眼快脚快——蛇的袭击跟獴的跳跃的竞赛——谁的眼睛都跟不上蛇脑袋进攻时的动作。这就让事情看起来比神奇的草药奇妙得多。瑞吉-偶吉明白自己还是一只年轻的獴，想到自己能成功躲过后面的袭击就更加得意了。他也信心十足了。特迪跑到小路上来时，瑞吉-偶吉早就准备好享受他的爱抚了。但就在特迪弯下腰的那一刻，有一个东西在尘土里扭动了一下，一个细微的声音说话了："小心，我是死神！"那是克埃特，一条满身灰土的棕色小蛇，他就喜欢躺在虚土地上，咬起人来和眼镜蛇一样毒。不过他这么小，谁也没有在意他，因而他对人的伤害反而更大。

瑞吉-偶吉的眼睛又变红了，他用一种奇特的摇摆晃动的姿势跳到克埃特面前，这可是他家传下来的动作，虽然看上去滑稽可笑，却是一种完美平衡的步态，你可以随心所欲地从任何角度飞出，对付蛇这可是一种优势呢。瑞吉-偶吉不知道他在做一件比大战纳格更危险的事情。克埃特这么小，转身又这么快，要不是瑞吉咬到靠近他后脑勺的部位，瑞吉会被他转身击中眼睛或嘴唇的。不过瑞吉根本不知道这一点，他眼睛红透了，他前后晃动，寻找合适的地方咬住敌人。克埃特出击了。瑞吉跳到一旁，还想继续扑上去，那只恶毒的满是灰尘的灰脑袋迅速一甩，差点儿就击中他的肩头，瑞吉只好跳过蛇的身子，但蛇脑袋又紧跟着到了他的脚后跟。

特迪朝着屋子大喊："啊，快来看呀！我们的獴正杀蛇呢。"瑞吉-偶吉听到特迪的妈妈那儿传来一声尖叫。他爸爸拿着棍子跑了出来，不过他赶到跟前时，克埃特的一次冲刺用力过猛，瑞吉-偶吉纵身一跃，跳到了蛇背上，脑袋勾到前腿中间，尽量抓到蛇背的上方，死死咬住，然后他滚到了一边。就是那一口让克埃特完全瘫痪下来，瑞吉-偶吉本想按照他家族的进餐习惯，从尾到头把他整个吃掉，忽然又想到吃得太饱，会让獴行动迟缓，想让自己所有的精气神和敏捷度都处于最后的战备状态，他必须得让自己保持苗条。他走到蓖麻灌木丛下，洗了个尘土浴，特迪的爸爸正在那儿打那只死了的克埃特。"这有什么用？"瑞吉-偶吉心想，"我已经把问题彻底解决了。"特迪的妈妈把他从尘土里抓起来，搂着他，呜呜咽咽地说他救了特迪的命；特迪的爸爸说他是天兵天将；特迪眼睛睁得大大的，一脸恐惧地看着这一切。瑞吉-偶吉被他们

的大惊小怪逗乐了，他当然不懂得这些。特迪的妈妈因为特迪在尘土地上玩，对儿子加以爱抚，这也在情理之中，瑞吉却打心眼里感到高兴。

那天晚上吃晚饭时，他在桌上的酒杯中间来回穿梭，他本来可以让肚子塞进三倍好吃的东西，不过他还记得纳格和纳格娜。尽管他被特迪的妈妈一直拍着，摸着，还可以坐在特迪的肩膀上，这些都舒服极了，但是他的眼睛时不时变得红彤彤的，他还发出了长长的呐喊："瑞吉-倜吉-倜吉-倜吉-嚓克！"

特迪把瑞吉-倜吉带上床，一定要让他睡在自己的下巴底下。瑞吉-倜吉受过良好的教养，他既不会咬人也不会抓人，可等到特迪一睡熟，他就出去绕着屋子巡夜去了。在黑暗中他遇到了麝香鼠楚纯德拉，他正贴着墙根转悠。楚纯德拉是只心碎了的小动物，他整晚都哭哭啼啼，吱吱呀呀地叫，想下决心跑到房间中央去，但他从来都没到过那儿。

"不要杀我，"楚纯德拉说，眼泪都要流下来了，"瑞吉-倜吉，不要杀我。"

"你认为杀蛇的猎手会杀一只麝香鼠吗？"瑞吉-倜吉有点儿瞧不起他。

"那些杀蛇的会被蛇杀的，"楚纯德拉更加伤心地说，"我怎么能确定黑夜里纳格不会把我错当成了你？"

"这没有一丁点儿危险，"瑞吉-倜吉说，"纳格在花园里，可我知道你是不会到那儿去的。"

"我的表哥，老鼠楚阿，对我说——"楚纯德拉说到这儿，又打住了。

"对你说什么？"

"嘘！瑞吉-倜吉。纳格无处不在呢。你应该去和花园里的楚阿谈谈。"

"我不去——你得告诉我。快，楚纯德拉，要不我可要咬你啦！"

楚纯德拉坐下来，哭了起来，眼泪吧嗒吧嗒从胡须上滚下来。"我是个可怜虫，”他呜呜咽咽地说，“我一辈子都没有胆量跑到房间中央去。嘘！我什么都不应该对你说。瑞吉-偶吉，你听见了吗？”

瑞吉-偶吉听着。屋子里静悄悄的，但他想他能听到世界上最细微的刮擦声——那声音轻微得就像一只黄蜂在窗玻璃上爬——那是蛇鳞在砌砖上发出的干涩的刮擦声。

“那不是纳格就是纳格娜，”他自言自语地说，“他正爬向浴室的水槽。楚纯德拉，你是对的，我应该跟楚阿谈谈。”

他悄悄地溜到特迪的浴室，那儿却什么都没有，接着他又溜进特迪妈妈的浴室。在光滑的灰泥墙底部，有一块砖被抽出来，留作排放洗澡水的水槽。瑞吉-偶吉悄悄地溜到浴缸的边上，听到纳格和纳格娜在外面的月光下悄声细语。

“要是这幢房子没有人了，”纳格娜对她丈夫说，“他也就得离开了，那时花园又归咱俩了。悄悄进去，记住首先要咬死那个杀死克埃特的大个子，然后出来告诉我，我们一块儿去找瑞吉-偶吉。”

“不过你能肯定杀死人以后我们会得到什么吗？”纳格问。

“应有尽有啊。平房里没有了人，花园里哪会有獴？只要平房空了，我们就是花园里的国王和王后。别忘了，我们在瓜地里的蛋孵化出来后（可能明天就孵出来了），我们的孩子就需要地方，也需要安安静静的环境。”

“我可没想到这一点，”纳格说，“我这就去，不过咱们以后就用不着找瑞吉-偶吉了。我会杀了大个子和他的老婆，可能的话，也杀了那个孩子，然后就悄悄溜掉。平房空了，瑞吉-偶吉也就走了。”

听到这番话，瑞吉-偶吉恨得直咬牙，气得直发抖。就在那时，纳格的头伸出水槽，后面就是他那五英尺长的冰冷冷的身子。尽管瑞吉-偶吉气得牙痒痒，看到这么大个头的眼镜蛇，心里还是很害怕。纳格盘起身子，抬起头，盯着黑洞洞的浴室，瑞吉-偶吉看得见他眼珠子冒着寒光。

“要是我这会儿在这儿把他杀了，纳格娜就会知道。但要是我在空地板上跟他拼命，他又占优势，我该怎么办呢？”瑞吉-偶吉-塔威说道。

纳格摇来晃去，瑞吉-偶吉听见他在那个用来给澡盆加水的大水罐里喝水。“真是不错啊，”蛇说，“克埃特死的时候，大个子拿着根棍子，他很可能还会随身带着那根棍子。不过早上他来洗澡时是不可能带棍子的，我就在这儿等他。纳格娜——你听到我说话了吗？我要在这儿凉快凉快，等到天亮。”

外面没有应答声，瑞吉-偶吉也就知道纳格娜已经走开了。纳格蜷下身子，绕着大水罐肚子的底部盘了一圈又一圈。瑞吉-偶吉守在那儿，像死了一样，一动也不动。一个钟头以后，他才屏住呼吸，一点儿一点儿地向水罐移过去。纳格已经熟睡了，瑞吉-偶吉瞅瞅他那肥肥的大后背，琢磨着下口的最佳位置，好把他紧紧咬住。“要是我头一跳咬不断他的背，”瑞吉心想，“他还能反抗。要是他反抗——我的妈呀，瑞吉！”他看了看兜帽下面脖子的厚度，对他来说，这可真粗啊。不过如果他在靠近尾巴的那儿咬一口，只会让纳格更加凶猛。

“只有在脑袋上下口，”他最后决定，“兜帽上面的脑袋。而且，一旦咬住了，我就决不能松口。”

说时迟那时快，他猛地一跃。蛇脑袋就在水罐肚子底下，离水罐非常近的地方。他牙齿紧紧咬住，用背顶住红色陶器的大肚子，使劲儿压住蛇脑袋。他赢得了一秒钟，并且充分予以利用。后来，他就像一只被狗叼着摇来晃去的耗子，被蛇连续地甩击——在地上，前前后后，上上下下，甩了一个大圈又一个大圈。蛇的身子就像车鞭子在地板上甩打，打翻了长柄锡勺、肥皂盒和搓澡刷子，又重重地撞在浴缸的铁皮边上。瑞吉的眼睛红彤彤的，他咬紧牙关，就是不松口。他的牙关越咬越紧，他相信自己就要被撞死了，可是为了家族的荣耀，他情愿自己的尸体被人发现时，牙关依然紧锁。他头晕目眩，痛到极点，觉得自己已经被晃得粉身碎骨了。就在这当口，他的身后像打了一个霹雳，一股热浪冲得他不省人事，红红的火焰燎焦了他的皮毛。原来大个子被喧闹声吵醒，拿起双筒猎枪，朝着纳格兜帽的背后就是一枪。

瑞吉-偶吉还是没有松口，眼睛紧紧闭着，他现在确定自己已经死了。蛇脑袋一动不动了，大个子把他抓起来，大声叫道："艾丽丝，又是这只獴；这次，这小家伙救了我们全家的性命。"特迪的妈妈跑了进来，看到了纳格的残骸，脸色吓得惨白。瑞吉-偶吉拖着沉重的身子回到了特迪的卧室，用了后半夜剩下的一半时间来轻轻地晃动自己的身子，看看是不是真如他想的那样，自己被摔成四十瓣儿了。

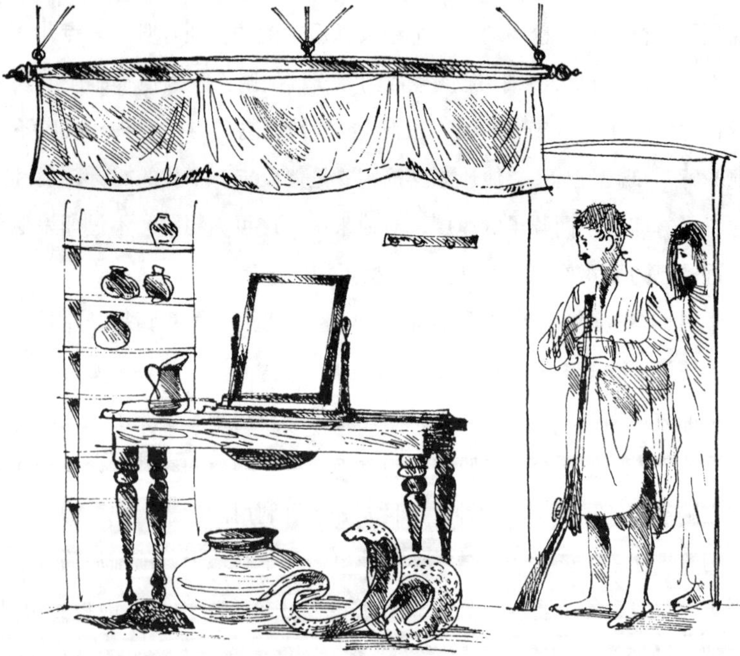

天亮时，他浑身仍然硬僵僵的，不过他对自己的所作所为感到由衷的高兴。"现在我只剩下纳格娜要对付了，可她比五个纳格还要凶恶。我不知道她说的蛇蛋会什么时候孵出来。我的天啊！我得去看看达兹才行。"他说。

等不及吃早饭，瑞吉-倜吉就跑到荆棘丛那儿去了，达兹扯着嗓门在那儿高歌胜利呢。纳格死掉的消息已经传遍花园，原来清洁工早把他的尸体扔到垃圾堆里去了。

“喂，你这浑身长羽毛的傻瓜蛋！”瑞吉-倜吉怒气冲冲地说道，“现在是唱歌的时候吗？”

“纳格死啦——死啦——死啦！”达兹唱道，“英勇的瑞吉-倜吉咬住他的脑袋，决不松口。大个子拿起‘砰砰’棒，纳格分成两段了！他再也不会吃我的宝宝了！”

“千真万确，但纳格娜到底在哪儿呢？”瑞吉-倜吉嘴在说话，眼睛却在仔细地查看着四周。

“纳格娜来到浴室的水槽旁，喊纳格，”达兹还在喋喋不休，“纳格出来了，却在棍子尖儿上——清洁工把他挑在棍子尖儿上，扔进了垃圾堆。大家为伟大的红眼睛瑞吉-倜吉一起唱歌！”达兹放声高歌。

“要是我能爬到你的窝里，我保管会把你的孩子给扔出来！”瑞吉-倜吉说，“你永远不清楚要在恰当的时候做恰当的事情。你待在窝里可以高枕无忧，我在下面还有一场硬仗要打。达兹，你就别唱了吧。”

“看在伟大的、英俊的瑞吉-倜吉的面子上，我就停下来。”达兹说道，“噢，杀死十恶不赦的纳格的勇士，什么事呀？”

“纳格娜在哪儿？我第三次问你了。”

“在马厩旁边的垃圾堆上哭丧呢。英明的瑞吉-倜吉，牙齿洁白又漂亮。”

“少管我的白牙！你有没有听说过她把蛇蛋藏在哪儿吗？”

“离墙最近那头的瓜地里，那儿几乎整天都可以晒着太阳。好几个星期前，她就把蛋藏在那儿啦。”

“你就从没想过应当告诉我一声？是最靠墙的那头，对吧？”

“瑞吉-倜吉，你该不是要把她的蛋吃了吧？”

“确切地说，不是吃，不是。达兹，要是你有一丁点儿头脑的话，你就飞到马厩那儿，装作翅膀断了，让纳格娜追你，一直追到荆棘丛这边来。我得到瓜地去了，要是我现在就去，她会发现我的。”

达兹是个小糊涂虫，脑子里一次从来没有装过两个念头，就像他知道纳格娜的孩子跟自己的孩子一样是从蛋里孵出来的，他一开始就觉得杀死他们不公平。不过他的妻子是一只头脑清楚的鸟儿，她知道眼镜蛇的蛋就是日后的小眼镜蛇，所以她从鸟窝里飞出来，留下达兹暖和宝宝，继续唱他的纳格死亡之歌。在某些方面，达兹确实跟男人很相像。

她走到待在垃圾堆旁的纳格娜跟前一个劲儿地拍打着翅膀，哭喊道："哎哟哟，我的翅膀断了！屋子里的男孩用石头砸我，打断了我的翅膀。”接着，她便更加拼命地扑腾起了翅膀。

纳格娜抬起脑袋，咝咝地说："是你警告了瑞吉-倜吉，害得我没把他杀死。说实话，你真是倒霉透顶，挑了这么一个地方折断了翅膀。”她朝着达兹的妻子，从尘土里一直滑过来。

“男孩用石头打断了我的翅膀！”达兹的妻子尖声叫喊着。

“算了，让你临死时也知道我会找那个小孩算账，这对你也是一点儿安慰。我丈夫今天早上躺在了垃圾堆里，屋子里的小孩在天黑前也会静悄悄地躺下。跑有什么用？我有把握抓到你，小傻蛋，看着我！”

达兹的妻子太清楚她是绝对不能那样做的，鸟儿一旦盯着蛇的眼睛，就会吓得丢了魂儿，动弹不得了。达兹的妻子一直拍打着翅膀，伤心地扯着嗓子叫着，没有离开地面一步，纳格娜追得更紧了。

瑞吉-倜吉听到她们离开了马厩，走到小路上，便赶紧奔到靠墙那头的瓜地。他发现在那些甜瓜周围暖洋洋的草荐里，二十五枚蛇蛋巧妙地隐藏着。这些蛋跟矮脚鸡下的蛋一样大，只是没有蛋壳，光裹着一层白皮。

“我来得正好。”他说，因为他看见表皮下的小眼镜蛇已经蜷成一团了。他清楚他们只要一孵出来，每一条就能把一个人或一只獴咬死。他尽快咬破蛇蛋的一端，煞费苦心地把里面的小眼镜蛇踩个稀烂，还时不

时翻翻草荐，看看有没有漏掉哪一只。最后还剩三个蛇蛋了，瑞吉-倜吉窃笑起来。就在那当口，他听到达兹妻子尖声叫喊：

“瑞吉-倜吉，我把纳格娜引到那幢房子里了，她已经进了走廊，还——噢，快来呀——她要杀人啦！”

瑞吉-偶吉捣烂两个蛋，嘴里叼起第三个，连翻带滚出了瓜地，脚一着地就一溜烟地朝走廊冲去。特迪和他的妈妈、爸爸一早儿就在那儿吃早餐，可是瑞吉看见他们什么都还没吃。他们像石头一样僵坐着，脸吓得惨白。纳格娜盘坐在特迪椅子旁边的垫子上，她可以在这个距离轻而易举地攻击特迪的光腿。她前后摇晃着身子，扯开嗓子唱着胜利的歌。

“杀了纳格的大个子的崽子，”她嗞嗞地说，“给我乖乖地待着。我还没准备好呢，等一会儿。你们三个，老老实实待着别动。你们动一下，我就出击，你们不动我也会出击。哼，愚蠢的人，居然把我的纳格给杀死了！”

特迪的眼睛死死地盯着爸爸，爸爸却束手无策，只能低声说：“好好坐着，千万别动。特迪，静静地待着。”

就在这节骨眼上，瑞吉-偶吉冲了出来，大声叫道：“纳格娜，转过身来，转过身来，大战一场！”

“赶巧了，”她说着话，眼珠子却一动不动，“我就和你算账。瞧瞧你的朋友，瑞吉-偶吉。他们一动都不敢动，脸色惨白，他们是吓怕了。要是你再上前一步，我就出击了。”

“看看你的蛋吧！”瑞吉-偶吉说，“在靠墙的瓜地里。纳格娜，去瞧瞧吧！”

大蛇身子刚转过一半，就看到了在走廊上放着的蛇蛋。“啊——啊！快把它给我。”她说。

瑞吉-偶吉两只爪子抱住蛋，眼睛血红血红的。“一个蛇蛋值多少钱？一条小眼镜蛇又值多少钱？一条小眼镜蛇王呢？这是最后一个——一窝中的最后一个蛋的价钱是多少？蚂蚁还在瓜地里啃着其他的蛋呢。”

纳格娜猛地一下扭转过身子，为了这个蛋，她什么都不顾了。瑞吉-偶吉看见特迪的爸爸迅速伸出一只大手，抓住特迪的肩膀，把他拽过放着茶杯的小桌子，终于安全无事，纳格娜够不着了。

“上当了！上当了！上当了！瑞克——嚓克——嚓克！”瑞吉-偶吉轻笑着说，“小孩安全了，是我——我——我昨晚在浴室咬住纳格的兜帽。”然后他四只爪子一起跳起了蹦子，脑袋靠近地面。“他把我甩来甩去，就是没办法把我甩掉。大个子把他打成两截之前，他就死了。这是我干的。瑞吉-偶吉-嚓克-嚓克！纳格娜，来呀，来和我干一架。你当寡妇的时日可不多了。”

纳格娜明白她错过了杀死特迪的机会，同时蛇蛋还夹在瑞吉-偶吉的两只爪子中间。“把蛋给我，瑞吉-偶吉，把我最后的一个蛋给我。然后我会离开，再也不回来了。”她说完，低下了她的兜帽。

“对，你会离开，而且永远也不会回来，因为你要和纳格一块儿到垃圾堆里去了。打吧，寡妇！大个子去拿枪了！打吧！”

瑞吉-偶吉围着纳格娜跳来跳去，总在她攻击不着的地方，他小小的眼睛就像烧红的煤球。纳格娜把身子蜷缩到一块儿，对着他猛地一下冲了过去。瑞吉-偶吉跳起来往后一躲。她一次又一次地攻击，每次都把头撞到走廊的草垫上，然后她又像闹钟的发条，把身子又蜷缩到一块儿。瑞吉-偶吉跳了一圈，试图绕到她的身后，纳格娜也跟着转了一圈，因而她的头还是一直对着他的头。她的尾巴在草垫上发出沙沙声，就像风扫落叶的声音。

瑞吉-偶吉忘记蛇蛋了，它仍然放在走廊上。纳格娜离它越来越近了，终于，趁着瑞吉-偶吉喘气的一瞬间，她一口把蛋含到了嘴里，转向走廊的台阶，像离弦的箭一样沿着小路飞奔而去。瑞吉-偶吉在后面紧追不舍。眼镜蛇逃命时，就像鞭梢在马脖子上轻抽了一下。瑞吉-偶吉清楚自己无论如何也要抓到她，要不所有的麻烦就会重新开始。她向荆棘丛旁的高草直奔而去。就在追赶她时，瑞吉-偶吉听见达兹还在哼着那首愚蠢的胜利之歌。不过达兹的妻子比他聪明多了。纳格娜逃过来时，她从窝里飞了出来，接着就在纳格娜头顶上拍打着翅膀。要是达兹一起来帮忙，他俩可能会妨碍她，不过现在纳格娜仅仅稍微低下了她的兜帽，继续往前冲。可就是这一瞬间的耽搁，让瑞吉-偶吉追上了她，她一头冲进了她和纳格曾经居住过的老鼠洞中。他小小的白牙咬住了她的尾巴，他和她一起钻进了洞里——几乎没有一只獴，就算他有多聪明，多老到，会跟着眼镜蛇钻进蛇洞。洞里黑漆漆的，瑞吉-偶吉不晓得洞随时都有可能变宽，给纳格娜足够大的回旋余地转身反击他。他死命咬着牙关不放，把两条腿伸开当作车闸，在黑乎乎的潮湿闷热的土坡上刹住了身子。接下来洞口的草丛突然不摇晃了，达兹叫道："瑞吉-偶吉完了！咱们要给他唱一支挽歌。英勇的瑞吉-偶吉死啦！纳格娜肯定会在地下杀了他！"

他即兴编了一首异常伤心的歌，唱了起来，就在他唱到最催人泪下的部分时，草丛又颤动了，瑞吉-偶吉满身泥土，舔着胡须，拖着身子，一步一步，踉踉跄跄地从洞里退出来。达兹吃惊得叫出了声，歌声停止了。瑞吉-偶吉抖抖皮毛上的土，打了个喷嚏。"一切都结束了，"他说，"那个寡妇再也不会出来了。"住在草梗中间的红蚂蚁听见他的话，兴师动众排成长队，蜂拥而下，要看看他说的是不是实话。

瑞吉-偶吉在草地上蜷起身子，一会儿就睡着了——他睡呀睡，一觉睡到大后晌，他可是大干苦干了一整天呢。

"现在，"他醒来后，说道，"我要回到屋子里去了。达兹，去告诉'铜匠'，他会把纳格娜死的消息传遍整个花园的。"

"铜匠"是一只鸟儿，发出的声音绝像小锤子敲打铜锅的声音。他之所以总发出声音，是因为他是印度花园里的公告宣讲员，负责把所有的消息告诉每一个想听的人。瑞吉-偶吉走在路上时就听见了他的声音像小小的开饭锣那样响了起来，"注意啦！"接着是有节奏的"叮——咚——托可！纳格死啦！——咚！纳格娜死啦！叮——咚——托可！"这个消息让花园里所有的鸟儿高兴得唱了起来，青蛙们也呱呱地叫了起来——纳格和纳格娜不仅吃小鸟，也吃青蛙。

瑞吉-偶吉回到屋里，特迪、特迪妈妈（她的脸色仍然是惨白的，她刚刚昏过去了）和特迪的爸爸跑出来，对着他都要大声哭起来了。那晚，他把给他的东西吃了个精光，一直吃到撑肠拄肚才算罢休，然后他趴在特迪的肩膀上上床睡觉了。特迪妈妈很晚才过来看看，看见他睡熟了。

“他救了我们的命，救了特迪的命。”她对丈夫说，“想想看，他是我们全家的救命恩人呢！”

瑞吉-倜吉被惊醒，跳了起来，因为所有的獴睡眠都很轻。

“噢，是你们。”他说，“你们还有什么可操心的？眼镜蛇都死光了，要是还有活着的，还有我在这儿呢。”

瑞吉-倜吉有理由为自己骄傲，不过他才没有得意忘形呢，他尽着一只獴的本分守护着花园。他使出跳跃、猛咬和狠扑等看家本领，让眼镜蛇再也不敢从墙里探出脑袋来。

达兹的颂歌

歌颂瑞吉-倜吉-塔威

我是歌手又是裁缝——
　　双倍的欢乐我知道——
自豪的是我的歌声一直冲天空，
　　我又为我缝制的房子而骄傲。
忽上忽下，飘摇着我的音乐——我编织的房屋迎风飘摇。

再唱支歌儿让你的宝宝听，
　　妈妈呀，抬起你的脑袋！
祸害我们的坏蛋已经丧命，
　　花园里的死神变成了死骸。
藏在玫瑰里的恐怖失去威风——死了就往粪堆上一甩！

谁解放了我们，到底是谁？
　　把他的巢和名儿讲给我听。
是勇士兼信士，瑞吉，非他莫属，
　　是倜吉，有一双火焰般的眼睛——
瑞吉-倜吉-塔威，牙如象牙的猎手，有一双火焰般的眼睛！

把鸟儿的谢意向他献上，
　　展开尾羽鞠躬致敬，
用夜莺的语言把他赞扬——

不，我要来歌颂你的美名，

我把对瓶状尾巴、红眼珠瑞吉的赞歌唱给你听！

（这时瑞吉–倜吉打断了他，剩下的歌就听不到了。）

白海豹

啊，别出声儿，我的宝宝，黑夜就在我们后面，
　　海水原来绿光闪闪，现在漆黑一片。
月儿高悬在波涛上，正在俯瞰，
　　发现我们安睡在潺潺波动的浪谷之间。
浪头与浪头相连，做你的枕头好绵软，
　　啊，疲倦的小小鳍肢蜷得何等安然！
暴风雨不会将你惊醒，鲨鱼也不会把你追赶，
　　在悠悠晃动的大海的怀抱里酣眠！

——《海豹摇篮曲》

这些都是好几年前的往事了，全发生在一个名叫诺瓦斯托希纳的地方，也就是圣保罗岛的东北岬，在很远很远的白令海上。这个故事是一只名叫利默欣的冬鹪鹩讲的。那会儿他被风刮到一艘开往日本的轮船的索具上，我把他救下来，捉进船舱，让他暖暖身子，喂养了两三天以后，他便缓过气儿又飞回圣保罗岛了。利默欣是一只非常古怪的小鸟，但他知道怎样说实话。

除非办事，谁也不会到诺瓦斯托希纳来，而在那里定期办事的就只有海豹了。夏天的几个月里，成千上万只海豹离开灰蒙蒙的寒冷海域来到这里，因为诺瓦斯托希纳海滩是全世界最好的海豹栖息地。犀凯奇[①]知道这一点，每年春天，不管身居何处——他总会像鱼雷艇一样径直游向诺瓦斯托希纳，花上一个月工夫为抢夺石头上的一块好地盘，尽可能

地靠近海洋，与同伴们打得不可开交。犀凯奇十五岁啦，是一只硕大的灰皮毛海豹[2]，肩上几乎都长满鬃毛了，还长着一对恶狠狠的长犬牙。他用前鳍足把身子撑直的时候，离地有四英尺多高，他的体重，假如什么人胆敢去给他过过磅的话，差一点儿就是七百磅。他浑身上下伤痕累累，那是多少次恶斗留下的记号，但他还是时刻准备着再来一次。他常常把脑袋歪到一边，好像害怕正眼逼视他的敌人，然后就来个雷电击顶般地突然袭击。当他的犬牙死死地咬住另一只海豹的脖子的时候，那只海豹如果有办法，也许会挣脱，但犀凯奇是不会嘴下留情的。然而犀凯奇决不穷追手下败将，因为这是有违海滩规矩的。他的需求只不过是在海边找一块繁衍生息的空间。但每年春天总会有四五万只海豹寻找同样的东西，于是海滩上呼啸声、咆哮声、怒吼声、搏击声不绝于耳，一片令人毛骨悚然的景象。从一个名叫哈钦森山的小山头上，你可以看见方圆三英里半的地面上，打斗的海豹连成一片；拍岸的海浪里密密麻麻地攒动着海豹的脑袋，他们争先恐后要抢着登陆参加战斗。他们在碎浪里打斗，他们在沙滩上打斗，他们在磨得又光又滑的繁衍生息的玄武岩石块上打斗，因为他们像男人一样蠢，像男人一样互不相让。他们的妻子一直等到五月底或六月初才会到岛上来，她们才不愿意被撕成片片呢。而那些还没有开始当家的两岁、三岁、四岁的年幼海豹则穿过杀气腾腾的战场深入到岛内一英里半的地域，在沙丘上成群结伙地戏耍，把长出来的绿色植物蹭得一点儿也不剩，这些家伙被称为“好卤希奇”[3]——单身汉——光诺瓦斯托希纳一个地儿，也许就有二三十万之众呢。

一年春天，犀凯奇刚刚结束他的第四十五场战斗，他那软绵绵、光

① 原文为 Sea Catch，俄文“公牛”一词的音译。
② 海豹有皮毛海豹和粗毛海豹之分。
③ 原文为 holluschichie，来自俄文，意思是“单身汉”，指年龄在六七岁以下，尚无生育能力的雄海豹。

溜溜、眼神儿脉脉含情的妻子马特卡[1]，便从海里爬上来。他一口咬住她的脖颈儿，把她撂到自己的领地上，气哼哼地说："老毛病，次次迟到，你到底上哪儿去啦？"

在海滩上待的四个月里，犀凯奇是不兴吃任何东西的，所以他的脾气总是很坏。马特卡知道还是别回嘴的好。她四下里打量了一番，轻柔地说："你多善解人意啊，占的还是老地盘。"

"那还用说，"犀凯奇说，"看看我！"

他被抓得遍体鳞伤，鲜血淋漓，一只眼珠子几乎被抠出来了，身体两侧被撕扯出一道一道的印子。

"哟，你们这些爷儿们哪，你们这些爷儿们哪，"马特卡一边说，一边用她的后鳍扇着风，"你们干吗不通情达理一点儿，心平气和地安顿安顿地盘呢？你那副样子绝像一直跟逆戟鲸干仗呢。"

"打五月中旬起，我除了干仗就没有干过别的事情。这一季海滩挤得一塌糊涂。从卢坎农海滩来的海豹我碰见过不下百头，全是找住处的。大家干吗不待在自己的属地上呢？"

"我常想，要是我们换个方向，到水獭岛上去，而不挤在这个地方，那岂不是快乐得多吗？"

"呸！只有好卤希奇才去水獭岛呢。要是我们到那里去，他们会说我们是些胆小鬼。我们总得顾顾面子呀，亲爱的。"

犀凯奇傲然自得，把脑袋往肥胖的双肩中间一缩，假装要睡几分钟的样子，其实他一直在密切注视着，迎接一场战斗。既然现在所有的海豹夫妻都已经登陆上岸，你可以听见他们的喧嚣传到数英里外的海上，淹没了最大的风声。海滩上少说也有一百多万只海豹——有老海豹，有海豹妈妈，有小不点儿海豹宝宝，有好卤希奇，他们聚在一起，有的捉对厮杀，有的成群混战，有叫的，有爬的，也有玩的——他们成群结队

---

① 原文为Matkah，来自俄文，意思是"母牛"，指海豹妈妈。

忽而下海去，忽而上岸来，极目望去，铺天盖地都是海豹，他们穿过大雾，结队出击。在诺瓦斯托希纳几乎天天都是雾蒙蒙的，只有太阳出来时才会把万物照得珠光闪闪，五彩斑斓，但这只有一会儿的工夫。

马特卡的宝宝考迪克① 就是在那种乱世中间出生的。他头大肩宽，长着一双水汪汪的浅蓝色眼睛，小海豹都是这样，可是他的皮毛有点儿不对劲儿，所以他妈妈不由得要仔细端详一番。

“犀凯奇，”她终于说道，“我们的宝宝会长成白颜色的！”

“说的哪门子空蚌壳干海草的胡话呀！”犀凯奇嗤之以鼻，“天底下就从来没有过白海豹那样的玩意儿。”

① 原文为 Kotick，来自俄文，意思是“小狗”，这里指小海豹。

“那可由不得我，”马特卡说，“现在看样子要有了。”于是她柔声低唱起了海豹歌，所有的海豹妈妈都给她们的宝宝唱这支歌：

长不到六周千万别游泳，
　　要不然你就脑袋朝下脚朝上沉入海底；
夏天的狂风和逆戟鲸，
　　对海豹宝宝都是坏东西。

对海豹宝宝都是坏东西，亲爱的小家伙，
　　坏东西真是坏到了家；
但天天戏水，往壮里长，
　　你就不会出错上当，
大海的孩子呀！

当然，起初小家伙是听不明白这些话的。他在妈妈的身边划呀爬呀，在爸爸和另外一只海豹打斗、在滑溜溜的石头上又吼又叫滚下来滚上去的时候，他学着赶忙躲开。马特卡常常下海去弄点儿吃的，宝宝两天才吃一次，但每吃一顿，非要吃到撑肠拄肚方才甘心，所以长得膘肥肉胖。他做的第一件事就是向岛内爬去，在那里他遇见了数万只同龄海豹，他们像小狗一样一块儿戏耍，在干净的沙地上睡觉，睡起来再玩。繁息场里的老者不管他们，好卤希奇们守在自己的地盘上，所以宝宝们可就玩美啦。马特卡从深海捕鱼回来后就直奔宝宝们的游乐场，像母羊呼唤小羊羔那样呼唤起来，一直等到她听见考迪克的咩咩叫声才算完。然后她径直朝他奔来，用前鳍左右开弓，把小家伙们打得仰面朝天，杀出一条路来。总有几百个海豹妈妈跑遍游乐场搜索自己的儿女，所以把宝宝们搞得神经紧张。但正如马特卡给考迪克讲的那样，“只要你不钻在泥水里弄一身癞皮，只要你不把硬沙子蹭进划破的伤口里，只要你不在风狂浪大的海里游泳，这里就不会有任何东西伤害你。”

小海豹就像小孩子一样是不会游泳的，但他们不学游泳心里就不畅快。考迪克头一回下海，一个波浪就把他掀到摸不着底的深水里，他的大脑袋沉了下去，小小的后鳍就像他妈妈在歌里告诉他的那样飞起来，要不是第二个波浪把他又抛回来，他就会淹死的。打那以后，他学着躺在海滩的水洼里，让冲过来的海浪刚刚漫过他的身子，他划水的时候又能把他掀起来，但他时刻注视着防范可能伤害他的大浪。他花了两个星期学会了使用鳍足，在此期间，他扑通一下钻进水里，又哗啦一下冒出水面，又是咳嗽，又是哼唧，爬上海滩，在沙地里打个盹儿，又回去再来，到了最后，他终于发现他真正算是以水为家了。你可以想象他和他的伙伴们过的快乐时光，涌浪来时他们钻到下面，卷浪来时，他们跃到顶上，大浪打着漩儿远远地冲上海滩时，他们随着一股冲流和喷溅顺势登上陆地，要么像老海豹那样，用尾巴支起身子挠自己的脑袋；要么在刚好伸到浅海湾外面长满海草的滑溜溜的石头上玩“我是城堡之王”。时不时地他还看见一片薄薄的鳍，就像一片大鲨鱼的鳍，一路漂近海岸，他知道那是杀手鲸，也就是逆戟鲸，这家伙只要抓住小海豹就一口吞下肚去。一看见他，考迪克就会像箭似的向海滩游去，那片鳍便会慢慢地一颠一颠地离开，好像没事儿似的。

十月下旬，海豹们开始按家族、部落离开圣保罗岛向深海游去，再也没有为繁息场而打架斗殴的事了，好卤希奇们想在哪儿玩就在哪儿玩。“明年，”马特卡对考迪克说，“你就是个好卤希奇了。可是今年你先得学会怎样抓鱼。”

他们一起出发穿越太平洋，马特卡教考迪克怎样仰卧着睡觉，鳍足收拢下来贴着身子，小鼻子刚刚露出水面，再没有比太平洋晃悠悠的长涌浪更舒服的摇篮了。考迪克觉得他浑身上下的皮刺痛刺痛的，马特卡告诉他他这是在学“水感”，那种刺痛的感觉意味着恶劣的天气要来了，他必须鼓劲游，赶快离开。“过会儿，”她说，“你就知道游到哪里去了，不过眼下我们要跟着海豚游，他可聪明得很哪。”一大群海豚正钻进水里破水奋进，小考迪克尽可能快地紧追不舍。“你们怎么知道游到哪儿去呢？”他气喘吁吁地说。领队白眼仁儿一翻，往下一扎，“我的尾巴刺痛刺痛的，小家伙，”他说，“这就意味着我们后面刮起了狂风。走吧！当你在黏水（他指的是赤道）南边尾巴觉得刺痛刺痛的时候，就意味着你前边有风暴，所以必须向北游。走吧，这里的水感觉不好。”

考迪克学的东西多了去了，这只是其中的一件，他时时刻刻都在学习。马特卡教他沿着海沟陡坡追赶鳕鱼和大比目鱼，把黑鲅从他海草中间的洞里揪出来；教他怎样环绕水下一百英寻[①]深处的沉船，跟着鱼群像一发子弹一样从一个舷窗冲进去，又从另一个舷窗里冲出来；教他满天电闪雷鸣的时候，怎样在浪尖上舞蹈，而且在短尾信天翁和军舰鸟顺风而下时，向他们摇鳍示好；教他怎样鳍足贴着身子、尾巴卷起来，像海豚一样跃出水面三四英尺；教他别碰飞鱼，因为他们全身只有骨头很少有肉；教他在十英寻深的水里全速前进时将鳕鱼的肩头一口咬掉；教他千万不要见了小船大舰停下来观看，见了划艇尤其不可这样做。六个月以后，凡是值得了解的深海捕鱼知识考迪克可以说都已经烂熟于心了。在此期间，他从来没有涉足过干地。

然而，有一天，正当他在胡安·费尔兰德斯岛外的什么地方的暖融融的水里半睡半醒地躺着时，他全身上下有一种晕乎乎、懒洋洋的感觉，绝像人在春天腿上有的那种感觉，于是他回想起七千英里之外的诺瓦斯托希纳牢靠、惬意的海滩，回想起他的伙伴们玩的种种游戏，海草的味道，海豹的咆哮和打斗。就在那会儿，他往北方一转，稳健地游去，一路游过去，遇见了数十个同伴，目的地都一样，他们说：“好啊，考迪克！今年我们大家都是好卤希奇啦，我们可以在卢坎农海边的浪花上跳火焰舞了，还可以在青草上玩耍了，可你在哪儿弄到这一身皮毛

① 英美制计量水深的单位，一英寻等于六英尺，合 1.828 米。

的呀？”

这时候，考迪克的皮毛几乎成了纯白色，尽管他觉得万分的自豪，但只是说："快游！我打骨子里都渴望着陆呢。”于是他们又来到了他们出生的海滩上，听见他们的爸爸老海豹们，正在滚滚的迷雾中打斗呢。

那天夜里，考迪克跟一岁大的海豹们跳起了火焰舞。夏天的夜晚，从诺瓦斯托希纳到卢坎农的海面上一片火光，每只海豹身后都留下一条像着火的油一样的尾流，他跳起来时，火光一闪，波浪就破裂成无数巨大的条纹和漩涡，粼光闪闪。随后他们便爬上岸去，进入好卤希奇的领地，在青青的野麦地上乱打滚儿，讲述他们漂洋过海的经历。他们议论着太平洋，就像男孩子们议论他们曾经在里面采集坚果的树林一样，如果有什么人听懂了他们的交谈，他就会走开画一幅旷世未闻的那个大洋的航海图。三四岁大的好卤希奇从哈钦森山上连蹦带跳地下来喊道："闪开，愣头儿青们！海可深着呢，你们还不知道其中的底细呢。等你们绕过合恩角再说吧。嘿，你这个一岁嫩芽子，你从哪儿弄到的这身白外套呀？”

“不是我弄到的，”考迪克说，“它是长出来的。”他正要把说话的那个家伙掀一个跟头，两个长着一头黑发、一张红柿饼脸的人从一个沙丘后面走过来。考迪克由于以前从来没有见过人，所以咳嗽了一声，把头低了下来。好卤希奇们只是急匆匆地闪开几码的距离，便坐着傻乎乎地大眼瞪小眼地瞅着。这俩人只不过是岛上捕海豹的猎户头儿凯瑞克·鲍特林和他的儿子帕塔拉蒙。他们是离海豹繁息场不足半英里之遥的一个小村子里的人。他们正在决定他们应当把哪些海豹赶往屠宰场——因为海豹就像羊一样是可以驱赶的——然后把他们变成海豹皮袄。

“呵！”帕塔拉蒙说，“瞧！有只白海豹！”

凯瑞克·鲍特林尽管浑身都是油和烟，这会儿脸几乎变白了，因为他是个阿留申人，阿留申人都不讲究干净。然后他开始念念有词。“别碰他，帕塔拉蒙。自从——自从我出生以来，从来没有见过白海豹。指不定它是老扎哈罗夫的鬼魂呢。他去年在一场大风暴里失踪了。”

“我不会靠近他的，”帕塔拉蒙说，“他是个丧门星。你真以为他是老扎哈罗夫回来了？我还欠他几个海鸥蛋呢。”

“别看他，”凯瑞克说，“把那群四岁海豹拦住。今天伙计们应当剥二百只，不过季节才刚刚开始，他们干这活还是些生手，一百也就行了。快!”

帕塔拉蒙在一群好卤希奇前把一对海豹的肩胛骨敲得嘎嘎直响，海豹们愣在那里呼哧呼哧直吹气。然后他走近一些，海豹便挪动起来，凯瑞克领着他们向岛内走，他们并没有想办法回到他们的同伴那儿去。几十万只海豹眼睁睁地瞅着他们被人驱赶，可他们还是照样玩他们的，只有考迪克提出了一些疑问，可是没有一个同伴能告诉他点儿什么，只说每年有六个星期或者两个月总有人这样子赶海豹。

“我要跟上去。”他说，于是便尾随着他们爬过去，眼珠子几乎都要从脑袋里迸出来了。

“白海豹跟着我们呢，”帕塔拉蒙喊道，“一只海豹自个儿往屠宰场里跑，这还是头一回。”

“嘘！别往后看，”凯瑞克说，“这的确是扎哈罗夫的鬼魂！我得把这事给祭司说道说道。”

这里到屠宰场只有半英里的路程，但走这段路却要一个钟头，因为如果海豹走得太快，凯瑞克知道，他们的身体就会发热，如果剥了皮，就会成片成片地脱毛。所以他们走得很慢很慢，经过了海狮脖子，经过了韦伯斯特宅，最后他们来到了盐房，来到海滩上的海豹看不见的地界上。考迪克跟在后面，嘴里喘着粗气，心里直纳闷儿。他想他这是到了世界的尽头，然而后面海豹繁息场的吼声震天动地，绝像一列火车钻进隧道的轰隆声。于是凯瑞克坐到苔藓地上，掏出一只沉甸甸的锡镴表，把海豹群晾了三十分钟。考迪克可以听见雾珠儿从他的帽檐儿上滴滴答答往下掉。随后有十来个人走上前来，个个手里拿着铁箍棒，棒长有三四英尺。凯瑞克指出了海豹群里的一两只，他们不是被同伴咬伤，就是身体发热，于是伙计们便用他们用海象喉头皮做的厚重的靴子一脚把这几只海豹踢开，然后凯瑞克说："动手！"伙计们便应声飞快地用棒打起海豹们的脑袋。十分钟后，小考迪克再也认不出他的朋友们了，因为他们的皮从鼻头一下子被扒到了后鳍脚上，接着猛地一下脱了下来，被扔到地上堆成了一堆。这下考迪克可受不了啦。他扭过身子就向海边没命地奔跑（海豹是可以迅速奔跑一阵子的），他那刚刚长出来的小胡子也吓得奓了起来。跑到海狮海峡，硕大的海狮们正坐在滨海的浪边儿上，于是他一头扎进凉水里晃荡着，上气不接下气，十分难过。"这是干吗呀？"一头海狮没有好气地问道，因为按常理，海狮是不与异类为伍的。

"斯考契涅！奥钦斯考契涅！（我孤独，非常孤独！）"考迪克说，"他们把海滩上的所有的好卤希奇都杀光了！"

那头海狮把脑袋向岸上扭过去，"一派胡言，"他说，"你的哥儿们不是正像往常一样大吵大闹吗？你准是看见老凯瑞克解决了一群海豹吧。这勾当他已经干了三十年了。"

"太可怕了。"考迪克说，一个浪头打过来，他连忙往后划水，鳍足来了个螺旋划，使他站到离岩石的一个锯齿形边缘三英寸的地方，稳住了身子。

“一个一岁大的嫩芽子能这样干就不简单了！”海狮说，他可有能力欣赏高超的游技了，“按你的看法那的确可怕，不过你们海豹年年都到这里来，当然人就知道这事儿啦，如果你们找不到一个人从不来的海岛，你们总会被人家驱赶的。”

“有这样的海岛吗？”考迪克开始说。

“我跟波儿陶（大比目鱼）跟了二十年，我还不能说我已经发现了这样的海岛呢。不过注意——你好像喜欢跟贵客说话——假如你去海象屿跟犀维奇[①]谈谈。他也许知道点儿什么。别那样子性急呀。那可是六英里的游程呢，换了我，我就先上岸打个盹儿再说，小家伙。”

考迪克心想这倒是个好主意，于是向自己的海滩洄游而去，上岸睡了半个钟头，全身不断地抽搐着。海豹都是这样。睡起来以后，他就直奔海象屿，那是一小片低低的岩岛，差不多在诺瓦斯托希纳东北方，上面全是一道一道的石梁和海鸥窝，一群海象聚集在那里。

他在老犀维奇跟前登上陆地——这是北太平洋的海象，又大又丑，虚胖虚胖、疙里疙瘩的，脖子臃肿，牙齿特长。他一点儿也不讲礼貌，除非他在睡觉——这时候他正好在睡觉呢——他的后鳍足一半淹在浅浪里，一半露在外面。

“醒来！”考迪克吼道，因为海鸥一直高声吵闹。

“哈！嗬！哼！干吗呀？”犀维奇说着就用一对长牙打了打下一头海象，把他打醒了，下一头海象又打了打下下一头海象，这么一头接一头打下去，最后海象们全都醒了，他们东瞅瞅，西望望，偏偏没有向该看的方向看。

“嘿！是我呀。”考迪克说着就在浅浪里上下浮动，看上去活像一只小小的白鼻涕虫。

---

① 原文为 Sea Vitch，从俄语 seevitchie（海象）而来。

“唉！还不如把我的皮——剥掉！”犀维奇说。大家都瞅着考迪克，你可以想象满满一俱乐部的昏昏欲睡的老头儿盯着一个小男孩的样子。在这当口，考迪克再也不喜欢听见什么剥皮的话，这种场景他已经看够了，所以他喊了起来：“有没有一个海豹可去而人从不会来的地方？”

“自个儿找去吧，”犀维奇说着就把眼睛闭上，“滚开。我们忙着呢。”

考迪克向空中表演了一下他的海豚跳，同时放开嗓门儿大喊：“蛤蛎吞食鬼！蛤蛎吞食鬼！”他知道犀维奇一辈子从来没有抓过一条鱼，总是拱来拱去找蛤蛎和海草，尽管他装出一副凶神恶煞的样子。自然，北极鸥、三趾鸥和角嘴海雀由于总在寻找机会逞凶，便一呼百应，叫声连天——这是利默欣告诉我的——差不多有五分钟的光景，就是在海象屿放上一炮，你也听不见炮声。全体居民都在狂吼尖叫：“蛤蛎吞食鬼！斯大列克（老头子）！”这时犀维奇则连哼带咳，滚过来滚过去。

“这下你总该告诉我了吧？”考迪克说，气都上不来了。

“去找海牛问去，”犀维奇说，“如果他还活着，他就能告诉你。”

“我就算碰到了海牛，我怎么知道是他呢？”考迪克说着就离开了。

“他是海里唯一比犀维奇丑的东西，”北极鸥一边在犀维奇的鼻子下面打旋儿，一边尖叫道，“更丑陋，更没有礼貌！斯大列克！”

考迪克游回诺瓦斯托希纳去了，让海鸥们自个儿尖叫去吧。他想尽自己的一点儿绵薄之力为海豹找一块清静的地方，可他发现谁也不表同情。他们告诉他，人一直就在驱赶好卤希奇——这是人日常工作的一部分——还说如果不喜欢看见这种丑恶的事情，他就不该跑到屠宰场去。不过别的海豹谁也没见过宰杀的场景，这就使他和他的朋友们意见分歧甚大。更何况，考迪克还是只白海豹呢。

“你要做的事情，”听了他儿子的冒险经历后老犀凯奇说，“就是长大，长成一个像你爸爸那样的大海豹，在海滩上有个繁息场，到那个时候，他们就不会招惹你了。再过五年，你就应该有能力为自己战斗了。”就连他妈妈，温雅的马特卡也说：“你是永远也没办法制止杀戮的。到海里去玩吧，考迪克。”一听这话，考迪克便离开去跳火焰舞了，但他那颗小小的心感到非常的沉重。

那年秋天，他尽快地离开了海滩，而且是独自出发的，因为在他的圆脑袋里有了一个想法。他要把海牛找着，如果海里真有这么一个家伙的话，并且要找到能让海豹生活的清静的岛屿，那里有漂亮、坚固的海滩，人却到不了。于是他从北大洋游到南大洋，一日一夜，能游三百英里，独自找呀找。他经历的危险多得说不清，他险些被姥鲨、斑鲨和锤头双髻鲨捉住，他遇到了在海里上上下下游荡的所有不可信赖的坏蛋，以及那些身体笨重极讲礼貌的鱼，还有那些在一个地方居留数百年，还对此十分自豪的红斑扇贝，但他从来没有见到海牛，也从来没有找到他能够喜爱的岛屿。就算海滩又好又硬，后面还有一个供海豹们在上面玩耍的斜坡，可海平线上总有一艘捕鲸船在熬鲸油冒黑烟，考迪克知道那意味着什么。要么他看得出海豹们曾经光顾过这个岛屿，但随后就被斩尽杀绝了，考迪克知道，一旦人来过一个地方就还会再来。

他结识了一只短尾巴的老信天翁，这只鸟告诉他凯尔盖朗岛[①]正好就是那种和平清静的地方，可是考迪克到那里的时候，正碰上雷电交加，雨雪冰雹漫卷而下，他险些被卷到凶险的黑崖上撞个粉身碎骨。然而当他顶着狂风撤离时，他看得出即便这里也曾经有过一个海豹繁息场。凡是他去过的海岛统统都是这种情况。

利默欣将这些海岛开了一张长长的名单，因为他说考迪克花了五个季节探寻，每年在诺瓦斯托希纳休息四个月，在此期间好卤希奇们总拿他和他的虚幻的海岛来开涮。他去过加拉帕戈斯群岛[②]，那是赤道上一块干得可怕的地方，在那里他差点儿给烤成了肉干。他去过佐治亚群岛、奥克尼群岛、埃默拉尔德岛、小夜莺岛、戈夫岛、布韦岛、克罗塞特群岛，甚至还到过好望角南边的一个小斑点儿似的海岛。然而无论走到哪

---

① 位于印度洋。

② 位于太平洋，离厄瓜多尔不远。

里，海里的居民给他讲的事情都是一样的。很久很久以前，海豹们曾到过这些岛屿，但人把他们杀了个精光。即便他游出太平洋上万英里，到了一个名叫科里恩茨角的地方（那是他从戈夫岛返回的时候），他发现有几百只癞皮海豹待在一块岩石上，他们告诉他，那个地方人也来过。这简直使他伤心欲绝，他便绕过合恩角返回自己的海滩。在北上的途中，他登上一个草木葱茏的海岛，他在那里发现了一只气息奄奄的很老很老的海豹，考迪克替他捉鱼，把他的失意一股脑儿告诉他。"现在，"考迪克说，"我要回诺瓦斯托希纳去了，如果我跟那些好卤希奇们一起被赶往屠宰场，我也无所谓了。"

老海豹说："再试一次吧。我是灭失的玛萨夫埃拉海豹群里的最后一只，在人将我们数十万数十万地宰杀的日子里，海滩上流传着这么一个故事：有一天，一只白海豹会从北方来，把海豹们引领到一个清静的地方。我老了，活不到那一天了，但别的海豹会的。再试一次吧。"

考迪克便把他的小胡子（它美不胜收）一卷说道："我是海滩上出生的一只白海豹，不管是黑是白，我是唯一的一只想到寻找新海岛的海豹。"

这一点给了他极大的鼓舞。那年夏天，当他回到诺瓦斯托希纳时，他妈妈马特卡恳求他结婚安家，因为他不再是个好卤希奇，而是一只成年海豹了，肩上长着一副卷曲的白鬃，像他爸爸一样又重又大，又凶猛。"让我再等一个季吧，"他说，"记住，妈妈，冲上海滩最远的总是第七个浪头。"

古今怪事，如此无独有偶，竟然还有一只海豹认为她要把婚期推到下一年再说，考迪克在动身做最后一次探寻的前一天夜里，这两只海豹在卢坎农海滩狂跳了一场火焰舞。这一回，他向西进发，因为他偶尔发现了一大群大比目鱼的踪迹，他一天至少需要一百磅鱼来维持他身体所需的能量，使他尽可能地身强体壮。他对这群鱼紧追不舍，直追到累了方才罢休。随后他蜷起身子，在涌向科珀岛的长涌的浪谷里睡着了。他对这里的海岸了如指掌，所以半夜里，当他觉得自己身子撞到一片海草床上时，便说道："今晚的海潮来势好猛啊。"说着就在下面翻了个身，把眼睛慢慢地睁开，展了展身子。然后他像猫一样猛地一跃，因为他看见硕大的家伙在浅水里嗅来嗅去，并且吃着海草肥厚的边缘。

"凭麦哲伦的大浪起誓，"他的嘴在胡子下面悄没声儿地说，"这些深海里的家伙是什么东西呀？"

他们不像海象，不像海狮，不像海豹，不像熊，不像鲸，不像鲨，不像鱼，不像乌贼，也不像扇贝，因为这些东西他先前都见过。他们有二三十英尺长，没有后鳍足，却有一条铲子似的尾巴，看上去像是用湿皮子削成的。他们脑袋的样子傻到家了，他从来没有见过这么傻的傻样儿。他们不吃草的时候，就用尾巴尖儿立在深水里，他们彼此鞠躬，态度极其庄重，并且摆摆他们的前鳍足，活像一个大胖子挥舞自己的胳膊。

"啊哼！"考迪克说，"玩得好，先生们？"那些庞然大物鞠躬摆鳍作答，活像青蛙跟班[①]。他们又开始吃草的时候，考迪克看到他们的上唇是个豁豁嘴，豁开的两片可以扯开一英尺，然后往起一嘬，把整整一蒲式耳的海草夹在中间。他们把草卷进嘴里，郑重其事地大嚼特嚼起来。

"居然有这么糟糕的吃相，"考迪克说。他们又鞠了一躬，考迪克开始发火了。"行啊，"他说，"就算你们的前鳍多了一个关节，你们也用不着这么显摆啊。我看你们鞠起躬来很有风度，但我倒想知道你们的尊姓大名。"豁豁嘴抽动着，呆滞的绿眼睛瞪着，但就是不出声儿。

"嘿！"考迪克说，"我见过的居民比犀维奇丑的就数你们了——而且更不讲礼貌。"

随后，他脑子一闪，回想起他一岁的时候，北极鸥在海象屿尖叫着给他喊的话，他在水里来了个后滚翻，因为他知道他终于找到海牛了！海牛们一个劲儿地在海草里游啊，吃啊，嚼啊，考迪克用他在旅途中学

---

① 青蛙跟班，《爱丽丝漫游奇境记》第 6 章中的人物。

到的各种各样的语言向他们问问题——海里居民讲的语言几乎跟人类一样多。但海牛们就是不回答，因为海牛不会说话。脖子里本应有七块骨头，可他们只有六块，海底下的居民说这就使海牛哪怕跟自己的同伴说话都办不到。不过，你知道，他的前鳍多了一个关节，所以他把前鳍上下左右摆动，就发出了类似一种蹩脚的电报密码的信号。

天亮的时候，考迪克的鬃毛还在直竖着，他的脾气没有了，跑到死螃蟹常去的地方去了。这时候海牛慢悠悠地向北游，时不时地停下来举行一次荒唐的鞠躬协商会议，考迪克跟着他们，心里暗自思量："像这样的白痴，如果没有发现一个安全的海岛，想必早就被杀绝了。海牛的好东西，对犀凯奇来说也是好东西。反正，我希望他们加紧赶路。"

对考迪克来说，这是一段十分无聊的行程。海牛群一天顶多能前进四五十英里，晚上就停下来进食，而且一直就靠近海岸。考迪克绕着他们游，在他们头顶上游，在他们肚皮下游，但就是没办法催他们多游一英里。他们越往北，隔几个钟头便召开一次鞠躬协商会议，考迪克急得团团转，差点儿没把自己的胡子咬掉，最后他看见他们在穷追一股暖流，这才对他们敬重有加。一天夜里，他们沉入亮闪闪的水里——像石头一样沉了下去——自从和他们认识以来，他们才头一回开始快游。考迪克跟着他们，这种速度使他惊愕，因为他做梦也没有想到海牛有多少游泳的本事。他们向岸边的一堵悬崖游去，这堵悬崖下面直插到深水里，在海下面二十英寸深处的悬崖脚下有一个黑洞，他们一头钻了进去游呀游，考迪克亟须新鲜空气，很久很久以后，他们才把他从那条黑沉沉的隧道里领出来。

"我的妈呀！"他在隧道那一头开阔的水面上气喘吁吁地浮起来时说道，"这趟潜泳够长的了，不过倒也值。"

海牛们已经散开了，正沿着考迪克从来没有见过的最漂亮的海滩边缘懒洋洋地吃草呢。一绺一绺磨得滑溜溜的岩石延伸好多英里，绝对是做海豹繁息场的好地方，岩石后面，硬沙地向内地形成一个斜坡，正是

绝好的游乐场，这里还有海豹们可以在里面跳舞的起伏的长浪，有海豹们可以在里面打滚儿的长草，还有可以供他们爬上爬下的沙丘，最好不过的是考迪克根据水感知道，人从来没有到过这里，因为水感是从来骗不了犀凯奇的。他做的第一件事情就是要确定渔场要好，于是他沿着海滩一路游去，数数半隐半现在美丽滚动的迷雾中的可意的低矮沙岛的数目，再向北走，出海的地方，有一系列的沙洲、浅滩和礁石，凡此种种，是永远不会让一艘船到达离海滩六英里之内的海域的。小岛和大陆之间是一片深水区，一直延伸到垂直的悬崖脚下，在悬崖下面的什么地方就是那个隧道口。

“又是一个诺瓦斯托希纳，但比它还要好一倍，”考迪克说，“海牛肯定比我原先想的聪明。就算有人，他们是到不了悬崖下面的，向海的浅滩会把一艘船撞成碎片。如果海里有什么安全的地方，那就是这里了。”他开始想他遗留在那里的海豹，不过虽说他急于要回诺瓦斯托希纳去，他还得把这块新国度彻底探索一番，这样才能回答所有的疑问。

然后他潜入水中，确定了隧道口，便向南疾游而去。除了一头海牛或一只海豹，谁做梦也没有想到竟然有那样一个地方，考迪克回头望着悬崖时，连他也很难相信他到过那里。

他回到家花了十天工夫，尽管他游得不算慢。他从海狮脖子上面一出水，第一个遇到的就是那只一直等他的海豹，她从他的眼神里看出他终于找到了他自己的岛。

当他把自己的发现告诉好卤希奇和他爸爸犀凯奇还有其他所有的海豹时，大伙儿都把他嘲笑了一通，一只和他年纪相仿的年轻海豹说："好倒是好，考迪克，可你总不能从谁也不知道的鬼地方跑来命令我们这样子离开吧。记住，我们一直在为我们的繁息场作战，你可从来没有做过这样的事情。你倒喜欢在海里踅摸。"听了这话，别的海豹们大笑起来，那只年轻海豹便把脑袋扭来扭去。今年他刚刚结婚，而且还大张旗鼓地操办了一番。

"我没有繁息场好战斗呀，"考迪克说，"我只是想让你们看一块大家都感到安全的地方。打斗有什么用？"

"哟，要是你打算打退堂鼓，当然我就不想再说什么了。"年轻海豹说着发出一声难听的怪笑。

"要是我胜了，你会跟我走吗？"考迪克说着眼里闪出一道绿光，因为他对非来一场打斗感到非常气愤。

"很好，"年轻海豹大不咧咧地说，"如果你胜了，我就走。"他想变卦也来不及了，因为考迪克把头伸出来，牙齿已经陷进年轻海豹脖子上的肥肉里了。然后他身子猛往后一蹲，把他的对手撂倒在海滩上，抓住他晃了几下，再把他打翻在地。于是考迪克冲着海豹们吼道："过去的这五个季节我为你们费尽了心血，我为你们找到了一个安全的海岛，可是假如不把你们的脑袋从你们的傻脖子上拧下来，你们就是不信。现在我要给你们一点儿颜色看。你们可要当心了！"

利默欣告诉我他这一生——而利默欣每年都要看见一万只大海豹打斗——他这小小的一生中从来没有见过像考迪克冲进繁息场的这种阵势。他扑向他能发现的最大的犀凯奇，咬住对手的喉咙，叫他出不了气，然后一顿毒打，打得他哼哼唧唧直求饶，然后他把这只海豹甩开，再向下一个发起攻击。你明白，考迪克从来没有像大海豹那样每年有四个月的斋戒期，他的深海旅游又将身体锻炼得非常棒，尤为重要的是，他先前从来没有打斗过。他的卷毛白鬃由于怒气冲天全都竖了起来，他两眼冒火，大犬牙闪着寒光，样子十分帅气。他爸爸老犀凯奇看见他一路撕打过去，把那些毛色灰白的老海豹东扯西拽，仿佛他们是大比目鱼似的，也把年轻的光棍汉们顶得横七竖八，见此情景，犀凯奇大吼一声嚷道："他也许是个傻蛋，但他是海滩上最棒的斗士！别跟你爸爸较劲儿，我的儿子！他跟你站在一起！"

考迪克大吼一声作为回答，老犀凯奇胡子竖起来，步履蹒跚着加入战斗，像个火车头似的喷着鼻息，马特卡和那只要和考迪克结婚的海豹则瑟缩起来，以敬佩的目光欣赏着她们的如意郎君。这一仗打得酣畅淋漓，爷儿俩打到没有一只海豹胆敢抬头时，方才罢休，到了打遍海豹无敌手的时候，爷儿俩便在海滩上吼叫着肩并肩大肆招摇了一番。

夜里，北极光透过迷雾闪闪烁烁，这时候考迪克爬上了一块光溜溜的岩石，俯视着凌乱的繁息场和那些皮开肉绽、鲜血淋漓的海豹。"现在好了，"他说，"我可给你们一点儿颜色看了看。"

"我的妈呀！"老犀凯奇说着把腰杆往直一挺，因为他也是给咬得遍体鳞伤、惨不忍睹了，"就是逆戟鲸也不会把他们撕咬得比这还厉害。儿子，我为你骄傲，更重要的是，我跟你到你的那个岛上去——如果真有那么一个去处的话。"

"你们听好了，海里的肥猪们。谁跟我到海牛隧道去？给我个话，不然，我再给你们一点儿颜色看看。"考迪克吼道。

响起了一阵喃喃细语，活像海潮在海滩上涌来退去的潺湲声。"我们去，"成千上万个声音有气无力地说道，"我们跟白海豹考迪克去。"

听罢，考迪克就把脑袋耷拉到两肩中间，傲然闭上眼睛。他不是一只白海豹了，而是从头到尾一片红。但他依然对自己的伤口不屑一顾、不屑一摸。

一个星期之后，他带着他的部队（好卤希奇和老海豹加在一起将近一万只）北上前往海牛隧道，而留守在诺瓦斯托希纳的海豹们则管他们叫白痴。然而，来年春天，当大家在太平洋渔场外相遇的时候，考迪克领导的海豹们便大讲特讲海牛隧道那边新海滩的情况，海豹们便一拨儿接一拨儿地离开了诺瓦斯托希纳。当然这不是一蹴而就的，因为海豹们心眼并不十分活泛，遇到事情他们需要长时间地反复琢磨，但过了一年又一年，年年都有海豹们离开诺瓦斯托希纳，离开卢坎农和别的繁息场，前往那片清静、隐蔽的海滩，考迪克整个夏天都坐在那里，一年又一年，越长越大，越长越胖，越长越壮，好卤希奇们在他周围玩耍，那是一片无人涉足的海域。

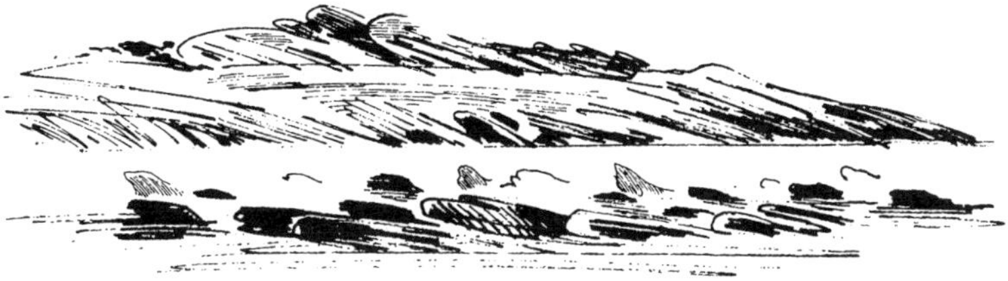

卢坎农

这是一曲伟大的深海之歌，当所有的圣保罗海豹在夏天回到他们的海滩时都会唱这首歌。这是一曲悲壮的海豹国歌。

早晨我遇见了我的伙伴（可我自己已经年老），
夏天的滚滚涌浪拍打着礁石咆哮。
我听见他们歌声冲天，淹没了浪花的高歌——
卢坎农海滩上两百万歌喉齐唱，气势多么磅礴。

歌唱礁湖岸边的快乐老家，
歌唱喷着鼻息的队伍拖拖拉拉往沙丘开拔——
歌唱夜半的舞会搅得涌浪亮光闪闪——
卢坎农海滩——在海豹猎杀者到来之前！

早晨我遇见了我的伙伴（今后我再也不会把他们遇见），
他们来来往往组成军团，把海岸全部遮暗。
我们欢呼登陆分队，歌唱他们登滩成功，
声音传到遥远的泡沫飞溅的海面上空。

卢坎农海滩——冬麦长得老高老高，
地衣水淋淋地卷曲，一切都被海雾浸泡！
我们游乐场的平台，统统被磨得亮光光，
卢坎农海滩——我们出生的家乡！

早晨我遇见了我的伙伴，成了一伙散兵游勇，
人将我们枪杀在水里，陆地上则用大棒夺我们性命。
人将我们赶向盐房，就像把一群乖乖的傻羊驱赶，
而我们还在歌唱卢坎农——在猎杀海豹者到来之前。

转向转向，朝南方游去——啊，游到古弗鲁斯卡去！
把我们的悲惨经历告诉深海总督。
宁可像暴风雨把鲨鱼蛋抛上海岸时一样空，
卢坎农海滩也不愿再也见不到海豹的子孙！

普伦薄伽特[①]的奇迹

那一夜我们感到地震要来，
　　我们偷偷地拉上他的手逃奔，
因为我们爱他，这种爱——
　　只能体会却难以弄懂。

山坡轰隆隆崩塌，
　　世界在雨中倾翻，
我们这些小民们救了他；
　　可是天哪！他再也不会回还！

悲伤，我们救了他，
　　因为野兽都有一点可怜的爱心。
悲伤，我们的兄弟醒不来啦，
　　他的同类不许我们靠近！

——《叶猴的挽歌》

从前，印度有个人，在该国西北部一个半独立的土邦里当首相。他是个婆罗门，一个至高无上的种姓，所以对他来说，种姓已经不再有任何意义。他父亲曾经是一个五彩斑斓的老式印度宫廷里的重要官员，然而，普伦·达斯慢慢长大了，他觉得古老的世态秩序正在改变，还觉得如果任何人想要在世上飞黄腾达，必须与英国亲善，并且模仿英国人认为良好的一切。再说，一名土著官员，必须讨得自己主人的欢心。这可是件困难事儿，然而这位寡言少语的年轻婆罗门得益于在孟买的一所大学受到的良好的英国式教育，为人做事头脑冷静，于是步步高升，最后当了王国的首相。这就是说，他比他的主子土邦主掌握着更多的实权。

这位老国王对英国人，以及他们的铁路、电报都信不过，他一死，普伦·达斯便辅佐新继位的少主，位高权重。少主接受的是一名英国家庭教师的教育，普伦总是小心翼翼给他的主子树立威信，他们开办女子学校，修公路，开设邦立诊所，举办农具展览，每年发表“邦国精神、物质进步”蓝皮书。于是英国外交部和印度政府十分高兴。毫无保留地采取英国式进步的土邦寥寥无几，因为他们不肯像普伦·达斯那样相信：对英国人有益的肯定对亚洲人加倍地有益。这位首相便成了众人尊敬的朋友，这些人包括总督、副总督、行医传教士和普通传教士、来邦国猎苑射猎的咄咄逼人的英国军官，以及在天气寒冷的时候到印度各地旅游、演示管理方法的一群一群的游客。有了空闲，他就捐赠奖学金，鼓励人们研究严格英国式的医药与制造，还给最大的印度日报《先锋报》写信，解释他的主公的目标。

最后，他去英国访问，可回来以后必须给祭司付一笔巨款，因为即便像普伦·达斯这样高贵的婆罗门，也会因为过黑海失去种姓的。在伦敦，他会见了每一位值得结识的人士、举世闻名的人物，并与他们交谈，他见过的世面比他谈及的多得多。一些名牌大学授予他荣誉学位。他向穿晚礼服的英国女士们发表演说，侈谈印度的社会改革，最后整个伦敦为之惊呼：“这是铺桌布以来我们在宴会上见过的最迷人的男子。”

他回印度以后，真是荣光耀眼，因为总督亲自专访，给邦主颁发了印度大十字星章——珐琅底，钻石缀，丝带系，在同一仪式上，在礼炮轰鸣声中，普伦·达斯被封为印度帝国高级爵士，这样一来，他的名号

① 薄伽特（Bhagat），意思是“圣人”。

成了“印帝高爵普伦·达斯爵士”。

那天晚上，在总督大帐篷的宴会上，他胸前戴着勋章和勋位项饰，发表答谢祝酒词，祝他的主公健康，就是英国人也难得有更精彩的演讲。

下个月，城市恢复了太阳炙烤下的平静，他干了一件英国人做梦都没有想干的事情，因为，就世事而言，他死了，他的钻石爵士勋章回到了印度政府手里，印度政府又任命了一位新首相掌管事务，于是在下属任命上，开始了一场人事大变动的角逐。祭司们知道个中原委，老百姓却在瞎猜，但印度在世界上却是一个人可以为所欲为而无人过问的地方。事实是，首相印帝高爵普伦·达斯爵士辞去了职务，离开了王宫，放弃了权力，拿起了讨饭碗，穿上了游方僧或者圣人的赭石色的衣服。人们认为这没有什么特别出格的地方。正如古训所介绍的那样，他二十年当青年，二十年当战士，——尽管他一辈子也没有拿过武器——二十年当家长。他已经把钱财和权力用到他知道划算的地方。荣耀来时他接受了荣耀，他见过远远近近的人物和城市，人物和城市曾经带给他荣誉。现在他要放弃这一切，就像一个人扔下他不再需要的斗篷一样。

当他从城门里走出去时，背上披着一张羚羊皮，腋下夹着一根铜拐棍，手里拿着一个亮晶晶的棕色的大椰子壳，讨饭碗，光着脚，孑然一身，双目盯着地面——在他的身后，棱堡上礼炮齐鸣，向他得意的继任者致敬。普伦·达斯点了点头。那种生活统统结束了，他对它既无恶意，又无善意，就像一个人对待夜里的一场平平淡淡的梦一样。他是一名游方僧——一个无家无舍，到处流浪的乞丐，每天靠四邻给他一口饭吃——只要印度有一点儿吃的可分，祭司和乞丐总不会饿死的。他一辈子不知肉的滋味，甚至连鱼也很少吃。多少年来，他一手掌管着数百万的钱财，但一张五英镑的钞票足够他一年的伙食费，即便他在伦敦被作为名流款待，他也梦想着将来的和平、安静——印满了他的光脚印的印度的白茫茫、尘土飞扬的漫漫长路，来来往往、慢条斯理的行人车

辆，暮色中，呛人的炊烟从无花果树下袅袅升起，过路人总是坐在那里吃饭。

梦想成真的时机一到，这位首相便采取适当的措施，三天后，你在漫游四方、分分合合的印度芸芸众生中要找到普伦·达斯，也许比在大西洋深海槽里找到一个气泡还难。

夜里，无论走到哪里，天一黑，他就把羚羊皮铺开——有时候在路旁的游方僧寺庙里，有时候在伽拉·辟尔的泥柱神坛旁，在那里，瑜伽信徒将会接待他，他们属于圣人云遮雾罩的另外一支，他们知道什么种姓什么派别该受什么样的待遇；有时候在印度的小村庄边上，孩子们会把他们父母准备的食物偷偷送来；有时候在光秃秃的放牧场的斜坡上，他的篝火的火光会把打盹儿的骆驼惊醒。对于普伦·达斯——或者他现在自称的普伦薄伽特——来说，哪里都一样。地呀，人呀，饭呀，都是一回事。然而他的脚不知不觉地把他向东北拖去，从南方拖到罗塔克，又从罗塔克拖到卡努尔，又从卡努尔拖到一片废墟的瑟马纳，然后沿着古杰河干涸的河床往上游走，这条河只在山里下大雨时才会有水。直到有一天，他看见了远处巍峨的喜马拉雅山的轮廓。

这时候普伦薄伽特笑了，因为他记得母亲出身于古鲁附近的拉其普特人[①]的婆罗门家庭，一个山区女人，总是思念着家乡的雪——就是这么一丁点儿山区的雪，最终把一个男子拉回他归属的地方。

“那边，”普伦薄伽特对着西瓦利克山的低坡说，那里仙人掌像七杈烛台一样挺立着——“我将在那里坐下来修炼。”他走在通往西姆拉的路上，喜马拉雅山的凉风在他的耳边呼啸。

上一回他走这条路时气派非凡，有骑兵护卫，蹄声嘚嘚，那是去拜访最文质彬彬、和蔼可亲的一位总督，他们两人交谈了一个小时，话题有他们伦敦的共同朋友，有印度百姓对事物的真实看法。这一回，普伦薄伽特不去走亲访友，而是倚在林荫道的栏杆上，俯瞰下面延绵四十英里的壮丽的平原景色，直到当地的一名穆斯林警察告诉他，他这是在妨碍交通。普伦薄伽特向警察毕恭毕敬地行了额手礼，因为他深知法律的重要性，而且正在为自己寻求一种法律。于是他继续走，那天夜里就睡

① 印度北方一部分专操军职的人，自称是古印度武士种姓刹帝利的后代。

在小西姆拉的一间小小的空屋子里，那地方看上去绝像是大地的尽头，然而这仅仅是他旅程的开始。他走的是喜马拉雅连通西藏的路，那条十英尺宽的小道要么是从坚硬的岩石上炸出来的，要么是在万丈深渊上用原木搭建成的，它时而深入温暖潮湿、与世隔绝的河谷，时而爬上无树多草的山坡，那里的太阳像凸镜一样炙人，时而拐入阴暗滴水的森林，那里的蕨草把树干从头到脚裹了起来，野鸡在呼唤自己的配偶。他遇见过西藏牧民领着狗赶着羊，每只羊背上都驮着一小袋硼砂，遇见过居无定所的樵夫，遇见过从西藏去印度朝拜的穿斗篷和毡衣的喇嘛，遇见过一些偏远的小山邦使节骑着花矮马风风火火地赶路，也遇见过一位邦主出访的马队，要么一个漫长的晴天，他只遇见一只黑熊在下面的河谷里一边哼一边拱。他开始上路的时候，世界的喧嚣仍然在耳际回响，就像火车过去后，隧道里仍然很长时间余音轰鸣一样，但当他把默蒂亚纳关抛在身后以后，这些全都过去了。普伦薄伽特便孤身一人，毫无牵挂了，他赶路，纳闷儿，思索，眼睛盯着地面，思绪却随着流云飞动。

一天晚上，他越过了迄今为止他见过的最高的关隘——他爬了两天——出关后，只见连绵的雪峰像带子样围在天边——全是一万五千到两万英尺高的崇山峻岭，看上去近得扔一块石头就能砸到，尽管实际距离还有五六十英里。这座关隘全被密匝匝、黑沉沉的森林覆盖——雪松、核桃、野樱桃、野橄榄、野梨，但主要是雪松，喜马拉雅雪松。在雪松的笼罩下立着一个废弃了的迦利女神神坛——她是杜尔迦女神，她是悉多拉，有时候人们祭拜她来防治天花。

普伦薄伽特把石头地扫干净，望着咧嘴露齿的神像笑了笑，在神坛后面给自己泥了一个小炉灶，把他的羚羊皮铺在新松针铺成的床上，把他的拜拉吉——铜把拐棍——夹在腋下，坐下来休息。

就在他身子下面，山坡向下延伸了足足一千五百英尺，坡底有一个小村庄，一村的石墙房子，夯土屋顶，紧紧贴着陡峭的山坡，村周围是一小块一小块的梯田，活像大山膝盖上拼缀的围裙，在一圈圈光滑的石头打碾场之间，吃草的牛像甲虫一般小。向小村那边望去，眼睛还真认不准物体的大小，头一眼在对面山坡上看见好像是矮灌木的东西，其实是一片森林，长的全是一百英尺高的松树。普伦薄伽特看见一只鹰忽地一下飞过那巨大的谷地，但这只大鸟只飞了一半距离就变成了一个黑点。几朵残云在河谷上下飘动，抓住小山的山肩，或者升到距关隘头一样高时，便消散了。“我将在这里找到平安。”普伦薄伽特说。

一个山民把上下几百英尺不当回事，一看见废弃的神坛上的烟，村里的祭司便爬上一台一台的山坡来欢迎这位外乡人。

他迎上普伦薄伽特的眼睛——一双曾经掌控过万人的眼睛——以后，便深深鞠了一躬，一言不发就把讨饭碗接了过来，然后回到村里说：“我们终于有了一位圣人，我从来没有见过那样的人。他来自平原——但肤色苍白——是婆罗门中的婆罗门。”于是全村的家庭主妇们说：“你认为他愿意跟我们待在一起吗？”于是每个人都使出浑身解数为普伦薄伽特做味道最美的饭。山乡饭非常简单，用荞麦和印度玉米，大米和红辣椒，河谷小河里的小鱼，从造在石墙里的渔网似的蜂房里采的蜂蜜，杏干，姜黄，野姜，死面棒子，一个虔敬的女人能做很多很多好吃的。祭司端给普伦薄伽特满满一碗。祭司问他，想不想待下去，需不需要一个切拉——弟子——替他化缘，有没有防寒的毯子，饭好不好吃。

普伦薄伽特吃了饭，谢过了施主。他想待下去。“这就够了。”祭司说。就把讨饭碗搁在祭坛外面，放在两条树根盘根错节的空洞里，普伦薄伽特每天都有饭吃，因为有那样一个人跟他们待在一起，全村都感到荣幸。

普伦薄伽特的漫游就此结束了，他已经到了为他设定的地方——静默与空间。此后，时光停止了，而他呢，坐在坛口上说不清自己活着还是死了，他成了一个能控制住自己的肢体的人，或者成了山岳、云彩、晴雨天气的一部分。他把一个名字独自轻轻念叨了千万遍，最后，每念叨一次，他似乎越来越脱离自己的身体，向某些巨大发现的门猛冲过去。但正当一扇门要开的时候，他的身体把他拽回来，他心里难过，感到又被普伦薄伽特的骨肉锁了起来。

每天早晨，盛得满满的讨饭碗悄没声儿地搁在神坛外面大树的根杈中间。送饭的有时候是祭司，有时候是暂住在村里的一个拉达克商贩，他急于积德，便风尘仆仆地爬上这条小道，但更经常来的是前一天夜里做饭的女人，她会几乎不出声儿地念叨："在神跟前替我说句话，薄伽特。替某某人的老婆这么一个女人说句话！"时不时地还有某些大胆的孩子得到允许享受这份荣耀，普伦薄伽特总听见他把碗一扔，撒起小腿拼命跑回去，然而这位薄伽特却从来不下山进村。村子就像一张地图一样摊开在他的脚下。他看得见晚上的集会，就在打碾场的圆圈内进行，因为这是唯一的平地，他看得见碧绿碧绿不可言语的稻秧，靛蓝靛蓝的印度玉米，像码头一样一块一块的芥麦。时候一到，苋菜盛开着红花，它的小小的籽儿，既不是谷粒，又不是大豆，用它做的饭印度人闭斋期间可以吃，不犯法条。

过了年，小屋的屋顶都成了小小的最纯的金块儿，因为他们在屋顶上晾晒玉米棒子。蜜蜂进箱，收割庄稼，种稻，脱壳，都在他的眼前进行，一切都绣在下面一块一块多边形的地里，他心里纳闷儿这一切最终有什么归宿。

即便在人口稠密的印度，一个人也不能成天价像石头一样静静地坐着，任凭野物在他身上跑过，而在那片荒野里，那些野物由于知道伽利的神坛，很快便都回来看这位不速之客。喜马拉雅的灰胡子猴子叶猴自然捷足先登，因为他们好奇心很强。当他们打翻讨饭碗，把它在地上滚来滚去，试着用牙咬那根铜把子拐棍，对着羚羊皮做鬼脸时，他们认定这个纹丝不动地坐着的人没有什么害处。晚上，他们常常从松树上跳下来用手讨东西吃，然后身子甩着优美的弧度离开了。他们也喜欢火的温暖，围着火堆蜷缩在一起，直到普伦薄伽特不得不把他们推开，再添一些柴火；早晨，他常常发现，一只毛烘烘的猿猴跟他一起睡在毯子下面。一天到晚，总有一群猴子坐在他身旁，凝望着远处的积雪，吱吱叫着，一脸难以言说的聪明和忧伤。

继猴子以后来的是巴拉辛格，也就是那只大鹿，很像我们的赤鹿，但更强壮。他想在伽利雕像的冰冷的石头上蹭掉他的角茸，当他看见祭坛旁的那个人时，便跺了一下脚。然而普伦薄伽特一动也不动，渐渐地这头王公贵胄似的雄鹿，便侧身靠过来，用鼻子碰他的肩膀。普伦薄伽特用一只冷手摸那热乎乎的鹿角，这一摸使那焦躁的动物得到了抚慰，他把脑袋低下来，普伦薄伽特轻轻地抚摸着把鹿茸捋掉。后来，巴拉辛格便把他的雌鹿和幼崽都带来了——这些温存的东西在这位圣人的毯子上呦呦地叫着——或者夜里独个儿来，眼睛在明灭的火光中绿莹莹的，好分享他的一份鲜核桃。最后，鹿族中最胆怯、差不多也是最小的林麝也来了，她兔子一样的大耳朵竖得直直的；甚至一身斑纹，不声不响的原麝也要弄明白祭坛上的亮光是怎么回事，她便把麋鹿似的小鼻子伸进普伦薄伽特的怀里，随着火影的移动而来回走动。普伦薄伽特把他们统统叫作“我的兄弟”，中午，他那“拜！拜”的低声呼唤把他们从森林里引出来，如果他们能听见。有只喜马拉雅黑熊喜怒无常，生性多疑——他叫索纳，下巴下面有个V字形的白疤——不止一次从这里经过。由于薄伽特没有害怕的表示，索纳也就没有愤怒的情绪，而是瞅着他，走得越来越近，并且向他讨取一份抚爱，索要一点儿面包和草莓。往往在寂静的黎明，当薄伽特爬上关梁注视红彤彤的白昼在雪峰上走动时，他常常发现索纳拖沓着脚步在他的脚后咕哝，把一只好奇的前爪伸进倒伏的树干底下，并且不耐烦地哼一声把它带走。要么他清早的脚步声会惊醒蜷起来卧着的索纳，这只硕大的野兽便直起身来，准备打一架，直到听见薄伽特的声音并认出他最好的朋友来。

几乎所有离开大城市生活的隐士和圣人都有能用野兽创造奇迹的名声，然而所有的奇迹都是一动不动地待着，绝不仓促行动，至少好长时

间，从不直视来客一眼。村民们看见巴拉辛格的轮廓像个影子一样大踏步穿过祭坛后面黑沉沉的森林，看见米瑙尔，也就是喜马拉雅野鸡，在伽利的石像前闪着她最靓丽的色彩，看见叶猴们蹲在里面玩核桃壳。有些孩子也听见索纳在跌落的岩石后面以熊的方式给自己唱歌，于是薄伽特作为创造奇迹者的声誉便坚定地树立起来了。

然而在他心里最远的莫过于奇迹。他相信万事万物就是一个大奇迹，一个人知识多，就知道处世的妙理。他肯定知道这个世界上事无大小，夜以继日，他殚精竭虑想深入事物的中心，回到他的灵魂发源地。

想着想着，他那未曾修剪的头发便披到肩上，羚羊皮旁边的石板被他的铜把拐棍的底端磨出一个小洞，他每天放碗的树干中间磨出了一个坑，几乎像那棕色的椰子壳一样光滑。每只野兽都知道自己在灶火旁的位置。四季循环，田野改变着颜色。打碾场满了又空，空了又满，满满空空，循环往复。冬天来了，叶猴在落上羽毛似的薄雪的树枝中间戏耍，直到春天到来，猴妈妈把她们眼神忧伤的小宝宝们从温暖的河谷里带上去。村子里没有多大变化。祭司一天天变老，当年送饭的小孩子现在有很多打发自己的小孩子来送饭。当你向村民们打问他们的圣人在关头伽利神坛上住了多久时，他们的回答是："一直住着。"

后来夏天雨季来了，多年来山里还不曾见过这么大的雨。整整三个月，村子被裹在黑云和浸泡着一切的迷雾里，连绵不断、冷酷无情的倾盆大雨时不时变成一阵又一阵的雷雨。大部分时间，神坛屹立在乌云之上，有整整一个月，薄伽特就压根儿看不见他的村子。村子被压在一片地板似的白云下面，白云飘摇，变幻，滚动，浮起，但从来没有离开自己的码头——流水潺潺的河谷两侧。

在此期间，他听见的只有千万条细流攒动的声音，在头顶的树上流，在脚下的地上流，把松针泡透，从拖泥带水的蕨齿舌上往下滴，在沿坡冲开的泥渠里喷。后来，太阳出来了，把雪松和杜鹃花的香味引出来，还引出了遥远的清新气味，乡民们管它叫"雪的气味"。炎热的阳光持续照了一个星期，然后雨又聚集起来，最后倾泻下来，雨水瓢泼，剥掉了地皮，泥浆飞溅。那天夜里普伦薄伽特把火堆架得很高，因为他确信他的兄弟们需要温暖，但一个野兽也没有到神坛上来，尽管他千呼万唤直到睡着，他心里一直纳闷儿树林里出了什么事儿。

正当漆黑的夜半，雨像万鼓齐擂，他的毯子被扯了一下，他被惊醒了，伸手一摸，摸到了一只叶猴的小手。"这里倒是比树上强，"他睡意蒙眬地说，便松开了毯子的一个角，"把它盖上，暖和暖和。"猴子抓住他的手死命地扯，“看来想要吃的了？”普伦薄伽特说，“等会儿，我来做。”就在他跪下往火里扔柴火的当儿，叶猴跑到神坛门口，低声叫了叫，又跑了回来，拉扯起他的膝盖。

“怎么回事儿？你有什么难处，兄弟？”普伦薄伽特说，因为叶猴的眼睛里充满了他说不清道不明的东西。“莫非你的家庭成员掉进了陷阱——这里是没有人设陷阱的——这样的天气我是不会出去的。瞧，兄弟，即便巴拉辛格也要来躲雨！”

他跨着大步回到神坛时，鹿角把咧嘴而笑的伽利的雕像顶得咯噔咯噔直响，鹿把角朝普伦薄伽特的方向低下来，惴惴不安地跺着脚，半开半闭的鼻孔嘶嘶地喘气。

“嗨！嗨！嗨！”薄伽特打着响指说，“这是不是住一夜的店钱啊？”然后鹿把他朝门推过去，他推的时候，普伦薄伽特听见什么东西裂开的声音，于是两块石板彼此脱离开来，下面的黏土则咂着嘴巴。

“我明白了，”普伦薄伽特说，“我的兄弟们今晚没有坐在火旁边，不怪他们，山要塌了。可——我干吗要走呢？”他的目光落到空空的讨饭碗上，他的脸色变了。“自从——自从我来以后，他们天天给我好吃的，如果我不抓紧，明天河谷里连一张嘴也没有了。确实，我必须到下面去警告警告他们。往后一点儿，兄弟！让我点个火。”

巴拉辛格很不情愿地往后走，这时普伦薄伽特把一个火把深深地戳进火焰里，在里面拧了几下，直到它点得很旺。“啊！你来警告我，”他说着就站起来，“我们要做的比这更好，比这更好。现在出来，把你的脖子借给我，兄弟，因为我只有两只脚。”

他右手抓住巴拉辛格爹起的鬐甲，左手把火把举起来，然后从神坛里出来，走进茫茫的黑夜。一丝风也没有，但当那只大鹿急匆匆地蹲着滑下坡时，雨差点儿把火把淋灭。他们一离开森林，薄伽特的很多兄弟们都参加了进来。尽管他看不见，但能听见叶猴们挤在他周围，他们后面是索纳呜呜的声音。雨把他长长的白发纠结成了绳子，水在他的光脚下溅泼，他的黄袍紧紧贴在他脆弱苍老的身子上，但他步履稳健，靠在巴拉辛格身上一步一步往下走。他再不是一个圣人了，而是大国首相印帝高爵普伦·达斯爵士，一个习惯于发号施令、出去救命的人。他们，薄伽特和他的兄弟们，从那条陡峭的泥水溅泼的小道一起倾泻而下，一直往下泻，直到鹿蹄咯噔一下撞到一片打碾场的墙上，他鼻子呼哧起来，因为他闻到了人的气味。这时他们已经到了那条唯一的弯弯曲曲的乡村街道的头上，薄伽特的火把在屋檐的遮掩下熊熊燃烧，他用自己的拐棍敲起了铁匠家装着铁条的窗户。“起来，出来！”普伦薄伽特喊道，他都听不出自己的声音了，因为多少年来他从不向一个人大声讲话。“山塌啦！山塌啦！起来，出来，你们屋里的人哪？”

“这是我们的薄伽特，”铁匠的老婆说，“他站在他的野兽中间。把小家伙们弄到一起，大声喊。”

喊声挨家挨户传过去，野兽们挤在狭路上，围着薄伽特涌动、蜷缩，索纳不耐烦地呼哧着。

人们急忙拥到街上——他们总共也不过七十来号人——在火把的亮光中他们看见他们的薄伽特挡住受惊吓的巴拉辛格，猴子们可怜兮兮地抓着他的衣襟，索纳蹲着嚎叫。

“越过山谷，上对面那座山！”普伦薄伽特喊道，“一个都不能落下！我们跟上走！”

山民们能够跑多快，大家就能跑多快，因为他们知道滑坡的时候，必须跑过河谷爬到最高的地方。他们仓皇逃命，哗啦哗啦蹚过谷底的小河，喘着粗气爬上远坡上的梯田，薄伽特和他的兄弟们跟在后面。他们往对面的山上爬呀爬，彼此呼唤着对方的名字——村里就是这样点名的——巴拉辛格吃力地紧紧跟在他们后面，因为普伦薄伽特体力不支，趴在他身上。最后这只鹿在一片深深的松树林跟前站住了，这片松林在五百英尺高的山坡上。他的本能警告他就要滑坡了，待在这里将会平安无事。

普伦薄伽特在巴拉辛格的身旁昏倒了，因为冷雨浸泡再加上剧烈攀爬正在要他的命，但他首先向前面零散的火把喊话，“停下，清点一下人数。”然后他看见火光汇集到了一起，便对鹿悄没声儿地说，“跟我一起待着，兄弟。待到我走了以后！”

空中发出一声叹息，随之变成了咕哝，咕哝又成了咆哮，咆哮使一切听觉失灵，在黑暗中，村民们站的山坡遭到打击顿时摇晃起来，然后一个声音沉稳、真实，就像风琴上的深C调，有五分钟的光景，淹没了一切，被这声音一震，松树根也瑟瑟发抖。这声音逐渐消失了，落到连绵数英里的硬地和草地上的雨声在软地上变成闷鼓似的水声。它讲述着自己的故事。

任何一个村民——就连祭司——也没有胆量跟救了他们性命的薄伽特说话，他们蹲在松树下面，等着天亮。天亮以后，他们向河谷那边一望，只见原来的森林、梯田、小道纵横的放牧场，成了一块红赤赤、烂糟糟的扇形断面，寥寥几棵树头朝下倒插在陡坡上。那块红赤赤的断面高高地延伸到他们逃难的那座山上，把那条小河堵塞住，开始漫溢成一片砖红色的湖。村子，通往神坛的路，神坛本身及后面的森林，杳无踪迹了。因为一英里宽，足足有两千英尺高的山坡不见了身影，从头到脚被刨光了。

村民们随后一个接一个爬出了树林，在薄伽特面前祈祷。他们看见巴拉辛格站在他身边，看见人来了，便一溜烟跑了。人们听见叶猴在树枝上哀号，索纳呻吟着爬上山去，然而他们的薄伽特死了，他盘腿坐着，背靠着一棵树，腋下夹着拐棍，脸朝东北。

祭司说：“看一个奇迹又一个奇迹，因为所有的游方僧必须用这种姿势掩埋！所以我们要在他现在待的地方为我们的圣人修一座庙。”

年底未到，一座庙就修成了——一座土石结构的神坛——他们管那座山叫薄伽特山，他们直到今天还在那里祭拜，点灯，献花，献供品。但是他们不知道他们祭拜的圣人是已故的印度高爵、民法博士、哲学博士普伦·达斯爵士，曾经是进步开明的莫希尼瓦拉土邦的首相，还是众多比愿意一直为今生或来世做任何好事更具有学术和科学性质的协会的荣誉会员或通讯会员。

伽比尔[①]的歌

啊，世界在他手里掂一掂好轻好轻！
啊，他的采邑和封地的故事多沉多沉！
他从宝座上退下，穿上尸衣，
扮成公开的苦行僧离去！

现在去德里的白色大道成了他的脚垫，
婆罗双树和金合欢树必须为他把炎热阻断；
他的家就是野营、荒原和人群——
他正在寻“道”，一名公开的苦行僧！

他盯着真人，他的眸子明亮清澈，
（古往今来，只有一人，伽比尔说）；
世事红尘淡化为一片轻云——
他走上了那条路，一名公开的苦行僧！

为了知悉认清他的兄弟土埂，
他的兄弟野兽，他的兄弟天神，
他离开政务，尸衣穿上身，
（“你能听见吗？”伽比尔说），一名公开的苦行僧！

① 伽比尔（1440—1518），印度教虔诚派领袖，诗人，试图联合印度教与伊斯兰教思想，鼓吹各种宗教的统一和人人平等。

收尸者

在你叫鬣狗前来吃肉，跟塔巴几称兄道弟的一天，

你就可以与贾喀拉——靠四只爪子跑的大肚子——全面休战。

——《丛林法规》

“尊敬老者！”

那是一种沙哑的声音，一种会使你毛骨悚然的泥糊糊的声音，一种好像是什么软不拉唧的东西破成两半时的声音，像什么东西在瑟瑟地抖，也像一只乌鸦在哑哑地叫，又像什么在呜呜地哭。

“尊敬老者！河流的伙伴们啊——尊敬老者！”

一望无际的宽阔的河面上什么也看不见，只有一队挂着方帆、木销连接起来的驳船，载着建筑石料，刚刚从铁路桥下面出来，正向下游驶去。他们转动着他们笨重的舵，避开河水冲刷桥墩形成的沙洲，就在他们三船并行开过去的时候，那可怕的声音又出现了。

“河流的婆罗门啊——尊敬老者！”

一名船夫坐在舷边上，转过身来，举起一只手，说了句不怎么中听的话，几只小船便穿过暮色咯吱咯吱向前驶去。这条宽阔的印度河流，看上去不像一条奔流不息的河，倒像是一串小湖泊，平滑如镜，河道中央映出沙红色的天，在低平的河岸附近和下面，泛荡起黄色和暗紫色的鳞波。雨季一来，条条溪流汇入这条大河，可现在它们干涸的河口清清楚楚地悬在水位上面。左岸，差不多就在铁路桥下面，坐落着一个村庄，泥屋、砖房、草棚、柴舍，乱麻麻一片，挤满了回栏牛群的主街直

通河里，街的尽头就成了一个砖坯造的凸式码头，谁想洗洗涮涮，就可以一个台阶一个台阶蹚进水里。这就是湾鳄台阶村的台阶。

夜幕迅速降临，笼罩着田野，这里遍地都是庄稼，扁豆、稻子、棉花都在低地上种植，一年被河水漫一回。夜幕笼罩着河湾边上生长的芦苇，笼罩着宁静的芦苇荡后面牧场上杂乱纠结的草木。鹦鹉和乌鸦聒噪着晚饮，喝足以后飞回窝去栖宿，途中与成群结伙往外飞的狐蝠打了个照面。遮天盖地的水禽有的“吹着口哨”，有的“吹着喇叭”，飞到芦苇荡下面藏身。其中有头如圆筒、脊背乌黑的野鹅，有短颈野鸭，有赤颈鸭，有绿头鸭，有麻鸭，还有鹬，还有东一只西一只的火烈鸟。

一只笨重的鹳在殿后，翅膀扑扇得很慢，每一次扑扇就像给人一种有了这次再无下次的感觉。

“尊敬老者！河流的婆罗门啊——尊敬老者！”

鹳稍微扭了一下头，把飞行方向朝声音来的一面略微偏移了一下，然后直撅撅地落到桥下的沙洲上。你这才看见他还真有一副凶神恶煞的样子。从后面看，他的样子倒令人肃然起敬，他站在地上差不多有六英尺高，看上去俨然像一名十分可敬的秃头牧师。从前面看，就有天壤之别了，因为他那阿利·斯洛珀[①]似的脑袋和脖子上面没有一根毛，下巴底下的脖子上有一个怪瘆人的光皮囊，把他那鹤嘴锄模样的尖嘴能偷到的东西一股脑儿装了进去。他的腿又长又细，一副皮包骨头的模样，可腿的动作十分优雅，他一边梳理自己烟灰色的羽毛，一边得意地欣赏着自己的腿，如果瞥一眼他那光滑的肩，便顿时僵化成了“立正”的姿势。

一只癞皮小豺狗子，本来在不高的陡岸上饿得汪汪直叫，这时候却竖起了耳朵和尾巴，急匆匆地跑过浅滩，来到鹳的身边。

他可是同族中最贱的贱坯，并不是说最高贵的豺狗子能好到哪里，而是说这一只特别的下贱，因为他半是叫花子半是罪犯——是村里垃圾

---

① 是指一组连环漫画中的一个很不体面的人物，秃头大鼻子。

堆的清扫工，有时胆小如鼠，有时又胆大包天，但总是饥肠辘辘，虽然老奸巨猾，但总是捞不到什么好处。

“唔！”他一上岸就忧愁地抖了两抖说道，“巴不得红皮癣把全村的狗都灭掉！因为身上的每只跳蚤我都要咬三口，就因为我看了一眼——你记住，只是看了一眼——牛棚里的一只旧鞋。难道我能吃泥巴不成？”他在左耳朵下面挠了挠。

“我听说，”鹳说，声音绝像老锯子在锯厚木板，“我可听说那只鞋里有只刚生下的小狗仔呢。”

“耳听为虚，眼见为实。”豺狗子说，他可是一肚子的谚语，那都是他听村民们晚上围着篝火扯闲篇儿，顺便拾来的牙慧。

“此话不假。为了弄明白，趁那些狗在别的地方忙活，我去关照一下狗仔。”

“他们可真够忙活的，”豺狗子说，“这下好了，我暂时就不用到村子里搜寻残羹剩饭了。这么说来，那只鞋里还真有一只没睁开眼的狗仔呢？”

“它在这儿呢，”鹳说着便从尖嘴上瞟了一眼他那满满当当的皮囊，“小不点儿一个，不过既然世界上没了慈善，东西虽小，还可以打打牙祭。”

“啊嗨！如今的世界成了铁石心肠，”豺狗子悲叹道。这时候他那骨碌骨碌的眼珠子捕捉到水上游丝一般的涟漪，便紧接着往下说，“我们大家的日子都不好过，我毫不怀疑，就我们英明的主人，台阶的骄傲，河流的艳羡——”

“谎皮瘤儿，马屁精，豺狗子统统都是从一个蛋里孵出来的。”鹳并不是专门冲着哪一个说的，因为要是费起神儿来，他本身就是一名无师自通、挺上档次的谎皮瘤儿。

“是啊，河流的艳羡。”豺狗子重复了一遍，把声音拔高了，“哪怕是他，我都不怀疑，也发现打桥修起来以后，好吃的东西更加稀缺了。

不过话又说回来，尽管我是绝对不会向他直说这话的，但他这么聪明，这么有德行——哟，我不是——”

“当豺狗子说他是灰突突的时候，他一定是黑黢黢的了！”鹳嘟嘟囔囔地说，他看不清什么东西正在逼近。

“他又从来不会断顿儿，而且由于——”

出现了一种软绵绵的擦蹭声，仿佛一只小船刚刚涉入浅滩的水里。豺狗子忽地一下打了个转身，面对着（面对总是上上策）他们一直在议论的家伙。原来是一条二十四英尺长的鳄鱼，装在看上去像三层铆钉铆住的锅炉钢板的箱子里，上面还打了饰钉、龙骨和顶饰，黄灿灿的上牙尖儿正好悬在他那有凹槽的漂亮的下颚上。这就是湾鳄台阶的方头鼻子湾鳄，岁数比村子里的哪一个人都大，村名用的就是他老人家的大号。在没有铁路桥的时候，他是浅水区的魔鬼——集凶杀、吃人和当地神物于一身。他躺着，下巴搁在浅滩上，尾巴荡起几乎看不见的涟漪，以此标明他的位置。豺狗子太了解了，水里的那条尾巴摆一下就能把湾鳄送上岸，它有一台火车头的冲劲儿。

“幸会，可怜虫的保护神！”他满嘴的奉承话，边说边往后退，“一听到悦耳的声音，我们就来，满心希望来一次惬意的谈话呢。在我等候的时候，我那没有尾巴的猜想，真的，使我说起了您。但愿那些烂话没有吹进您的耳朵里。”

其实豺狗子刚才恰恰是说给湾鳄听的，因为他知道拍马屁是讨得东西吃的最好的办法。湾鳄也知道豺狗子说话的居心，豺狗子知道湾鳄知道，湾鳄也知道豺狗子知道湾鳄知道，所以他们皆大欢喜。

老家伙推着、喘着、哼着上了岸，嘴里咕哝着说：“尊敬老者！”在此期间，他四条腿叉开撑起他那臃肿的桶子身体向前推进，他那三角脑袋顶上的厚重的角质眼皮下面的一双小眼睛则像燃烧的煤球。然后他才歇了下来。豺狗子尽管对他那一套早已习以为常，但当他看见他那么惟妙惟肖地模仿一根漂到沙洲上的木头时，哪怕已经见过上百次了，还是忍不住要大吃一惊。由于考虑到那个时候那个地方的水流情况，他便煞费苦心地躺着，与一根圆木在水里自然搁浅形成的角度完全一致。当然这一切只是个习惯问题，因为湾鳄上岸是为了消闲解闷儿。不过鳄鱼的肚子是个无底洞，要是豺狗子上了这种样子相似的当，他也不会活着对它做哲学探讨了。

“我的孩子，我什么也没有听见。”湾鳄说着便闭上了一只眼睛，“我的耳朵进水了，我都饿晕了。打铁路桥修起来以后，我的村民就不再爱我了，这可让我伤心死了。”

“啊，不像话！”豺狗子说，“又是一颗这么高贵的心！不过我觉得人都是一丘之貉。”

“不对，其实差别大着呢。”湾鳄温文尔雅地答道，“有人瘦得像船篙，有人胖得像小豺——不对，像小狗。我绝对不会平白无故地骂人。人形形色色，什么样儿的都有，但日久见人心，事实证明他们个个都是好样儿的。男人、女人、小孩——我就挑不出他们的什么毛病来。记住，孩子，诟病世界者为世界所诟病。”

“灌米汤还不如把一只空罐头吞进肚子里。不过我们刚刚听到的是至理名言。”鹳说着把一只脚放了下来。

“不过要是考虑到他们对这么一个优秀人物忘恩负义……”豺狗子温存地开口道。

“不，不，不是忘恩负义！”湾鳄说道，“他们就是不为别人着想，没有别的意思。不过我躺在浅水下面自己的岗位上，注意到新桥的台阶难爬得要命，不管是对老人还是对小孩。说实在的，对老人不值得过于上心，可是我真为那些胖乎乎的小孩子伤心——真的伤心哪。不过，我仍然想，过不了多久，桥的新鲜劲儿磨掉了，我们又会看见我的村民们像从前一样，光着棕色的双腿，大摇大摆、水花四溅地蹚过河去的。那时候老湾鳄又会风光起来的。”

“可是就在今儿中午我确实看见金盏花的花环从台阶边上漂走了。”

鹳说。金盏花花环在整个印度都表示尊敬。

“弄错啦——弄错啦。那是糖果店的老板娘，她的眼神儿一年不如一年了，分不清是根木头还是我——台阶的湾鳄！她把那花环一扔，我就看出了问题，因为我就在台阶脚下躺着呢，要是她再下一个台阶，我就会让她看看二者小小的差别。不过她用意挺好，我们必须重视这种奉献精神嘛。”

“一个人在垃圾堆上讨生活时，金盏花花环还有何益？”豺狗子边找跳蚤边说道，不过眼睛一直提防着这位可怜虫的保护神。

“此话不假，不过他们还没有开始造能养活我的垃圾堆呢。我看见河水从村子里退去了五次，在那条街脚下造成了新的土地。我看见村子在河岸上重建了五次，我还会看见它再建五次。我绝不是没有诚信的恒河食鱼鳄，像俗话说的，今天在格西，明天在普拉亚格，我是这浅水区的锲而不舍的守望者。村子也不是平白无故用我的名字做村名，孩子，常言道：‘长期守望者，最终有回报。’”

“我守望的时间也长了——很长很长了——几乎这辈子都守过去了，我的回报却是挨咬挨揍。”豺狗子说。

“嗬！嗬！嗬！”鹳吼道。

“八月生的豺狗子，
　　九月下的雨；
哪有大雨这样倾盆下，
　　他说：‘我可记不起！’”

鹳有一种非常讨厌的怪癖。他一阵一阵地不是烦躁难耐，就是两腿抽筋，尽管他看上去比令人肃然起敬的任何一只鹤还要道貌岸然，但到时候他就双翅半展，秃脑袋上下乱点，突然往前一飞，像踩着一高一低的高跷，狂跳起了战舞。与此同时，出于只有他心知肚明的理由，他仔细掌握时机，用最恶毒的言辞发起最凌厉的攻击。歌儿一唱完，又来了一个“立正”姿势，比方才的鹳本分十倍。

豺狗子畏缩了，尽管他已经三周岁了，但是如果受一个嘴有一码长，而且有力量把它像标枪一样投出去的家伙的侮辱，他也只能忍气吞声。鹳是臭名远扬的草鸡蛋，豺狗子更是草鸡毛。

“活着方能学习，”湾鳄说，“这句话不说不行：小豺狗子十分平常，孩子，但像我这样的湾鳄就非同寻常了。话虽这么说，我并不骄傲，因为骄傲就是灭亡。不过听好了，这是命。对于命，不管是游的、走的，还是跑的，都得三缄其口。我认命。运气好，眼睛尖，又养成了习惯，上岸前先考虑河湾或者回水是否有出路可逃，这样一来就可以办很多事情了。”

“我曾经听说就连可怜虫的保护神也有过闪失。”豺狗子居心不良地说。

“此话不假，不过命帮了我一把。那时候我还不成熟——那是在往前数第四次大饥荒之前（凭贡加河左右两岸起誓！那些日子大大小小的河流总是水满为患）。是啊，当时我少不更事，洪水来时，谁能像我这样高兴？那时候，一股小水就使我乐不可支。村子被洪水淹没了，我游到台阶上面进入远离河岸的内地，来到稻田上面，稻田上面是深深的泥浆。我还记得那天晚上我发现的一副手镯（玻璃做的，但给我带来的麻烦可大了去了）。对，玻璃手镯。如果我的记忆可靠的话，还有一只鞋。我应当把两只鞋都甩开的，可是我饿得慌。后来我本事见长了。对。于是我先让自己填填肚子，再歇歇身子。可是就在我准备回河里去的当儿，洪水退了，我就在主街的泥巴里往回爬。除了我，还有谁呢？我的村民全来啦，有祭司，有妇女，有孩子，我满怀善意瞅着他们。泥巴可不是打斗的好战场。一名船夫说：‘弄几把斧头来，宰了他，因为他是浅水区的湾鳄。’‘不行，’婆罗门说，‘瞧，他正把洪水往前赶呢！他是村神哪。’于是他们向我抛过来许多许多花儿，有个人突发妙想，还从路那边牵来了一只山羊。”

“多好啊——山羊可再好不过啦！”豺狗子说。

“毛烘烘的——毛多得很呢，如果在水里发现它，看上去像藏着的一个十字形的钓钩。不过我还是接受了那只山羊，非常风光地朝台阶游去。后来，命又把那想用斧头砍掉我尾巴的船夫送上门来。他的船在一个老滩上搁浅了，那地方你们多半记不得了。”

“我们又不都是这里的豺狗子，”鹳说，“是不是大旱那年把运石头的船弄沉的那个浅滩——一条三次洪水都没冲掉的长滩？”

“有两个浅滩呢，”湾鳄说，“一个上滩，一个下滩。”

“哎，我忘啦。一条水道把它们分开了，后来又连到一起了。”鹳说，对自己的记性十分自豪。

“在下滩上，孩子们，要看我的好下场的人的船搁了浅。他正在船头睡大觉，随后睡得迷迷糊糊，突然从船上跳下去，水漫到腰上——不，顶多漫到膝上——想把船推开。河水一冲，他的空船向前一走，却在下一段河道下面又搁浅了。我跟着，因为我知道人会来把它拖上岸去的。”

“他们真这么干了?”豺狗子说，有点儿肃然起敬了，这是给他印象深刻的大规模捕杀。

“他们在那里和下面一点干起来。我再没有往前走。但这一天我就捕获了三个猎物——都是吃得很壮实的船老大，除了最后一个（当时我马虎了），他们都没有来得及叫一声，警告警告岸上的伙伴。”

“啊，高超的捕杀！这需要多么高妙的灵巧和准确的判断啊！”豺狗子说。

“不是灵巧，孩子，是思想，就像船夫说的那样，生活中的一点点思想就像米饭上撒的盐，而我总是深思熟虑的。我的表亲，恒河食鱼鳄跟我讲过他追鱼多么困难。鱼跟鱼又是怎样的千差万别，他得怎样把它们全面了解，它们共性如何，个性又怎样。我说这就是智慧。不过话又说回来，我的表亲，恒河鳄生活在他的民众中间。我的民众不像雷华鱼把嘴伸出水面成群结伙地游泳，也不像莫霍鱼和小恰普塔鱼那样不断地浮出水面，左右翻滚，他们不像巴特欻鱼和契尔华鱼那样洪水过后聚集在浅滩上。”

“这些鱼都非常好吃。”鹳说着尖嘴就呱嗒起来。

“我的表亲也这么说，而且捕起鱼得翻江倒海，大闹一场，可是鱼儿又不能爬上岸去躲他的尖鼻子。我的民众就是另外一回事了。他们在陆地上生活，在房子里居住，在牛群里走动。我必须知道他们在干什么，他们要干什么，而且还像俗语说的，有鼻子，还要有尾巴，我才能凑足一头大象。门洞上面是不是挂着一根青枝和一个铁环?老湾鳄知道，那一家有一个男孩降生了，有一天他准会到台阶那儿玩。这个姑娘是不是要结婚了?老湾鳄知道，因为他看见男人们抬着聘礼来回奔忙，姑娘大婚前也得到台阶这儿来洗澡，可——他就在那儿呢。河流是不是改了道，在原来只有沙子的地方造了新的土地?湾鳄知道。”

“喏，这些知识有什么用?”豺狗子说，“在我这短短的一生中河流就已经改过道了。”印度的河流总是把河床移来移去，有时候，一个季节就迁移两三英里，淹没了一边岸上的农田，在另一边的岸上铺展开肥沃的淤泥。

“再没有比这更有用的知识啦，”湾鳄说，“因为新的土地就意味着新的争吵。湾鳄知道。噢啃！湾鳄知道。水一排走，他就爬到小河湾里，人却认为那里连一只狗都藏不住，可他却在那里等着。不久就来了一个庄稼人，说他要在这里种黄瓜，在那里种甜瓜，这些都是河流给他的新的土地。他用光脚指头碰了碰肥沃的泥土。不久又来了一个人，说他要在什么地方种洋葱，在什么地方种胡萝卜，在什么地方种甘蔗。他们相遇就像两只船漂到一起一样。蓝色的大缠头巾下面，两对眼球骨碌碌对视着。老湾鳄看在眼里，听在耳里。他们彼此以兄弟相称，开始标出新地上的地界。湾鳄急匆匆地紧跟着他们，忽而到这里，忽而到那里，拖泥带水地爬着，尽量避免引起人的注意。他们开始吵架了！他们彼此恶语相加了！他们把缠头巾扯了下来！他们举起了棍棒！终于有一个人在泥里往后栽了个四仰八叉，另一个人拔脚跑掉了。他回来以后，争端就解决了，输家的铁箍竹棒提供了见证。然而他们并不感激湾鳄。不，他们喊着‘杀人犯’，双方的家人各有二十来个开始棍棒相加。我的民众是好样儿的——高地的贾特人——也就是贝特的马尔瓦人。他们大打出手可不是闹着玩的，仗干完的时候，老湾鳄远远地在河下面等着，村子在老远的金合欢树林后面，是看不见的。后来他们来了，我的宽肩的贾特人——八九个人在一起，顶着星星，用床板抬着死人。他们都是些老汉，花白胡子，声音像我的一样深沉。他们点燃了一点儿火——啊！我对那种火可再熟悉不过了！——便吸起烟来，他们围成一圈，一起朝前点头，或者侧过去向河岸上的死人点头。他们说英国法律会拿一根绳子来处理这个问题，还说这样一个人就会使全家抬不起头来，因为这样一个人一定会在监狱的广场上被绞死。这时死者的亲友们说：‘让他吊死去吧！’夜很长，这样的车轱辘话重复了一次，两次，二十次。最后有一个人说：‘打架事出有因，也算公平合理。我们总得拿偿命钱吧，如果比一般的凶手出得多一点儿，我们就再不提这事儿了。’于是他们又为给多少偿命钱扯起皮来，因为死者是一个壮汉，儿女成群。不过日头升起以前，他们给死人身边搁了一点儿火，这是风俗，于是死人便到我这儿来了，他对这件事再不说什么了。啊哈！我的孩子们，湾鳄知道——湾鳄知道——我的马尔瓦贾特人是好样儿的！”

“他们也太抠门儿了——对我的嗉子也太手紧了。”鹳聒噪着，“俗话说，他们不会把油糟蹋到牛角上；还说，谁会在马尔瓦人后面拾落穗呢？”

“啊，我——拾——他们。”湾鳄说。

“喏，从前在南方的加尔各答，”鹳接着说，“什么都被扔到街上，随我们挑拣。那可是些讲究吃喝的季节。可是现如今，他们的街道像鸡蛋壳外表一样干净，我的同类都飞走了。讲究干净还说得过去，可一天洒扫七回，就是神仙也烦得受不了啦。”

“有一只河口地区的豺从一个兄弟那儿得知情况，他又告诉我说，在南方的加尔各答，豺狗子个个肥得像雨季里的水獭。”豺狗子说，一想到这种情景，他就馋得口水直流。

“啊，不过白面皮（英国人）现在到了那儿，他们从什么地方坐船顺流而来，还带着狗——大肥狗——结果弄得那些豺狗子瘦了下来。”鹳说。

“这么说，他们也像这里的人一样心肠硬了？我该明白的。地也好，天也好，水也好，都不会给豺狗子发善心的。上个季节，雨季过后，我看见过一个白面皮的帐篷，还弄了一副黄颜色的新马笼头吃。那些白面皮鞣皮子不得当，吃得我好恶心呢。”

“那总比我的景况好，”鹳说，“我三季大的时候，就是一只年轻胆大的鸟儿，我下到大船行驶的河里。英国人的船有这么三个村子大。”

“他到过德里那么远的地方，他说那里的人都是倒立起来用头走路的。”豺狗子嘟嘟囔囔地说。湾鳄睁开他的左眼，死死地盯着鹳。

“千真万确，”大鸟一口咬定，“谎皮瘤儿希望人家相信的时候就扯谎。没有见过那些船的，不会相信那是实话。”

“这话说得有理。”湾鳄说，“后来呢?”

“他们从这条船里面搬出一大块一大块白东西，过了一会儿，这些东西就变成了水。其中很多都裂开了，掉到了地上，剩下的他们赶忙搬到一座墙很厚的房子里。还有一个船夫笑着拿了充其量像一只小狗那么大的一块，扔给了我。我——我们大伙儿总是不管三七二十一就一嘴吞下，所以我按照习惯把那东西吞了下去。顿时我便觉得奇冷难耐，这股子冷气，从嗉子开始，接着便蹿下去，直冷到趾尖儿，冷得我连话都说不出来了。看见我这副模样，船夫们哈哈大笑起来。我还从来没有感到过这样的寒冷。我又伤心，又惊恐，不由得连跳带舞，一直跳到缓过气儿来，然后我又跳又叫，抗议这个世界的奸诈行为。船夫们拿我开涮，一个个乐得栽倒在地上。撇开那刺骨寒冷不说，这件事主要让人纳闷儿的一点是，我呼天抢地闹腾完了以后，嗉子里空无一物了！”

鹳尽其所能描述了他吞下一块七磅重的温汉姆湖[①]的冰疙瘩后的感受。那是从一艘美国冰船上卸下来的，那时候加尔各答当地还不能用机器制冰。可是由于他不知道冰为何物，再加上湾鳄和豺狗子更不明白，这个故事就哑火了。

“什么事情，”湾鳄说着又闭上了左眼——“从一条相当于湾鳄台阶三倍大的船上出来的什么事情都有可能。我的村子可不算小啊。”

头顶的桥上一声长鸣，德里的邮政车往前滑行，一节节车厢灯光闪闪，上行下效，影子在河面上掠过，车哐啷哐啷又驶进了黑暗。不过湾鳄和豺狗子对它早已习以为常，所以头都没有转一下。

“他的神奇不见得不如有湾鳄台阶三倍大的船吧?”鸟把头一抬说道。

---

① 在美国马萨诸塞州的萨勒姆附近。

“我是看着那东西造起来的，孩子。我看着一块石头加一块石头，桥墩起来了，人掉下来的时候（他们大都脚底下稳得出奇——万一掉下来）我已经做好了准备。第一座桥墩造好以后，他们就从来没有想过到沿河寻找尸体火化。这样我又省去了不少麻烦。修桥没有什么好奇怪的。”湾鳄说。

“可那拉着有房顶的大车过桥的家伙就奇怪了。”鹳不依不饶地说。

“那家伙嘛，无疑是一种新的犍牛。总有一天，它在上面一失蹄，全像人一样栽下来。那时候，老湾鳄也会做好准备的。”

豺狗子瞅瞅鹳，鹳瞅瞅豺狗子。如果有一件事情他们觉得比另一件更加确定，那就是在茫茫世界，火车头什么都是，但绝对不是一头犍牛。豺狗子从铁路线旁边的芦荟围栏里瞅了一遍又一遍，自从第一台火车头在印度跑起来，鹳一直观望着火车头。然而湾鳄仅仅是从下面看那东西，从那里望去，那铜圆顶的样子挺像牛峰。

“嗯——对，一种新犍牛。”湾鳄沉吟着重复说道，好在自己心里确信无疑。“当然是头犍牛。”豺狗子说。

“它也可能是——”湾鳄气哼哼地开口说。

“肯定——绝对肯定。”豺狗子没等对方说完就抢着说。

“什么？”湾鳄怒气冲冲地说，因为他觉得他们两个比他知道得多。“可能是什么？我还没有把话说完呢。你说它是一头犍牛。”

“可怜虫的保护神想说它是什么，它就是什么。我是他的奴才，而不是那个跨河而过的东西的奴才。”

“不管它是什么，它是白面皮的器物。”鹳说，“反正我不愿意躺在像这片沙洲这么靠近它的一个地方。”

“你对英国人的了解不如我。”湾鳄说，“修桥那会儿，这里有一个白面皮，晚上他常常坐一条小船，两只脚在船底板上趿拉来趿拉去，还悄没声儿地说：‘是不是在这儿？是不是在那儿？拿枪来。’没见他人，却听见他的声音——他发出的每一个响声——河上河下，咯吱咯吱，扑哧扑哧，他把枪摆弄得嘎嗒嘎嗒。当然，我收拾了他的一个工人，可这也省去了一大笔买木柴火化的开销啊。他确确实实来到台阶边大声叫嚷，说要捕杀我，从河里清除我——湾鳄，台阶的湾鳄呀！我！孩子们，我在他的船底下一游就是几个钟头，听见他朝圆木开枪。当我十拿九稳他已经疲倦了时，我便从他旁边蹿上来，在他的脸前张开嘴啪地咬了一下。桥修好以后他就走了。英国人统统都是那样子搞猎杀的，除了他们被猎杀的时候。”

“谁猎杀白面皮来着？”豺狗子激动地叫起来。

“现在没有，不过我年轻气盛的时候猎杀过他们。”

“那次猎杀我还有印象。那时候我还小。”鹳说，意味深长地吧嗒着尖嘴。

“那时候我在这里的地位已经确立起来。我还记得，我的村子正在进行第三次重建，这当口，我的表亲恒河食鱼鳄给我捎信儿来，说贝拿勒斯上面一片汪洋。起初我不想去，因为我那表亲只是个食鱼鳄，总是连好坏都搞不明白，但晚上我听见我的村民们的谈话，他们的一番话使我下了狠心。”

“他们说什么来着？”豺狗子问道。

“他们说的足以使我，湾鳄台阶的湾鳄，离开水，用脚走。我走的是夜路，哪怕是涓涓的细流，能行的我照用不误。不过天气刚热起来，无论大川小溪，水位都很低。我横过土路，穿越草莽，我披星戴月，爬山越岭。就是石头我也爬呀，孩子们——好好想一想此情此景吧！我越过无水的锡尔欣[①]尾巴以后，才找到了那一条流向贡加河的小河。我离开自己的民众和我熟知的河岸，长途跋涉了一个月。这可是天下奇事！”

“一路吃什么呢？”豺狗子说，他的魂儿都牵在他那小肚子上呢，所以湾鳄的陆地旅行记在他的脑子里没有留下一点儿印象。

---

① 无水的锡尔欣又叫印度沙漠，在旁遮普邦的萨特莱杰河和朱木拿河之间。

“找到什么吃什么呗——表兄弟啊。”湾鳄一字一板，慢条斯理地说。

在如今的印度，你可不能见谁都叫表兄弟，除非你认为你可以攀上什么血亲，因为只是在古老的童话里，湾鳄曾经和一只豺狗子结了婚，所以豺狗子知道出于什么原因，他突然受到抬举成了湾鳄家族的一员[①]。如果只有他们俩，豺也就无所谓了，但鹳在一旁，听了这个可恶的玩笑，眼睛闪着欣喜的光。

“当然，老爷子，这我该知道。”豺狗子说。湾鳄才不乐意被人家叫作豺狗子的老爷子呢，湾鳄台阶的湾鳄也是这么说的——还说了许多用不着在这里重复的话。

“可怜虫的保护神认亲啦。具体是哪门子亲戚我怎么记得呀？再说，我们吃的东西都是一样的。这一点他已经说过了。”豺狗子是这样回答的。

这一番话让事态更加恶化了，因为豺狗子透露出的信息是，湾鳄在走旱路时一定吃的是新鲜食物，而且天天吃新鲜，而不是把吃的放到状况适当的时候再吃。每一个有自尊心的湾鳄和大多数野兽，只要能做到，都是这么吃的。说真的，河床上下最轻蔑的言辞之一就是“吃鲜肉的东西”。这句话的难听程度跟管一个人叫“吃人生番”差不多。

“那是三十个季节以前吃的，”鹳不动声色地说，“我们哪怕再谈上三十个季节，事情也一去不会复返。行啦，现在跟我们说说你那最神奇的旱路跋涉过后进入水路的情况吧。如果我们听每一只豺狗子的嚎叫，城里的事务就搁下了，俗话就是这么说的。”

湾鳄一定很感激这番打岔，因为他连忙又往下说起来：“凭贡加河的左右两岸起誓！我到达那里的时候从来没有见过那么大的水！”

“是不是比上个季节的洪水还大？”豺狗子说。

“还大！那场洪水充其量五年一回——不外乎冲下来一小撮外乡人、

---

① 这句话深层的意思是，湾鳄一路上吃豺狗子；吃一种动物就跟这种动物攀上了讽刺意义上的血亲。

几只鸡，还有逆流的泥水里的一头死犍牛。但我想到的那个季节，水位低，水面平滑，而正像恒河食鱼鳄警告我的那样，英国人的尸体一个接一个漂下来。那个季节，我的腰都变粗了——腰粗了，肉厚了。从阿格拉，经过埃塔伐和阿拉哈巴德[①]旁边的宽阔的水面——”

“啊，阿拉哈巴德堡墙下的那个旋涡哟！”鹳说，“那里来的英国人的尸体就像芦苇荡里的野鸭子一样，旋呀，旋呀——就这个样子！”

他又跳起了他那怪吓人的舞蹈，豺狗子看着，满心的羡慕。他当然记不得他们所议论的发生兵变的那可怕的年月了。湾鳄继续说道：

“走呀，在阿拉哈巴德旁边，你只有静静地躺在平流里，让二十具尸体漂过去，你从中捡起一具就行了，尤为重要的是，英国人不像当今的女人那样，身上有珠宝、鼻环、踝镯这样一些累赘。俗话说，喜欢装饰就是最后用绳子做项链。那时候，所有的河里的所有湾鳄都发福了，可我的命却比其他的湾鳄更好。有消息说英国人正遭到追猎，被赶进河里，凭贡加河的左右两岸起誓，我们相信这是真的！我到了南方，相信消息属实，我顺流而下，经过了蒙吉尔和俯瞰河流的那些坟墓。”

“我知道那个地方。”鹳说，“自那些日子起，蒙吉尔成了一座废城。现如今人烟非常稀少。”

“随后我又慢腾腾、懒洋洋地往上游走，刚走过蒙吉尔，下来了一船的白面皮——都活着！我记得她们都是些娘儿们，躺在一块用棍子撑起的布单下面大呼小叫的。那些日子，他们对我们这些浅水地带的守望者从不开枪。所有的枪都在别的地方忙活着呢。无论白天黑夜我们都能听到陆地上的枪响，随着风向的变化，枪声也时而被刮来，时而又被刮去。我在那条船前完全浮出了水面，因为我还从来没有见过活着的白面皮呢，尽管我对他们很了解——不过那都是白面皮死的时候。一个光身子白娃娃跪在船边上，弯下身来，硬要让两只手随水漂动。看见一个小

---

① 这三个城市都在恒河上游的朱木拿河岸上。

娃娃这样喜欢流水，还真是一种美不滋儿的景致。那天我已经吃过了，但肚子里还有一点儿空隙呢。不过，那纯粹是为了寻乐子，不是为了填肚子，我在娃娃的手边浮起来。目标再清楚不过了，我看都不用看一眼就凑到跟前，可是那两只手太小，尽管我的嘴巴真的吧嗒了一下——这一点我敢肯定——可那娃娃把手猛地一抽，没有伤着。手肯定是从牙缝里抽出去的——那双小白手。我应当横着咬他的胳膊肘儿才对；不过，我说过，我浮起来只是为了寻乐子，想看看新鲜事儿罢了。船上的人大呼小叫起来，我立即又浮起来看个究竟。船太沉，掀不翻。她们都是些娘儿们，俗话说，谁相信娘儿们，谁就会踩着浮萍行走——凭贡加河的左右两岸起誓，此话不假。”

“有一回一个女人给了我一些干鱼皮。”豺狗子说，“我本来希望弄到他的宝宝，可是俗话说，吃马食比挨马踢强。你那个女人怎么办了？”

“她向我开了枪，用的是我先前和往后都没有见过的一种短枪。一连开了五枪（湾鳄碰到的准是一把老式左轮手枪）；我张着嘴巴傻呆着，脑袋周围全是烟。我从来没有见过这样的事情。五枪，快得就像我摆了一下尾巴——就这样！”

豺狗子对这个故事越听越入迷，但当那个像镰刀似的大尾巴甩过来时，他刚好来得及闪开。

“直到要开第五枪，”湾鳄说，仿佛他做梦也没有想到会使他的一个听众惊骇似的——“直到要开第五枪我才沉了下去，我浮上来时刚好听到一个船夫跟所有的白娘儿们说，我是必死无疑了。一颗子弹打到我的一片颈甲下面。我不知道它是不是还在那里，因为我的脑袋转不动。看见了吧，孩子。这就说明我的故事是真的。”

“我？”豺狗子说，“我一个吃旧鞋的，咬骨头的，怎么敢怀疑河流的艳羡的话呢？哪怕我的贱脑子里掠过这种想法的一点儿影子，我的尾巴就让瞎狗咬掉。可怜虫的保护神已经屈尊告诉我，他的奴才，说他这一生曾被一个女人打伤，这就够了，我要把这个故事讲给我所有的孩子听，还要什么证据呢?”

“过多的礼貌有时候并不比过多的无礼强，因为，俗话说，凝乳能够噎死客。我不想让你的哪个孩子知道湾鳄台阶的湾鳄仅受过一次伤，而且伤他的还是一个女人。要是他们弄肉吃也像他们的老爸一样惨，他们对这事就会另有想法了。”

“这事儿早就给忘了！从来没有说起过！压根儿就不存在一个白娘儿们！没有船！压根儿什么都没有发生过！”

豺狗子把他的刷子尾巴一摆，表示一切怎样从他的记忆中彻底清除了，然后便大模大样地坐下了。

“其实发生的事情多了去了。”湾鳄说，那天晚上他第二次企图占他朋友的上风，却吃了个败仗。(不过两次都不怀恶意。吃与被吃在大河上下是天公地道的法则，湾鳄吃罢以后，豺狗子来不过是分得了他那应得的一份赃物。)“我离开那条船向上游游过去，我到达阿拉和阿拉后面的滞水区时，再没有英国人的尸体了。河面上一时间空无一物。后来漂下来一两具尸体穿着红外套，不是英国人[①]，但都是同一类人——印度人和普尔比亚人——然后五六个并排漂下来，最后从阿拉到亚格拉那面的北方，好像一个又一个的村子的人统统落了水。他们接二连三从小河里漂出来，仿佛是雨季里漂流而下的圆木。河水一涨，他们便从原来停留的浅滩上成群结队地浮起来。下降的洪水便扯着他们的长发把他们拖过田野，穿过丛林。我整夜都在北上，一路听见枪声大作，白天听见人们穿着鞋蹚过浅水区，听见沉重的大车轱辘辗着水下沙子发出的噪声，每一股涟漪都会带来更多的死人。最后连我也害怕起来，因为我说：‘如果人碰上这种事情，湾鳄台阶的湾鳄怎么会逃过这一劫?’还有船从我后面驶上来，没有挂帆，火一直在烧，就像运棉船有时候着火一样，却永远沉不下去。”

---

① 指由英国人训练和武装的哗变了的印度兵。

“啊!”鹳说，“这样子的船是开往南方的加尔各答的。这种船船身高，黑颜色，后面有一条尾巴打水，这种船——”

“有我的三个村子大。我的船船身低，白颜色；它们在船身的两侧打水，也没有讲真话的人的船应有的那么大。那些船使我提心吊胆，于是我离开了水，回到我的这条河里来，白天藏起来，在找不到小溪帮我的时候，就走夜路。我又回到了自己的村子，但我不指望看见我那里的什么民众了。可他们耕耘的耕耘，播种的播种，收割的收割，都在自己的地里来回奔忙，就像他们自己的牛一样平静。”

“河里还有没有好吃的东西?”豺狗子说。

“我真没有想到会有那么多。就连我——我是不吃烂泥的——就连我也累了，我记得，河里接连不断漂下来不声不响的人，我都有点儿发毛了。我听见我的村民们说英国人都死光了，可随激流漂下来的这些人，脸朝下，都不是英国人，我的村民都看见了。于是我的村民们说，最好的办法是不说话，只管缴税和耕地。过了好久好久，河里才算干净了，原来漂下来的人显然是被洪水淹死的，这一点儿我看得明白。虽说这时候弄吃的不是那么容易了，但我还是打心眼儿里高兴。有些地方杀几个人不算什么坏事情——可是正如俗话说的，就连湾鳄也有满足的时候。”

“不简单！真不简单!”豺狗子说，“只要听一听这么多好吃的，我都长胖了。那么，我可不可以问一下，后来可怜虫的保护神还干了些什么呢?”

“我对自己说——凭贡加河的左右两岸起誓！我说一不二——我说我再也不到处漫游了。于是我便在台阶旁边打发日子，十分接近我的村民，我年年关注着他们；他们也非常爱我，他们一看见我的脑袋抬起来，便朝我扔金盏花花环。是啊，我的命对我很照顾，整条河都很好，完全尊重我这可怜虚弱的样子。只不过——”

“谁也不是从嘴巴到尾巴都浑身自在的。”鹳说，满心的同情，“湾鳄台阶的湾鳄还需要什么呢？”

“我没有弄到那个小白娃娃，”湾鳄说着便长叹一声，“他小归小，但我忘不了。现在我老了，不过在我死前，我想尝个新鲜。说实在的，他们都是些笨手笨脚、吵闹不休的傻蛋，开心的活动不多！不过我还记得贝拿勒斯上面的那些日子，要是那娃娃活着，他也仍然记得。说不定他现在就在某一条河的岸上走来走去，讲他怎样有一回从湾鳄台阶的湾鳄的牙缝里把手抽出来，又怎样活下来把它编成一个故事的。我的命大，但这件事情有时候倒成了我的梦魇——对船头那个小白娃娃的念想总是挥之不去。”他打了个呵欠，闭上了嘴巴。“现在我要歇一歇，想一想了。别出声儿，我的孩子们，尊敬老者。”

他便硬撅撅地转过身，拖泥带水地爬到沙洲顶上，豺狗子和鹳连忙往后退，好在离铁路桥最近的那一头的一棵树后面躲起来。

“这日子过得蛮滋润的。”他嘴一咧笑着说，抬起头以探询的目光望着个头高出他许多的鸟儿。“你注意，他可一次也没有认为应该告诉我河岸的什么地方还落下一口吃的。我倒是上百次地告诉他河里有好东西冲下来了。俗话说得好：‘消息一来，全世界都把豺狗子和剃头匠忘在脑后。’现在他要睡觉啦！啊啦！”

“豺狗子怎么能跟着湾鳄捕猎呢？”鹳冷冷地说，“江洋大盗和小毛贼儿，谁占便宜，那还用说吗？”

豺狗子难耐地悲鸣着缩起来，他抬头一望，透过粘满烂泥的树枝看着几乎就在头顶上的桥。

“怎么啦？”鹳说着便挺不自在地张开一只翅膀。

“等等看，风是从我们这里吹到他们那里的，不过他们不是找我们的——这两个人。”

“人，是吗？我的职务就是我的保护伞。全印度都知道我神圣不可侵犯。”因为是第一流的清洁工，鹳想到哪儿就可以去哪儿，所以这一位倒是毫无畏缩的意思。

“我充其量也就是挨旧鞋扔打的货，再好一点儿的东西人家还舍不得扔呢。”豺狗子说，又竖耳细听起来，“听那脚步声！”他接着说，“那可不是乡下的光脚板，而是白面皮的穿鞋的脚。再听！铁碰铁的声音！那是枪！朋友，那些笨手笨脚、傻里呱叽的英国人来找湾鳄说话了。”

“那就警告警告他，刚才他还被一个豺狗子一样的饿死鬼叫可怜虫的保护神呢。”

“让我们的表兄保护自家的皮去吧。他一而再，再而三地告诉我白面皮没有什么可怕的。他们准是白面皮。湾鳄台阶没有一个村民敢来追踪他。看，我说那是一杆枪嘛！现在，好运来了，天亮前我们就要饱餐一顿了。他一出水，耳就背了——这一回可不是个娘儿们呢！”

月光下，明晃晃的枪筒在桥的大梁上闪了片刻。湾鳄躺在沙洲上，静得像自己的影子一样，他的前爪向外伸出了一点儿，脑袋耷拉在两只爪子中间，打着鼾，鼾声当然像条——湾鳄了。

桥上有个声音悄悄地说：“那一枪打得怪——几乎是直射下去的——但绝对安全。最好在他的脖子后面来一下。好家伙！要是把他打死了，村民就撒起野来了。他是这一带的地方神啊。”

“我才不管呢，”另一个声音答道，“修桥的时候，他叼走了我的十五个最壮的苦力，现在也该收拾他了。我坐船跟了他好几个礼拜。我把这杆枪的两筒子弹一向他射去，你的马蒂尼[①]就马上到位。”

“当心后坐力。一杆双筒四膛枪，可不是闹着玩儿的。”

“那就看他的了。开枪了！”

轰的一声响，声音就像一门小加农炮（最大型的猎象步枪跟大炮差不离），两道火光一闪，紧接着是马蒂尼刺耳的脆响，它的长子弹把鳄鱼的铠甲奈何不得。不过那两发开花弹倒还管用，一发正好打到湾鳄的脖子后面，在脊椎骨左面一掌宽的地方，另一发则在稍下面一点儿，也

① 马蒂尼–亨利式来复枪，1870 年以后为英国陆军的标准用枪。

就是尾巴根儿上开了花。一条受了致命伤的鳄鱼，一百例中有九十九例都能爬进深水区逃之夭夭，而湾鳄台阶的湾鳄却实实在在地炸成了三截。他的脑袋都没来得及动一下就一命呜呼了，像豺狗子一样平展展地躺着。

“雷轰电闪！电闪雷轰！”那悲惨的小兽说道，“那个拉着有盖子的大车的东西是不是终于从桥上翻了下来？”

“只不过开了一枪罢了，”鹳说，尽管他的羽毛在哆嗦，“也就是开了一枪嘛。他肯定没命了。白面皮来了。”

两个英国人急匆匆地从桥上下来，跨过沙洲的时候站住对湾鳄的身长啧啧称奇。然后一个本地人用一把斧头把他的大脑袋剁了下来，四个人把它拖过了沙嘴。

“上次我把手伸进了一条湾鳄的嘴巴里，”其中一个英国人说着弯下腰来端详（他就是那个修桥的人），“那时候我约莫五岁——坐船到下游的蒙吉尔去，我是一个叛兵仔，人家就是这么叫的。可怜的妈妈也在船上，她常常给我讲她怎么拿爸爸的老式手枪朝那畜生的脑袋开枪的情景。”

“好啦，你总算在这个族长身上报了仇——尽管枪震得你流鼻血了。嘿，船夫们，把脑袋拖到岸上去。咱们煮一煮把脑壳取下来。皮打烂了没法用了。现在睡觉去吧。这样熬了一宿，也算值了，对吧？”

说也奇怪，人们走后不到三分钟，豺狗子和鹳也说了同样的一番话。

涟漪之歌

曾有一股涟漪冲向陆地，
　　正值落日熔金的时候——
冲到浅滩返回时，
　　舔了舔一个姑娘的手。

纤足轻迈酥胸起伏——
　　过河休息一定会兴冲冲。
“姑娘，等等，”涟漪吩咐，
　　“稍等一会儿，我是死神！”

“恋人说好地儿唤我去——
　　冷淡他显得没羞没臊，
好绕圈子的就是鱼，
　　翻来覆去胆儿真不小。”

纤足一双，柔心一颗，
　　等候那满载的过河车。
“等一等，啊，等一等！”涟漪说，
　　“姑娘，等等，我是死神！”

“恋人唤我，我得赶紧去——
　　高傲的姑娘没人娶！”
涟漪——涟漪把她的腰肢团团围住，

激流打着漩儿清清楚楚。

痴心信手始终如一，
纤足永远踏不上陆地。
涟漪逃逸邈邈悠悠，
涟漪——涟漪——一股红流！

夔 鲲

东冰原的人像雪一样正在消融——
他们讨要咖啡和糖，总是追随着白人。
西冰原的人学着偷窃和打斗；
他们把毛皮卖给贸易站，把灵魂也向白人出售。
南冰原的人跟捕鲸船上的船员把生意做得红火；
他们的妇女有很多丝带，可他们的帐篷又少又破。
然而老冰原的人，白人对他们一无所知——
他们用独角鲸的角做矛，他们是这类人的最后一支。

"瞧！他睁开眼睛啦。"

"把他再装到皮囊里去。他将会成为一只壮实的狗狗。赶四个月大时我们给他起了个名儿。"

"跟谁？"阿莫拉克说。

卡德鲁的目光巡视着里面护着兽皮的雪屋，最后落到十四岁的柯图科身上，他正坐在睡凳上用海象牙做一枚扣子呢。"名儿就跟我吧，"柯图科咧开嘴笑了笑说，"有一天我会用得着他的。"

卡德鲁咧嘴回他一笑，笑得他的一双眼睛几乎埋进他那张柿饼脸的肥肉里去了，然后向阿莫拉克点了点头。这会儿，狗崽的凶妈妈看见自己的宝宝在挂在暖洋洋的鲸油灯上面的小小的海豹皮囊里扭动着身子，自己又够不着，便哀声哀气地呜呜叫着。柯图科继续干他的雕刻，卡德鲁把一卷皮革狗挽具扔进开在房子一侧的小屋里，再脱掉他那沉甸甸的鹿皮猎装，搁进挂在另一盏灯上方的一个鲸骨网里，然后一屁股跌坐在睡凳上，削一块冻海豹肉，等他老婆阿莫拉克端来炖肉血汤正餐。他刚天亮就出去守在八英里外的海豹洞旁，回家时带着三只大海豹。一条又低又长的雪道或者坑道通向屋子的里门，半道里你就能听见拉雪橇的狗辛苦了一天卸下来，拖拖沓沓向暖和的地方跑时又是咬又是叫。

叫声太大的时候柯图科便懒洋洋地从睡凳上滚下来，捡起一根鞭子。这鞭子的把儿是用柔鲸骨做的，有十八英寸长，辫成的沉重鞭条有二十五英尺长。他冲进雪道，那里的声音听上去好像一群狗要把他生吞活剥掉似的，其实那只是例行的饭前感恩祷告而已。他从雪道的远端爬出来的时候，五六个毛烘烘的脑袋目不转睛地追随着他，此时他正向一种用鲸颚骨做成的挂架走去，因为狗食就挂在那里。他用一支宽头矛把冻肉分割成块块，然后一只手捏着鞭子，一只手拿着肉等着。接着开始给狗点名领肉，先点最弱的，如果哪条狗乱了顺序，那他可要吃苦头了，因为尖尖的鞭梢会像闪电一样射出来，抽掉他一两英寸的毛和皮。每只狗得到自己的定量，先嚎一声，再猛咬一口，塞到嘴里，然后赶忙回去，好让雪道保护自己。在此期间，小男孩一直站在耀眼的北极光下的雪地上秉公办事。最后喂的是狗队长黑老大，给其他狗套上挽具时，他在维持秩序，柯图科给他的是双份肉，外加一声响鞭。

“啊！”柯图科说着把鞭子卷起来，“我灯上面还有一只小崽，他会叫得很厉害呢。萨尔泡克！进去！”

他从蜷缩在一起的狗群身上爬回去，用阿莫拉克放在门边的鲸骨打子把皮袄上的干雪打掉，拍了拍屋子的皮里屋顶，好把从上面的雪穹上挂下来的冰挂抖掉，然后在睡凳上把身子一蜷。雪道里的狗睡了，有的打着呼噜，有的在哼哼，小宝宝在阿莫拉克深深的皮兜帽里乱踢乱蹬，感到憋闷，咯咯地叫着。刚起了名儿的狗崽的妈妈卧在柯图科身旁，她的眼睛盯着那包海豹皮，它在宽阔的灯焰上显得又暖和又安全。

这一切发生在北方很远很远的地方，比拉布拉多远，比大潮颠簸着浮冰的哈得孙海峡远，在梅尔维尔半岛北边——甚至在狭窄的弗里-赫克拉海峡北边——在巴芬地的北岸，在那里，拜洛特岛屹立在兰开斯特海峡的冰原上，像一个倒扣着的布丁碗，兰开斯特海峡以北的情况我们知之甚少，除了北德汶和埃尔斯米尔地。但就在那里，也零零星星的有人居住，那里可以说是在北极的隔壁了。

卡德鲁是个因纽特人——你们所谓的爱斯基摩人——他的部落据说总共就三十来个人，属于图怒尼尔米缪特——“某物背后的地区”。在地图上，那个荒凉的海岸被标为海军部湾，然而因纽特人的这个名字最好不过了，因为这片地区就在世间万物的背后。因为一年有九个月只有冰雪，狂风连连不断，那种严寒从来没有见过温度计到过零度的人是无法了解的。在这九个月里，有六个月暗无天日，可怕就可怕在这里。在夏天的三个月里，每夜隔日都是冰冻天气，这时候南坡的雪开始消融，一滴一滴地流下来，几株地柳发出茸茸的嫩芽，一两株小小的景天做出开花的样子，一滩一滩的细砾石和滚圆滚圆的石头向外海流动，磨光的巨石和有条纹的岩石在颗粒状的雪上面奓起来。但这些景象只消几个星期就荡然无存了，狂野的冬天又把大地锁得严严实实。而在海上，冰在附近汹涌澎湃，拥挤冲撞，劈裂击打，舂捣研磨，最后又结成一片，有十英尺厚，从陆地一直延伸到深水区。

冬天，卡德鲁常常跟踪海豹，一直跟到这片陆地冰的边缘，趁它们在冰洞里上来呼吸的当儿，用矛扎它们。海豹必须要在宽阔的水域生活、捕鱼，而在隆冬季节，冰有时候从最近的海岸延伸八十英里没有一点儿破裂的地方。到了春天，他和他的族人便从浮冰撤退到岩石遍地的大陆上，在那里搭起兽皮帐篷，设套捕捉海鸟，或者用矛扎在沙滩上晒太阳的小海豹。再往后，他们会南下到巴芬地猎驯鹿，从内陆成百上千的河流湖泊里捕鲑鱼，满足他们一年的储存，九十月间，又回到北方捕猎麝牛和进行如期到来的冬季海豹大捕猎。这种旅行靠的是狗拉雪橇，一天跑二三十英里，要么，有时候坐着宽大的皮艇“女人船”下岸去，这时候狗狗和宝宝躺在划手们的脚中间，女人们唱着歌儿，在寒冷的、明镜似的水面上从一个海角滑向另一个海角。图怒尼尔米缪特人知道的一切奢侈品都来自南方——做雪橇滑板的漂木呀，做鱼叉尖的铁条呀，钢刀呀，烧饭比老皂石器皿管用得多的锡铁壶呀，打火石和钢铁呀，甚至火柴、女人用来扎头发的彩色丝带呀，廉价的小镜子呀，还有给鹿皮裙装研边的红布呀，不一而足。卡德鲁拿富丽、扭曲、奶油色的独角鲸角和麝牛牙（这些东西跟珍珠一样值价）跟南方的因纽特人做交易，后者又转手与捕鲸船和埃克赛特以及坎伯兰湾的传教贸易站交易。这根链条就这样延续下去，直到佩迪市场[①]上一个船上的厨子捡起的一把壶，也许会在北极圈寒区某地的鲸油灯上终结自己的时日。

卡德鲁是个好猎手，有的是铁鱼叉、雪刀、鸟镖和让酷寒中的日子过得容易一些的其他物品。他是该部落的头人，或者用他们的话说，是个“万事通”，但这并没有给他带来什么权威，除了时不时地能建议他的朋友们改换改换猎场。但是柯图科却通常以懒散肥胖的因纽特人的方式左右别的男孩子，当他们夜里出来在月光下玩球和对着北极光唱童谣的时候。

不过，因纽特人十四岁就觉得自己是个大人了。柯图科对套野鸟和狐崽已经厌倦了，最厌倦的则是帮助女人们整天价嚼海豹皮和鹿皮（这是鞣皮子最好的手段），而男人们则外出打猎。他想进“夸集”，也就是歌房，当猎人们聚集在那里举行秘密活动的时候，安盖科克，也就是巫师，却在灯吹灭以后把他们吓得魂飞魄散，同时又乐得死去活来，于是你能听见驯鹿的魂儿踩踏着屋顶；把一支长矛投进外面茫茫的黑夜，收回来时上面浸满了热血。他想把他的大靴子扔进网里，带着一家之主的疲态，还想跟哪个晚上串门子进来的猎手赌一把，用一口锡锅和一枚钉子玩一种家庭自制的轮盘赌。他想做的事情何止千万，可是大人总是取

① 位于印度孟买。

笑他说："等你有两下子的时候再说，柯图科，狩猎并不全是抓捕活儿。"

既然他爸爸已经让一个狗崽的名儿跟了他，前景就显得更光明了。因纽特人是不会把一只好狗糟蹋到儿子身上的，除非他知道一些驾驭狗的门道，而柯图科坚信自己知道的比什么都多。

如果这只狗崽没有一副钢筋铁骨般的体格，他就会由于吃得过多而胀死，被使唤得过多而累死。柯图科给他做了一副微型挽具，还带了一条挽绳，便在房子的地上一边把他生拉硬拽，一边喊着："啊哇！呀啊哇！"（向右走）。"乔呀！乔咿！呀乔呀乔咿！"（向左走）。"噢哈哈！"（站住）。狗崽一点儿也不喜欢干这种事儿，但是与头一回被套上雪橇相比，这样子像鱼一样被人提溜来提溜去则是纯粹的快乐。他只是卧在雪地上，玩弄着从他的挽具连到"皮图"——也就是雪橇前头的大皮带——上的海豹皮挽绳。这时狗队出发了，狗崽发现十英尺长的沉重的雪橇在他的背后跑，拖着他在雪地上跑，而柯图科笑得眼泪都流出来了。随后这样的日子没完没了，无情的鞭子在冰上像风一样呼啸，他的伙伴们都咬他，因为他不知道自己该干啥，挽具蹭摩他，而且再也不许他和柯图科一起睡觉了，但又不得不待在雪道最冷的位置上。对狗崽来说，这可是一段悲惨的时光。

孩子也像狗一样很快懂事了，不过驾驭一辆狗拉雪橇可是一件糟心事。每只狗都由他自己单另的缰绳套着，这条缰绳从他的右前腿下面过去，用一种手腕一转就能滑开的扣和环拴到主套绳上，这样一次就能放开一只狗，最弱的狗离橇夫最近。这种拴法很有必要，因为年轻的狗往往把缰绳弄到两条后腿中间，一下子勒到骨头上去。他们个个都喜欢一边跑一边在缰绳中间跳进跳出找朋友。于是相互打斗，这样一来就搅得比第二天早晨的一条湿钓丝还乱。科学地使用鞭子就可以避免很多很多麻烦。因纽特男孩个个都以善甩长鞭而自豪，但抽打地面上的靶子容易，而在雪橇全速前进途中身子前倾，刚好抽到一只耍滑溜号的狗的肩后就难了。如果你喊一只"开溜"的狗名字，鞭子不小心抽到另一只身上，那样一来，两只狗便立即大斗起来，搞得其他的狗都停下来。还有，如果你和同伴驾橇赶路，赶着赶着聊起天来，或者你独自哼起了歌儿，狗就会站住，转过身来，蹲下听你要说什么。柯图科有一两回由于忘了在停下来以后把雪橇撑住，便被拉上跑远了；在能让人放心地驾驭一辆八犬全队齐拉轻型雪橇之前，他曾甩断过很多鞭条，弄断了几根鞭梢。这时候他觉得自己是个举足轻重的人物，在滑溜溜、黑沉沉的冰面上，有一颗勇敢的心和一只敏捷的肘，他在平滑的冰面上一溜烟似的滑过，快得像一群吠叫着全速追猎的狗。去海豹洞，他常常要跑十英里地，他一到猎场就把从“皮图”上松开的一条缰绳猛地一抽，把那条大黑头狗放开，他可是狗队里最聪明的。一旦这条狗闻出一个出气孔，柯图科立马把雪橇倒过来，把两根像童车把儿一样奓着的锯开的鹿角深深地插进雪地里，这样，整队狗就不会脱开了。然后，他就一英寸一英寸地爬向前去，等待海豹上来呼吸。海豹一露头他就连矛带线猛扎下去，一会儿工夫就把海豹拖到冰沿上，这时黑头狗便上前来，帮助他把死尸从冰上拖到雪橇旁。这时候上套的狗兴奋得叫声连天，口吐白沫，柯图科把长鞭像根烧红的铁条一样从他们的脸上甩过去，直到死尸冻僵为止。回家可是一桩苦活。必须把满载的雪橇拉过粗糙的冰面，狗们蹲下来，睁大饿眼盯着海豹，却不拉车。最后，他们就击打着磨损了的雪橇路回村了，在叮咚作响的冰面上，低头翘尾、笃笃唧咿一路向前，而柯图科却唱起了“安-古提翁泰-纳陶-纳-涅泰纳”（猎人回归之歌），在黯淡的星空下，从家家户户传出欢呼他胜利归来的声音。

狗儿柯图科完全长大以后，过得十分快乐。他在狗队里不断拼搏，地位稳步提升，直到有天晚上，大家进餐的时候，他把那条大黑头狗整治了一顿（娃儿柯图科看见了这场公平竞争），如人们所说，使他屈居老二了。于是他得到提升，套到头狗的长皮条上，在其他狗前面五英尺的位置上奔跑，他的职责就是制止一切打斗，不论套上雪橇，还是没套雪橇的时候，他还戴上了一个铜丝项圈，又粗又沉。在特殊情况下，给

他喂点儿家里煮好的熟食，有时候还允许他跟柯图科一起睡在板凳上。他是一条很棒的海豹狗，常常围着一头麝牛跑，咬他的脚后跟，逼他就范。他甚至常常——对一条雪橇狗来说这是显示勇敢的最权威的证据——跟一只身材瘦溜的北极狼作对。北方所有的狗，一般来说，害怕北极狼胜过害怕在雪地里行走的任何东西。他和他的主人——他们不把狗队里的普通狗当伙伴——夜以继日一起捕猎，毛皮裹身的男孩和凶狠的长毛细眼、白牙黄毛畜生。一个因纽特人得做的一切就是为自己和家人猎取食物和兽皮。娘儿们把兽皮做成衣裳，偶尔帮着给小猎物设陷阱下套，然而大量食物——他们吃得极多——必须由男人寻找。如果供应不上，那里可没有条件让你可以去买，可以去讨，可以去借，那就只有坐以待毙了。

除非迫不得已，因纽特人是想不到这种情况的。卡德鲁、柯图科、阿莫拉克及成天在阿莫拉克的皮毛兜帽里胡乱踢腾、嚼着鲸油的宝宝，他们一家像世界上任何家庭一样快乐祥和。他们出身于文静的种族——

因纽特人很少发脾气，几乎从不打孩子——他们不知道真正撒谎是什么意思，更别说偷窃了。他们满足于在严酷无望的寒冷心脏里用矛谋生计，满足于露出一脸油亮的笑容，满足于晚上讲怪异的鬼魂与童话故事，满足于吃得再也吃不下，满足于在漫长的天灯照亮的白天一边补衣服和猎具，一边唱没完没了的女人的歌："啊姆哪啊呀，啊姆哪啊！啊！"

然而在一个可怕的冬季，一切都背叛了他们。图怒尼尔米缪特人一年一度打鲑鱼回来，在拜洛特岛北面的新冰上造起了房子，准备大海一冰冻就去猎海豹。然而那个秋天来得又早又严酷，整个九月狂风不断，光滑的海豹冰还只有四五英尺厚，狂风就把它刮得支离破碎，向陆地堆起了一道层叠嶙峋的大冰障，约莫二十英里宽，要把狗拉雪橇拉过这堵冰障，没有任何可能。冬天海豹经常在浮冰边缘捕鱼，现在这道冰障把它堵在后面，有二十英里之遥，图怒尼尔米缪特人完全去不了。即便如此，他们也许想办法在整个冬季靠他们储存的冻鲑鱼和鲸油，还有设圈套逮住的动物，勉强度日。然而十二月，他们一个猎人碰上了一顶"图皮克"(兽皮帐篷)，里面有奄奄一息的三个女人和一个女孩，原来她们家的男人们是从远北方过来的，他们出去追猎长角的独角鲸时，连人带小小的皮猎船都被压得稀烂。于是卡德鲁只好把三个女人分开安置到几个冬村小屋里去住，因为因纽特人是不敢不给外乡人饭吃的。他们从来也不知道什么时候会轮到自己去乞讨。阿莫拉克把那约莫十四岁的女孩收留下来，权当一种仆人使唤。从她尖尖的兜帽的裁剪和她的白鹿皮裹腿长钻石形花样来看，他们估摸她是埃尔斯米尔地人，她先前从来没有见过锡饭锅或木底雪橇，不过娃儿柯图科和狗儿柯图科都十分喜欢她。

于是所有的狐狸都南下了，就连那成天嚎叫、愣头愣脑的雪原小偷狼獾，也懒得关照柯图科设下的那一溜儿空陷阱了。这个部落失去了两个最优秀的猎人，他们在跟一头麝牛格斗时被顶残了。这就把更重的挑子撂到别人肩上。柯图科天天出门，赶着一辆六七只最壮的狗拉的轻雪橇寻找一片海豹可能抓开一眼换气孔的明净的冰面，瞅得眼睛都痛了。

狗儿柯图科四处巡察，在死寂的冰原上，娃儿柯图科可以听见他在一个三英里开外的海豹洞上面兴奋得几乎透不过气来的呜咽，清楚得就像他在肘边呜咽一样。每当狗儿发现一个孔时，娃儿就会给自己建造一个小小的矮雪墙，挡住最凛冽的寒风，他在那里一待就是一二十个钟头，等候海豹上来呼吸。他的眼睛死死盯着他在孔上面做的小小的记号，他做记号为的是标明投下鱼叉的位置。他脚下铺着一张小小的海豹皮垫子，双腿用“图塔雷昂”——老猎手们说的带扣——捆在一起。当一个人长时间地等待耳朵很尖的海豹浮起时，这么做有助于防止他的双腿抽筋。这里边虽然没有值得兴奋的东西，但你不难相信：用带扣绑住纹丝不动地坐着，气温又在零下四十多度，这可是一个因纽特人所知道的最苦的工作。抓住一只海豹时，狗儿柯图科就会跳上前去，身上拖着挽绳，帮着把死海豹拖到雪橇跟前，而其他的狗则在那里的破冰背后闷闷不乐地避风，又累又饿。

一只海豹是支撑不了多久的，因为这个小村里的每张嘴都有权被塞满。骨头、皮、筋都不会被浪费掉。狗吃的肉叫人吃了，阿莫拉克把夏季兽皮旧帐篷从睡凳下面耙出来，撕成碎片来喂狗，狗们叫了又叫，一醒来就饿得汪汪直叫。人们从小屋的皂石灯上就看得出来：饥荒近在眼前了。好年成，有的是鲸油，船形灯里的灯焰有两英尺高——乐呵呵的，油亮油亮的，黄灿灿的；现在才刚刚六英寸。一不小心，灯焰突然亮了起来，阿莫拉克连忙小心翼翼地把青苔灯芯往下一捻，全家人的眼睛都盯着她的手，在严寒中挨饿的恐怖并不像在黑暗中挨饿那么要命。所有的因纽特人都害怕一年六个月不间断地压迫着他们的黑暗，当房子里的灯焰低下来时，人们的心就开始摇惑、烦乱。

然而，更坏的还在后头。

没有吃饱的狗盯着寒星，吸着冷风，夜夜都在雪道里又咬又叫。他们的叫声一停，寂静就又像顶着门的积雪那样坚实沉重地落下来，人们能听见自己细细的耳道里的血在鼓动，自己的心脏怦怦直跳，声音听上去响得就像雪原上传来的巫师的鼓声。狗儿柯图科套上挽具以后一直郁闷得反常，一个夜晚，他却跳起来把脑袋顶住柯图科的膝盖。柯图科拍了拍他，但狗仍然盲目地向前顶，一副摇尾乞怜的样子。于是卡德鲁醒了，一把抓住那狼一样的沉重的脑袋，盯着那双呆滞的眼睛。狗狗呜呜咽咽地在卡德鲁的两膝间打战，他脖子周围的毛竖了起来，他号叫着，仿佛门口来了生人似的，随后他又快活地狂吠起来，在地上打着滚儿，像只狗崽一样咬着柯图科的靴子。

“怎么啦？”柯图科说，他开始害怕起来。

“病啦，”卡德鲁说，“这是犬病。”狗狗柯图科抬起鼻子一声接一声地叫。

“我先前还没见过这种情况，他会怎么办？”柯图科说。

卡德鲁轻轻地耸了耸肩，走到小屋那头找他的短鱼叉。大狗瞅着他，又叫起来，鬼鬼祟祟地溜到雪道里去，别的狗左躲右闪，给他让开了宽余的地盘。他出来到了雪地上，就狂叫起来，仿佛在追踪一头麝牛，又是叫又是跳又是蹦，一眨眼就不见了踪影。他的麻烦不是狂犬病，而是单纯的发疯。严寒、饥饿甚至黑暗，已经搞得他晕头转向。一旦可怕的犬病在狗队中露出苗头，它就会像野火似的蔓延开来。随后的一个狩猎日，又一条狗疯了，柯图科立马将他杀死，因为他在挽绳中间乱咬一通，不断挣扎。随后是曾经当过头狗的黑老二，他突然对一条虚幻的驯鹿踪迹狂吠起来，他们把他从“皮图”中滑出来后，他便向一堵冰崖的咽喉飞奔而去，就像他的头狗做过的那样，挽具还在背上拴着。从此以后谁也不肯把狗再往外面带了。他们还需要给狗们派别的用场，这一点狗们心知肚明。虽然他们被拴着，人们用手喂食给他们，但他们的眼神充满了绝望与恐惧。使事态更加恶化的是，老婆婆们讲起了鬼故事，说她们撞见了那年秋天失去的猎手们的阴魂，这些阴魂预言了各种各样的恐怖事情。

柯图科最伤心的莫过于失去了他的爱犬，因为虽说因纽特人饭量很大，但他也知道怎样挨饿。然而，饥饿、黑暗、寒冷和暴露影响着他的体力，他开始听见脑袋里有杂乱的声音，看见并不存在的人在他的眼角外面。在一眼“瞎”海豹洞上面白等了十来个小时后，他解开了身上的带扣，头晕目眩，跌跌撞撞地回村去——他停下来背靠在像块摇石一样被支在突起的冰尖上的大石头上。他的重量打乱了这东西的平衡，它笨重地滚起来，柯图科连忙往旁边一跳躲开，它便在他后面，吱吱叫着在冰坡上滑了下去。

这对柯图科已经够了，他受的教育使他相信：每一块石头都有自己的主人（它的“因纽阿”），一般来说，这主人是个叫作“托尔娜克”的独眼妇人，他还相信一个“托尔娜克”有意帮人的时候，她就跟在他后面在她的石屋里滚动，问他是不是愿意让她当一个守护神。（冰雪融化的夏天，冰撑着的石头便满地连滚带滑，所以你容易发现活石头的想法是怎样浮现出来的。）柯图科像整天都听见的那样听见血在他的耳朵里鼓动，于是他认为那是石头的“托尔娜克”在跟他说话。还没到家，他就坚信他跟她进行了一次长谈，由于他们大家都相信这很有可能，所以就没有反驳他。

“她跟我说，我跳下来了，我从我的地方跳到雪地上，”柯图科嚷道，眼窝下陷，身子在半明半暗的小屋里向前倾。“‘我愿意做个领路人，’她说，‘我愿意领你到那些好海豹洞前面去。’明儿出门，‘托尔娜克’会给我领路的。”

后来，村里的巫师安盖科克来了，柯图科把这个故事给他又讲了一遍，一五一十、一字不漏地给他讲了。

“跟着‘托尔娜克’走，她们又会把吃的带给我们。”安盖科克说。

过去的几天里，从北方来的那个女孩一直在灯盏附近躺着，很少吃东西，更是少言寡语。但是第二天早上，阿莫拉克和卡德鲁为柯图科打理一辆小小的手拉雪橇，给它装上猎具和尽可能匀出来的鲸油和冻海豹肉时，她抓住牵绳大胆地走到了小伙子的身边。

“你的家就是我的家。”她说，小小的骨底雪橇在可怕的北极夜里在他们身后嘎吱作响，上下颠簸。

“我的家就是你的家，”柯图科说，“不过我想，我们俩会一起去找塞德娜的。”

塞德娜是下界的女主人，因纽特人相信人死以后，必须先在她的鬼域过一年，然后才能到夸狄帕尔缪特——即乐土——去，那里永不冰冻，你一招呼，肥壮的驯鹿就会应声而来。

全村的人都在喊：“‘托尔娜克’对柯图科讲话啦，她们会领他去开阔的冰原。他又会给我们带来海豹！”他们的声音很快就被严寒和空旷的黑暗吞没了，柯图科和女孩肩膀紧贴肩膀，竭尽全力拉着牵绳，或者把雪橇从冰原上忽悠过去，朝极地海洋方向前进。柯图科一口咬定，石头的“托尔娜克”叫他向北走，于是他们在驯鹿图克图克炯——我们叫作大熊星座的星群——下面向北走。

在垃圾堆似的冰丘和边沿尖利的积雪上面，欧洲人一天走不了五英里，然而这两个人知道怎样把手腕一转，就能让雪橇绕过冰丘，知道怎样一抖，就可以把雪橇干净利索地从冰缝里提起来，还知道当万事眼看绝望的时候，怎样用劲把矛头缓缓地划几下就可以开出一条可行的路来。

女孩一言不发，只是勾着头，她的鼬皮兜帽的狼皮长边扫过她那宽阔的黑脸。他们头上的天空一片天鹅绒似的乌黑，在天边变成了印度红带子，巨大的星星在那里像街灯一样燃烧。时不时地一道浅绿色的北极光波滚过高空的穹隆，像旗一样忽闪一下，又消失了；或者一颗流星从黑暗闪向黑暗，身后拖着阵雨似的火花。这时他们可以看见浮冰凹凸不平的表面上装点着稀奇古怪的颜色——红色、黄铜色、淡蓝色，然而在平常的星光下，一切都变成霜杀过的灰色。你会记得，这片浮冰经过秋天的狂风吹打，颠簸，最后变成一次冻结的地震。有沟壑，有洞穴，像在冰里挖的砾石坑；大大小小、七零八落的碎块又冻结到浮冰原来的冰面上；还有在某次暴风中被抛到浮冰下面又突起来的黑色的老冰疱；圆石似的大冰块；风刮飞雪雕成的锯齿状的冰锋；陷在其余的冰原平面下面三四十英亩大的陷坑。稍隔一段距离，你可能把冰块当作海豹或者海象，翻了的雪橇或者远征的猎人，甚至是十腿大白熊精，然而，尽管有这些奇形怪状的东西，有眼看就要具有生命的一切，却没有声音，也没有一丝回声。透过这种寂静，透过这片荒原，那里突然的亮光一闪又灭了，雪橇和这两个拉雪橇的人像噩梦里的东西一样爬着——那是一场世界尽头、世界末日的噩梦。

走累了时，柯图科就会造一个猎手们所谓的“半吊子屋”。那是一种很小的雪屋，他们可以带盏上路灯蜷缩进去，想办法把冻海豹肉化开。他们睡了一觉后，长征又开始了——一天三十英里的速度向北才走了十英里。女孩总是不声不响，但柯图科却自个儿唠叨，还突然放声唱起了他在歌房学来的歌曲——夏天的歌，驯鹿和鲑鱼的歌——都跟这个季节格格不入。他常常宣称他听见“托尔娜克”在向他号叫，并且常常狂奔到一座冰丘上，甩开膀子高声野调地讲话。说实话，此时此刻，柯图科差点儿就要疯了，但女孩却坚信他正在接受他的保护神的指引，将会万事大吉。因此，当第四段长征结束，柯图科的一双眼睛像一对火球在脑袋里燃烧，告诉她他的“托尔娜克”正在雪地里跟着他们，形状是只双头狗时，她并没有大惊小怪。女孩朝柯图科指的地方望去，好像什么东西溜进一条沟里。那肯定不是人，可是谁都知道：“托尔娜克”喜欢以熊、海豹之类的形状出现。

那也许是十腿白熊精，也许是随便什么东西，因为柯图科和女孩饿得两眼发花，看东西靠不住。他们离村以后，什么也没有套住，连猎物的踪迹也不曾见过；他们的吃食连一个星期都撑不下去了，而且狂风又要来了。一场北极暴风雪可以一刻不停地连刮十天，在此期间，出门在外，必死无疑。柯图科造起了一座雪屋，大得容得下手拉雪橇（千万别跟你的肉分开），正当他把最后一块不规则的冰条打磨成形，做屋顶的拱顶的时候，他看见半英里之外，有个东西在一个小冰崖上注视着他。空气雾蒙蒙的，这东西似乎有四十英尺长，十英尺高，还有一条二十英尺长的尾巴，体形轮廓哆哆嗦嗦。女孩也看见了，但她非但没有吓得大叫起来，反而平静地说：“那是夔鲲。会出现什么情况？”

“他会跟我说话的。”柯图科说，但他说话的时候雪刀在他手里抖动，因为不管一个人多么相信自己就是这些奇丑无比的精灵的朋友，他也很不情愿把自己的话当真。夔鲲也是一条无牙无毛的大狗的魂儿，据认为生活在远北方，快要出事的时候就在该地到处流浪。事情也许有好有坏，但就是巫师，也不愿意说起夔鲲。他能使狗发疯。就像熊精一样，他多长了好几双腿——七八双——这个在迷雾中上蹿下跳的东西的腿多得任何一条真狗都用不上。

柯图科和女孩赶快缩进他们的小屋。当然，如果夔鲲想得到他们，他就会把他们头上的小屋扯成碎片，然而觉得有一堵一英尺厚的雪墙阻隔，又是一片茫茫的黑暗，心里便有了极大的宽慰。狂风爆发时，先是一种风的尖叫，活像火车的尖叫，它一刮就是三天三夜，风向不变，风力一刻也不减弱。他们把石灯夹在两膝间添油，啃着半温半冷的海豹肉，在七十二个漫长的小时里瞅着乌黑的油烟在屋顶上聚集。女孩清点了一下雪橇里的吃食，只够吃两天的了，柯图科查看他的鱼叉、海豹矛和鸟镖的铁头和鹿筋拴扣，再没有别的事情可干。

“我们很快就要去见塞德娜了——很快，”女孩悄声说，“三天后我们就会躺倒去见的。你的‘托尔娜克’什么都不干？给她唱支‘安盖科克’的歌，请她到这儿来。”

他开始以巫歌的高音嚎叫唱起来，狂风慢慢消停下来。他唱到半中间，女孩突然一惊，把那只戴连指手套的手和脑袋贴到小屋的冰地上。柯图科也跟着她这么做，两个人跪着，两双眼睛对视着，每根神经都在听。他从放在雪橇上的一只套鸟网中拆下一根细鲸条来，把它扳直以后插进一个小小的冰窟窿里，用他的连指手套把它按下去固定住。简直就像一根罗盘针一样把它调节得恰到好处，现在他们不是听，而是看了。这根细杆抖动了一下——世界上最轻微的震动，随后它平平稳稳地颤动了几秒钟，就停了下来，接着又抖了，这一回是向罗盘的另一个点点了点头。

“太快啦！”柯图科说，“有块大浮冰在外面很远的地方破啦。”

女孩指了指细杆，摇了摇头。“是大破裂，”她说，“听听地下水，它砰砰地响。”

这一回他们跪下的时候，听见显然脚下有最奇怪的闷声闷气的咕哝声和敲打声。有时候那声音听上去就像一只瞎狗崽在灯上吱吱地叫；随后仿佛一块石头在坚冰上研磨；接着又像闷鼓声，但都被拖长了、变小了，仿佛它们穿过一个小小的号角走了一段很累的路程。

“我们不会躺下去见塞德娜了。”柯图科说，“冰在破。‘托尔娜克’骗了我们。我们没命了。”

这些话也许听起来荒唐得够呛，然而这两个人却面对着一种实实在在的危险。一连三天的狂风已经把巴芬湾的深水向南赶去，把它推向从拜洛特岛向西延绵着的陆冰的边缘。更何况从兰开斯特湾出来涌向东去的强大的洋流挟着连绵数英里的所谓的流凌——还没有冻成冰原的粗糙的冰块，而这种流凌正在轰击着浮冰，与此同时，暴风雪冲击着海洋，汹涌的浪涛也在弱化、破坏那片浮冰。柯图科和女孩一直谛听的东西就是在三四十英里之外搏斗的微弱的回声，而那小小的预报杆则随着这种搏击的震动而抖动。

正如因纽特人所说，冰一旦从它漫长的冬眠里醒过来，就不知道会发生什么情况，因为坚固的浮冰改变形状的速度跟云不相上下。狂风显然是种不合时宜的春天的狂风，所以什么事情都有可能发生。

然而这两个人却比先前高兴——如果浮冰破了，他们就不会再等待、再受苦了。精灵、鬼怪及巫师都在破冰上四处活动，他们也许发现自己与各种各样的野物一道踏进了塞德娜的国度，脸上洋溢着兴奋的红光。狂风过后，他们离开小屋的时候，天边的喧声还在逐步增大，粗糙的冰块在他们四围呻吟，嗡嗡。

“它还在等。”柯图科说。

一座冰丘顶上坐着或者蹲着他们三天前见过的那个八条腿的东西——它的嚎叫声怪吓人的。

“咱们跟上。”女孩说，“它也许知道一条不去见塞德娜的路。”然而就在拿起牵绳的时候，她虚弱得头晕眼花。那东西慢腾腾、笨嗤嗤地跨过冰梁走开了，总是朝西、朝陆地走去，他们跟着走，而浮冰边缘如雷的吼声越滚越近。浮冰的边缘裂开了，朝陆地的四面八方涌去，十英尺厚的大冰盘小的有几码见方，大的有二十英亩，在相互冲撞，又在撞击尚未破开的浮冰，剧烈的涌浪在它们中间震荡、喷涌。这种攻城槌似的冰可以说是大海投向浮冰的第一支大军。一片片流凌被全部驱赶到浮冰下面，就像纸牌被仓促推到桌布下面一样发出一阵撕裂声，但这些冰块不断的撞冲几乎将它淹没。凡是水浅的地方，这些流凌片就层层叠叠堆积起来，直到底部碰到五十英尺下面的泥，变了颜色的海水被封堵在泥冰后面，直到越来越强的压力把这一切又向前驱赶。除了浮冰和流凌，狂风和洋流带来了真正的冰山，航行的冰山是从格陵兰一带或者梅尔维尔湾北岸断开漂来的。冰山庄严沉重地行进，周围白浪飞溅，向着浮冰挺进，绝像昔日乘风破浪航行的舰队。然而一座似乎准备把全世界推向前去的冰山往往非常无奈地在深水里搁浅、旋转，在泡沫、泥浆和冻结的浪花里打滚，而一座小得多、矮得多的冰山则会冲进平坦的浮冰，把成吨成吨的冰坨子甩在两边，并且划开一条近半英里长的通道才会停下来。有的像剑一样跌落下来，斩开一道毛边沟渠；有的破裂，条条块块像阵雨一样倾泻而下，每条每块重达几十吨，在水丘中间旋转；还有的搁浅以后身子浮出水面，拧过来、扭过去，一副疼痛难耐的样子，然后侧身完整无损地倒下来，海水在它们的肩头击打。冰这样子踩踏、拥挤、弯曲，形成千奇百怪的形状。沿浮冰北线放眼望去，造型活动在不断进行。从柯图科和女孩所处的位置看，这种混沌局面充其量只不过是天边的一种不安稳的微波的蠕动而已，但它每时每刻都朝他们移动，他们向很远的陆地方向听，能听见一种沉重的轰鸣声，就像穿过浓雾的大炮的轰鸣。这就表明浮冰被紧紧地挤回去顶在拜洛特岛的铁崖上，也就是他们身后南边的陆地上。

“这种情况可是前所未有的，”柯图科傻眼呆望着说，“不到时候。现在浮冰怎么能破呢？”

“跟上那东西走！”女孩喊道，手指着狂乱地在他们前面半瘸半跑的东西说。他们拖着手拉雪橇跟着，这时冰一路咆哮地挺进，越来越近了。最后，他们周围的冰原裂开了，朝四面八方星散而去，破裂的响声像狼牙咔嚓咔嚓猛咬。然而那东西歇在一个有五十英尺高的零散的老冰块堆成的冈子上，一动也不动了。柯图科发狂似的往前直跳，一手拽着女孩，爬到了冈子底下，他们四周冰的喧嚣声越来越大，但那冈子岿然不动。女孩看他的时候，他把右肘向上，向外一甩，做了个因纽特人的手势，表示这是一块岛状陆地。这陆地正是那个八条腿的瘸东西引领他们去的那个地方——海岸不远处的某个小岛，花岗岩盖顶，沙滩环绕，被冰裹得严严实实，所以没有人能把它与浮冰区分开来，然而，底部却是坚实的土地，不是移动的冰！浮冰在搁浅、破裂的过程中的冲撞、反弹表明了岛的边界，一条友善的沙洲伸向北方，把最重的冰的奔流翻到两旁，绝像犁翻开了肥土。当然，危险是存在的，那就是，某一块受沉重挤压的冰原也许会蹿上沙滩，把小岛的顶部削掉，然而当柯图科和女孩造好雪屋开始吃东西，并且听见冰在敲打沙滩，并沿着它滑动时，他们就放心了。那东西不见了，柯图科蜷在灯旁大谈特谈他控制神鬼的法术。他正大放厥词的时候，女孩大笑起来，笑得前仰后合。

在她的肩膀后面，爬了又爬，爬进小屋的是两个脑袋，一黄一黑，这两个脑袋正是你见过的最可悲、最羞愧的狗的脑袋。狗狗柯图科是其一，黑头狗是其二。现在他们俩都长得肥肥胖胖、漂漂亮亮，而且头脑完全恢复正常，然而却似一种特别的方式彼此形影不离。你记得黑头狗跑开的时候，挽具仍然套在身上，他一定是碰到了狗狗柯图科，跟他戏耍或者打斗，因为他的肩环已经套进柯图科的项圈的铜丝辫里了，而且扯得很近，这样一来，他们两个都够不着挽绳，无法把它咬开，于是他们两个脖子贴着脖子紧紧地拴在一起。这样，加上他们自己能够随意捕猎，肯定帮助他们治好了疯病。现在他们头脑非常清楚。

女孩把两个一脸愧色的畜生推到柯图科面前，笑得流起了眼泪，大声喊道："那就是夔鲲，他把我们领到了安全的地方。瞧他的八条腿和两个头。"

柯图科把他们割断放开，一黄一黑投进了他的怀抱，试图解释他们是怎样恢复神志的。柯图科用一只手摸他们的肋骨，肋骨圆圆的，毛、皮、肉包得好好的。"他们找到吃的啦，"他说着咧嘴一笑，"我想我们不会很快去见塞德娜了。我的'托尔娜克'送来了这两个。病已经离开了他们。”

这两条狗在过去几个星期里被迫一起睡觉，一起吃东西，一起捕猎，他们向柯图科亲热过后，立即扑向对方的喉咙，在雪屋里打起了一场漂亮仗。“饿狗不斗，”柯图科说，“他们找到海豹啦。咱们睡觉吧。我们会找到食物的。”

他们醒来的时候，小岛北滩出现了宽阔的水面，所有松开了的冰都被赶向陆地去了。惊涛拍岸第一声是因纽特人听到的最令人欢喜雀跃的声音，因为它意味着春天上路了。柯图科和女孩抓着对方的手笑了，冰中间那清脆、饱满的涛声使他们想到了鲑鱼和驯鹿的季节，地柳开花的香味。即便在他们举目四望的当儿，大海开始在浮动的冰块之间结起一层薄冰，寒气逼人，然而天边出现了一大片红光，那是沉下去的太阳的光。那更像听见他在熟睡时打呵欠，而不像看见他在起床，那红光仅仅延续了几分钟，但它标明又是岁始年终交接的时候了。他们觉得：什么也不能将它改变。

柯图科发现两条狗在外面为争夺一只刚被杀死的海豹打斗，这只海豹本来正在追逐一股总被狂风惊动的鱼群。他是白天在该岛登陆的二三十只海豹中的第一只，在海面冻硬之前，总有数百只伶俐的黑脑袋在浅水里寻乐，随着漂流的冰浮动。

真好，又吃上海豹肝，又可以把鲸油随便往灯盏里添了，又可以瞅空中三英尺高的灯焰了。然而一等新的海冰承受得了，柯图科和女孩就装好手拉雪橇，让两条狗拉着，他们一辈子从来没有这么拉过雪橇，因为他们害怕自己村子里也许会出什么事情。天气跟往常一样无情；然而拉一辆装着好吃东西的雪橇总比饿着肚子捕猎容易。他们把二十五只死海豹埋在海滩上的冰里，准备以后食用，然后匆匆赶回他们的家人那里去。柯图科一向狗表明用意，狗就给他们引路，尽管没有路标，两天后，他们就在卡德鲁的屋子外面狂吠起来。只有三只狗回应了他们，其余的都被吃掉了，几乎所有的房子都一片漆黑。柯图科喊了一声“噢哟”（熟肉），回应的声音非常微弱，他们一一准确无误地呼叫村民的名字，一个也没有遗漏。

过了个把钟头，卡德鲁的灯亮了，雪水正在烧热，锅开始冒泡儿，雪从屋顶上往下滴水，这时阿莫拉克正在为全村做一顿饭，兜帽里的宝宝嚼着一条肥肥的坚果般的鲸油，猎人们慢条斯理地给自己塞上满满一肚子的海豹肉。柯图科和女孩讲述着他们的故事。两条狗蹲在他们中间，每当说到他们的名字的时候，他们便竖起一只耳朵，显出一副极其惭愧的样子。因纽特人说，一条疯了又好了的狗，能够完全抵御以后所有的疾病发作。

“所以‘托尔娜克’没有忘掉我们，”柯图科说，“刮起了暴风雪，冰破了，海豹游在被暴风雪吓坏了的鱼群后面。现在离新的海豹洞不到两天的行程。赶明儿让好猎手们去把我扎死的海豹取回来——冰里埋着二十五只海豹呢。我们把这些吃完以后，就都能去追浮冰上的海豹了。"

"你们干什么呢？"巫师用他一贯向最富有的图怒尼尔米缪特人卡德鲁说话的声音说。

柯图科盯着北方女孩，平静地说："我们造一座房子。"他指着卡德鲁家西北边说，因为结了婚的儿子或女儿总住在那边。

女孩双手一翻，手心向上令人绝望地摇了一下头。她是个外乡人，饿得不行的时候被捡来的，不能给当家带来任何东西。

阿莫拉克从她坐的凳子上跳起来，开始把各种东西全塞进女孩的怀里——石灯呀，铁制刮皮刀呀，锡铁壶呀，镶着麝牛牙的鹿皮呀，还有水手仿用的真正的缝补帆布的针——这些都是给北极圈边远地区的最好的嫁妆，于是北方女孩把头勾到地上。

"还有这些！"柯图科对两条狗又笑又唱地说，狗把他们冰凉的嘴伸到女孩的脸上。

"啊！""安盖科克"说着，郑重其事地咳了一声，仿佛他一直在深思熟虑似的。"柯图科一离村，我就去歌房唱起了巫歌。所有这些长夜我一直唱，召唤着驯鹿精。我的歌声使狂风刮，坚冰破，在冰要压碎柯图科的骨头的时候，又把两条狗给他引过去。我的歌吸引海豹在破冰后面来。我的身子静静躺在'夸集'里，但我的魂儿在冰上到处奔跑，引导柯图科和狗做各种各样的事情。我就是这么做的。"

人人都吃饱了，瞌睡了，所以无人反驳。"安盖科克"又给自己喂了一块煮肉，然后就和其余的人躺在暖烘烘的灯火明亮、油味很浓的家里睡起了大觉。

柯图科很善于用因纽特人的风格作画，现在他把这些历险经过统统刻在一块顶端有个孔的又长又平的象牙上。当他和女孩在"神奇暖和的冬天"的那一年北上去埃尔斯米尔地的时候，他把这个图画故事留给了卡德鲁。一年夏天，卡德鲁的狗拉雪橇在尼克西林的内蒂灵湖湖滩上撞碎以后，他把图画故事丢失在砾石滩上了。第二年春天，一个湖畔因纽特人发现了它，在伊米根把它卖给了一个人，此人在坎伯兰湾的一艘捕鲸船上当翻译，他又把它卖给了汉斯·奥尔森，奥尔森后来在一艘给挪威北角输送游客的大轮船上当了舵手。旅游季节一过，这艘船便来往于伦敦和澳大利亚之间，中途在锡兰停留。在那里，奥尔森用那块象牙从一个僧伽罗珠宝商手里换来了两粒人造蓝宝石。我在科伦坡的一座房子的一堆垃圾里发现了它，把它从头至尾翻译了出来。

安古提翁　蒂纳

这是《猎人归来的歌》的意译，人们刺死海豹后经常唱它。因纽特人总把一些事情三番五次地重复。

我们从浮冰边上来，
　　满载着海豹回还！
手套被冻血挺得硬撅撅，
　　皮袄被积雪结成了硬片。

噢呀哪！噢啊！哦哈！哈克！
　　狂吠的犬队跑得欢，
长鞭噼啪响，人都回来啦，
　　从浮冰边上胜利回还！

我们跟踪海豹，一直跟到他的秘密地点，
　　我们听见他在下面抓挠，
我们把记号留在浮冰边上，
　　然后溜到一旁盯梢。

等他浮上来呼吸时我们举起矛，
　　将它向下猛刺一下——
在浮冰的边上，
　　我们就是这样玩他，又杀他。

我们的手套被冰血粘住啦，

　　我们的眼睛被飞雪粘得睁不开；

可我们又回到妻子身边，

　　从浮冰边上胜利返回！

噢呀哪！噢啊！哦哈！哈克！

　　狂吠的犬队跑得欢，

妻子们听见自己的男人来啦，

　　从浮冰边上胜利回还！

象倌陶迈

我要记住我从前的身份，我尝够了绳捆链锁的滋味。

　　我要记住我原有的力量，记住我在森林里的所有事情。

我不愿为一捆甘蔗把自己的脊背出卖给人类；

　　我要出去找自己的同种，找穴居的林地乡亲。

我要出去，一直待到黎明，一直待到白天——

　　出去接受清风的亲吻，净水的爱抚——

我要忘记我的脚环，扯断我的栅栏。

　　我要重访自由的玩伴，失去的情侣。

喀拉·纳格，这个名字是黑蛇的意思，作为一头大象，他已经为印度政府服役了四十七年，干遍了一头大象能干的各种活儿。他被捕时，才二十周岁，现在他接近七十岁了，一头大象到了这个岁数可以说是个老寿星了。他记得那还是在1842年的阿富汗战争前，他的前额上垫了块大皮垫，用劲儿推过深陷在泥坑里的一门大炮，那时候他劲儿还没长足呢。他的妈妈拉德哈·皮雅雷——那个和他在同一次围猎中被捉住的他亲爱的拉德哈，在他小乳牙还没脱落时，就对他说过，胆小怕事的象总是最容易受到伤害。喀拉·纳格明白这是一个好忠告，他头一次看见一个炮弹爆炸，吓得尖叫着后退到一排步枪中间，身上最柔软的部位都让刺刀扎伤了。从此，还不到二十五岁，他就不再害怕了，他也因此在为印度政府服役中成为最受人宠爱、最受人照顾的大象。他在去印度地区的行军中驮运过帐篷，那可有一千二百磅重呢。他曾被蒸汽起重机吊到一艘船上，在海里航行了好多天，到远离印度的一个陌生而多山的国家去驮运迫击炮。他还见到西奥多皇帝死在默克德拉①，然后他又坐船回来了。士兵们说，他应该被授予阿比西尼亚战役勋章。十年后，在一个叫阿里·穆斯基德② 的地方，他看到很多伙伴死于寒冷、癫痫、饥饿和日晒。后来，他又被送到南方几千里之外的毛淡棉③ 的储木场，拖运、堆积粗壮的柚木梁木。在那里，他差点儿杀掉一头不听从指挥、偷懒不愿干分内活儿的年轻大象。

后来，从拖运木材的活儿上退下来，他又和几十头受过训练的大象一块儿受雇，帮忙捕捉加洛山脉④中的野象。印度政府对大象严格保护，有一个完整的部门什么活儿都不干，专管搜捕野象，然后训练他们，再把他们派遣到需要干活的全国各地。

喀拉·纳格站起来从地面到肩膀足有十英尺高，两根象牙被截短了，还有五英尺长。他的牙根部还被铜箍缠住固定好，防止劈裂。他用这两根残牙干过许多活儿，那些没有受训过的野象用真正的尖牙干的活儿都不如他多。

通常，经过一个又一个星期小心翼翼地驱赶，分散的野象们被赶过一座座山头，其中的四五十头庞然大物被赶进了最后一道围栏。随后树干扎成的大吊门突然在他们身后放了下来。一声令下后，喀拉·纳格会冲进火光冲天的混战中。一头头野象怒气冲冲，吼声震天（这往往是在夜里，火把闪烁摇晃，野象无法辨别远近）。喀拉·纳格会瞅准这群暴徒中个头最大、野性最凶的公象，不断撞击猛打，迫使他安静下来。这

---

① 1867—1868 年英国陆军将领内皮尔的远征军入侵阿比西尼亚（现在的埃塞俄比亚）以报复特沃德罗斯（吉卜林笔下的西奥多）皇帝逮捕英国传教士和使节的行为；特沃德罗斯在默克德拉战败三天后自杀。

② 阿富汗的一座要塞城镇，喀拉·纳格正参加第二次阿富汗战争（1878—1880），目的是对抗俄国在该地区的势力。

③ 缅甸南部的港市。

④ 位于印度和孟加拉的边境上。

时，骑在其他象背上的人们会用绳索绑住个头较小的大象。

喀拉·纳格，这头上了年纪，叫作黑蛇的聪明的大象，对战术无所不知。他一生中曾经好几次勇敢地面对受伤老虎的攻击。他为了避免自己受到伤害，卷起柔软的长鼻，然后头像挥舞镰刀那样迅速一甩，腾空而起的猛兽就会被撞到半空中。这可都是他无师自通的本事。撞翻老虎后，他又弯下自己粗壮的膝盖，压住老虎不放，直到老虎气喘吁吁，声嘶力竭，最后咽了气。这时，瘫在地上的只不过是让喀拉·纳格拖着尾巴拉走的带条纹的毛茸茸的东西。

“不错，”喀拉·纳格的象倌大陶迈，也就是曾经带着喀拉·纳格去阿比西尼亚的黑陶迈的儿子，亲眼看到喀拉·纳格被捉的象倌陶迈的孙子，说道，“黑蛇在世界上除我以外谁都不怕。他经历了我们一家三代的看护饲养，他会活到看到我们家的第四代继续饲养他呢。”

“他也怕我。”小陶迈说。他站直才四英尺高，身上只披了一块破布。他只有十岁，是大陶迈的大儿子。按照风俗，他长大后会接替爸爸的位置，骑在喀拉·纳格的脖子上，掌管沉甸甸的安库斯，也就是驯象刺棒。那可是根被他的祖爷爷、爷爷和爸爸磨得滑溜溜的铁刺棒。他知道他可没有说大话，因为他是在喀拉·纳格的身影下出生的，还没学会走路就玩弄象鼻尖儿了，刚会走路就带着喀拉·纳格下水了。自从大陶迈把这个棕色皮肤的小娃娃带到喀拉·纳格的长牙下，叫他招呼他未来的主人的那天，喀拉·纳格做梦都没想过会不服从这个小家伙尖声尖气的命令，更不会想到要杀死他了。

“对极了。”小陶迈说，“他怕我。”他大步走到喀拉·纳格面前，管他叫老肥猪，命令他一条一条地轮换着抬腿。

“哇，你真是头大象，”他摇着毛茸茸的脑袋，学着爸爸的话。“政府会为你们大象花钱，不过你们真正的主人可是我们驭象人。喀拉·纳格，你老了以后，一些有钱的王公就会因为你个头大，守规矩，从政府那儿买下你的。到那时你就不用干活儿了，只是耳朵上挂着金耳环，背上驮着金象轿，身上披着镶金大红布，走在国王仪仗队的前头。我就骑在你的脖子上，哦，喀拉·纳格，握着银制的象刺棒。一些人会跑在我们前面开路，拿着金手杖大声喊：'给国王的大象开道！'那真会是件美滋滋的事儿。喀拉·纳格，不过这都比不上在丛林中围猎呀。"

"哼！"大陶迈说，"你真是个小孩子，还和野生仔一样野，在山林里跑上跑下可不是政府里吃香的差事。我可是越来越老了，不喜欢野象。给我砖砌的象栏，一个象厩关一头大象，再给我大木桩子把他们牢牢拴住，并让我在平整的大路上训练他们，不像现在这样来来回回地到处野营。哈，坎普尔营地就不错，附近还有个集市，一天只干三个钟头的活儿。"

小陶迈想起坎普尔的象栏，就不吱声了。他更喜欢这种野营的日子，恨透了宽敞平坦的大路，因为要么就是整天给储备场挖草储存饲料，要么就是一连好几个钟头都无所事事，光瞅着拴在象桩上烦躁不安的喀拉·纳格。

小陶迈喜欢爬只有大象能走的小道；喜欢那深入谷底的斜坡；喜欢瞥见数英里外若隐若现的野象群低头吃草；喜欢看见受惊吓的野猪和孔雀在喀拉·纳格脚下仓皇乱跑；喜欢看眯眼的暖雨，那时候满山满谷烟雾迷蒙；喜欢那雾气朦胧的清晨，那时候没有人知道今晚在哪儿宿营；喜欢稳扎稳打、小心翼翼地驱赶野象，赶到最后一夜，野象们像山崩时的巨石，以不可当之势涌进围场后，发现无路可走，便猛撞沉重的大柱子，却又被呐喊声、闪烁的火把和齐射的长枪空鸣声逼得退了回去，好一幅狂奔疯跑、火光冲天、吼声震地的混乱景象。

这种时候一个小孩都会派上用场，更不用说能够以一顶三的小陶迈了。他举着火炬，拼命挥舞，使出吃奶的劲儿大声叫喊。不过，只有开始捕捉大象时，真正激动人心的时刻才会来。那时，窠达——也就是捕象围场——看起来就像是世界末日。人们连自己说话也无法听清，只能相互打手势。小陶迈爬到一根晃晃悠悠的围栏柱子的顶端，他那被太阳晒得褪了色的棕发散披在肩上，在火把的照耀下，他看上去就像个精灵。只要有稍许的安静，你就能听到他对喀拉·纳格的尖叫鼓劲，声音盖过了号角声、撞击声、绳子噼啪噼啪的响声和被捆绑的野象发出的呻吟声。“迈而，迈而，喀拉·纳格！（冲啊，冲啊，黑蛇！）丹特嘟！（用象牙顶！）索马洛！索马洛！（小心！小心！）马若！马若！（撞他！撞他！）小心柱子！啊！啊！嗨！哟！呀哈！”他就这样高声叫喊着。喀拉·纳格和野象爆发了一场恶战，从围场这头打到那头，又从那头打到这头，打得不分高下。老捕象人一把擦掉流进眼睛里的汗水，抽空儿向在柱子顶上高兴得直扭身子的小陶迈点点头。

小陶迈可不光在柱子上扭扭身子。一天晚上，一个赶象人试图抓住一头乱蹬乱踢的小象的腿（小象崽常常比成年大象更难对付），没想到绳头掉到了地上。小陶迈滑下柱子，溜进了象群，把松掉的绳头扔给了那个赶象人。喀拉·纳格看到他，用鼻子把他卷起来，递给了大陶迈。大陶迈当场给了小陶迈一记耳光，然后把他放回到围场柱上。

第二天早晨，他把小陶迈训了一顿：“你这没用的小子，待在砖砌的象栏里有什么不好，难道运送帐篷不是一件好差事？你就非得自作主张捕大象？那些愚蠢的捕象人，工钱拿得比我少，现在可好，他们把这件事向彼特森老爷说了。”小陶迈吓坏了，尽管他对白人几乎一无所知，但在他眼里，彼特森老爷可是世界上最伟大的白人，他是所有捕象围场行动计划的头儿——一个为印度政府捕捉所有大象的人，一个世界上最了解大象生活习惯的人。

“那——那会有什么事？”小陶迈问。

“有什么事！最倒霉的事都会发生。彼特森老爷是个疯子。要不他为什么去捉这些野魔鬼？他说不定要你去当一个捕象人，热病流行的丛林就是你睡觉的地方，最后的下场就是被活活踩死在捕象围场。但愿这次胡闹最后能平安无事。下星期，捕猎结束，我们这些来自平原的人会回到我们自己的基地。我们会走在平平整整的大路上，把这次围猎忘得一干二净。不过，儿子，我生气的是你不应该搅和到这种下贱的阿萨姆丛林佬干的事情当中。喀拉·纳格只听我的命令，我不得不和他一块儿去捕猎围场。不过他是一头战象，用不着帮他们捆绑野象。我悠闲自在地坐着，这才符合看象人的身份，看象人——不是一个单纯的捕象人，我说，那可是退休后能领取养老金的人。象倌陶迈的家族岂能在肮脏的围场上让野象踩在脚下？你这个坏家伙！调皮鬼！没用的仔！去把喀拉·纳格洗洗干净，小心他的耳朵，看看他脚上有没有刺。要不彼特森老爷一定会把你抓住，让你去做野蛮的捕象人——一个跟踪大象脚印的家伙，一个丛林熊。呸！丢人！滚吧！”

小陶迈一言不发，走了出去，可是他在察看喀拉·纳格的脚掌时，把自己所有的委屈都讲给喀拉·纳格听了。“没有关系，”他翻起喀拉·纳格巨大的右耳垂说，“他们向彼特森老爷告了我的状，说不定——说不定——说不定——谁知道呢？嘿！我拔出了一根大刺呢！”

接下来的几天时间都花在赶拢野象上了，把新捕获的野象在一对驯象中间来来回回地遛，以免这些野象在下山去平原的途中惹出很多乱子。这几天还被用来清查毯子、绳索和一些在森林中损坏或丢失的物件。

彼特森老爷骑着他那头聪明的母象普得密妮来了。捕象的季节接近尾声，他已经结清了山里其他营地的薪水。一个当地办事员坐在树下的一张桌子旁边，给赶象人付工钱。每个人拿到钱后，回到自己的大象旁，加入了即将起程的一行人中。捕手、猎手、敲山震象的猎人助手，这些都是围场的正规队员，一年到头待在丛林中，现在他们有的坐在大象背上，这些大象都属于彼特森老爷的常备部队。有的抱着枪，靠着树站着，拿要动身的赶象人开涮。一看到新捕的野象冲破界线，到处乱跑，他们就哈哈大笑。

大陶迈走到办事员跟前，小陶迈跟在后面。捕头马楚阿·阿帕低声对他的朋友说：“来的倒是一块捕象的好材料，把丛林鸡送到平原上煺毛

真可惜。”

彼特森老爷可有耳听八方的本事，一个人只有这样才能倾听生灵中最不声不响的动物——野象的动静。一直躺在普得密妮背上的他这时转过了头，说：“你在说谁？我不知道平原上的赶象人中谁有本事能捆住一头死象呢。”

“那不是个大人，是个男娃。上次赶象时，他进入围场，把绳子扔给了巴茅。当时我们正拼命把那头肩上有块记的象崽子从他妈妈那儿拉开。”

马楚阿·阿帕指了指小陶迈，彼特森老爷定睛细看，小陶迈鞠了一个躬。

“他扔的绳子？他个子比木桩钉还小。小家伙，你叫什么名字？”彼特森老爷问。

小陶迈吓得说不出话来，不过喀拉·纳格在他后面，陶迈做了个手势，喀拉·纳格把他卷到鼻子上，举到和普得密妮前额齐平，送到了高贵的彼特森老爷面前。小陶迈双手捂住脸，毕竟他只是个孩子，除了谈象，他和其他孩子一样腼腆。

“噢嗬！”彼特森老爷笑着说，但笑容被胡子遮掩住了，“你为什么教你的大象玩这种鬼把戏？是不是帮你偷屋顶上揪掉穗子往干晒的青玉米？”

“穷人的保护者，不是青玉米——是甜瓜。”小陶迈说。坐着的人都哄堂大笑起来，他们中的大多数小时候都教大象玩过这种把戏。小陶迈被举到八英尺高的空中。可他恨不得钻到八英尺深的洞里去呢。

“老爷，他叫陶迈，是我儿子。”大陶迈愁眉苦脸地说，“老爷，他是个坏孩子，将来是蹲大牢的下场。”

“这可不一定，”彼特森老爷说，“一个在他这个年龄就敢面对整个捕象围场的孩子，是不会有蹲大牢的下场的。看，小家伙，这是四安那[1]，给你买糖吃，因为在你浓密的头发下有一颗聪明的小脑袋。说不定到时候你也会成为一名猎人。”大陶迈愁容更深了。“但是要记住，围场可不是小孩闹着玩的地方。”彼特森老爷接着说道。

“老爷，我永远不能去那儿吗？”小陶迈喘了一口大气说。

“对。”彼得森老爷又笑了，“等你看到大象跳舞的时候，才可以去。你如果看到大象跳舞，就来找我，我会让你到所有的围场去的。”

又是一阵哄堂大笑，因为这是流传在捕象人中间的一个老掉牙的笑

---

① 印度辅币，十六安那等于一卢比。

话，就是不可能发生的意思。在丛林深处隐藏着大块大块空旷的平地，被称为大象的跳舞场。即使有人偶然发现过这样的空地，但从来没有人看到过大象跳舞。当一个赶象人吹嘘他的技术和胆识时，其他赶象人就会说："你什么时候见过大象跳舞呢？"

喀拉·纳格把小陶迈放下来，他又鞠了一个大躬，就和爸爸离开了。他把四安那交给了正在给小弟弟喂奶的妈妈。四个人骑到喀拉·纳格的背上，一溜尖叫着、咕哝着的大象沿着山道滚滚而下，冲向平原。因为有新添的野象，这一路倒是热闹得很，他们每到要过河的地方总要捣捣乱，时时需要哄一哄他们，或者揍他们一顿。

大陶迈生气极了，恶狠狠地用刺棒戳着喀拉·纳格。小陶迈却高兴得说不出话来，彼特森老爷已经注意到他了，给过他赏钱。他觉得自己就像一个士兵被叫出队列，受到司令的夸奖一样。

"彼特森老爷说的大象跳舞是什么意思呀？"终于，他忍不住了，怪声问起了妈妈。

大陶迈听到了，咕咕哝哝地答道："你永远也当不了追捕野象的山地野牛。他就是这个意思。喂，你，前面的，什么东西挡住了去路？"

一个在两三头大象前面的阿萨姆赶象人转过身，气鼓鼓地嚷道："把喀拉·纳格带上来，教训教训我这头小象，让他安分点儿。干吗彼特森老爷偏偏选中我和你们这群稻田里的蠢驴一起下山？陶迈，把你的畜生赶过来，让他用长牙戳这头小象。凭山里的众神起誓，这些新捕来的野象全都中了邪，要不他们肯定闻到丛林中同伴的气味了。"

喀拉·纳格撞了撞那头象的肋骨，杀掉了他的威风。大陶迈说："我们最后一次围捕把野象出没的山林来了一次大扫荡。只怪你赶象不小心。难道一路都要我来维持整个队伍的秩序吗？"

"听他说的！"另一个赶象人说话了，"是我们扫荡了整个山林！嘀！嘀！你可真聪明，平原人。除了从未见过森林，脑袋里一团泥浆的家伙，所有人都清楚，野象们知道围猎的季节结束了，所以今晚所有的野象都要——我干吗要在一只土鳖身上费脑筋呢?”

“他们要干吗”小陶迈喊道。

“哦呵，小子，你在哪儿?好吧，看你头脑冷静，我告诉你，他们要跳舞。你那扫荡了所有山林里的所有野象的爸爸，今晚就应该给桩子加上双链了。”

“这是什么话?”大陶迈说，“我们父子照看大象四十年啦，压根儿就没听过大象跳舞，简直是一派胡言。”

“倒也是，住在棚屋里的平原人，除了他屋子里的四面墙，其余啥都不懂。好吧，今晚把大象的链子松开，看会有什么情况。说到大象跳舞，我可见过那个地方——巴布瑞巴布!迪杭河到底有多少道弯?又是个浅水河滩。我们得让象崽子游过去。等等，你排在后面。”

就这样，他们又说又吵，哗啦哗啦蹚过了一条又一条河，进行着头一段跋涉，要到一个接待新象的营地去。不过还没有到那儿，大象们早就发脾气了。

大象们的后腿都被链子绑住，拴在了大木桩上，新捕的大象多绑了几道绳索，他们前面还堆放了饲料。山地的赶象人要顶着下午的阳光回到彼特森老爷那儿去，交代平原赶象人那晚要格外小心，平原人问为什么，他们却大笑了一通。

小陶迈照料喀拉·纳格吃了晚饭，夜幕降临的时候，他心里有说不出的高兴，便在营地里到处转悠，想找一面手鼓。当一个印度小孩心潮澎湃时，他是不会到处乱跑，胡喊乱闹的，他会坐下来，一个人偷着乐。彼特森老爷跟小陶迈说话了!他要是找不到自己想要的东西，我相信他会急出病来的。幸亏营地里卖糖果的人借给他一面小手鼓——一种用手掌拍击的鼓——他在喀拉·纳格跟前盘腿坐下来，那时星星开始出来了，他自个儿坐在大象饲料堆里，把手鼓放在腿上，拍了起来。他拍呀，拍呀，想到他获得的荣耀，他拍得更带劲儿了。尽管没有调子，也没有歌词，光是这样拍拍打打，就让他无比开心啦。

新捕获的大象死命地拽着拴他们的绳子，时不时发出阵阵尖叫和怒吼。小陶迈可以听见妈妈在营棚里哄着弟弟睡觉，哼着一首古老的歌谣。那首歌是歌颂伟大的湿婆神的，她告诉世上生灵应该吃什么。那是一首非常甜美的摇篮曲，它的第一节是这样唱的：

湿婆神让丰收滚滚地来，让清风习习地刮，
他在很久很久以前的一天的门口坐下，
个个有份，他把食物、辛苦和命运分发给大家，
从宝座上的国王到大门口的乞丐，一个也不落。
万事万物他造下——保护大神湿婆啊。
主神啊，主神！万事万物他造下——
把荆棘给骆驼，把草料给牛马，
把妈妈的爱心交给熟睡的脑袋瓜，我的宝贝儿子呀！

小陶迈欢快地和着曲子，在每一节的结尾都咚——咚拍两下，拍到后面，上下眼皮开始打架了，他就在喀拉·纳格的饲料堆上伸展身子躺下了。

最后大象们一头接一头躺下了，他们的习惯就是这样，象栏右边的喀拉·纳格却依然站着。他慢悠悠地左右晃动着，耳朵向前伸，倾听着习习的晚风翻山越岭。夜里的种种声响弥漫在空气中，集中起来却组成一片巨大的寂静——竹节互相碰撞的咔嗒声，丛林下层什么生物的沙沙声，一只半睡半醒的鸟儿的咯咯声（鸟儿在夜间惊醒的次数常常超过我们的想象），还有远处的落水声。小陶迈睡了一会儿，醒来时，月光皎洁。喀拉·纳格还在那儿站着，耳朵竖着。小陶迈在草堆上窸窸窣窣地翻了个身，瞅着喀拉·纳格那遮住半个星空的弯弯的阔背。就在这时，他听到远处一头野象发出的呼噜声，那声音是那么的遥远，听上去只不过是在一片寂静上扎了一个噪声的针孔。

营里的大象们，就像挨了一枪似的，全都跳了起来。他们的呼噜声终于吵醒了熟睡的看象人。他们跑出来，用大木槌把象柱钉牢，把这根绳子绑紧，把那根绳子的结打实，一直等到一切都安静下来。一头刚捕的大象差点儿拔出拴住他的象栏，大陶迈赶紧卸下喀拉·纳格的腿链，把那头大象的后脚拴到一起，只用草绳在喀拉·纳格的一条腿上绕了一圈，还告诫喀拉·纳格要记住他已经被拴得牢牢实实了。他知道他爷爷、他爸爸和他自己把这样的事情已经干过几百次了。喀拉·纳格没有像往常那样，咯咯地回答这个命令，而是静静地站着，耳朵张得像大蒲扇。透过月光，他的头微微抬起，眺望着远处重重叠叠的加洛山脉。

“要是他夜里不安稳，看好他。”大陶迈对小陶迈交代完，就回棚子里睡觉去了。小陶迈也正要睡，突然听到草绳叭的一声绷断了。就像云从河谷口涌出一样，喀拉·纳格慢慢地、悄无声息地从象桩间走出来。小陶迈光着脚，吧嗒吧嗒跟在后面，踏着月光走到路上，屏住气喊道：“喀拉·纳格！喀拉·纳格！噢，带上我，喀拉·纳格！”大象不出一声，转过身，跨了三个大步回到月光下的男孩身旁，放下鼻子，把他卷到脖子上，几乎不等小陶迈把双膝夹紧，就溜进了森林。

从象营里传来一阵狂怒的吼叫声，接着万籁俱寂，喀拉·纳格开始往前走。有时，一簇高草拍打他的侧腹，就像一个波浪拍打船帮一样；有时，一串胡椒藤擦过他的背；有时，一根竹子碰到他的肩膀，咯吱一声。除了这些声音，他向前移动时，绝对不发出一丝响动，好像茂密的加洛森林是一片烟雾，他从中飘游而过似的。喀拉·纳格一直朝山坡上走，虽然小陶迈透过树缝儿瞅着星星，他却辨别不出走的方向。

随后，喀拉·纳格到达了坡顶，稍作休息。小陶迈看到月光下的树冠斑斑点点，茸茸地铺展开好多好多英里，看见山谷里河面上罩着灰蓝的薄雾，小陶迈探身细看，他感到下面的森林醒着——醒着，活着，拥挤涌动着。一只吃野果的棕色大蝙蝠从他耳边掠过，豪猪的硬刺在灌木丛中发出咔嗒咔嗒的声响，他还听到在树干之间的暗处，一只野猪在使劲儿拱着温暖潮湿的泥土，一边拱，鼻子一边呼哧。

然后，头顶上的树枝又密集起来，喀拉·纳格开始朝下往河谷冲去——这回他不再是静悄悄的，而是像失去控制的大炮，一口气冲到了陡峭的岸旁。他粗大的四肢移动起来如同活塞一般稳扎稳打，一步跨八英尺，肘关节的皱皮沙沙作响。他两旁的矮树丛被划开了，发出撕裂帆布似的声音。他的肩膀左顶右扛，受撞后倒向两旁的小树苗又反弹回来，重重地打在他身体的两侧。他的头东甩西摆向前开路，一串串蔓草缠结成一团，吊在他的长牙上。小陶迈低下身子，紧紧贴着喀拉·纳格的粗脖子，生怕摇摇晃晃的树枝把他扫落到地上。这时他恨不得再次回到营地去。

野草开始变得又湿又软，喀拉·纳格的脚踩下去发出咂吧咂吧的响声。谷底的夜雾让小陶迈感到寒气逼人。流水潺潺，哗啦一声溅泼，扑通一下踩踏，喀拉·纳格迈着大步蹚过一条河的河床，每一步都谨慎小心。水绕着喀拉·纳格的腿打旋，激起哗哗一片水声，小陶迈却还能听到从上下游传来的更多的哗啦哗啦的溅水声和一些吼叫声——巨大的呼噜声和愤怒的喷鼻声，他觉得周围的薄雾里尽是滚动起伏的影子。

“啊！”他牙关磕得咯咯地响，差点儿大叫出声来，“象民们今晚都出动了。看来，他们是去跳舞的！”

喀拉·纳格从河里哗啦啦冲出来，喷干净鼻子里的水，又开始往上攀登。但这次他不是独自一个，也用不着自己开路。路早就在那儿，有六英尺宽，前面弯下去的丛林野草正努力重新挺直。几分钟前肯定有很多大象才从这条路上经过。小陶迈回头一看，身后有一头大象，他刚从夜雾笼罩的河里登上岸，一对小猪眼睛炯炯发光，就像烧红的煤球。接着，树木又密集起来。他们继续往前向上爬，吼叫声、撞击声、树枝折断的声音，一直从四面八方传来。

终于，喀拉·纳格在山顶上停了下来，一动不动地站到了两棵大树干中间。这两棵树和其他的树长成一个圆圈，围绕着三四英亩不规则的空地。小陶迈看到整个空地已经被踩踏得结结实实，像砖地一样硬了。空地中心还留着几棵树，不过树皮已经被剥去了，下面白花花的木头在斑驳的月光下显得更加光滑闪亮。藤蔓从高高的树枝上吊下来，还有铃铛似的藤蔓花，蜡白色的像牵牛花这样的大花儿吊下来，睡意沉沉。整个空地内，没有一片绿叶——仅仅剩下被踩实的泥土。

月光把一切都照成了铁灰色，除了一些大象站立的地方，他们的影子漆黑漆黑的。小陶迈屏息凝视，眼珠子都要迸出来了。就在那时，越来越多、越来越多的大象从一根根树干中间大摇大摆地走出来，走进空地。小陶迈只会数到十，他掰着手指头，数了一遍又一遍，最后自己都记不得数了多少个十，数得头都开始发晕了。小陶迈可以听到空地外面，大象们开路上山时下层灌木丛中发出的噼里啪啦的响声，不过他们一踏进这个树围成的圈子，他们的行动就像幽灵一样了。

那里有长着白牙的公象，脖子的皱褶里和耳朵的褶层里夹着落叶、坚果和细枝；有胖嘟嘟的、慢吞吞的母象，带着吵吵闹闹的小象崽子，他们的皮肤黑里透红，只有三四英尺高，在妈妈的肚子底下跑来跑去；有年轻的大象，得意扬扬地炫耀自己刚长出来的象牙；有瘦骨嶙峋的老母象，焦虑挂在深陷下去的脸上，鼻子粗糙得像老树皮；有野蛮的老公象，从肩膀到侧腹疤痕累累，都是昔日战斗的印记，他们单独泥浴后结成的干泥块从肩上掉下来；还有一头大象，只剩下一根断牙，身子一侧从前到后有一条一条的划痕，那是一只老虎的爪子死命抠出来的。

他们有的头对头站着，有的成双成对在空地上来回走动，有的自个儿摇来摆去——成十成百头大象呢。

小陶迈知道，只要他静静地趴在喀拉·纳格的脖子上，就不会出什么事，因为即便是在赶入围场的争抢奔涌中，一头野象也不会伸出鼻子，把一个人从驯象的脖子上拽下来，何况这个夜晚，这些象根本就没有想到人。只有一次，他们受到惊吓，把耳朵伸向前面，因为当时他们听到森林里有一条腿链在叮当作响。原来彼特森老爷的爱象普得密妮拖着挣断的锁链，呼噜呼噜、哼哧哼哧爬上山来。她一定是扯断了象桩，从彼特森老爷的营地直奔过来的。小陶迈看到还来了一头大象，他的背上和胸部带有深深的绳子勒痕。小陶迈不认识他，他也准是从周围山林里某个营地跑过来的。

终于，森林里听不到大象走动的声音了。喀拉·纳格左摇右晃地离开了他两棵树之间的位置，加入到象群中来。咯咯咕咕、咯咯咕咕，大象们开始用自己的语言交谈，并开始走来走去。小陶迈仍旧趴着，他看到下面有成千成百宽阔的背，摆动着的耳朵，甩动着的鼻子，还有骨碌碌转动着的小眼睛。他听到象牙和象牙偶然相撞时发出的咔嚓声，象鼻子缠在一块儿的干涩的沙沙声，象群庞大的身躯和肩头相互的摩擦声，还有大尾巴甩来甩去的啪啪声。这时一朵云彩遮住了月亮，小陶迈在一片漆黑里坐着，不过平和稳定的推推搡搡和咯咯咕咕的交谈仍在继续。小陶迈知道喀拉·纳格周围全是大象，他根本没机会退出会场。他咬紧牙关，浑身打战。围场里至少还有火把和呐喊，可这儿只有他孤零零一人待在黑暗中。有一次一条长鼻子甩过来，居然碰到他的膝盖上。

这时，一头大象吼起来，于是一呼百应，持续了五到十秒钟，恐怖极了。树上的露水像雨点一样滴滴答答落下来，打在那些看不见的背上。随后传来一阵沉闷的轰隆声。起初声音不大，小陶迈辨别不出是什么声响。随后，声音越来越响，喀拉·纳格抬起一只前脚，紧跟着抬起另一只，然后让它们着地——一二,一二，像杵槌一样节奏均匀。这会儿大象们一起跺起了脚，听起来就像在山洞口擂响了战鼓。露水从树上淅淅沥沥洒下来，直到一滴都不剩为止。隆隆声仍在继续，震得山摇地动，小陶迈用手捂住耳朵，想遮住声音。但剧烈的震动穿过了他的全身，那可是数百只重脚跺在糙地上的巨响。有一两次，他觉得喀拉·纳格和其他所有的大象向前冲了好几大步，沉重的跺脚声变成了一种多汁的绿东西被碾碎时发出的压榨声，不过一会儿，似乎他们的脚又踏在了坚硬的地面上，隆隆的声音再次响起来。有棵树就在他附近的什么地方嘎吱嘎吱的响，他伸出臂膀，摸着了树皮，不过喀拉·纳格仍在重重地踏着步子，往前走，小陶迈辨不清自己到底在空地的哪个地方。除了有一次，两三头小象崽齐声尖叫外，大象们没有发出一丝声音。接着，他又听到了跺脚滑步声，隆隆的声音一直没有停下来。这声音足足持续了两个多小时，小陶迈的每一根神经都生疼生疼的，不过他根据夜气的味道知道天就要亮了。

绿葱葱的山林后面露出一片淡黄色，破晓了。随着第一缕光线射出来，隆隆声戛然而止，仿佛那束光就是命令。小陶迈的脑袋里还萦绕着嗡嗡的响声，他连个姿势都没有换，周围一头大象都不见了，只剩下喀拉·纳格、普得密妮和那头身上有绳子勒痕的大象。没有一点儿迹象，没有一丝沙沙声，没有一句低语声显示其他象到什么地方去了。

小陶迈瞧了又瞧，凭他的记忆，空地好像一夜之间变大了，中心好像多了好几棵树，边上的野草和矮灌木丛都被踩倒了。小陶迈又仔细打量了一番，他现在明白这种踩踏的底细了。大象踩出了更多空地——他们把浓密的野草和多汁的梗秆踩压成碎片，再把碎片踏成碎屑，把碎屑踩成纤维，最后把纤维踩成了硬地。

“哇！”小陶迈叫道，他的眼皮已经沉沉的了，“喀拉·纳格，我的爷，我们和普得密妮一块儿去彼特森老爷的营地吧。要不我准会从你的脖子上掉下来。”

另一头大象瞅着这两头象走了，呼哧呼哧喷了两声鼻息，一转身，自顾自走了。他多半是某个小土邦主家的大象，离这儿有五六十或一百英里远。

两个钟头以后，彼特森老爷吃着早饭，那些头一天夜里用双链拴住的大象们吼了起来，满身污泥的普得密妮，和一瘸一拐的喀拉·纳格摇摇晃晃地走进营地。

小陶迈脸色灰白，蔫头耷脑，头发被露水浸透，里面尽是树叶，但他还是强打精神向彼特森老爷行礼，有气无力地喊道：“跳舞——大象跳舞！我见到了，我——要死了！”喀拉·纳格蹲了下来，小陶迈从象脖子上滑下来，昏死过去了。

不过，当地的孩子可没有什么值得一提的神经质的毛病，所以不到两个钟头，小陶迈已经志得意满地躺在彼特森老爷的吊床上，脑袋枕着彼特森老爷的猎装，一杯热牛奶，一点儿白兰地，外加一点点奎宁已经下了肚，在他面前坐了三层毛烘烘的疤痕累累的丛林老猎人，他们一个个目不转睛地盯着他，仿佛他是个精灵似的。他毕竟是个小孩子，三言两语就把故事讲完了，最后他说：

“要是我说了一句谎话，你们就叫人去看好啦。他们会发现大象们把他们的舞场踩得更大了。他们会看到十条、又十条，好多个十条的小路，条条都通往那个舞场。大象们用脚把那个地方踩大了。我亲眼看见的。是喀拉·纳格带我去的，所以我看见了。喀拉·纳格的腿都累得走不动了！”

小陶迈往后一躺，睡了整整一个下午，一直睡到黄昏，他睡觉的时候，彼特森老爷和马楚阿·阿帕循着两头大象的足迹，翻山越岭，走了十五英里。彼特森老爷捕了十八年的象，以前这样的舞场只见过一次。马楚阿·阿帕用不着把空地多看两眼，也不必用脚指头刮擦挤压那夯实的泥土，就清楚发生过什么事了。

“孩子说的是实话，”他说，“这都是昨晚干的。我数了数，有七十条小路穿过了河。看，老爷，普得密妮的腿链还在那棵树皮上划了个口子！对，她也到这儿来过。”

他们相互看了看，又上上下下查看了一番，心里都挺纳闷儿。大象的行为方式是任何人，无论是黑人还是白人，都无法参透的。

“四十五年来，”马楚阿·阿帕说，“我跟随我的象爷们，却从没听说过哪个人的孩子见过这个孩子见到的事情。凭众山神起誓，这是——我们说什么好呢？”说罢便摇了摇头。

他们回到营地时，已经该吃晚饭了。彼特森老爷自个儿在帐篷里吃了，可是他下命令营地不仅给双份的面粉、米饭和盐，而且还要宰两只羊，几只家禽，因为他知道要举办一次宴会。

大陶迈急匆匆地从平原营地赶来找儿子和大象，现在他找到了，便瞅着自己的儿子和大象，好像害怕他们似的。在一排排拴住的大象的面前，篝火熊熊燃烧，宴会已经开始了，小陶迈就是宴会的主角。那些身材魁梧、皮肤棕黑的捕象人、搜象人、赶象人、套索人，以及那些通晓制服最凶猛的野象的诀窍的人，一个接一个从他面前经过，每一个人都在他的额头上点上一滴刚宰的丛林鸡胸部流出的血。这表示他已经是一个丛林人，被丛林接纳了，可以自由出入丛林的任何一个角落。

最后火焰渐渐熄灭，圆木的红光使大象们看上去好像也沾上了鲜血，马楚阿·阿帕，所有捕象围场所有赶象人的头头——马楚阿·阿帕，彼特森老爷的化身，这个四十多年来从没见过人修的路的马楚阿·阿帕，这个行不改名、坐不改姓的大名鼎鼎的马楚阿·阿帕——跳了起来，把小陶迈高高举过头顶，大声喊道："听着，兄弟们，听着，营地里我的爷儿们，我，马楚阿·阿帕，有话要说！从今往后，这个小孩不再叫小陶迈，而要叫象倌陶迈了，以前他的祖爷爷就是被这样称呼的。从没有人看到过的事，他看到了，而且看了整整一个晚上。象群宠爱他，丛林众神宠爱他，他必将成为一名了不起的搜象人。他会比我，马楚阿·阿帕，更了不起！他会分辨新足迹、旧足迹、新旧混杂的足迹，凭着他明亮的眼睛！他冲到围场里，在野象的肚子底下捆绑野公象也不会受到伤害。就是他滑倒在横冲直撞的公象脚前，公象也知道他是谁，不去踩他。哎嗨！拴在链子上的我的爷儿们，"他忽地一下转向那一溜儿象桩，"就是这个小孩见过你们在隐蔽的地方跳舞——这种场面还没有人见过呢！向他致敬，我的爷儿们！平安吉祥，我的孩子们。向象倌陶迈致敬！贡加·佩夏德，欢呼！希拉·古吉、伯奇·古吉、库塔·古吉、欢呼！你，普得密妮，在跳舞的地方见过他，还有你，喀拉·纳格，象群中的明珠！——欢呼吧！一起欢呼！向象倌陶迈致敬！"

听到那最后一声狂野的呼叫，整个象群都把长鼻子卷起来，直到鼻尖触到额头，突行大礼——山崩地裂般的悠长的吼叫，这种捕象围场的致敬，只有印度总督才听到过。

而这一切都是为了小陶迈，他看到了以前从来没有人看到过的场面——象群夜里独自在加洛山脉的心脏跳舞！

湿婆与蚱蜢

陶迈的妈妈给宝宝唱的歌

湿婆神让丰收滚滚地来，让清风习习地刮，
他在很久很久以前的一天的门口坐下，
个个有份，他把食物、辛苦和命运分发给大家，
从宝座上的国王到大门口的乞丐，一个也不落。
　　万事万物他造下——保护大神湿婆啊。
　　主神啊，主神！万事万物他造下——
　　把荆棘给骆驼，把草料给牛马，
　　把妈妈的爱心交给熟睡的脑袋瓜，我的宝贝儿子呀！

他把小米给穷人，把麦子给富汉，
给挨门乞讨的圣徒残羹和剩饭。
给老鹰腐肉，给老虎牛羊，
把杂碎和骨头交给夜里到处闯荡的恶狼。
在他眼里没有什么显得过于低贱或高尚——
帕巴蒂在他身边观看众生来来回回地奔忙，
她想骗骗丈夫，跟湿婆逗逗乐子，
便偷了一只小蚱蜢藏到自己怀里！
　　于是她跟保护神湿婆捣起了蛋。
　　主神啊，主神！转过身来看。
　　牛马的身量死沉死沉，骆驼的个头老高老高，
　　可这是顶小顶小的小东西，我的宝贝儿子哟！

分配结束了，她笑嘻嘻地问道：

“一百万张嘴巴的主人哟，是不是有一张嘴还没喂到？”

湿婆笑着回答：“个个都有分发，

连你贴心藏的小东西也没落下。”

小偷帕巴蒂从怀里掏出那个小东西，

看见那小不点儿啃着一片嫩叶子。

见此情景，她又怕又惊奇，便连忙祈祷湿婆神，

因为他真的把食物给了天下的所有生灵。

万事万物他造下——保护大神湿婆啊。

主神啊，主神！万事万物他造下——

把荆棘给骆驼，把草料给牛马，

把妈妈的爱心交给熟睡的脑袋瓜，我的宝贝儿子呀！

女王的仆役

你可以用分数或三分律算出它，
但退德尔旦的办法不等于退德尔迪[①]的办法。
你可以拧它，你可以绕它，你可以辫它，直到你拉倒，
但皮利-温吉的绝招不等于温吉-波普的绝招！

大雨整整下了一个月——下在一座军营里，全营三万军人，数千骆驼、大象、战马、犍牛、骡子统统聚集在一个名叫拉瓦尔品第的地方，准备接受印度总督的检阅。总督正在接待阿富汗埃米尔的一次来访。这是一个狂野国家的狂野国王，这位埃米尔带来一支八百骑兵组成的卫队，他们一辈子都没见过军营，没见过火车——全是些从中亚细亚背后什么地方来的野人野马。每天夜里，这样的一群野马肯定会扯断它们的绊脚绳，在军营黑乎乎的泥地里东奔西窜，要么骆驼就会挣脱乱跑，被绷帐篷的绳子绊倒。你可以想象对于要睡觉的士兵来说，这是件多么叫他们哭笑不得的事儿。我的帐篷离骆驼队很远，所以自认为平安无事，但是一天夜里一个人把脑袋伸进来喊道："快出来！他们来啦！我们的帐篷不见啦！"

我知道"他们"是谁，于是我穿上靴子和雨衣，急忙跑到泥地里。我的狐犬"小雌狐"从帐篷另一边跑出来，接着就是一阵吼叫，一阵呼噜和哼哧，我看见杆子断了，帐篷塌了进去，开始像疯鬼一样狂舞。一头骆驼闯进去了，我全身湿了，一肚子的气，却憋不住哈哈大笑起来。然后我继续跑，因为我不知道到底有多少骆驼挣脱了，我在泥里跌跌撞

撞，没过多久，连军营也看不见了。

后来，我跌了一跤，原来是一门大炮把我绊倒了，于是我知道我是在炮兵队附近的什么地方了，因为大炮夜里都摆放在那里。我不想淋雨摸黑四处踅摸，便把雨衣搭在一门大炮的炮口上，又找了两三根桶条把雨衣一撑做了个简易遮篷，随后就在另一门大炮的炮尾旁躺下来，心里直纳闷小雌狐去了哪里，我到底身在何处。

正当我准备睡觉的时候，听见挽具叮当作响，同时听到了一声哼哼，接着一头骡子摇晃着湿淋淋的耳朵从我身旁经过。他属于一个螺旋炮连，因为我能听见带儿、环儿、链儿，以及他的鞍垫上的东西的嘎啦声。螺旋炮是种小炮，分两部分，使用的时候用螺丝拧到一起。可以把它们运上高山，只要骡子有路可寻，想驮到哪里就驮到哪里，所以它们在岩石嶙峋的山地作战非常顶用。

骡子后面是一头骆驼，他的又大又软的蹄子在泥水里吧唧吧唧，总是打滑，他的脖子一抻一抻的，活像一只走失的母鸡的脖子。幸好我懂不少兽语——不是野兽语，而是军畜语，当然，是从当地人那里弄明白的——知道他在说什么。

他肯定就是那头闯进我的帐篷的骆驼，因为他冲着那头骡子叫道："我该怎么办？我该去哪儿？我跟一个飘舞的白东西干过仗，它拿起一根棍子打我的脖子。（就是我那根折断了的帐篷杆，知道原来是这样，我倒十分高兴。）我们还要往前跑吗？"

"噢，原来是你呀，"骡子说，"把军营搅了个天翻地覆的原来是你和你的哥儿们？好啦，早晚你会挨揍的，现在我不妨先给你点儿苦头尝尝。"

我听见挽具叮当作响，骡子向后一退，在骆驼的肋条上踢了两蹄子，听上去像是在敲鼓。"下一回呀，"他说，"你可要长见识了，再不

---

① 退德尔旦和退德尔迪是英国作家刘易斯·卡罗尔的小说《镜中世界》里的一对兄弟。

能夜里闯到骡子炮队里乱喊：‘有贼，开枪！’蹲下，把你的傻脖子放老实点儿。”

骆驼按骆驼特有的方式像一把双脚尺那样躬下身子，哀声哀气地蹲了下来。黑暗中响起了一阵节奏分明的蹄声，一匹大军马慢跑过来，他步伐稳健，仿佛在受检阅一般，然后从一个炮尾上一跃而过，落地站到骡子跟前。

“丢脸啊，”他说，鼻孔里直喷着气息，“这些骆驼又把我们的队伍搅了个地覆天翻——一个星期连着闹了三次。不许一匹马睡觉，他怎么能精力旺盛呢？谁在这里？”

“我是第一螺旋炮队二号炮的后膛驮骡，”骡子说，“那一个是你的朋友，他也把我惊醒了。你是谁？”

“第九长矛轻骑兵E队十五号——狄克·康利夫的战马。靠边站一站。”

“噢，对不起，”骡子说，“天太黑，看不清。这些骆驼是不是太可憎了？我走出队列只是想在这里清静清静。”

“我的爷儿们，”骆驼低声下气地说，“我们夜里做噩梦，很害怕。我只不过是第39本地步兵团的一头辎重驼，我可不像你们那么勇敢，我的爷儿们。”

“那你干吗不乖乖地待着，替39本地步兵团驮辎重，却在军营里乱跑？”骡子说。

“噩梦太可怕了，”骆驼说，“对不起，听！那是什么？我们要不要再往前跑？”

“蹲下，”骡子说，“要不你就会在大炮中间折断你的长腿。”他竖起一只耳朵听着。“犍牛！”他说，“拖炮的犍牛。我敢打包票，你和你的哥儿们已经把军营彻底吵醒了。要惊动一头拖炮的犍牛，可要戳捣半天的。”

我听见一条链子拖在地上的声音，一对气哼哼的白色大犍牛肩并肩走了过来，在大象不肯靠近火线的时候，就专门用他们拖攻城加农炮。差点儿踩在链子上的是另一头炮骡，他野声野气地叫着“比利”。

“那是我们的一个新兵。”老骡子对战马说，“他在喊我呢，在这里呢，小鬼，别嚷啦，黑暗从来伤不着谁的。”

拖炮犍牛一起卧下，开始反刍，可小骡子却凑到比利跟前来。

“好家伙！”他说，“吓人倒怪的家伙，比利！我们正在睡觉，他们就闯进了我们的队伍。你认为他们会不会要我们的命？”

“我真恨不得狠狠踢你一脚，”比利说，“一想到像你这样的一头骡子，受过训练，长到十四手宽①的个头，竟然在这位大爷前丢尽了炮队的脸！”

“轻点，轻点！”战马说，“记住，一开头他们总是这个样子。我头一回看见了一个人（我三岁时在澳大利亚），我便跑了半天，要是我看见一头骆驼，保不齐我会一直跑到现在。”

英国骑兵的战马几乎都是从澳大利亚运到印度的，并且由骑兵自己调教。

“说得对，”比利说，“别哆嗦了，小鬼，头一回他们在我背上套上满是链子的挽具时，我尥了个蹶子把它抖了个精光。当时我还没有学会踢的真本事，可炮队都说他们从来没有见过这样的表现。”

“可这不是挽具，也不是叮当作响的任何东西，”小骡子说，“你知道现在我也无所谓了，比利。那些家伙像树一样，它们在队伍里忽起忽落，呼哧呼哧，于是我的套头索断了，我找不到赶我的人，我找不到你，比利，所以，我就跟这些爷儿们跑了。”

“哼！”比利说，“我一听见骆驼松开，自个儿就不声不响地跑了。当一个炮队——一头螺旋炮骡子管拖炮犍牛叫爷的时候，他准是被震惊了，地上卧的伙计，你们都是谁呀？”

---

① 英国用一手的宽度（约十厘米）量骡马的身高。

拖炮犍牛滚动着他们的反刍物，齐声回答："大炮连一号炮第七对。我们正在睡觉，骆驼来了，把我们踩了以后，我们才站起来走开了。安安静静地卧在泥里，总比待在舒服的垫草上受搅扰强。我们告诉你这里的那位哥儿们，没有什么好害怕的，可他见识广，并不这么想。哞！"

他们继续嚼。

"原来害怕的就是这个，"比利说，"你可让拖炮犍牛笑话了。我希望你听了开心，孬的个。"

小骡子磕了一下牙，我听见他说什么了。他才压根儿不怕什么蠢笨的老犍牛呢。但犍牛只是相互碰了碰角，继续嚼。

"喏，害怕过后，也甭生气。那才是天下最孬的胆小鬼呢。"战马说，"谁夜里受了惊吓，都会被原谅的，我想，如果他们看见了自己弄不懂的东西的话。我们一次又一次地冲破了栅栏，四百五十个伙计呢，仅仅是因为一个愣头青讲了一番在澳大利亚家里的鞭蛇的故事，最后我们看见自己头绳上松开的绳头也吓得要死。"

"这在军营里倒没有什么，"比利说，"我自己一两天没有出去的时候，就是为了开开心，也要惊跑一阵子。不过你的现役工作是什么？"

"哦，这完全是两码事，"战马说，"我是狄克·康利夫的坐骑，他用两个膝盖狠狠地夹住我，我的全部任务就是看在哪里搁脚，关照好身子下面的两条后腿。一切行动听缰绳指挥。"

"什么是一切行动听缰绳指挥？"小骡子说。

"背乡僻壤的蓝桉树哟[①]！"战马喷着鼻息说，"你的意思是说，你做事还没有学会一切行动听缰绳指挥？如果缰绳贴在你的脖子上，你不立马转过身，你怎么做事情呢？对你的主人可是生死攸关的事情，当然也关系到你的生死存亡。一旦你感觉到缰绳贴在你的脖子上，你身子下面的后腿就得立马转过去。要是没有打转身的地方，就后腿立地，身子

① 战马来自澳大利亚，因此用澳大利亚特产蓝桉树来表示惊叹，意思相当于"我的天哪"。

稍稍仰起转过去。这就叫一切行动听缰绳指挥。”

“我们没有受过这样的调教，”骡子比利语气生硬地说，“给我们教的是听从脑袋旁边的人的指挥。他说往外走，你就往外走，他说往里走，你就往里走。我想这是一码事儿。搞这些花样，又要甩后腿立起，这对你的跗关节很不好，那你咋办呢？”

“那要看情况，”战马说，“一般来说，我必须跟一群手拿大刀、大喊大叫的毛烘烘的人纠缠在一起——亮闪闪的长刀，比马医的刀还厉害，我还得留心，让狄克的靴子刚刚碰上另一个人的靴子，却不要蹭坏它。我看到狄克的长矛在我右眼的右面，我知道自己平安无事。我和狄克风风火火往前冲的时候，我可不愿意有人马挡住我们的去路。”

“那些大刀不伤谁吗？”小骡子说。

“嘿，有一回我的胸口挨了一刀，但那怪不得狄克——”

“要是受了伤，我就要弄明白该怪谁了！”小骡子说。

“你必须这样，”战马说，“要是你不信任你的主人，你倒可以立马跑掉。我们有些战马就是这样做的，我也不怪他们。我说过，那怪不得狄克。那个人在地上躺着，我展开身子以防踩着他，他却向上对我猛砍了一刀。下一回我要是非跨过一个躺下的人，我就踩在他身上——狠狠地。”

“哼！”比利说，“这话傻到家了。什么时候，刀都是龌龊的东西。正当的办法是鞴上一副好鞍子，爬一座山依靠四只蹄子，还有你的耳朵，使出浑身解数拼命爬，直到你比别的高出几百英尺，站在一道你刚好有地方搁下四只蹄子的山梁上。然后你就一动不动、不声不响地站着——千万不要让人抓你的脑袋，忍的个——大炮拼装在一起的时候不要出声儿，然后你瞅那些罂粟花儿一样的小炮弹掉进下面很远很远的树梢上。”

“你没有摔过跤吧？”战马问。

“人家说如果骡子摔跤，你就能劈开母鸡的耳朵，”比利说，“时不时也许一副鞴得很孬的鞍子会颠翻一头骡子，不过这种情况十分罕见。我希望给你们演示演示我们的工作。漂亮。我花了三年工夫才摸清人们的意图何在。事情的诀窍就是千万不要把自己暴露在蓝天的背景下，因为你要是这么一来，你就有挨枪子儿的可能。记住，尕的个。总要尽可能地隐蔽自己，哪怕你多走一英里的弯路。遇到那样子攀爬的时候，我总是给炮队领路。”

“挨枪子儿却没有机会冲向开枪的人！”战马苦思冥想着说，“这我可受不了。我倒是想跟狄克冲锋陷阵。”

“噢，不行，你不能这么干。你知道枪炮一旦到位，冲锋陷阵的是它们，那才干净利落呢。不过大刀——呸！”

辎重驼刚才有一阵子脑袋一直一伸一伸的，想插句话进来。于是，我听见他清了清嗓子神经兮兮地说：

“我——我——我打过一点点仗，但不是以爬坡或者跑路的方式打的。”

“那倒也是。既然你提起这事儿，”比利说，“看你的样子，好像生来就不是爬坡或跑路的料——完全不是。喂，那是怎么回事呀，老草包？”

“有适当的方式，”骆驼说，“我们统统卧下——”

“哟，我的后鞧、胸甲哟！”战马悄声说，“卧下？”

“我们卧下来——一百来号，”骆驼接着说，“排成一个大方阵，人们把我们的驮包和鞍子码在方阵外面，他们在我们的背上面开枪射击，人们就是这么做的，在方阵的四面。”

“什么样的人？来的哪一个人都这样？”战马说，“他们在骑术学校里教我们躺倒，让我们的主人枪架在我们身上开火。不过狄克·康利夫是我唯一信得过能这样做的人。这把我的肚带弄得痒抓抓的，再说了，我脑袋伏在地上没法儿看东西。”

“谁把枪架在你身上开火有什么关系？”骆驼说，“附近有的是人，有的是骆驼，还有很大很大的烟云。那时候我并不害怕。我静静地卧着等就是了。”

“可是，”比利说，“夜里你做噩梦，搅得军营兵荒马乱。好啦！好啦！再甭说躺倒，让一个人把枪架在我身上开火的事啦，我还没有躺倒，我的脚后跟和他的脑袋就有话说啦。你听说过这样恐怖的事情吗？”

一阵长时间的静默，后来一头拖炮的犍牛抬起他的大脑袋说：“这可蠢到家啦。打仗只有一种方式。”

“噢，尽说胡话。”比利说，“请不要太在意我的话。我想你们这些家伙是靠尾巴站着打仗吧。”

“只有一种方式，”两头牛异口同声地说（他们一定是双胞胎），“就是这样的方式。双尾一吹喇叭就把我们二十对兄弟拴到大炮上。”（“双尾”是军营里对大象的俗称。）

“双尾吹喇叭干吗呀？”小骡子说。

“表示他不能再靠近对方的烟了。双尾是个大胆小鬼。于是我们大家一起拉大炮——嘿呀——呼啦！嘻呀！呼啦！我们不像猫那样爬，也不像牛犊那样跑。我们横过平原，二十对兄弟齐用力，直到又给我们卸了轭，我们才开始吃草，而大炮越过平原对某个筑了泥墙的城镇喊话，一片一片的城墙倒下来，尘土漫天，好像很多牛群赶着回家一样。”

“噢！你挑那个时候吃草，是吧？”小骡子说。

“那个时候还是别的时候。吃总是好事。我们一直吃到又被套上轭，把炮拽回到双尾等候的地方。有时候，城里有大炮回话，我们有的被打死。这样，剩下的就有更多的草吃啦。这是命——完全是命。不过，双尾是个大胆小鬼。这就是打仗的正当方式。我们是从哈普尔来的兄弟，我们的父亲是头湿婆神的圣牛。我们已经说了。”

“好啦，今晚我算是长了不少学识，”战马说，“请问你们二位螺旋炮队的爷儿们，当大炮向你们开火，后面又有双尾的情况下，你们还有心思吃草吗？”

“这大概就像我们想卧下，让人们在我们身上乱爬，或者向操着大刀的人群里冲一样。我们从来没有听到过那样的胡言乱语。一道山梁，一副平稳的驮包，一个你可以信赖让你选自己的路的骡夫，我就是你的骡子。至于别的东西——一概不管！”比利说着跺了一下脚。

“当然，”战马说，“各有各的情况，大家不会一模一样，我看得出来，你们对父系家世的好多情况都不明了。”

“甭管我的父系家世，”比利生气地说，“因为每头骡子都讨厌让人家提他父亲是头驴。我父亲是位南方的绅士，但凡他碰上马，都能把他拽倒，咬碎，踢烂。记住这一点，你这棕色大野种！”

野种的意思是没有正宗血统的野马。想想看，如果一匹拉车马管奥蒙德纯种赛马叫“杂种驽马”，他有什么样的感受，你就可以想象那匹澳大利亚马的心情了。我一度看见他的眼白在黑暗中闪光。

“你看，你这进口的马拉加公驴的儿子，”他咬牙切齿地说，“我要让你知道，在母系一方我与墨尔本杯得主卡宾有血缘关系，在我的老家，我们不兴叫什么玩射豆炮连的鹦鹉舌、猪脑袋骡子胡作非为。你准备好了吗？”

“你靠后腿站起来吧！”比利尖声叫道。他们俩都用后腿站起来，面对面，我等着看一场恶仗，这时候在黑暗中，右边发出一声咕咕哝哝的叫声——“孩子们，你们在那儿干吗？要打仗呀？安静。”

两头畜生发出一声厌恶的鼻息，落下前腿，因为无论马还是骡子都受不了大象的声音。

“那是双尾！”战马说，“我受不了他。两头都有尾巴，真不公道！”

“我也有同感，”比利说着便挤到战马身上套近乎，“我们在很多事情上非常相像。”

“我想这是我们从自己父母亲那里传承来的，”战马说，“争来吵去划不来。嘿！双尾，你被绑起来了吗？”

“不错。”双尾说，长鼻子一扬，大笑了一声。“我被关在栅栏里过夜，我听见你们这些家伙在说什么。不过别怕，我不会过来的。”

犍牛和骆驼用不大不小的声音说：“怕双尾——什么话呀！”犍牛接着往下说：“很抱歉你听着了，不过我们说的都是实话。双尾，大炮开火时你怕什么呀？”

“嘿，”双尾说，一条后腿蹭着另一条后腿，绝像一个小男孩在背诗。“我拿不准你们是否理解。”

“我们不理解，但我们得拖炮呀。”犍牛说。

“这我知道，我还知道你们比你们所认为的还要勇敢得多。但这跟我不一样。最近有一天我的炮连连长管我叫厚皮草包。”

“我想，这又是一种打仗的方式吧？”比利说，他又打起了精神。

“当然，你不懂那种说法的意思，但是我懂。它的意思是甘居中游，我就是这种地位。我脑袋里就看得出来，炮弹炸开时，会出现什么情况，可你们犍牛不行。”

“我行，”战马说，“至少能看出点儿门道。我尽量不去想它。”

“我看见的比你多，我还琢磨它。我知道我有很多方面要当心，我知道我病了以后谁也不知道怎样把我治好。他们能做的不外乎停发赶我的人的工钱，直到我好了为止，我对赶我的人信不过。”

“啊！”战马说，“这就把问题说清楚了。我信任狄克。”

“你可以把整整一个团的狄克搁到我的背上，也不会使我好受一点儿。我知道的刚够让我不自在，却不够让我继续往前走。”

“我们不懂。”犍牛说。

“我知道你们不懂。我不是说给你们听的。你们不知道什么是血。”

“我们知道，”犍牛说，“血是种红东西，可以渗到地里去，还有一股子气味。”

战马踢了一蹄子，蹦了一下，喷了一下鼻息。

“甭说它了，”他说，“一想起它，我就能闻到它。它使我想跑——当我背上没有狄克的时候。”

“可它不在这里呀，”骆驼和犍牛说，“你怎么这么蠢呀？”

“血是讨厌的东西，”比利说，“我不想跑，但我不想议论它。”

“你们可都说到地方上了！”双尾说，摆着尾巴做解释。

“当然了，我们一整夜都在这地方。”犍牛们说。

双尾跺了跺脚，弄得脚上的铁环丁零当啷响起来。“哦，我不能给你们说话，你们自己脑袋里面看不见。”

“不对，我们看得见我们的四只眼睛外面，”犍牛们说，“我们看得见我们的正前方。”

“要是我能那样干，不干别的，就根本用不着你们来拖大炮了。如果我像我的连长——还没开火，他就能在脑袋里看见东西，并且全身发抖，但他知道得太多，所以不会跑掉——如果我像他一样，我就能拖大炮。不过假如我也那么聪明，我就压根儿不会到这里来。我该当森林之王，像过去那样，半天睡大觉，想洗澡就洗澡。我一个月都没有好好儿地洗个澡了。”

“那倒挺好，”比利说，“但给一件东西起个长名儿并不能使它有所改进。”

“嘘！”战马说，“我想我懂得双尾的意思。”

“过一会儿你们都会明白，”双尾愤怒地说，“现在你给我解释一下你们干吗不喜欢这样的事情！”

他暴跳如雷地吹起了喇叭，吹得不能再响了。

“别这样！”比利和战马一起说。我能听见他们又是跺脚，又是打战。大象吹喇叭总令人讨厌，尤其在黑夜里。

“我就这样。”双尾说，“你们解释解释好不好？赫尔夫！呃特！呃哈！”然后他突然打住，我听见黑暗中一声呜咽，知道雌狐终于发现我了。她跟我一样明白：如果世界上有一样东西大象最害怕，那就是一只狂吠的小狗了。所以她停下来吓唬栅栏里的双尾，围着他的脚狂吠。双尾拖沓着脚尖叫着，“滚开，小狗！”他说，“别闻我的脚脖子，要不我踢死你。小狗乖乖——可爱的小狗狗！回家去，你这汪汪直叫的小畜生！唉，干吗没有人把她领走呢？过会子她会咬我的。”

“我觉得，”比利对战马说，“我们的双尾朋友害怕的东西最多。如果我把为自己在阅兵场上踢遍的每只狗准备的大餐饱吃一顿，我几乎就像双尾一样胖了。”

我吹了一声口哨，满身是泥的雌狐就向我扑来，舔起了我的鼻子，并且讲起了在军营里四处寻找我的老长老长的故事。我从来没有让她知道我懂得畜语，要不，她就会处处捣乱。于是我把大衣扣子解开，把她揣到怀里，双尾拖沓着脚，跺来跺去自个儿咕哝。

“了不得！真是了不得！”他说，“它跑进了我们家。喏，那可憎的小畜生上哪儿去了呀？”

我听见他用他的长鼻子到处踅摸。

“我们大家好像都受了不同程度的影响，”他吹着鼻子继续说，“喏，我相信，我吹喇叭的时候，你们几位受惊啦。”

“确切地说，不是受惊。”战马说，“不过它让我觉得好像是该放鞍子的地方却来了一窝大黄蜂。别再来这一套啦。”

“我被一只小狗搞怕了，这里的那头骆驼夜里被噩梦弄怕了。”

“十分幸运，我们不用同一种方式打仗。”战马说。

“我想知道的是，”小骡子说，他可安静了好长时间了——“我想知道的是，到底为什么我们非打仗不可。”

“因为人家叫我们打。”战马说，鄙夷地喷了一声鼻息。

“命令。”骡子比利说，他嚓地咬了一下牙。

“胡克姆嘿（这是一种命令）！”骆驼哼哼哧哧地说；双尾和犍牛重复了一下：“胡克姆嘿！”

“对，可是谁下命令呀？”新兵骡子说。

“你脑袋旁边走的那个人呗——要么就是骑在你背上的——要么就是牵鼻绳的——要么就是拧你的尾巴的。”比利、战马、骆驼和犍牛们一个接一个地说。

“可谁给他们下命令呀？”

“你想知道的可太多啦，尕的个，”比利说，“这样子就会挨踢。你要做的就是听你脑袋旁边的那个人的话，千万甭问这问那的。”

“他说得完全对，”双尾说道，“老听话，我可做不到，因为我甘居中游。不过比利说得对，听在你旁边下命令的人的话，要不除了挨揍，你还挡住了全炮连的去路。”

拖炮的犍牛们站起来要走。“天快亮了。”他们说，“我们要归队了。不错，我们只看见眼睛外面的东西，我们又不是很聪明，不过话说回来，我们却是今晚唯一没有被吓着的伙计。晚安，你们这些勇士。”

谁也没有答话，战马要换个话题，开口说：“那只小狗在哪儿呀？有狗就说明附近有人。”

“我在这儿呢，”雌狐叫道，“跟我的主人在炮尾下面呢。你这头莽撞的大骆驼，你掀翻了我们的帐篷，我的主人可生气啦。”

“呸！”犍牛们说，“他肯定是个白人？”

“当然是了。”雌狐说，“你认为养我的是个赶牛的黑鬼？”

“胡啊赫！欧啊赫！唔夫！”犍牛们说，“咱们赶快开路吧。”

他们在泥里面向前冲去，不知怎么地，把他们的牛轭撞到一个弹药车的辕杆上，卡住了。

“这下你们可完蛋啦，”比利平静地说，“别硬来。你们要挂到大天亮的。到底是怎么回事呀？”

这对犍牛就开始喷嘶嘶的长鼻息，只有印度牛才有这种本事，他们推推搡搡，挤来挤去，左转右旋，又是跺脚，又是滑蹄，死命地哼哼，差点儿倒进泥里。

“你们过会儿就会折断脖子的。”战马说，“白人怎么啦？我是跟他们生活在一起的。”

“他们——吃——我们！拽！”靠近的那头犍牛说。牛轭叭的一声折断了，两头牛一起蹒蹒跚跚走开了。

我先前压根儿不知道印度牛为什么如此害怕英国人。我们吃牛肉——牛肉可是赶牛人从来不碰的东西——当然牛是不喜欢这么做的。

“但愿把我用我自己鞍垫上的链子揍一顿！谁会想到这么两个大块头会掉脑袋呢？”比利说。

“甭管啦，我去瞧瞧那个人。据我所知，大多数白人口袋里都装着东西呢。”战马说。

“那我就走啦。我说不上我自己就十分喜欢他们。再说了，没地方睡觉的白人很可能是些贼娃子。我背上还驮着很多很多政府财务呢。走吧，尕的个，我们要归队了。晚安，澳大利亚！明儿检阅式上见。晚安，老草包！——想办法控制一下你的情绪，好不好？晚安，双尾！要是明儿你在检阅场上从我们身边经过，可别吹喇叭，一吹就乱了我们的阵脚。”

骡子比利用一个久经沙场的老兵的一瘸一拐的步伐走开了。这时战马把脑袋探到我的胸口，我给了他几块饼干。而雌狐，这条最自命不凡的狗，跟他吹牛说她和我养了几十匹马。

“明儿我要坐我的犬车参加检阅。”她说，“你会在哪儿呢？”

“第二中队的左首。我为全队定步速，小姐，”他彬彬有礼地说，“现在我得回到狄克那儿去了。我沾了一尾巴的泥，他要苦干两个钟头梳理我去参加检阅。”

三万官兵的大检阅在那天下午举行。我和雌狐有个很好的位置，靠近总督和阿富汗的埃米尔。埃米尔戴着他那阿斯特拉罕毛的黑色大高礼帽，中间镶着一颗钻石星章。检阅的第一部分一派阳光，步兵团队迈着一浪推一浪的整齐步伐走过，所有的枪排成了一条直线，把我们的眼睛都看晕了。随后是骑兵，他们以“帅气的邓迪”①这种美丽活泼的骑兵步伐前进，雌狐竖起耳朵坐在犬车里。长矛骑兵第二中队疾驰而过，其中就有那匹战马，尾巴像旋转的丝绸，脑袋贴在胸口上，耳朵一只向前，一只向后，为全队定节拍，四条腿像华尔兹舞步那样滑行。然后炮队过来了，我看见双尾和另外两头象排成一行拖着四十磅炮弹攻城炮，后面还跟着二十对犍牛。第七对架着一副新轭，露出僵硬的倦态。最后是螺旋炮，看骡子比利的架势就像是全军统帅一样，他的挽具都上过油，刨过光，闪闪发亮。我情不自禁向骡子比利喝了一声彩，但他决不左顾右盼。

又开始下雨了，一时间烟雨迷蒙，看不见部队在干什么。他们已经在平原上列成了一个半圆，正在扩展成一字长蛇阵。蛇阵越来越长，最后，两翼间有四分之三英里长——一堵人、马、炮构筑的坚固城墙。然后全排径直迈向总督和埃米尔。他们走近的时候，地面开始颤抖，活像一艘轮船引擎加速时的甲板。

你要是不亲临现场，你就无法想象这种部队的坚定步伐在看客心目中产生的惊心动魄的效果，即便他们知道这只不过是检阅而已。我望着埃米尔，在此之前他没有显露出一丝惊讶或别的什么神情，可这会儿他

---

① 邓迪是英格兰军人。《帅气的邓迪》是一首歌曲的名字。

的眼睛越睁越大，他抓起坐骑脖子上的缰绳，朝身后望去。一时间，他似乎要拔出剑来，从背后马车里的英国男女中间夺路而出。这时前进的部队突然停步，大地顿时鸦雀无声，全排立正敬礼，三十支乐队一齐奏乐。阅兵式就此结束，团队冒着雨返回营地，一支步兵乐队奏起了如下的乐曲——

动物成双成对走过来，
　　乌啦，
动物成双成对走过来，
　　大象和炮骡，
他们都进了挪亚方舟，
　　为了躲躲雨！

然后一个白胡子、长头发的中亚老酋长陪同埃米尔下了马，我听见他向一位当地军官问了一些问题。

“喏，”他说，“这神奇的场景是怎么搞成的?”

军官答道：“下一道命令，大家听从就是了。”

“可畜生能像人一样聪明吗?”酋长问。

“他们像人一样听从命令。骡、马、象、牛，各听各的驾驭者的命令，驾驭者听下士的，下士听中尉的，中尉听上尉的，上尉听少校的，少校听上校的，上校听统帅三团的准将的，准将听将军的，将军听总督的，总督又是女王的仆役。就是这么办事情的。”

“但愿阿富汗也会这么办!”酋长说，“因为在那里我们只听自己的意愿。”

“正因为如此，”当地军官捻着小胡子说，“你们不听从的你们的埃米尔必须来这里，接受我们总督的命令。”

军畜检阅之歌

炮队的大象

我们把赫拉克勒斯[①]的力量借给了亚历山大[②]，
把我们头脑的智慧、膝部的灵活也借给了他；
我们弯下自己的脖子服役，从此再也没有松套，
让道，十英尺横排的象队来了，
拉着发射四十磅炮弹的大炮，让道让道！

拖炮的犍牛

那些套上挽具的英雄总是避开炮弹，
对炸药的了解使他们个个心惊胆战；
于是我们进入战斗，又拖起了大炮——
让道，二十对犍牛来了，
拖着发射四十磅炮弹的大炮，让道让道！

战　马

凭我肩上的烙印起誓，最美的乐曲
是枪骑兵、轻骑兵和龙骑兵演奏出来的，
对于我，“帅气的邓迪”的慢三拍跑步
比起“马厩”或“水”更是甜蜜舒服！

把我们好好喂养、训练、驾驭和刷洗，
给我们优秀的骑手，给我们充足的场地，
把我们投入骑兵纵队瞧一瞧，
战马怎么踏着“帅气的邓迪”节拍慢跑！

螺旋炮队的骡子

我和我的伙伴正在爬一座小山，
滚石埋没了小道，我们还依然向前，
因为我们能蜿蜒攀登，伙伴们，哪儿都往上踅摸，
啊，站在山巅好爽快，让一两条腿歇一歇！

但愿那些让我们自行择路的士兵洪福齐天，
让那些不会装驮的赶骡人时乖命蹇：
因为我们能蜿蜒攀登，伙伴们，哪儿都往上踅摸，
啊，站在山巅好爽快，让一两条腿歇一歇！

辎重驼

我们没有自己的骆驼曲调，
帮我们一路自乐自娱，
但每一个脖子都是一支毛长号
(呃特——嗒——嗒——嗒就是一支毛长号)
这就是我们的进行曲：
不能！不要！不可！不许！

① 希腊神话中主神宙斯的儿子，力大无穷。
② 古代马其顿国王。

把它挨个儿往下传！

有个伙伴的驮子滑下了脊背，
我真希望我的也如此这般！
有个伙伴的驮子翻跌到路上——
停一停，起起哄，解解忧愁！
呜呃！呀呃！咯呃！啊呃！
有个伙伴正在挨揍！

众牲口合唱

我们是军营的子民，
各尽其职在沙场效命；
成天在轭下、棒下生存，
总有驮包、挽具、衬垫、重物加身。
看我们的队列穿越平原，
像一条脚绳弯了又弯，
翻腾滚动伸向远方，
横扫一切奔赴战场；
旁边走着押送我们的人，
尘满面，悄无言，眼睛沉闷，
说不清为什么我们或他们
日复一日受苦又行军。

　　我们是军营的子民，
　　各尽其职在沙场效命，
　　成天在轭下、棒下生存，
　　总有驮包、挽具、衬垫、重物加身！

译文名著精选书目

傲慢与偏见	〔英〕简·奥斯丁 著 王科一 译
简·爱	〔英〕夏洛蒂·勃朗特 著 祝庆英 译
基督山伯爵	〔法〕大仲马 著 韩沪麟 周克希 译
少年维特的烦恼	〔德〕歌德 著 侯浚吉 译
茶花女	〔法〕小仲马 著 王振孙 译
呼啸山庄	〔英〕艾米莉·勃朗特 著 方平 译
悲惨世界	〔法〕雨果 著 郑克鲁 译
堂吉诃德	〔西班牙〕塞万提斯 著 张广森 译
红与黑	〔法〕司汤达 著 郝运 译
雾都孤儿	〔英〕狄更斯 著 荣如德 译
欧叶妮·葛朗台／高老头	〔法〕巴尔扎克 著 王振孙 译
莎士比亚四大悲剧	〔英〕莎士比亚 著 孙大雨 译
泰戈尔抒情诗选	〔印〕泰戈尔 著 吴岩 译
乱世佳人	〔美〕玛格丽特·米切尔 著 陈良廷等 译
鲁滨孙历险记	〔英〕笛福 著 黄杲炘 译
安娜·卡列尼娜	〔俄〕列夫·托尔斯泰 著 高惠群等 译
十日谈	〔意〕薄伽丘 著 方平 王科一 译
福尔摩斯探案精选	〔英〕柯南·道尔 著 梅绍武 屠珍 译
老人与海	〔美〕海明威 著 吴劳等 译
漂亮朋友	〔法〕莫泊桑 著 王振孙 译
巴黎圣母院	〔法〕雨果 著 管震湖 译
双城记	〔英〕狄更斯 著 张玲 张扬 译
最后一片叶子	〔美〕欧·亨利 著 黄源深 译
瓦尔登湖	〔美〕梭罗 著 徐迟 译
一九八四	〔英〕奥威尔 著 董乐山 译
复活	〔俄〕列夫·托尔斯泰 著 安东 南风 译
三个火枪手	〔法〕大仲马 著 郝运 王振孙 译
苔丝	〔英〕哈代 著 郑大民 译
变色龙	〔俄〕契诃夫 著 朱逸森 译
钢铁是怎样炼成的	〔俄〕奥斯特洛夫斯基 著 王志冲 译
浮士德	〔德〕歌德 著 钱春绮 译
太阳照常升起	〔美〕海明威 著 赵静男 译
莎士比亚喜剧五种	〔英〕莎士比亚 著 方平 译
理智与情感	〔英〕简·奥斯丁 著 冯涛 译
罪与罚	〔俄〕陀思妥耶夫斯基 著 岳麟 译
羊脂球	〔法〕莫泊桑 著 郝运 王振孙 译
鼠疫	〔法〕加缪 著 刘方 译
青年艺术家画像	〔爱尔兰〕乔伊斯 著 朱世达 译

我是猫	〔日〕夏目漱石 著 刘振瀛 译
神曲	〔意〕但丁 著 朱维基 译
红字	〔美〕霍桑 著 苏福忠 译
到灯塔去	〔英〕伍尔夫 著 瞿世镜 译
格列佛游记	〔英〕斯威夫特 著 孙予 译
大卫·考坡菲	〔英〕狄更斯 著 张谷若 译
道连·葛雷的画像	〔英〕王尔德 著 荣如德 译
童年／在人间／我的大学	〔俄〕高尔基 著 高惠群等 译
城堡	〔奥地利〕卡夫卡 著 赵蓉恒 译
汤姆·索亚历险记	〔美〕马克·吐温 著 张建平 译
九三年	〔法〕雨果 著 叶尊 译
铁皮鼓	〔德〕格拉斯 著 胡其鼎 译
卡拉马佐夫兄弟	〔俄〕陀思妥耶夫斯基 著 荣如德 译
远大前程	〔英〕狄更斯 著 王科一 译
马丁·伊登	〔美〕杰克·伦敦 著 吴劳 译
名利场	〔英〕萨克雷 著 荣如德 译
嘉莉妹妹	〔美〕德莱塞 著 裘柱常 译
细雪	〔日〕谷崎润一郎 著 储元熹 译
哈克贝里·芬历险记	〔英〕马克·吐温 著 张万里 译
儿子与情人	〔英〕劳伦斯 著 张禹九 译
野性的呼唤	〔英〕杰克·伦敦 著 刘荣跃 译
牛虻	〔英〕伏尼契 著 蔡慧 译
包法利夫人	〔法〕福楼拜 著 周克希 译
达洛卫夫人	〔英〕伍尔夫 著 孙梁 苏美 译
永别了，武器	〔美〕海明威 著 林疑今 译
喧哗与骚动	〔美〕福克纳 著 李文俊 译
猎人笔记	〔俄〕屠格涅夫 著 冯春 译
圣经故事	〔美〕房龙 著 朱振武等 译
希腊神话	〔俄〕库恩 编著 朱志顺 译
格林童话	〔德〕格林兄弟 著 施种等 译
月亮和六便士	〔英〕毛姆 著 傅惟慈 译
失乐园	〔英〕弥尔顿 著 刘捷 译
海底两万里	〔法〕儒勒·凡尔纳 著 杨松河 译
丧钟为谁而鸣	〔美〕海明威 著 程中瑞 译
安徒生童话	〔丹麦〕安徒生 著 任溶溶 译
了不起的盖茨比	〔美〕菲茨杰拉德 著 巫宁坤等 译
虹	〔英〕劳伦斯 著 黄雨石 译
摩格街谋杀案	〔美〕爱伦·坡 著 张冲 张琼 译
坎特伯雷故事集	〔英〕乔叟 著 黄杲炘 译
战争与和平	〔俄〕列夫·托尔斯泰 著 娄自良 译
环游地球八十天	〔法〕儒勒·凡尔纳 著 任倬群 译
人生的枷锁	〔英〕毛姆 著 张柏然 张增健 倪俊 译

剧院魅影　　〔法〕加斯东·勒鲁　著　符锦勇　译
百万英镑——马克·吐温中短篇小说选　　〔美〕马克·吐温　著　方平　等译
培根随笔全集　　〔英〕弗兰西斯·培根　著　蒲隆　译
金银岛　化身博士　　〔英〕斯蒂文森　著　荣如德　译
无名的裘德　　〔英〕哈代　著　刘荣跃　译
一千零一夜　　方平　等译
刀锋　　〔英〕毛姆　著　周煦良　译
小妇人　　〔美〕露易莎·梅·奥尔科特　著　洪怡　叶宇　译
玻璃球游戏　　〔德〕黑塞　著　张佩芬　译
凯旋门　　〔德〕雷马克　著　朱雯　译
变形记——卡夫卡中短篇小说集　　〔奥地利〕卡夫卡　著　张荣昌　译
伊索寓言　　〔希腊〕伊索　等著　吴健平　于国畔　译
前夜　父与子　　〔俄〕屠格涅夫　著　丽尼　巴金　译
大师和玛格丽特　　〔俄〕布尔加科夫　著　高惠群　译
死农奴　　〔俄〕果戈理　著　娄自良　译
被伤害与侮辱的人们　　〔俄〕陀思妥耶夫斯基　著　娄自良　译
黑桃皇后　　〔俄〕普希金　著　冯春　译
伊利亚随笔精选　　〔英〕查尔斯·兰姆　著　刘炳善　译
危险的关系　　〔法〕拉克洛　著　叶尊　译
夜色温柔　　〔美〕菲茨杰拉德　著　汤新楣　译
弗兰肯斯坦　　〔英〕玛丽·雪莱　著　刘新民　译
卡门　　〔法〕梅里美　著　王钢　等译
忏悔录　　〔法〕卢梭　著　陈筱卿　译
伪币制造者　　〔法〕纪德　著　盛澄华　译
斯巴达克思　　〔意〕乔万尼奥里　著　李俍民　译
追忆逝水年华(精华本)　　〔法〕普鲁斯特　著　沈志明　译
去吧，摩西　　〔美〕威廉·福克纳　著　李文俊　译
蒙田随笔集　　〔法〕蒙田　著　马振骋　译
美国悲剧　　〔美〕德莱塞　著　潘庆舲　译
汤姆叔叔的小屋　　〔美〕斯陀夫人　著　杨怡　译
三毛钱小说　　〔德〕贝·布莱希特　著　高年生　黄明嘉　译
动物农场　　〔英〕乔治·奥威尔　著　荣如德　译
黑郁金香　　〔法〕大仲马　著　郝运　译
白痴　　〔俄〕陀思妥耶夫斯基　著　荣如德　译
快乐王子　　〔英〕王尔德　著　巴金　译
笑面人　　〔法〕雨果　著　鲁膺　译
娜娜　　〔法〕左拉　著　徐和瑾　译
贝姨　　〔法〕巴尔扎克　著　许钧　译
蝇王　　〔英〕威廉·戈尔丁　著　龚志成　译
看得见风景的房间　　〔英〕E·M·福斯特　著　巫漪云　译

最后一课——都德小说选	〔法〕都德 著 郝运 译
浮士德博士	〔德〕托马斯·曼 著 罗炜 译
草叶集	〔美〕沃尔特·惠特曼 著 邹仲之 译
流动的盛宴	〔美〕海明威 著 汤永宽 译
平家物语	〔日〕佚名 著 王新禧 译
柏拉图对话集	〔古希腊〕柏拉图 著 戴子钦 译
荷马史诗：伊利亚特·奥德赛	〔古希腊〕荷马 著 陈中梅 译
罗密欧与朱丽叶	〔英〕莎士比亚 著 方平 译
都柏林人	〔爱尔兰〕乔伊斯 著 王逢振 译
美丽新世界	〔英〕奥尔德斯·赫胥黎 著 陈超 译
纯真年代	〔美〕伊迪丝·华顿 著 吴其尧 译
愤怒的葡萄	〔美〕斯坦贝克 著 胡仲持 译
项狄传	〔英〕劳伦斯·斯特恩 著 蒲隆 译
名人传	〔法〕罗曼·罗兰 著 傅雷 译
权力与荣耀	〔英〕格雷厄姆·格林 著 傅惟慈 译
叶甫盖尼·奥涅金	〔俄〕亚历山大·普希金 著 冯春 译
爱的教育	〔意〕亚米契斯 著 储蕾 译
西顿野生动物故事集	〔加拿大〕E.T.西顿 著 蒲隆 译
富兰克林自传	〔美〕本杰明·富兰克林 著 蒲隆 译
魔山	〔德〕托马斯·曼 著 钱鸿嘉 译
丛林故事	〔英〕约瑟夫·鲁德亚德·吉卜林 著 蒲隆 译